rororo

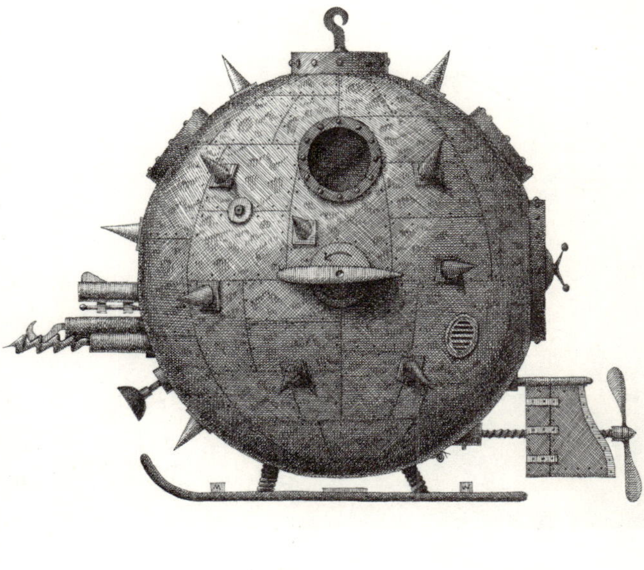

VLAM
Der Palast der
Monarchen
MW2007

DER PALAST DER GILDEN
DER PALAST DES GEISTES

Aus dem Englischen
von Bettina Münch

Mit Vignetten
von Mike Wilks

Mike Wilks

MirrorScape

Gefahr aus der Spiegelwelt

Rowohlt Taschenbuch Verlag

Veröffentlicht im Rowohlt Taschenbuch Verlag,
Reinbek bei Hamburg, Februar 2011
Für die deutsche Erstausgabe

Die englische Originalausgabe erschien 2009
unter dem Titel «Mirrorstorm» bei Egmont UK Limited, London

Umschlaggestaltung any.way, Hamburg,
nach einem Entwurf von Hauptmann & Kompanie Werbeagentur, Zürich
(Illustrationen: Mike Wilks)
Satz Baskerville MT PostScript (InDesign)
bei Pinkuin Satz und Datentechnik, Berlin
Druck und Bindung Druckerei C. H. Beck, Nördlingen
Printed in Germany
ISBN 978 3 499 21462 2

Inhalt

Prolog

Ein scharfer, peitschender Wind fegte über ein konturloses Ödland, in dem es weder Baum noch Strauch gab. Mit schaurigem Geheul fuhr er durch hohle, glattgeschliffene Felsen. Der Himmel, so bleigrau wie das mit Steinen übersäte Land, wirkte zum Greifen nah.

Durch diese Einöde zogen im Gänsemarsch drei gedrungene Gestalten mit dem breitbeinigen Gang von Gnomen. Zum Schutz gegen den eisigen Wind hatten sie sich in schwere Umhänge gehüllt und die Kapuzen tief in die hochroten Gesichter gezogen. Auf ihren gekrümmten Rücken trugen sie große Kiepen. Jeder von ihnen hielt einen leuchtenden Kristallstab in der Hand, von dessen Spitze Lichtstrahlen kreuz und quer über den vor ihnen liegenden Weg glitten. Ihre glitzernden schwarzen Augen huschten gleichmäßig wie Uhrenpendel hin und her, während sie, den Lichtstrahlen folgend, den kargen Boden absuchten. Hin und wieder blieb einer von ihnen stehen, hob einen Stein auf und zerschlug ihn mit einem Hammer. Die meisten Brocken wurden mit einem Fluch beiseitegeschleudert. Doch gelegentlich fand sich in einem ein leuchtender Kristall, den der erfreute Finder unter hässlichem Gegacker über die Schulter in seinen Korb warf. Immer weiter zog das Trio und hielt weder, um zu essen, noch, um zu trinken, obwohl alle drei wussten, dass sich auf dieses seltsame dämmrige Land keine Nacht herabsenken würde.

Das Gelände wurde steiler, und wider jedes Naturgesetz begann von den Gesteinsbrocken unter ihren Füßen schwerer, dicker Nebel aufzusteigen und alle Konturen zu verwischen. Die Gnome rückten etwas dichter zusammen, ohne in ihrer Suche nach den in Stein verborgenen Schätzen nachzulassen. Plötzlich blieb ihr Anführer stehen und rief seinen Gefährten etwas zu. Sie kamen zu ihm den Hang hinauf und betrachteten seinen Fund. Es war ein großes Skelett, das sich hell vom grauen Gestein abhob. Da trug der Wind Stimmen und den Geruch von Gebratenem herüber. Die Gnome kannten diesen Geruch. Er stammte von gebratenem Menschenfleisch.

Vorsichtig, die Lichter der Kristallstäbe abgedunkelt, stiegen die Gnome weiter den Hang hinauf. Vor ihnen glomm ein Lagerfeuer, dessen Ränder der Nebel zu einem orangeroten Lichterkranz verzerrte. Vor den tanzenden Flammen zeichneten sich drei verschwommene Gestalten ab: zwei Erwachsene und ein Kind vielleicht, das hin und wieder in ein Musikinstrument blies. An einer Seite stand ein notdürftig errichtetes Zelt aus wild zusammengefügten Kleidungsstücken, die zwischen senkrecht aufgerichteten Steinen und den blutigen Überresten eines weiteren Kadavers aufgespannt waren. Der seltsame Wind von Mirrorscape, der stark genug war, um Felsen nach seinem Willen zu formen, aber dennoch zuließ, dass sich Nebel bildete, zerriss die Worte der Gruppe, sodass sie nur undeutlich und bruchstückhaft bei den Gnomen ankamen.

«… in die Sieben Königreiche zurückkehren und uns zurückholen …»

«… er mag Blenks jüngster Lehrjunge sein, aber …»

«… nur um ihn langsam sterben zu sehen …»

«… und seine aufdringlichen Freunde …»

«… hätten wir nur einen Verbündeten …»

«… jemanden, den es nach Macht und unermesslichem Reichtum gelüstet …»

«… der uns hilft, sie in die Falle zu locken …»

«… einen Verräter in ihre Mitte schicken …»

«… sie zu uns führt, wenn wir erst …»

«… aber welche Aussicht haben wir, jemals jemanden zu finden …»

«… nicht, solange wir hier festsitzen …»

Der Anführer der Gnome hatte nicht viel verstanden, doch er hatte die Worte gehört, die dem schwarzen Herzen eines Gnoms die größte Freude bereiteten. Er wechselte einen vielsagenden Blick mit seinen Gefährten, die ihm zunickten. Dann kletterte er durch den Nebel auf das Feuer zu.

«Wenn dabei Reichtümer herausspringen, habe ich die Lösung für euer Dilemma.»

DER ERSTE STURM

Der Saal des Erwachens

Es war das Knarzen, das an seinen Nerven zerrte. Als Mel in den Weidenkorb geklettert war, hatte ihn das Geräusch zunächst nicht gestört. Ja, er hatte es vor lauter Aufregung gar nicht bemerkt. Doch das war zu ebener Erde gewesen. Je höher man ihn an der turmhohen Fassade des Palasts des Geistes hinaufzog, desto eindringlicher wurde das Knarzen. Und nun, mehr als hundert Meter über den immer kleiner werdenden Dächern, konnte er das Geräusch nicht länger ignorieren. Mit einem Mal wurde Mel klar, dass es nicht nur der Korb war; auch das Seil selbst knarzte. Es knarzte, als wollte es jeden Moment reißen! Er fasste hinauf und packte das Seil mit seinen kleinen Händen. Es fühlte sich dick und fest an, straff wie eine Bogensehne und so breit wie sein Handgelenk. *Es kann unmöglich reißen, oder? Ich bin nicht sehr schwer, und der Korb erst recht nicht.* Doch dann wurde ihm noch etwas klar. Das Hanfseil hatte nicht nur sein Körpergewicht und das Gewicht des Korbes zu tragen, sondern auch sein Eigengewicht. Er versuchte zu überschlagen, wie lang das Seil sein mochte. *Einige Hundert Meter. Ein dickes Seil von dieser Länge muss … unglaublich schwer sein!*

Auf halber Strecke kam ein Gegengewicht an Mel vorbei, das am anderen Ende des Seils nach unten strebte. Noch mehr Gewicht! *Beruhige dich, Mel*, hörte er im Geiste seinen Mentor Fra Theum sagen. *Reiß dich zusammen. Du bist jetzt dreizehn und zu alt für solche Dummheiten*. Mel atmete tief durch und fuhr sich mit der Hand durch das blonde Haar, während seine eigene innere Stimme ihn nun ebenfalls zu beruhigen suchte. *Mit dem Korb werden sonst Mauersteine hinaufgezogen, oder etwa nicht? Im Vergleich dazu wiege ich fast gar nichts.* Das funktionierte einen Moment lang. Doch die Erleichterung währte nur so lange, bis ihm etwas anderes klar wurde. *Das Seil muss inzwischen verschlissen und ausgeleiert sein. Es wird nicht ewig halten. Irgendwann reißt es.*

Dann segelte eine Taube dicht am Korb vorbei. Leise, geschmeidig, mühelos. Mels blaue Augen sahen ihr sehnsüchtig nach, und seine Furcht verebbte, als er die atemberaubende Aussicht auf Vlam in sich aufnahm. Während sich der Korb langsam um die eigene Achse drehte, kam Mel in den Genuss des gemächlich vorüberziehenden Panoramas. In diesem zauberhaften Moment sah er alles wie zum ersten Mal.

Ein Fremder mochte beim ersten Blick auf die Stadt vermuten, sie sei auf drei steilen Hügeln errichtet worden, auf deren Kuppen drei riesige Paläste wie gewaltige Tropfsteine in den Himmel ragten. Doch Mel wusste, was nur den wenigsten bekannt war: dass die Hügel, auf denen diese uralten Bauwerke thronten, aus den Gebäuden selbst bestanden. Im Laufe zahlloser Generationen hatte eine jede mit wachsendem Reichtum und steigender Selbstgefälligkeit die ursprünglichen Strukturen erweitert. Zuerst war man in die Breite gegangen, und als dies nicht mehr möglich war, in die Höhe. Sobald ein Anbau fertig war, wurden die alten Räumlichkeiten samt ihrer Ausstattung zurückgelassen und die neuen bezogen und frisch eingerichtet. Die Grundfesten der drei Großen Häuser bestanden aus nichts anderem als aus ehemaligen Galerien und Kammern, hohl wie ein verlassener Termitenbau, leer und vergessen.

Die ursprünglichen Gebäudestrukturen waren nach so vielen Jahren nicht mehr auszumachen unter all den Arkaden, Kuppeln, Gauben, Türmen, Turmspitzen und Minaretten, welche die Fassaden überkrusteten. Sie waren durch ein solches Gewirr an Stegen, Brücken und Bögen miteinander verbunden und wiesen ein solches Übermaß an Wasserspeiern, Maßwerk und Firlefanz auf, dass man an wahnwitzig hohe Hochzeitstorten erinnert wurde, an denen ein verrückter Zuckerbäcker seine Verzierungen angebracht hatte. Turmhoch erhoben sich die fragilen Gebäude über den Rest der quirligen Stadt. Bei Nacht, wenn die Fenster erleuchtet waren, wirkten sie wie Säulen aus Sternen und bei Tag wie die großen, dunklen Zeiger von Sonnenuhren, deren Schatten im Laufe der Stunden über die umliegenden Bezirke wanderten.

Hinter Mel, in den östlichen Stadtteilen, erhob sich das Große Haus des Weisen von Vlam, der Palast des Geistes, auf dessen oberster Spitze ein goldenes Priesterwappen prangte. Im Westen der Stadt ragte unter dem violetten Banner König Spens der Palast der Monarchen empor, während im Norden auf den hohen Türmen des Gildenpalasts die bunten Fahnen der fünf Gilden flatterten, der mächtigen Geheimzünfte, die sämtliche Gewerbe vertraten und alles kontrollierten, was mit den fünf Sinnen zu tun hatte. Der Rest von Vlam erstreckte sich, wohin er konnte, und zog sich unterhalb der drei Großen Häuser über die Flanken der Hügel hinab, an deren Ausläufern die hohen Stadtmauern schließlich Einhalt geboten.

Mel konnte den Fluss Farn erkennen, der die Stadt in zwei ungleiche Hälften teilte. Wie eine steile Schlucht grub er sein Bett durch die Stadt und legte mit zunehmender Tiefe immer ältere Gebäudeschichten frei. Ganz deutlich sah Mel von seinem Aussichtspunkt die sieben Brücken der Stadt im frühherbstlichen Sonnenlicht. Wirbelnde Muster aus Menschen und Kutschen überquerten sie wie Ameisen, die zwischen ihren Nestern hin und her eilten. Darunter bewegten sich die dunklen Umrisse der Frachtschiffe und Lastkähne, die auf dem silbernen Wasser ihren Geschäften nachgingen. Glitzernde Lichter tanzten auf dem Fluss und bildeten die hellsten Akzente der ganzen Szenerie. Die Masten und Aufbauten vieler Schiffe und Flusskräne zeichneten sich scharf dagegen ab.

Mel erschrak, als sich der Korb langsam weiterdrehte und er sich einen kurzen Moment lang einem schaurigen Wasserspeier gegenübersah, dessen steinerne Fratze durch helle Flechten wie mit Pockennarben übersät war. Der Korb vollendete seine Drehung, und Mel starrte wieder in den Himmel. *Diese komische Wolke ist immer noch da. Sie erinnert mich an irgendetwas. Ganz bestimmt. Sie sieht fast aus wie …* Mel sah genauer hin. *Wie eine große Stadt. Da sind Türme und Dächer mit Zinnen und …* Er sah noch genauer hin. *Was sind das nur für wirbelnde Linien darunter? Ich habe ja schon öfter Luft-*

schlösser gesehen, aber noch nie so deutlich. Und diese Linien könnten fast …

Mit einem plötzlichen Ruck erreichte der Korb das Ziel und riss Mel aus seinen Gedanken, ehe er sie zu Ende führen konnte.

«Das war's, mein Junge. Pass auf, wo du hintrittst, wenn du aussteigst.»

Ein kräftiger Steinmetz packte Mel am Arm und half ihm auf eine überdachte Holzplattform, die wie ein Behelfsbalkon an der Seite des Gebäudes klebte. Auf der Plattform befand sich eine Tretmühle, die den Aufzug antrieb, mit dem Mel aus der Stadt heraufgekommen war. Zwei weitere Handwerker standen mit freiem Oberkörper, vom langen Hieven schweißüberströmt, im Rad der Tretmühle. Die Tatsache, dass alle drei leuchtend bunte Haut hatten – einer war rot, einer blau und der andere grün –, überraschte Mel nicht. Er erkannte in ihnen kürzlich freigelassene Gefangene der Fünften Gilde, die ihre leuchtende Färbung einem grausamen Aufenthalt in den Minen der Insel Kig verdankten, wo sie, wie Tausende andere auch, Farbstoffe aus dem pigmenthaltigen Gestein geschlagen hatten.

«Du willst zum neuen Saal, nehme ich an. Deine Freunde sind dort hinten», sagte der rote Steinmetz und wies mit dem Daumen über die Schulter.

«Ist sie immer noch da, Kamerad?», rief einer der Männer aus der Tretmühle.

«Ja, immer noch», erwiderte der rote Mann mit einem Blick zum Himmel. «Verflixt komisch, wenn du mich fragst. Hab noch nie eine Wolke gesehen, die sich so lange nicht vom Fleck rührt. Sie ist schon seit Tagen dort oben. Hat sich trotz der Brise nicht einen Zentimeter von der Stelle bewegt. Wird einfach bloß immer größer. Da stimmt was nicht.» Dann sah er zu Mel hinab: «Komm schon, Junge. Beweg dich. Im Gegensatz zu dir haben wir zu tun.»

Mit einem letzten Blick zur Wolke und einem Lächeln bedankte sich Mel bei den Arbeitern und schlängelte sich zwischen den aufgehäuften Baumaterialien hindurch zum hinteren Teil der Plattform, wo er durch das offene Fenster stieg, das als Behelfseingang in das Haus des Geistes diente. Drinnen wurde er von Ludo und Wren erwartet, seinen besten Freunden und Mitlehrlingen. Alle drei trugen das tiefblaue Samtwams, das weiße Seidenhemd und die enganliegenden Hosen, die zur Livree ihres Herrn Ambrosius Blenk gehörten, des größten Künstlers der Sieben Königreiche.

«Komm schon, du Schlafmütze. Wir haben noch ein Stück Weg vor uns», sagte Wren und führte sie durch einen Korridor.

«Du hast doch nicht etwa die Zeichnung zerknittert, Mel?», fragte Ludo. «Wir haben Blut und Wasser dabei geschwitzt.»

«Alles in Ordnung. Schau her.» Mel schwenkte eine große zusammengerollte Zeichnung und drückte sie vorsichtig, um die Einbuchtung zu beseitigen, die er mit seinem allzu festen Griff während der Fahrt nach oben hineingedrückt hatte. «Außerdem bin ich schließlich die halbe Nacht aufgeblieben, um sie fertigzustellen.»

«Du hast beim Kartenabheben verloren», sagte Ludo.

«Ich glaube immer noch, dass deine Karten gezinkt sind. Du verlierst nie, wenn wir um irgendetwas spielen. Immer nur Wren oder ich.»

«Hört auf, euch zu streiten, und spart euren Atem. Ihr werdet ihn noch brauchen», sagte Wren. «Seht mal.»

Sie standen im Eingang zum noch unfertigen Saal des Erwachens und reckten die Hälse, um den geordneten Wald aus Gerüsten zu erfassen, der den Raum bis unter die hohe Decke ausfüllte. Eine kleine Armee von Steinmetzen mit Lederschürzen eilte emsig darauf herum oder kletterte die zahllosen Leitern zwischen den Stangen und Planken hinauf und hinab. Einige weitere, von Tretmühlen angetriebene Aufzüge waren ebenfalls im Einsatz und transportierten Balken und behauene Steine nach oben. Überall im Saal wurden Nägel eingeschlagen, Steine behauen und Holz gesägt.

«Wollen wir fragen, ob wir in einem der Lastenaufzüge hinaufkönnen?», fragte Wren.

«Nein, lass uns lieber die Leitern nehmen», erwiderte Mel. «Eine Fahrt am Tag genügt.»

«Was ist los? Hast du Angst?», fragte Ludo.

«Wer, ich?»

«Hört auf damit.»

Als sie schließlich ganz nach oben geklettert waren, wünschte Mel, sie hätten doch den Lastenaufzug genommen. «Warum hat mir keiner gesagt, dass Leitern so wacklig sind?»

«Es ist weniger das Wackeln als die ganze Kletterei.» Wren rieb sich die schmerzenden Oberschenkel. «Und wie staubig es hier drinnen ist.» Sie schüttelte ihre langen kastanienbraunen Locken und löste damit einen Schneesturm aus feinem Staub aus. «Wo ist Ludo?»

«Hier.» Zwischen den Gerüststreben tauchte Ludos dunkler Schopf auf, und seine Haselnussaugen weiteten sich. «*Schmeer!* Ich hatte keine Ahnung, dass es so groß ist.» Er kletterte von der Leiter auf die Bohlen, die den Behelfsboden für etwas bildeten, das wie ein riesiger Raum mit tiefhängender Decke aussah. Das sich direkt über ihnen erstreckende Deckengewölbe gab ihnen das Gefühl, in einer gewaltigen Höhle zu sein – ein Effekt, der durch Dutzende von Kerzen und Öllampen noch verstärkt wurde, welche die Szenerie mit gelben Lichtflecken erhellten. Die drei Freunde standen wie gebannt da und begriffen mit einem Mal die Dimension des neuesten Projekts ihres Meisters, der beauftragt worden war, die Decke des Saals zu dekorieren. «Das wird *Jahre* dauern», sagte Ludo.

«Eigentlich nicht», antwortete Wren. «Wir müssen hier oben nicht so sehr ins Detail gehen wie bei einem Leinwandgemälde.»

Mel sah durch das Leiterloch auf die darunterliegenden Gerüste und die immer kleiner werdenden Arbeiter. «Wren hat recht. Wenn man von unten hochschaut, kann man keine Details mehr erkennen.»

Ludo blickte hinunter und trat unwillkürlich einen Schritt zurück. «*Boah!* Das ist wirklich hoch, was?»

«Was ist, Ludo? Hast du Angst?»

«Fangt nicht schon wieder damit an.» Wren ging zur anderen Seite hinüber. «Zeig mal den Entwurf, Mel.»

Mel hielt ein Ende der Arbeitsskizze fest, während Wren sie zur gewölbten Nische hin entrollte, die man ihnen in einer Ecke des Gesamtkunstwerks zugewiesen hatte. Der größte Teil des Deckenbildes war mit einfachen, kräftigen Strichen bereits angelegt. Riesige schlafende Gestalten, Menschen, Ungeheuer und Mischwesen aller Art bevölkerten eine geheimnisvolle Landschaft, über der gerade die Sonne aufging. Die gegenüberliegende Seite der Komposition würde im Dunkeln liegen, und dort, wo über der Szene die Dämmerung heraufzog, wichen die Schatten zurück, und die Gestalten erwachten im Tageslicht zum Leben. Der kleine Beitrag der Freunde bestand aus einem dreiköpfigen Ungeheuer. Jeder von ihnen hatte einen der Köpfe gestaltet, von denen der eine schlief, der andere erwachte und der dritte völlig munter war. Nach vielem Hin und Her hatten sie sich schließlich auf einen gemeinsamen Körper geeinigt.

«Du hast die Zeichnung zu klein angelegt, Ludo. Sie passt nicht.» Wren schüttelte den Kopf.

«Dafür kann ich nichts. Die Architekten müssen sich beim Maßstab vertan haben.»

«Es könnte nicht zufällig auch dein Fehler gewesen sein?», fragte Mel.

«Es hat keinen Zweck, sich gegenseitig Vorwürfe zu machen», sagte Wren. «Auf jeden Fall ist die Zeichnung zu klein. Das wird Bex nicht gefallen.» Mel und Ludo wussten, dass sie recht hatte. Der neue Oberlehrling war besser als sein grausamer und gemeiner Vorgänger Groot, doch dafür nahm er alles ganz genau.

«Wir dürfen es nicht vermasseln», erklärte Mel. «Der Meister hat uns diese Nische nur gegeben, weil wir ihn aus der Spiegelwelt gerettet haben.»

«Die Frage ist nur, was wir tun sollen», sagte Wren.

«Wenn wir zwischen den Köpfen des Ungeheuers einfach mehr Platz lassen und den Körper ein bisschen größer machen, wird es nicht weiter auffallen», schlug Mel vor.

«Aber das bedeutet für uns noch mehr Arbeit», meckerte Ludo. «Eigentlich ist heute unser freier Tag.»

«Wenn wir uns über die Kreatur schneller einig geworden wären, müssten wir heute nicht arbeiten», erwiderte Mel.

«Wir müssen damit fertig werden, ehe morgen die richtige Arbeit losgeht», sagte Wren.

«Bla, bla, bla», kam Ludos Kommentar.

«Sie hat recht, Ludo. Aber wir können nicht alle gleichzeitig daran arbeiten. Wir würden uns nur gegenseitig in die Quere kommen.»

«Warum lassen wir nicht die Karten entscheiden? Der Verlierer bleibt hier und überarbeitet die Skizze.» Ludo zog einen Stapel Spielkarten aus seinem Wams.

«Aber nicht mit deinem gezinkten Blatt», sagte Mel. «Es ist doch klar, wer gewinnt. Hört mal, mir macht es nichts aus, die Maße zu überarbeiten. Wir sehen uns dann später im Herrenhaus.»

«Bist du sicher?», fragte Wren.

«Hat er doch gesagt, oder nicht?», meinte Ludo. «Gehen wir. Es ist bald Zeit für das Nachtessen.»

Ehe Mel es sich anders überlegen konnte, waren seine Freunde über die Leiter verschwunden.

Nachdem er die Zeichnung mit größter Sorgfalt geändert und auf die frisch verputzte Wand der Nische übertragen hatte, räumte Mel seine Gerätschaften fort.

Während er seinen ganzen Mut zusammenraffte, um den langen Abstieg in den jetzt menschenleeren Saal anzutreten, kehrten seine Gedanken zu der seltsamen Wolke zurück und drängten sich ihm mit Macht ins Bewusstsein. *Es ist ein Spiegelzeichen! Die wirbelnden Linien unter der Wolkenstadt sehen genauso aus wie die ersten Bögen eines Spiegelzeichens! Das ist sicher kein Zufall.*

Als er die Gerüste etwa zur Hälfte hinabgeklettert war, hörte er das Glockengeläut, mit dem die Fra zu ihren Abendgebeten gerufen wurden, und kurz danach, nicht mehr ganz so weit entfernt, ein weiteres Läuten und dann noch eines. *Mist, die Vesper. Ich hätte nicht gedacht, dass es schon so spät ist. Deshalb sind keine Handwerker mehr da.* Mel kletterte schneller. Als er die unterste Gerüstplattform erreichte, die gerade so hoch war wie das Obergeschoss eines Hauses, hörte er Schritte herankommen. Direkt unter ihm stoppten sie, und zwei Frauen begannen ein leises Gespräch. Mel sah nach unten. Durch den Spalt zwischen den Bohlen konnte er so gerade eben zwei Gestalten ausmachen, die eine sehr groß, die andere klein. Sie trugen lange graue Roben und hatten die Kapuzen weit über den Kopf gezogen, um ihre Gesichter zu verbergen.

«Hier können wir uns in Ruhe unterhalten, Tunk.»

«Wie geht es mit dem großen Projekt voran, Mudge?»

«Jetzt, wo das erste Hindernis unten im Kerker des Palasts sitzt, läuft es gut, Schwester.»

«Und die Arbeit im Papierglockenturm?»

«Geht ebenfalls gut voran. Seit uns die Gerissenheit und das Geschick unserer Verbündeten drüben in der anderen Welt zugutekommen, wird der große Plan der Schwesternschaft endlich Wirklichkeit. Man hat uns schon viel zu lange übersehen. Schon bald werden die Leute erkennen, was wir wirklich wert sind. Die Arbeit schreitet rasch voran. In den nächsten Tagen werden die Kristalle ausgerichtet sein. Sicher hast du die ersten Resultate bereits gesehen.»

«Genau wie der Rest von Vlam.»

«Na und? Es sind blinde Narren, alle miteinander. Sie haben keine Ahnung, was sie da vor Augen haben. Das Zeichen wird bald fertig sein, und die Wunde in die andere Welt kann sich auftun. Der erste Sturm wird beginnen.»

«Und dann?»

«Wir werden über jedem der Großen Häuser einen Sturm heraufbeschwören. Drei Stürme, die den letzten, großen Sturm entfachen. Dann wird die große Wunde zwischen den Welten zu eitern beginnen, und Dämonen werden aus ihr heraussickern. Unsere Herrin kann so viele davon haben, wie sie will. Sie werden die Stadt überrennen. In den Straßen von Vlam wird es bald mehr Dämonen geben als Flöhe im Fell eines Hundes. Dann können unsere Verbündeten zu uns stoßen, und wir besiegen gemeinsam die dämonischen Eindringlinge und retten die Stadt. Die Leute werden so dankbar sein, dass sie uns alles gewähren, was wir uns wünschen.»

«Bald wird das Königreich fallen, und ganz Nem wird uns gehören!»

Die Bibliothek des Weisen

Mel wurde plötzlich eiskalt. Er lauschte den Schritten, die sich in der Ferne verloren. Nach einer halben Ewigkeit, wie es ihm schien, stieß er endlich die Luft aus, die er unbewusst angehalten hatte. Vorsichtig ging er zum Rand der Plattform und blickte hinab. Es war niemand mehr da; er war ganz allein. Er stieg die letzte Leiter hinunter. Ob das leichte Zittern in den Beinen von der langen Kletterei kam oder von dem, was er gerade mit angehört hatte, konnte er nicht sagen.

Die andere Welt. Ich wette, das ist Mirrorscape! Und das «Zeichen» muss das Spiegelzeichen sein. Dann kennen sie also das Geheimnis. Dämonen in den Straßen von Vlam! Mel schauderte. *Ich muss zurück zum Herrenhaus und den anderen Bescheid sagen.*

Mel machte sich auf den Weg durch den verlassenen Palast zur großen Treppe, die sich fast durch das gesamte Gebäude hinabwand. Während er die Stufen hinunterrannte, passierte er die hohe, offen stehende Eingangstür zur Bibliothek des Weisen. Es war ein höhlenartiger Raum, der vom Boden bis zur hohen Decke aus ledergebundenen Büchern zu bestehen schien. In der Mitte stand ein langer großer Tisch, der vom buntgescheckten Licht beschienen wurde, das durch ein hohes Buntglasfenster hereinfiel. Obenauf lagen mehrere aufgeschlagene Folianten. Die Versuchung war zu groß. Mel trat ein und blätterte durch den erstbesten Band.

Skrietsch, skrietsch. «Was tust du da, Melkin Womper?» Aus einer Seitengalerie kam ein alter Priester in einem quietschenden Rollstuhl auf ihn zugerollt.

«Sie nennen mich immer nur bei meinem vollen Namen, wenn ich mich dumm benehme oder wenn ich etwas angestellt habe.»

«Und hast du das?»

«Wer, ich?», fragte Mel mit gespielter Unschuld und breitem Lächeln. «Wie geht es Ihnen, Fra? Ich dachte, Sie wären mit den anderen bei der Vesper.»

«Alte Krüppel wie ich müssen in der Bibliothek bleiben. Es fällt niemandem auf, wenn wir nicht zum Gebet erscheinen. Außerdem gibt es hier viel zu viel zu tun. Du würdest nicht glauben, wie viele Bücher fehlen. Aber was tust du hier? Du bist doch sicher nicht nur gekommen, um dich nach meinem Befinden zu erkundigen.»

«Oh, ich habe länger gearbeitet. Der Meister hat Ludo, Wren und mir im Saal des Erwachens ein Deckenstück überlassen, an dem wir arbeiten dürfen. Ganz allein. Und wir haben ein dreiköpfiges … Tut mir leid, das habe ich Ihnen alles schon erzählt, nicht?»

«Nur ungefähr zwei Dutzend Mal.» Der alte Mann lächelte.

«Ich war auf dem Weg zurück ins Herrenhaus, als ich gesehen habe, dass die Tür offen steht. Aber jetzt muss ich weiter, damit … damit ich das Abendbrot nicht verpasse.»

«Der Mel, den ich kenne, hat sich nie viel um seinen Magen gekümmert. Aber es macht nichts; du musst mir nicht erzählen, was du vorhast. Wahrscheinlich ist es ohnehin besser, wenn ich nichts weiß. Wenn du mir kurz hilfst, zeige ich dir den Weg nach draußen.» *Skrietsch, skrietsch.* Fra Theum rollte zum Tisch und schlug ein großes ledergebundendes Buch mit Eisenbeschlägen auf.

«Das ist der Palast des Geistes!»

«Gut beobachtet», lobte der Fra, während er die reichbebilderten Seiten des Wälzers glatt strich. «Schau her.» Er blätterte die dicken weichen Seiten bis zum Anfang um. «So hat das Haus vor fast tausend Jahren ausgesehen.» Bei der handgezeichneten Abbildung handelte es sich um eine Miniaturansicht des Gebäudes, das von der Seite wie ein gedrungenes Dreieck wirkte. «Die Zeichnungen zeigen den Palast im Abstand von etwa achtzig oder hundert Jahren.» Je weiter der Fra vorblätterte, desto mehr schien das Haus des Geistes zu wachsen. «Und auf diesem letzten Bild sieht man, wie es zur Zeit meines Urgroßvaters ausgesehen hat. Es müsste noch eine weitere Ansicht geben, aber sie wurde herausgerissen. Wenn ich denjenigen, der dafür verantwortlich ist, jemals erwische … Wir werden bald eine weitere Ansicht brauchen, die den neuen Saal des Erwachens zeigt und die Teile, die zu meinen Lebzeiten hinzugefügt wurden.»

Mel beugte sich tiefer. «Wo ist der Papierglockenturm?»

«Der *Papier*glockenturm? Davon habe ich noch nie gehört. Sehen wir mal nach.» Der Fra blätterte weiter zum Inhaltsverzeichnis hinten im Buch. «Es gibt keinen Papierglockenturm. Diese Liste hier ist auf dem neuesten Stand, auch wenn die Bilder es nicht sind. Wo hast du denn davon gehört?»

«Einer der Handwerker hat ihn erwähnt. Aber ich muss mich wohl verhört haben. Fra, gibt es eigentlich auch weibliche Fra?»

«Die Tern, Mel. Man nennt sie Ter Sowieso und Ter Sowieso. Es gibt nur wenige. Warum fragst du? Waren es wieder die Handwerker? Du solltest nichts darauf geben, was du von ihnen so hörst. Sie können nichts außer arbeiten, saufen und fluchen.»

«Was tun diese Tern?»

«Heutzutage so gut wie gar nichts. Vor langer Zeit setzte sich der damalige Weise in den Kopf, dass Frauen Teufel und Dämonen aufspüren könnten. Er gründete hier im Palast des Geistes eine Schwesternschaft und ernannte irgendeine Verrückte zu ihrer Anführerin. Morgana hieß sie, glaube ich. Sie hätte eher in eine Anstalt gehört. Ich fürchte, es wurden viele Menschen gefoltert und verbrannt, bevor man begriff, dass es so etwas wie Dämonen nicht gibt …»

O doch, die gibt es.

«… Doch das war vor langer, langer Zeit. Es gibt noch einige Tern – der Titel wird über die mütterliche Seite weitergegeben, musst du wissen –, aber sie haben nur noch zeremonielle Bedeutung. Es heißt sogar, dass die Schwesternschaft ganz aufgelöst werden soll.»

«Tragen sie braune Roben, so wie Sie eine tragen? Oder schwarze wie die anderen Fra?»

«Du bestehst ja heute nur aus Fragen, Mel.»

«Tut mir leid.»

«Nein, du musst dich nicht entschuldigen. Nur wenn du fragst, lernst du etwas. Die Gemeinen Fra tragen den braunen Habit und die Hohen Fra den schwarzen.»

«Warum die unterschiedlichen Farben?»

«Früher gehörten wir alle zum selben Orden, doch im Laufe der Jahre führten Unterschiede in unseren Glaubensgrundsätzen zur Trennung. Heute muss ich bedauerlicherweise sagen, dass unsere beiden Orden nur noch wenig gemeinsam haben. *Wir* glauben, dass es wichtig ist, den Bedürftigen zu helfen, während die Hohen Fra … nun ja, sie glauben an andere Dinge. Manche vermuten, dass die Hohen Fra uns gerne auflösen würden, damit es nur noch einen Orden gibt.» Der alte Priester runzelte die Stirn. «Aber die politischen Intrigen im Palast des Geistes sind nichts für dich. Wo war ich stehengeblieben? Ach ja, die Farben. Die Patriarchen tragen Rot …»

«Genau wie die Fünfte Gilde», entfuhr es Mel.

Unbewusst fasste sich der alte Mann an die rechte Hand. Die Fingernägel waren nachgewachsen. Aber die Finger selbst waren steif geblieben, ein bleibendes Andenken an die Folter, die er unter der Fünften Gilde erlitten hatte.

«Tut mir leid, Fra. Ich wollte nicht … Sie wissen schon.»

Fra Theum lächelte matt. «Macht nichts, macht nichts. Die Tern tragen einen grauen Habit, wenn mein Gedächtnis mich nicht trügt. Und außerhalb ihrer Ordensräume sieht man sie nie ohne Kapuze. Sie haben eine eigene, merkwürdige Tonsur. Ganz anders als der kahlrasierte Fleck der Fra. Sie leben sehr zurückgezogen. Man begegnet ihnen nur selten im Palast. In letzter Zeit hat es in den oberen Rängen unseres Hauses einigen Aufruhr gegeben, aber ich glaube nicht, dass es die Schwesternschaft noch lange geben wird. Warum interessierst du dich plötzlich so sehr für die Vorgänge im Haus des Geistes?»

«Reine Neugier. Sonst nichts.»

Fra Theum musterte seinen Schützling eindringlich. «Ich kenne diesen Gesichtsausdruck. Egal was du vorhast, versprich mir, dass du dich in Acht nimmst. Und jetzt streich diese Seite für mich glatt, während ich sie mit dem Klebestreifen in Ordnung bringe. Mit einer Hand ist das schwierig. Dann zeige ich dir den Weg nach Hause.»

«Wie viele Bücher werden denn vermisst?»

«Weiß ich nicht, Ludo. Das hat Fra Theum nicht gesagt. Und ich wollte nicht noch mehr Fragen stellen, weil er ohnehin schon misstrauisch wurde.»

Mel, Ludo und Wren befanden sich in der Uhrenkammer der großen Turmuhr, die die Vorderseite des Herrenhauses von Ambrosius Blenk zierte. Wrens Vater hatte sie gebaut, und nun diente sie den Freunden als geheimer Treffpunkt. Rund um sie herum tickte und tackte, schnurrte und tanzte der Uhrenmechanismus im diffusen Licht, das durch das riesige Zifferglas hereinfiel.

Wren, die gerade eine der mechanischen Figuren befestigte, die zu jeder vollen Stunde über das Ziffernblatt spazierten, unterbrach ihre Arbeit. «Diese Ter hat also gesagt, das erste Hindernis sei aus dem Weg geräumt. Was für ein Hindernis?»

«Es muss eine Person sein», sagte Mel. «Jedenfalls sperrt man die normalerweise in einen Kerker.»

«Also gut. Aber was ist mit dem Rest?», fragte Ludo.

«Ich glaube immer noch, dass diese komische Wolke ein Spiegelzeichen hat», sagte Mel. «Oder zumindest den Anfang davon.»

«Red keinen Unsinn», sagte Ludo. «Mit Spiegelzeichen versieht man Bilder. Man kann sie nicht an den Himmel malen. Wolken sind schließlich keine Farbe.»

«Für was hältst du es denn dann?», fragte Mel.

«Für eine Wolke», erwiderte Ludo. «Wolken sehen aus wie Wolken.»

«Aber nicht alle», widersprach Wren. «Ich habe auch schon Schlösser gesehen und Tiere. Und du bestimmt auch.»

«Ja, aber das sind doch keine *echten* Bilder», sagte Ludo. «Sie sehen ihnen einfach nur ein bisschen ähnlich.»

«Das tun gemalte Dinge auch», sagte Mel. «Sie sind eigentlich nur Farbflecken, aber man hält sie trotzdem für etwas anderes.»

«Das ist nicht das Gleiche. Die Farbe bleibt da, wo der Künstler sie hinmalt. Aber Wolken ziehen von hier nach da, je nachdem, wohin sie der Wind treibt», sagte Ludo mit skeptischer Miene.

«Diese hier nicht», meinte Wren.

«Glaubt ihr wirklich, dass die Tern ein Spiegelzeichen aus Wolken malen können?», fragte Ludo. «Sie wissen doch gar nicht, wie es aussieht. Und selbst wenn sie es wüssten, gibt es auf dieser ‹anderen Seite› nichts, aus dem Dämonen auftauchen könnten. Da oben ist doch nur Himmel.»

«Auf der anderen Seite eines Gemäldes ist auch nur

Leinwand und Luft», sagte Mel. «Und trotzdem wissen wir, dass dort die Spiegelwelt liegt. Außerdem können Wolken Stürme hervorrufen. Das musst du zugeben.»

«Für mich sieht das nicht nach einer Sturmwolke aus», sagte Ludo. «Und diese ‹Wunde in die andere Welt› schon gar nicht. Was sollen das denn für geheimnisvolle ‹Verbündete› sein? Regentropfen?»

«Was soll die ‹andere Welt› denn anderes sein als Mirrorscape?», fragte Mel zurück.

«Ich weiß es nicht. Vielleicht meinen die Tern damit das Leben nach dem Tod?», warf Wren ein.

«Ein Leben nach dem Tod, in dem es Dämonen gibt?»

«Vielleicht», sagte Ludo. «Hängt davon ab, wie böse man gewesen ist.»

«Wir sollten den Meister fragen», schlug Wren vor. «Er wird es wissen.»

«Ihn was fragen?», sagte Mel. «Wir wissen nichts, bis auf das, was ich aufgeschnappt habe. Er wird sagen, dass ich mich verhört habe. Außerdem wird er wissen wollen, was wir an unserem freien Tag im Saal des Erwachens verloren hatten. Dann würden wir zugeben müssen, dass wir mit der Zeichnung spät dran waren. Ihr wisst, wie streng er ist, wenn es um die Arbeit geht.»

«Wir könnten die Karten zurate ziehen.» Ludo mischte sein Blatt.

«Nicht schon wieder», sagte Mel mit einem müden Seufzer. «Sie werden uns gar nichts verraten.»

«Klar werden sie das. Sie können die Zukunft vorhersagen – das habe ich selbst gesehen. Warum sollten sie uns dann nicht sagen, wo diese Wunde ist?»

«Weil man dafür ein Wahrsager sein muss», antwortete Mel. «Woher hast du sie überhaupt?»

«Er hat sie aus Groots Fach genommen. Ehe Bex es ausgeräumt hat», sagte Wren.

«Wenn sie diesem Grobian gehört haben, sind sie *garantiert* gezinkt», erklärte Mel.

«Ja, aber jetzt ist er fort», sagte Ludo. «Er, Adolfus Spute und ihre Handlanger.»

«Glaubt ihr, dass sie immer noch in diesem Gemälde eingeschlossen sind, tief unter Vlam?», fragte Wren.

«Das müssen sie sein», meinte Mel. «Das Spiegelzeichen, das ihr Bild aufschließen konnte, existiert nicht mehr. Sie können unmöglich entkommen sein. Ausgeschlossen.»

Unsicher lächelten sich die Freunde an.

Wren kam herüber und setzte sich zu den Jungen auf den Boden. «Hört mal, warum sehen wir uns diesen Papierglockenturm nicht an? Ich wette, wenn wir ihn finden, können wir eine Menge über die Sache in Erfahrung bringen.»

«Vorausgesetzt, es gibt ihn», sagte Ludo.

«Jedenfalls werden wir eine ganze Weile im Palast des Geistes beschäftigt sein. Irgendjemand weiß bestimmt davon», sagte Wren.

«Stimmt», sagte Mel. «Aber wir müssen sehr vorsichtig sein. Ich habe das Gefühl, dass uns, wenn die Tern davon erfahren, der Kerker droht. Oder Schlimmeres.»

Der abendliche Bücherlauf

Am Ende des folgenden Tages waren die Freunde kein bisschen schlauer. Ambrosius Blenks Künstlerwerkstatt war mit Mann und Maus aus dem verwinkelten Herrenhaus in den Saal des Erwachens umgezogen, um dort an dem riesigen Deckengemälde zu arbeiten. Als jüngste Lehrlinge waren die Freunde ununterbrochen damit beschäftigt gewesen, Material zu holen und hinter dem Meister und den älteren Jungen aufzuräumen.

«Macht schon, ihr junges Gemüse!», trieb Bex sie an. «Henk braucht neue Farben, und einer von euch muss das verschüttete Öl aufwischen, ehe jemand im Sturzflug vom Gerüst fliegt.»

«Der Kerl ist ein alter Sklaventreiber», murrte Ludo.

«Wäre es dir lieber, wenn Groot wieder das Sagen hätte?», fragte Wren.

«Bex ist schon in Ordnung», meinte Mel. «Er ist streng, aber gerecht. Groot war einfach nur bösartig.»

«Aber wenn es so weitergeht, können wir nie mit unserer Nische anfangen», sagte Ludo.

«Ich frage ihn, ob wir länger bleiben und daran arbeiten dürfen, wenn es hier ruhiger ist», sagte Mel.

«Mel, Ludo, Wren. Benutzt lieber eure Hände statt die Zunge!», rief Bex ihnen von seiner Arbeit aus zu.

Als Mel später hinabgeschickt wurde, um einen fallen gelassenen Pinsel heraufzuholen, fragte er einen Steinmetzen nach dem Papierglockenturm.

«Willst du mich auf den Arm nehmen, Junge? So was gibt's nicht. Glockentürme sind nun mal aus Stein und nicht aus Papier. Ist doch klar! Was glaubst du wohl, was mit einem Glockenturm aus Papier passiert, wenn's zum ersten Mal regnet?»

Ludos behutsamer Vorstoß beim Meister war auch nicht aufschlussreicher.

«Cleef, hol mir bitte einen Bleistift.»

«Ja, Meister. Hier auf diesem *Papier* liegt einer.»

«Nun mach schon. Mir ist jeder recht.»

«Dann kann ich den auf dem *Papier* nehmen?», fragte Ludo hoffnungsvoll. «Bleistifte und *Papier* gehören doch zusammen wie … wie Glocken und *Glockentürme*, nicht?»

«Ja, ja. Her damit! Danke.»

«Na, das wäre doch mal was, Meister: ein *Papierglockenturm*.»

«Papierglocken funktionieren nicht, Cleef», sagte Ambrosius Blenk geistesabwesend beim Zeichnen. «Sie haben keinen Klang. Würden nicht mehr als ein dumpfes Rascheln zustande bringen. Bronze eignet sich für Glocken am besten. Allerdings stört es die Fledermäuse, die in den Glockentürmen leben. Es sind Säugetiere, musst du wissen, genau wie wir. Flugsäuger, im Gegensatz zu Landsäugetieren oder Meeressäugern wie den Robben.» Ambrosius Blenk wickelte sich den langen Bart um die Finger einer Hand, während er am Rand seiner Arbeitsskizze eine dicke Robbe einfügte. «Flug und Meer», murmelte er vor sich hin. «Ich frage mich …» Seine stechend blauen Augen funkelten, als er mit wenigen geübten Strichen ein Paar Fledermausflügel und dann zwei menschliche Beine hinzufügte. «Nicht schlecht, nicht schlecht. Aber es fehlt noch etwas …» Er verwandelte die Füße in Schwimmfüße und fügte ein Geweih mit brennenden Spitzen hinzu, was die ganze Kreation in einen lebendigen Kerzenständer verwandelte. «Mmm. Mehr Licht. Ich brauche mehr Licht. Hol mir noch ein paar Kerzen, Cleef. Ich kann gar nicht sehen, was ich hier tue.» Er skizzierte einen Nachthimmel hinter der fliegenden Robbe. «Sternbilder und Planeten, vielleicht sollte …» Der Meister hob den Kopf. «Was ist, Cleef? Warum stehst du da herum? Hast du nichts zu tun?»

In zehn Sekunden vom Bleistift in den Weltraum. Wie macht er das nur? Kopfschüttelnd ging Ludo fort.

Als ein junger Priesterschüler auf das Gerüst stieg, um sich das im Entstehen begriffene Deckengemälde anzusehen, versuchte Wren ihm ein paar Informationen zu entlocken.

«Da du mich danach fragst, mein Kind, muss ich sagen, dass ich mich tatsächlich mit den Glocken auskenne. Das gehört zu den vielen Dingen, die wir im Priesterseminar lernen müssen. Sie werden jeden Tag sieben Mal geläutet, weißt du.» Der Novize faltete die Hände vor den Bauch und erging sich in seinen Ausführungen.

O nein. Warum muss ich ausgerechnet an einen Glockenliebhaber geraten? Wren blendete sich für eine Weile aus, während der

Priesterschüler ihr alles, was er jemals über Glocken gehört hatte, bis ins Kleinste darlegte. Erst bei einem bestimmten Wort horchte sie wieder auf.

«… Glockentürme, von denen das Geläut ertönt. Ich kann sie bestimmt alle aufzählen. Es gibt den Granitglockenturm, den Südglockenturm, den Patriarchenglockenturm, den Marmorglockenturm, den Kreuzglockenturm – über diesen erzählt man sich übrigens eine interessante Geschichte. Vor langer Zeit, im Jahr …»

Halbtot vor Langeweile bedankte sich Wren mehr als zwanzig Minuten später bei dem Novizen für dessen «interessante Erklärung» und kehrte zu ihren Pflichten zurück. Das Verdächtigste am Papierglockenturm war sein Nichtvorhandensein.

«Also gut», sagte Bex, als Mel und seine Freunde gegen Ende des Tages sauber machten. «Ihr könnt noch ein paar Stunden dableiben und an eurer Nische arbeiten. Aber denkt daran, dass ihr vor Toresschluss zurück sein müsst. Ihr könnt die Reste der heutigen Verpflegung aufessen, denn das Nachtessen werdet ihr verpassen.»

Eine Stunde oder länger arbeiteten die Freunde an ihrem Werk, und wenn sie nicht gerade Käse, Schinken oder altbackenes Brot im Mund hatten – die Reste des auf dem Gerüst angerichteten Büfetts –, unterhielten sie sich darüber, was sie alles nicht über den Papierglockenturm herausgefunden hatten. Als das Vespergeläut ertönte, kletterten sie vom Gerüst.

«Den Aufzug können wir um diese Uhrzeit nicht mehr nehmen», sagte Wren.

«Ich kenne den Weg nach draußen», sagte Mel. «Kommt mit.»

Als sie auf einem Absatz der großen Treppe anlangten, hörten sie hallende Schritte heraufkommen. Ludo spähte die Treppe hinab. «Schnell, versteckt euch! Da kommen ein paar Grauroben.»

Hinter einer dicken Säule sahen sie zu, wie zwei verhüllte Gestalten – die eine sehr groß, die andere eher schmächtig und klein, jede mit einem Arm voller Bücher – aus Richtung der Bibliothek heraufkamen.

«Ich glaube, das sind sie», sagte Mel leise. «Mudge und Tunk. Die beiden, die ich belauscht habe.»

«Kommt mit», flüsterte Wren. «Sehen wir nach, wo sie hingehen.»

Die Freunde verfolgten die Tern, bis diese die Treppe verließen, ein kurzes Stück durch einen Korridor gingen und an einer großen Tür mit einem offensichtlich vereinbarten Klopfzeichen Einlass forderten.

«Schnell, hier rein!» Wren drückte sich in eine Türöffnung, und die beiden Jungen taten es ihr gleich. Ein dumpfes Gepolter ertönte.

Ludo spähte in den Gang. «Die Kleine hat ihre Bücher fallen lassen. Und jetzt hilft ihr die Große beim Aufsammeln.» Sie hörten die Tür zufallen.

«Sie hat eins vergessen», stellte Mel fest.

«Ich hole es», sagte Wren. «Bleibt hier.» Sie holte das riesige Buch, das hinter eine Schmuckvase gefallen war. Dabei rutschte eine lose Seite heraus, die direkt vor Mels Füßen landete. Er hob sie auf, und die Freunde eilten davon und blieben erst stehen, als sie das Gefühl hatten, weit genug entfernt zu sein. «Es ist bloß eine Sammlung alter Reden», meinte Wren, als sie das Buch durchblätterte. «Und ziemlich langweilige dazu. Was ist auf dem Lesezeichen zu sehen, Mel?»

«Das ist der Palast des Geistes», sagte Mel, als er die Zeichnung entfaltete. «Es ist die fehlende Seite aus dem Buch, das Fra Theum mir gezeigt hat.»

«Aber warum hatte sie die Seite?», wunderte sich Wren.

«Als Andenken vielleicht», vermutete Ludo.

Mel schüttelte den Kopf. «Sehr sentimental sah sie nicht gerade aus. Vielleicht wollte sie nicht, dass jemand anderes die Zeichnung sieht. Wir sollten die Sachen in die Bibliothek zurückbringen.»

«Klar, aber nicht jetzt», sagte Ludo. «Wir müssen vor Toresschluss zu Hause sein.»

Am nächsten Morgen gingen die Freunde sogar noch früher als sonst aus dem Haus. Sie hatten vor, das Buch zurückzubringen und eine Stunde an ihrer Nische zu arbeiten, ehe das eigentliche Tagwerk begann. Während sie durch die engen, gewundenen Gassen zum Palast des Geistes hinaufmarschierten, ging die Sonne auf und tauchte die Steine von Vlam in sanftes, goldenes Licht, dass die blanken Kupferkuppeln nur so glänzten und die Fensterscheiben wie Sterne aufleuchteten.

«Verdammte Hügel. Bis man endlich bei diesem Schmeerpalast ankommt, ist man ja fix und fertig.»

«Wie redest du denn, Ludo? Du bist wohl zu viel mit den Handwerkern zusammen», sagte Wren.

«Und was ist mit dir los? Du bist ja so gereizt heute Morgen», stellte Ludo fest.

«Wirklich? Tut mir leid. Ich habe sehr schlecht geschlafen. Das Gewitter hat mich aufgeweckt, und dann konnte ich nicht mehr einschlafen.»

«Das da ist nie im Leben eine Gewitterwolke.» Ludo sah zur seltsam geformten Wolke am sonst klaren Himmel hinauf.

«Ich habe das Gewitter auch gehört», sagte Mel. «Aber diese Wolke kann unmöglich etwas damit zu tun gehabt haben. Gewitterwolken sind groß, schwarz und ambossförmig. Trotzdem hat Ludo in einem Punkt recht: Es geht wirklich die ganze Zeit bergauf.» Er wies mit dem Kopf zu dem hoch aufragenden Palast, der nun, vom Ausgang der schmalen Gasse eingerahmt, in Sicht kam. «Ich könnte wetten, dass die Zeichnung hier irgendwo in der Nähe angefertigt wurde.» Er zog die herausgerissene Seite aus dem Redenbuch, in dem er sie aufbewahrt hatte. «Ja, seht nur.»

«Ziemlich schlechte Beobachtungsgabe», sagte Ludo verächtlich, als er Mel über die Schulter blickte. «Wer immer der Maler war, hat es jedenfalls nicht richtig hinbekommen. Sieh mal, hier an der Nordseite stimmt etwas nicht überein.» Er zeigte es ihnen auf dem Blatt.

«Das ist der Saal des Erwachens», sagte Mel. «Die Zeichnung wurde angefertigt, bevor man damit begonnen hat.»

«Nein, nicht das. *Das da!*» Ludo wies mit dem Finger auf eine Stelle direkt darüber.

«Was ist das?» Zum besseren Vergleich hielt Mel die

Zeichnung hoch. Am Gebäude war ein weiterer Anbau zu sehen, der in der Zeichnung nicht abgebildet war. «Ist das ein Turm? Oder vielleicht ein …»

Sie sprachen es alle gleichzeitig aus: «Glockenturm!»

«Das ging schnell», sagte Ludo, als Mel zu ihnen in die Nische kam, um daran weiterzuarbeiten. «Hast du denn Fra Theum inzwischen erzählt, wo wir das Buch gefunden haben?»

«Nein. Ich dachte mir, dass wir erst mehr herausfinden müssen, ehe wir jemandem davon erzählen. Aber er hat gesagt, dass seit gestern noch mehr Bücher verschwunden sind.»

«Wohin bringen sie die ganzen Bücher?», fragte sich Wren. «Das ergibt doch keinen Sinn.»

«Keine Ahnung. Er meint, es würden sogar noch mehr Folianten vermisst, als er zuerst angenommen hatte. Viele davon sind sehr wertvoll.»

«Welche Art von Büchern?», fragte Wren. «Wenn wir wüssten, womit sie sich beschäftigen, könnte uns das vielleicht einen Hinweis darauf geben, warum die Tern sie stehlen.»

«Es geht um alles Mögliche», sagte Mel. «Berühmte Reden wie in dem Buch, das wir gefunden haben, Kräuter, Atlanten, Urkunden – sogar alte Kassenbücher. Soweit ich das sehe, haben sie nur eines gemeinsam.»

«Und das wäre?», fragte Ludo.

«Sie sind alle groß und dick», sagte Wren. «Aber warum sollte sich jemand nur für große Bücher interessieren?»

«Bleibt ihr wieder länger hier, oder geht ihr mit uns zum Herrenhaus zurück?», rief Bex, als er und die anderen Lehrlinge sich am Abend auf den Rückweg machten.

«Wir bleiben noch ein bisschen und arbeiten an unserer Nische», antwortete Mel. «Wenn dir das recht ist.»

Bex nickte. «In Ordnung. Aber vergesst nicht, hinterher aufzuräumen.»

«Sind sie weg?», fragte Ludo kurz danach.

«Ja», sagte Wren und sah über den Rand des Gerüsts. «Also, laut Zeichnung müsste sich der merkwürdige Glockenturm direkt über uns befinden. Ich wette, es ist dieser Papierglockenturm. Wie kommen wir dorthin?»

«Über die große Treppe?», schlug Ludo vor.

«Würde ich auch vermuten», sagte Mel.

Sie landeten vor der gleichen Tür, durch die die beiden Tern am Vorabend verschwunden waren.

«Wir müssen direkt über dem Saal des Erwachens sein», meinte Mel. «Wahrscheinlich kommt man nur durch diese Tür zum Glockenturm.»

«Und jetzt?», fragte Ludo. «Machen wir klopf-klopf?»

«Es war ein ganz bestimmtes Zeichen, und ich kann mich nicht mehr daran erinnern», sagte Wren. «Außerdem haben wir wenig Ähnlichkeit mit Tern. Sie würden uns nie reinlassen.»

«Vielleicht gibt's einen anderen Weg hinein …»

«Schnell, da kommt jemand!» Wren führte sie hinter eine der großen Vasen, die zu beiden Seiten des Eingangs standen.

«Scheint der abendliche Bücherlauf zu sein», flüsterte Ludo.

Sie hielten die Luft an, als die Schritte lauter wurden.

«Sind wir endlich da, Tunk? Ich kann gar nicht sehen, wo ich hinlaufe», sagte die kleine Ter.

«Geschieht dir ganz recht. Was trägst du auch so viele auf einmal.»

«Wenn wir mehr tragen, müssen wir nicht so oft hin- und herlaufen.»

«Wie du meinst. Aber ob einem die Arme weh tun oder die Beine, bleibt sich am Ende gleich; es ist eine Sch…»

«Tunk!»

Ter Tunk machte das geheime Klopfzeichen. Niemand kam, deshalb wiederholte sie es ein zweites und dann ein drittes Mal. Sie murmelte etwas, dann klirrten Schlüssel an einer Kette, mit denen sie die Tür aufsperrte, gefolgt vom dumpfen Gepolter herabstürzender Bücher.

«Nicht schon wieder, Mudge. Nein, nein, lass sie liegen und mach die Tür nicht zu. Es ist niemand da. Sie sind alle bei der Vesper. Hilf mir zuerst, die hier nach oben zu bringen, dann holen wir die anderen.»

«Ja, Tunk. Ich komme schon.»

Die Schritte verhallten.

«Schnell», flüsterte Mel. «Die Chance kommt vielleicht nie wieder.»

Nach kurzem Zögern folgten ihm Wren und Ludo durch die Tür.

Die Freunde betraten eine düstere, gewölbte kleine Vorhalle, von der zahlreiche Bogentüren abgingen. An den Wänden zwischen den Türen hingen große Gemälde und Teppiche, die im trüben Licht kaum zu erkennen waren. Direkt vor ihnen führte eine breite, doppelläufige Treppe nach oben, die ebenfalls von Bildern gesäumt war. Dahinter setzte sich die Halle fort.

Schritte kamen die Treppe herab.

Mel sah sich um und signalisierte Wren und Ludo, ihm zu folgen. Er drückte auf eine Türklinke: verschlossen. Die zweite ebenso. In diesem Moment ging hinten am anderen Ende eine Tür auf, und helles Licht strömte in die Halle.

«Wer ist da?», fragte eine hochgewachsene, elegante Frau, deren Gestalt sich im Licht abzeichnete. Ihr langer Schatten ergoss sich wie ein Ölfleck auf den Hallenboden. Sie sah Mel direkt ins Gesicht.

Diesem blieb vor Schreck fast das Herz stehen. «Schnell, hakt euch unter!», zischte er. Während die Freunde sich bei ihm einhängten, machte er die komplizierte Geste des Spiegelzeichens in die Luft, um eines der Bilder aufzuschließen. Die Freunde verschwanden.

«Wir sind's nur, Herrin, Tunk und ich», sagte Ter Mudge, als sie den Fuß der Treppe erreichte. Sie versuchte die Stimmung der großen Frau an deren Gesicht abzulesen, doch im hellen Gegenlicht war es nicht zu deuten.

«Habt ihr etwas gehört? Kinderstimmen?»

«Nein, Herrin.»

«Ihr Dummköpfe! Ihr habt die Tür offen gelassen. Ich kann den Luftzug spüren.»

«Es war doch nur für einen Augenblick, Herrin. Während wir die letzte Ladung Bücher nach oben gebracht haben.»

«Mudge, du Schwachkopf! Wir können uns keine Patzer erlauben, jetzt, wo wir so dicht davor sind.»

«Nein, Herrin. Tut mir leid, Herrin», sagte Ter Mudge,

während sie die fallen gelassenen Bücher aufhob und die Tür zumachte.

Plötzlich hörte man ein scheußliches Schnüffeln, und eine grässliche, menschenähnliche Gestalt tauchte hinter der Frau auf. Halb gehend, halb kriechend schob sich das Geschöpf durch die Vorhalle und hockte sich vor ein Gemälde. Wieder schnüffelte es laut und kratzte mit krummen, verhornten Nägeln über die Leinwand. Das von hinten hereinfallende Licht umgab den dunklen, missgestalteten Körper wie ein Strahlenkranz. Dann legte das Geschöpf den struppigen Kopf zurück und stieß ein schreckliches Geheul aus.

«Hier stimmt etwas nicht», sagte die Frau. «Der Morg wittert Dämonen!»

Die Leviathan

«Sie hat uns direkt angeschaut. Sie muss uns gesehen haben», sagte Wren. «Wir sind gerade noch rechtzeitig davongekommen. Wo sind wir?»

«Jedenfalls in Sicherheit», meinte Ludo.

«Für den Augenblick.» Mel blickte sich um. Die drei standen in einer Landschaft, die ganz und gar aus bearbeitetem Holz gefertigt war. Unter ihren Füßen verliefen abgedichtete Holzplanken, und aus dem gleichen Material waren auch die flachen Hügel, die sich rings um sie erhoben. Sie rochen den unverkennbaren, mit Teer vermischten Salzgeruch des Meeres. Der Boden – wenn es denn einer war – wirkte ein wenig wacklig, als würde er sich sehr langsam bewegen. Sie waren ganz allein.

«Na», sagte Wren, «ich hätte nicht gedacht, dass wir schon so bald wieder nach Mirrorscape kommen würden.»

Indem er vor dem Gemälde das verborgene Spiegelzeichen in die Luft gemalt hatte, hatte Mel die Oberfläche des Bildes aufgeschlossen, woraufhin sie in die seltsame Welt jenseits der Bildfläche gezogen worden waren. Hier wurde alles, was der Künstler sich vorgestellt und gemalt hatte,

Wirklichkeit. Alle mit einem Spiegelzeichen versehenen Gemälde waren miteinander verbunden und bildeten die Spiegelwelt Mirrorscape. Sie war ebenso unberechenbar wie schön, ein Land, in dem die Gesetze der Vernunft nicht galten. Bei ihrem letzten Besuch in Mirrorscape waren die Freunde nur knapp mit dem Leben davongekommen.

«Kommt, versuchen wir herauszufinden, wo wir sind.» Mel führte sie den nächstgelegenen Hügel hinauf. Oben angekommen, sahen sie, dass sich die Landschaft aus Holzplanken in alle Richtungen fortsetzte. Der windgepeitschte Hügel, auf dem sie standen, war nur einer von vielen, die sich in der Ferne verloren, und in die dazwischenliegenden Täler schmiegten sich kleine Dörfer. Dunkle Flüsse schlängelten sich durch die Täler, und schwarze Flecken von Wald bedeckten die Talhänge. In gerader Linie vor und hinter ihnen, aber in weiter Ferne, erblickten sie zwei hohe Gebilde von der Größe kleiner Städte. Vier gewaltige Säulen ragten in gleichmäßigem Abstand zwischen den beiden Bauwerken in den Himmel und verloren sich in den tiefhängenden Wolken. Rings um sie herum verlief eine Küstenlinie.

«Wir sind auf einer Insel», stellte Wren fest. «Aber auf einer sehr merkwürdigen.»

«Da bin ich nicht so sicher», sagte Ludo. «Inseln bestehen nicht aus Planken, und sie bewegen sich auch nicht. Ich glaube, wir sind auf einer Galeone.»

«Auf einer *Galeone?*», fragte Wren.

«Jedenfalls auf irgendeinem großen Schiff.»

«Wenn das ein Schiff ist, wo ist dann die Besatzung?»

«Ich glaube, Ludo hat recht», sagte Mel. «Vergiss nicht,

dass es in Mirrorscape ganz anders zugeht als in der wirklichen Welt. Hier ist alles möglich. Seht nur, diese gigantischen Gebäude an jedem Ende sind die Dings …»

«Das Vorder- und das Quarterdeck», sagte Ludo selbstgefällig.

«Hast du gerade ein Wörterbuch verschluckt, oder was? Die vier Säulen sind die Masten und was wie eine Küstenlinie aussieht, sind einfach nur die Ränder des Schiffes.»

«Aber es ist so *riesig*», sagte Wren. «Wir würden Ewigkeiten brauchen, um von einem Ende zum anderen zu laufen.»

«Dann sollten wir uns lieber auf den Weg machen. Hierzubleiben hat keinen Zweck. Ihr wisst ja, was es mit der Zeit in Mirrorscape auf sich hat. Wir könnten hier eine Woche lang ausharren und trotzdem wäre in der wirklichen Welt nur ein kurzer Moment vergangen. Die Tern würden immer noch auf uns warten. Wenn wir nach Nem zurückwollen, müssen wir einen anderen Ausgang suchen.» Mel sah sich nach der Nebelwand um, die senkrecht hinter ihnen aufragte und sich in den Wolken verlor. Er wusste, dass sie die Oberfläche des Gemäldes war, durch das sie die Spiegelwelt betreten hatten, und dass man sie nur sehen konnte, wenn man direkt davorstand. «Also, wo lang?»

«Gehen wir zum Quarterdeck. Höchstwahrscheinlich finden wir dort oben ein paar Schimären», sagte Ludo, womit er die Bewohner von Mirrorscape meinte. «Von dort wird ein Schiff gesteuert – normalerweise.»

«An diesem Schiff ist überhaupt nichts normal», sagte Wren, als sie sich auf den Weg machten.

Nach einiger Zeit kamen sie in eines der Dörfer. Sämtliche Behausungen bestanden aus umgedrehten Booten, in die man große Löcher geschnitten hatte, die als Fenster und Türen dienten. Rauchringe drifteten gemächlich aus improvisierten Schornsteinaufsätzen, die mit marodem Tauwerk befestigt waren. Eine der Bootshütten hatte vorn am Bug ein Namensschild.

Mel bückte sich, um die auf dem Kopf stehenden Buchstaben zu entziffern. «Le-vi-a-than.» Er richtete sich wieder auf. «Es ist niemand hier. Das Dorf ist total verlassen.»

«Es ist ein bisschen unheimlich.» Die Arme um den Körper geschlungen, sah Wren sich um.

«Unheimlich oder nicht», meinte Ludo, «das hier sieht aus wie ein Gasthof. Sehen wir nach, ob wir etwas zu essen finden. Ich weiß nicht, wie es euch geht, aber ich bin am Verhungern.» Er stieß eine windschiefe Tür auf, die man aus Treibholzstücken zusammengezimmert hatte, und trat ein.

Drinnen war es dunkel, daher griff Mel in sein Wams und zog seinen wertvollsten Besitz heraus. Es war ein Schreibkiel, der aus einer Engelsfeder gefertigt war und in seinem eigenen inneren Licht leuchtete. «Ich mache einen Fensterladen auf.»

Gleich darauf erblickten sie einen langen Tresen aus rohen Planken, die man über ein paar Fässer gelegt hatte. Weitere, mit Keilen gesicherte Fässer standen obenauf. Aus einem davon floss aus einem hölzernen Zapfhahn Bier in einen überlaufenden Krug. Und an den Wänden hingen Ruder, Netze und andere maritime Gegenstände: ein ausgestopfter Schwertfisch, ein Haigebiss, ein Messingbullauge, verschiedene Schnitzereien aus Walrosselfenbein und naive Gemälde von Schiffen. Als Sitzplätze dienten aufgerollte Seile.

«Jemand ist vor kurzem hier gewesen», stellte Wren fest. «Das Feuer brennt noch.»

«Und ich kann was zu essen riechen.» Ludo hob den Deckel von dem großen Topf, der über dem Feuer köchelte. «Mmmm.»

«Seht mal», sagte Mel. «Da stehen halb ausgetrunkene Bierkrüge. Wer auch immer hier gesessen hat, muss in aller Eile aufgebrochen sein.» Er steckte seine Feder weg.

«Was ist das für ein Lärm?», fragte Ludo und deckte den Topf wieder zu.

«Er kommt von draußen.» Wren ging zur Tür und machte sie weit auf.

«Ahoi, mein Täubchen!»

«Schimären», sagte Mel.

Vor Wren standen ungefähr ein Dutzend Gestalten. Alle trugen gestreifte kurzärmelige Seemannshemden, aus denen muskulöse Arme voller Tätowierungen herausschauten. Weite Segeltuchhosen hingen auf halbmast heruntergerutscht über Schuhen mit silbernen Schnallen. Doch das Seltsamste war, dass alle Hundeköpfe hatten. Der Anführer der Truppe war ebenso wie der Rest seiner Männer eine undefinierbare Promenadenmischung. Einen Knüppel in die offene Hand schlagend, kam er nun auf seinem Holzbein auf sie zugestelzt. «Schön, schön. Noch drei mehr. Nicht ganz so schnell auf den Beinen wie das restliche Dorf. Das wird unsere Quote ordentlich in die Höhe treiben.» Die Hundemänner stürmten in den Gasthof.

«Wer seid ihr?», fragte Ludo.

«Das ist die falsche Frage, Jungchen», sagte der Anführer. «Die richtige Frage lautet: ‹Was seid ihr?›»

«Gut, also dann: Was seid ihr?»

«Wir sind die Presspatrouille.»

«Was ist eine Presspatrouille?», fragte Wren.

«Eine Presspatrouille, mein Täubchen, kann jeden, der ihr gefällt, ergreifen und zwingen, auf einem Schiff zu dienen», erklärte der Anführer. «Ob er will oder nicht. Bindet ihnen die Hände und bringt sie zu dem andern.»

«Aber das könnt ihr nicht machen», protestierte Mel, als man ihn packte. «Das ist Freiheitsberaubung.»

«Lasst mich los!», schrie Wren.

«Wir sind nur auf der Durchreise», fügte Ludo hinzu. «Wir sind keine Seeleute.»

Der Anführer lachte. «Ab jetzt schon.»

Die Freunde wehrten sich, als man ihnen die Hände fesselte und sie nach draußen bugsierte. Dort stand eine weitere Schimäre mit betrübtem Gesicht zwischen zwei Hundemännern. Im Gegensatz zu seinen Häschern hatte er ein mehr oder weniger menschliches Aussehen. Ohne die hohe, extravagante und äußerst flauschige Perücke hätte er Ludo, den größten der drei Freunde, kaum überragt, so aber wirkte er doppelt so groß, wie er eigentlich war. Er trug Kniebundhosen und einen raffinierten goldenen Gehrock, der auf der Vorderseite und am Saum mit verschlungenen Mustern bestickt war, die auf dem Rücken in einem wahren Feuerwerk aus Stickereien zu explodieren schienen. Lange Spitzenmanschetten lugten unter den gewaltigen Ärmelaufschlägen hervor, und auf seiner purpurroten Weste prangte eine große Spitzenrüsche.

An den zarten Händen trug er mehrere juwelenbesetzte Ringe. Er hatte eine fast ballettartige Pose eingenommen und die feinbeschuhten Füße exakt ausgerichtet. In seinem weißgepuderten Gesicht stand ein Ausdruck größter Verachtung. Er wandte sich an den Anführer. «Hören Sie, wie immer Sie auch heißen mögen. Ich dürfte wirklich nicht hier sein. Ich bin in einer wichtigen Mission unterwegs. Und wenn Sie mich nicht unverzüglich freilassen …»

«Mach das Schott dicht, Flauschkopp», sagte der Anführer. «Das sagen sie alle. Lass das ewige Gejammer. Warte lieber, bis du eingeschworen bist. Dann hast du allen Grund zu klagen. Und jetzt in Reihe aufgestellt. Alle.»

«Ihr habt den Bootsmann gehört!», bellte einer aus der Bande.

Sie führten Mel, Wren, Ludo und die herausgeputzte Schimäre aus dem Dorf. Hin und wieder wurden sie von der scharfen Zunge des Bootsmannes oder von den noch schärferen Schlägen der Presspatrouille vorwärtsgetrieben, die mit verknoteten Seilenden auf sie einschlugen. Von der Perücke des Fatzkes lösten sich währenddessen immer wieder Fetzen ab, bis schließlich große Teile in geschlossener Formation hinter ihm herzuschweben schienen. Woraus auch immer die Perücke bestehen mochte, Haare waren es jedenfalls nicht.

«Was für eine Schande!», schimpfte der Fatzke vor sich hin. «Sich wie Schafe durch die Gegend treiben zu lassen von diesen … diesen *Abziehbildern.*»

«Was reden Sie da?», fragte Mel.

Der Fatzke hob eine Augenbraue und blickte hochmütig auf Mel herab, wozu er allerdings den Kopf zurückneigen musste. Dabei schwebten wiederum kleine Teile seiner Perücke davon. Diese machten dann gemächlich wieder kehrt und hefteten sich erneut an die Perücke. Plötzlich begriff Mel. *Seine Perücke bestand aus Wolken!*

«Hast du mit mir geredet?»

«Ja», sagte Mel. «Bitte erklären Sie uns, was Sie damit meinen.»

Geziert musterte der Fatzke zuerst Ludo und dann Wren. Er seufzte, wurde ein wenig ruhiger und seine hochnäsige Miene ein wenig freundlicher. «Ich nehme an, wir sitzen alle im gleichen Boot. *O nein!* Jetzt fange ich auch schon an.» Er verdrehte die Augen.

«Was fangen Sie auch schon an?», fragte Wren.

«Versteht ihr denn nicht? Es ist doch völlig offensichtlich.»

Die Freunde starrten ihn verständnislos an.

«Wir sind in einem grottenschlechten Bild gefangen. Gleich ruft jemand ‹Wahrschau!› oder etwas ähnlich Vorhersehbares.»

«Wahrschau!», bellte der Bootsmann. «Ruhe unter Deck, ihr Landratten!»

«Seht ihr.»

«Wollen Sie damit sagen, dass Sie schon wissen, was geschehen wird?», fragte Wren leise.

«Nein, natürlich nicht. Aber dieses schreckliche Gemälde, in dem wir uns leider befinden, wurde offensichtlich von jemandem mit sehr begrenzter Phantasie angefertigt. Wir sind in einem schlechten Witz, meine Liebe.»

«Habt ihr eine Ahnung, was er meint?», fragte Ludo die anderen.

«Nicht im Geringsten», gestand Mel.

Kopfschüttelnd zuckte Wren die Achseln.

«Ihr werdet schon sehen», sagte der Fatzke. «Ihr werdet schon sehen.» Dann lief er vor ihnen her.

«Irgendetwas stimmt hier nicht», sagte Mel. «Wenn das hier wirklich so ein schlechtes Gemälde ist, warum hat es dann ein Spiegelzeichen?»

«Genau», sagte Wren. «Eigentlich sollten doch nur Meisterwerke ein Spiegelzeichen haben.»

«Aber dieses hier hat eindeutig eines», erwiderte Mel. «Sonst säßen wir jetzt nicht in diesem Schlamassel.»

«Irgendjemand muss es auf das Bild gemalt haben», sagte Ludo und zerrte an seinen Fesseln.

«Aber *wer*?», fragte Mel.

«Und warum?», fügte Wren hinzu. «Glaubt ihr, es wurde gemacht, damit die Tern in die Spiegelwelt hineinkönnen?»

«Oder vielleicht, um jemanden hinauszulassen?», überlegte Mel.

Nachdem sie viele Stunden über die hölzernen Hügel und Täler des Schiffes gewandert waren, erreichte die Presspatrouille mit ihren Gefangenen das hochaufragende Gebilde am Heck der Leviathan. Der Bootsmann drückte eine Tür auf, die so groß war wie die Stadttore von Vlam, und die Gefangenen wurden hinter ihm hineingetrieben. Drinnen war das Bauwerk entweder noch unfertig oder teilweise schon verfallen, denn der größte Teil fehlte und das Vorhandene war nicht mehr als ein den Elementen ausgesetztes Gebäudeskelett.

«Was schätzt ihr, wie viel vom Quarterdeck fehlt, meine

Lieben?», fragte der Fatzke. «Fünfundsiebzig Prozent? Begreift ihr es immer noch nicht?»

Verwirrt schüttelten die Freunde den Kopf.

Die Gruppe trottete breite Stufen hinauf, bis der Bootsmann ihnen das Zeichen gab, vor einer Kabinentür stehen zu bleiben. Er wandte sich an die Presspatrouille. «So, Männer, ich sorge dafür, dass die Bande hier in die Bücher eingetragen wird, und euch spendier ich 'ne Buddel voll Rum.» Er schubste die Gefangenen in die Kabine und blies in die Bootsmannspfeife, die er an einer Kordel um den Hals trug. Für Mel und seine Freunde war kein Ton zu hören, doch für die hundeköpfigen Schimären offensichtlich schon, denn sie stürmten mit wildem Getrampel davon und riefen: «Rum, Rum, Rum!» Es hatte merkwürdige Ähnlichkeit mit Gebell.

«Was ist denn das?», sagte der Fatzke mit gespielter Überraschung. «Doch nicht etwa die *Brücke*?»

Die Kabine hatte nach hinten keine Wand. Was stattdessen in den leeren Raum des unfertigen Gebildes hinausragte und mitten in der Luft aufhörte, war eine Brücke – aber eine, wie sie sich sonst über Flüsse oder Abgründe spannte. Vor dieser Brücke stand ein Tisch, an dem eine Gestalt in blauer Uniform schlief. Sie hatte den Kopf auf die verschränkten Arme gelegt, an denen goldene Streifen prangten. Zwei Steinschlosspistolen lagen links und rechts daneben.

«Halt die Klappe! Und jetzt Bewegung, aber dalli!», befahl der Bootsmann, während er sie vor den Tisch schob und ihnen die Hände losband. «Offizier anwesend. Stillgestanden.» Wieder blies er in seine stumme Pfeife.

Die Gestalt am Tisch regte sich, hob träge den Kopf – diesmal handelte es sich um einen echten Cockerspaniel –, rülpste und sackte wieder zusammen. Dann fing sie an zu schnarchen.

«Lassen Sie mich raten», sagte der Fatzke gelangweilt. «Erst die See-Hunde, dann Quarterdeck und Brücke und jetzt noch ein betrunkener Seemann. Es ist wirklich zu offensichtlich.»

«*Jetzt* wird mir alles klar», sagte Wren. «Das ganze Bild ist ein Wortspiel.»

«Haltet den Rand! Die Besatzung ist unter Sollstärke. Die Crew ist in die Masten aufgeentert und trimmt die Segel. Wird ein, zwei Wochen dauern, bis sie wieder unten ist. Bis dahin hab ich nur dieses Kroppzeug von einer Presspatrouille und euch vier, um alles aufzuklaren und das Schiff zu segeln.» Der Bootsmann trat mit seinem Holzbein gegen den Stuhl des Offiziers.

«Hier sind neue Männer zum Anheuern, Sir.»

Der Offizier schnarchte noch lauter.

«Macht nichts. Dann trag ich euch selber ein.» Der Bootsmann legte seinen Knüppel auf den Tisch und zog unter dem schlafenden Offizier ein großes Buch hervor. Dann tauchte er einen Federkiel in ein Tintenfass und hielt ihn den Freunden hin. «Tragt euren Namen hier ein, *sonst* …»

«Sonst was? Wollen Sie uns über die Planke schicken?», fragte der Fatzke.

«Woher weißt du das, Flauschkopp?», erwiderte der Bootsmann erstaunt.

«Sie sind eine solche Witzfigur.»

«Willst du mich beleidigen?»

«Hören Sie beide auf damit», sagte Wren. «Niemand wird irgendwas unterschreiben.»

«Ja, das sagen sie alle. Bis sie die Planke sehen. Dann unterschreibst auch du, mein Täubchen. Darauf wette ich.»

«Um was?», fragte Ludo.

«Wie um was?»

«Sie haben gesagt: ‹Darauf wette ich.› Also, was wollen Sie wetten?»

«Du wagst dich auf schwankenden Boden, Freundchen.»

«Ich setze meine Unterschrift gegen … gegen Ihre Pfeife, dass ich eine höhere Karte ziehe als Sie.» Ludo holte sein Kartenspiel heraus.

«Du rennst mit offenen Augen ins Unglück», sagte der Bootsmann und rieb sich die Hände. «Ich hab schon Karten gespielt, da hast du noch nicht in den Windeln gesteckt. Also gut! Hier! Die Stachelschwein-Zehn.»

Ludo zwinkerte seinen Freunden zu. «Raben-Dame.»

Zögernd nahm der Bootsmann seine Pfeife ab und reichte sie Ludo. «Weißt du was, jetzt ziehen wir dreimal. Meine Pfeife gegen den Anhänger hier.» Er holte etwas aus der Tasche, das aussah wie eine Uhr an einer Kette.

«Der gehört mir, du Halunke», sagte der Fatzke. Seine Perücke wurde dunkel, und irgendwo tief drinnen zuckte ein Blitz.

«Das war mal deiner, Flauschkopp. Aber was die Presspatrouille findet, darf der Bootsmann behalten. So war's schon immer, und so wird's auch bleiben.»

Sie hoben dreimal ab, und jedes Mal verlor der Bootsmann. Er übergab die Uhr.

«Und jetzt alles oder nichts», schlug Ludo vor. «Unsere Freiheit gegen Ihre Pfeife und den Anhänger.»

«*Meinen* Anhänger», verbesserte ihn der Fatzke.

«Du kannst ja nicht ewig so viel Dusel haben. Also gut, Jungchen, abgemacht.» Der Bootsmann rieb die feuchten Hände an der Hose ab. «Seestern-Dame. Ha! Die musst du erst mal toppen!»

«Salamander-König! Gehen wir, Leute. Wir haben sowieso schon genug Zeit verplempert.» Ludo steckte seinen Gewinn ein.

«So viel Dusel hab ich noch nie erlebt. Nicht in all meinen Jahren auf See. Aber du hast anständig und ehrlich gewonnen. Kann ich dich trotzdem um einen Gefallen bitten, bevor du gehst?» Mit traurigen Hundeaugen sah der Bootsmann Ludo an. «Darf ich mich von meiner Pfeife verabschieden? Wir waren so lange zusammen.»

«Ich weiß nicht …»

«Bitte.»

«Tu's nicht, Ludo», sagte Mel. «Das ist ein Trick.»

«Das ist kein Trick. Ehrlich nicht.» Der Bootsmann guckte mit treuen Hundeaugen.

Ludo wurde weich. «Was soll schon passieren. Hier», sagte er und gab dem Bootsmann die Pfeife zurück.

«Danke, Jungchen.» Liebevoll strich dieser über das glänzende Instrument. «Nur einen allerletzten Pfiff.» Der Bootsmann blies ein letztes Mal tonlos hinein, ehe er die Pfeife mit Tränen in den Augen zurückgab. «Lebt wohl. Wie ihr rauskommt, wisst ihr ja.»

«Je schneller, desto besser», sagte der Fatzke. «Ich habe wichtige Geschäfte, um die ich mich kümmern muss, und dieser Firlefanz hat mich schon viel zu lange aufgehalten. Wenn ich euch dann bitten dürfte, mir meinen … Hört ihr das?»

«Klingt, als käme jemand angerannt», sagte Wren, als sie die Kabinentür öffnete.

«Rum, Rum, Rum.» Die Presspatrouille kam die Treppe heraufgestürzt.

«Ich wusste, dass man ihm nicht trauen darf», sagte Mel. «Er hat sie mit der Pfeife gerufen.»

«Um den Bootsmann aufs Kreuz zu legen, müsst ihr schon ein bisschen früher aufstehen. Also, Freunde, ihr seid alle wieder festgesetzt!» Er griff nach seiner Keule.

«Da bin ich anderer Ansicht, du Halunke», sagte der Fatzke. Er schnappte sich die Pistolen und spannte sie. Er stieß mit dem Fuß die Tür zu, und Mel drehte den Schlüssel herum. «Lass den Prügel, wo er ist.»

Ein beängstigendes Pochen kam von der Tür.

«Ich bin schon viel zu lange in diesem schrecklichen Gemälde», sagte der Fatzke. «Ich nehme den Weg, auf dem ich gekommen bin, und setze meine Suche fort.»

«Sie sind auf einer Suche?», fragte Mel.

«Aber sicher. Ich suche nach …» Der Fatzke brach ab und musterte die Freunde eingehend. «Vielleicht war unsere Begegnung kein Zufall. Ihr solltet lieber mit mir kommen. Hier.» Er gab Mel eine Pistole. «Halte ihn in Schach. Ich muss ein paar Dinge aus meinen Schubladen holen.»

«Sie haben Dinge in *Schubladen*?», wunderte sich Mel.

«Aber sicher.»

«Wie unbequem», sagte Ludo. «Und was jetzt?»

Der Fatzke wandte ihnen den Rücken zu und machte sich an seiner Kleidung zu schaffen. Als er sich wieder umdrehte, hielt er ein langes, aufgerolltes Seil mit einem Enterhaken in der Hand.

«Diese Schubladen müssen es in sich haben», stellte Ludo fest und musterte den Fatzke neugierig.

«Allerdings.» Der Fatzke ließ den Haken ein paarmal über dem Kopf kreisen und schleuderte ihn dann über einen Balken des freiliegenden Deckaufbaus oberhalb der Kabine. Mit einem kräftigen Ruck vergewisserte er sich, dass er auch wirklich hielt. «Ich kann nicht behaupten, dass es mir ein Vergnügen war.» Er schob das Seil mit dem Fuß über den Rand, verstaute seine Pistole in einer seiner großen Gehrocktaschen und kletterte dann, Stück für Stück, am Seil hinab. «Kommt ihr mit oder nicht?»

Man hörte Holz splittern, als mit einem schweren Gegenstand auf die Tür eingeschlagen wurde.

«Hau ruck, Matrosen!», rief der Bootsmann.

«Also dann, worauf warten wir noch?», sagte Ludo. Er nahm dem Bootsmann die Pfeife wieder ab und folgte dem Fatzke.

«Du gehst als Nächstes, Wren», sagte Mel.

«Was ist mit dir?»

«Keine Sorge. Ich will den da nur ein bisschen aufhalten.» Mel zielte und drückte ab. Es gab einen ohrenbetäubenden Knall, und der Bootsmann kippte um.

«Du hast ihn umgebracht, Mel!», schrie Wren.

Als sich die Rauchwolken verzogen, lag der Bootsmann mit zersplittertem Holzbein auf dem Boden.

Mel zwinkerte seinen Freunden zu.

Wren kletterte das Seil hinab, dicht gefolgt von Mel. Über sich hörten sie, wie die Tür endgültig nachgab und die Presspatrouille lärmend in die Kabine stürmte.

«Ihnen nach, ihr elenden Landratten!», brüllte der Bootsmann. «Lasst sie nicht entwischen!»

«Tretet ein wenig vom Seil zurück, meine Lieben», sagte der Fatzke, als Mel unten ankam. Mit einer Zunderbüchse, die er in der Hand hatte, entfachte er eine Flamme und hielt sie ans Seil. Rasch stieg die Flamme empor. «Das wird sie eine Weile aufhalten, aber sie werden bald ein anderes Seil aufgetrieben haben. Folgt mir.»

Sie rannten durch einen düsteren, niedrigen Raum, in dem überall alte Seile, Flaschenzüge, leere Fässer und ausrangierte Ballen mit Segeltuch herumlagen. Hier und da wurde er von trüben Lampen erhellt, die gelbe Lichtflecken auf den Boden warfen. Plötzlich blieb der Fatzke stehen, und die Freunde prallten mit ihm zusammen. Wieder entfachte er die Zunderbüchse.

«Seht nur!», schrie Mel und starrte in den schwarzen Abgrund, der nur wenige Zentimeter vor ihnen begann. «Da hört der Boden auf.»

«Das ist der Laderaum», erklärte der Fatzke. «Dort unten befindet sich die Fracht, und irgendwo dazwischen ist unser Ausgang.» Mit dem Fuß beförderte er eine herumliegende Seilrolle in das schwarze Loch. Niemand hörte sie unten aufschlagen. «Ich will euch zeigen, was ich alles in meinen Schubladen habe.»

«Hab ich mich verhört, oder hat er das wirklich gesagt?», flüsterte Ludo.

«Ja, hat er», bestätigte Wren und wandte die Augen ab.

«Alles in Ordnung», sagte Mel. «Ihr könnt ruhig hinsehen.»

Fasziniert beobachteten sie, wie der Fatzke Rock und Weste aufknöpfte und vier Schubladen mit vergoldeten Griffen zum Vorschein kamen, die in seiner Brust steckten. Er zog die oberste heraus. «Aha! Die werden gehen.» Dann holte er einige Bambusstangen heraus, die so lang waren, dass sie eigentlich unmöglich in seiner Brust Platz finden konnten, und legte sie auf den Boden. «Wenn ihr jetzt die Güte hättet, mir zu helfen, sie zusammenzusetzen ... Steckt einfach die nummerierten Enden ineinander, dann sorge ich dafür, dass wir in den Laderaum hinunterkommen.»

«Was ist das?», fragte Ludo und steckte zwei Stangen ineinander.

«Sieht aus wie eine Art Flugmaschine», sagte Wren, als das Gebilde Formen anzunehmen begann.

Als alle Stangen montiert waren und sie einige Lagen herumliegendes Segeltuch darübergespannt hatten, sahen die Freunde einen großen, skelettartigen Vogel vor sich, der von Unmengen komplizierter Rollen und Seilen zusammengehalten wurde. In einer langen Kanzel hinter dem Vogelkopf war Platz genug für alle vier. Der Fatzke verkeilte eine Laterne im Schnabel des Vogels.

«Sollen wir da hinein?», fragte Mel und empfand eine berauschende Mischung aus Angst und Erregung. Den Gesichtern nach erging es seinen Freunden nicht anders. «Kann das Ding wirklich fliegen?»

Hinter sich hörten sie das Getrampel und die merkwürdig bellenden Rufe der Presspatrouille, die ihnen auf den Fersen war.

«Zeit, uns davonzumachen.» Der Fatzke kletterte in die Maschine. «Steigt ein, meine Lieben. Einer nach dem anderen, und steckt eure Arme durch diese Seile.» Sie kletterten hinein und stellten fest, dass sie das Vehikel auf den Schultern trugen und dass es statt eines Fahrwerks nur ein paar Löcher im Boden gab, durch die sie die Beine steckten. Vorn befand sich der Fatzke, und dahinter standen Mel, Wren und Ludo. «Los geht's. Und jetzt alle zusammen: links, rechts, links, rechts, links, rechts … schneller, schneller … springt!»

«Aaaaah!», schrien die Freunde, als sie sich in die Finsternis über dem Laderaum warfen. Einen grauenhaften Moment lang fielen sie, dass ihnen fast der Magen hochkam, ehe sich die Flügel in Bewegung setzten und ihr Sinkflug aufgehalten wurde. Begleitet vom langsamen *Flapp, Flapp* der sich auf und ab bewegenden Flügel glitten sie in die Dunkelheit. Als der Fatzke auf dem Pilotensitz an den Seilen zog, um sich mit der Steuerung vertraut zu machen, neigten sie sich erst nach links und dann nach rechts. In Anbetracht ihrer Geschwindigkeit bewies seine wolkige Perücke erstaunlichen Halt.

«Wo haben Sie gelernt, wie man dieses Ding fliegt?», rief Ludo von hinten.

«Gelernt? Das hier ist mein Jungfernflug, meine Lieben. Was ist schon dabei?» Die Flugmaschine vollführte eine Fassrolle. «Ups.» Die Maschine richtete sich wieder auf. Kurz nach ihrem Träger vollendete auch die Perücke die Rolle und kehrte dann an ihren Platz zurück. «Schon besser. Langsam habe ich den Bogen raus. Sollen wir es nochmal versuchen?»

«Neiiin!», schrien die Freunde wie aus einem Mund.

Der Fatzke warf einen Blick über die elegante, bestickte Schulter. «Kopf runter! Ausweichmanöver!» Er zog die Maschine scharf zur Seite, und schon zischte ein Schwarm Raketen an ihnen vorbei, der helle Funken hinter sich herzog. In der Ferne schrumpften sie zunächst zu stecknadelgroßen Lichtpunkten, ehe sie in einem Farbenregen aus Geranienrot, Vanilleblumenblau und Gänseblümchengelb explodierten, der wie ein leuchtendes Blumenbeet aussah. Einen kurzen Moment lang erhellte das Licht den gigantischen Laderaum der Leviathan und die seltsame unterirdische Landschaft. «Sie versuchen uns mit Leuchtraketen abzuschießen.» Langsam zog sich das Loch, das eine Rakete in der Perücke des Fatzkes hinterlassen hatte, wieder zusammen.

Mel tippte ihm auf die Schulter und machte ihn auf etwas aufmerksam. Eine der Raketen hatte den Steuerbordflügel erwischt und in Brand gesetzt.

«Oje.» Der Fatzke ließ die Flugmaschine steil nach unten fallen und nutzte den Fahrtwind, um das Feuer zu löschen. «Das scheint funktioniert zu haben.» Er richtete die Maschine wieder aus und blickte zum beschädigten Flügel. «Für den Moment jedenfalls.»

Sie flogen weiter durch die Dunkelheit, doch nach und nach verloren sie an Höhe. Der Schein ihrer Laterne erfasste riesige Bretterstalaktiten, während der Fatzke das Vehikel erfolgreich unter Bögen hindurchflog, gewaltigen

Säulen auswich und weiter durch die Eingeweide des Schiffes kurvte.

«He, das macht richtig Spaß!», rief Mel, der langsam Gefallen an der Sache fand.

«Das nennst du Spaß?», sagte Wren.

«Mindestens so spaßig, wie mit Froschlaich zu gurgeln», fügte Ludo hinzu.

Plötzlich hörten sie ein verdächtiges Reißgeräusch. Wie auf Kommando schnellten die vier Köpfe herum und sahen, dass die vorbeiströmende Luft die versengte Flügelbespannung abgerissen hatte.

«Das war's dann wohl», sagte Ludo.

«Festhalten!», schrie der Fatzke. «Es geht abwärts!»

Der Laderaum

Die Freunde hatten schreckliche Bilder von brennenden, herabstürzenden Vögeln vor Augen, während der brausende Wind an ihren Haaren und Kleidern zerrte. Verzweifelt suchten sie in der Dunkelheit unter sich nach einem Platz, wo sie landen konnten, während das flügellahme Fluggerät immer tiefer und tiefer sank.

«Macht euch bereit!», rief der Fatzke.

Sekunden später schrappte die Maschine über eine kahle Insel und machte kurz darauf eine Bauchlandung im eiskalten, stinkenden Wasser. Eine riesige Bugwelle durchnässte die Insassen und ließ die Laterne zischend verlöschen. Still trieb die leichtgewichtige Maschine in der Finsternis.

«Dahinten war irgendeine Insel», sagte der Fatzke. «Strampelt mit den Beinen, dann können wir versuchen ans Ufer zu gelangen.»

«Ich komme mir vor wie eine Ente», klagte Wren.

Ludo spuckte eine Ladung Bilgenwasser aus. «Quack, quack.»

Taub vor Kälte spürten sie schließlich die Bodenplanken unter ihren Füßen und taumelten auf die Insel. Sie zwängten sich aus dem Geschirr und kletterten aus der Maschine. *Klick-klick-klick* machte es in der Dunkelheit.

«Mist! Meine Zunderbüchse ist durchnässt», sagte der Fatzke. «Wenn wir doch nur ein bisschen Licht hätten.»

«Hier. Vielleicht hilft uns das weiter.» Mel zog seinen Schreibkiel aus dem Wams. Er leuchtete in einem warmen, goldenen Schein.

«Eine Engelsfeder.» Das Staunen in der Stimme des Fatzkes war nicht zu überhören. «Woher hast du sie?»

«Ein paar Freunde, die ich in Mirrorscape kennengelernt habe, haben sie mir … überlassen.»

«Du bist es *wirklich*.» Der Fatzke wandte sich an Ludo. «Dürfte ich um die Rückgabe meines Eigentums bitten?»

«Sie meinen Ihre Uhr? Na klar.» Ludo wurde rot und reichte sie ihm. «Ich wollte sie schon früher zurückgeben, aber wir waren ziemlich beschäftigt.» Er lächelte verlegen.

Sobald der Fatzke die Uhr berührte, begann diese eine fröhliche und unbeschwerte Melodie zu spielen. Er klappte den Deckel auf und las im Licht der Feder das Zifferntblatt ab. Dann lachte er laut auf. «Ich bin den ganzen Weg hierhergekommen, aber ich hätte nie gedacht, dass ich das Ziel meiner Reise im dreckigen Kielraum dieses alten Kahns erreichen würde.» Er sah in die verblüfften Gesichter der Freunde. «Ich glaube, ich bin euch eine Erklärung schuldig. Aber zuerst ein paar warme Decken und etwas zu essen.»

«O ja, bitte», sagte Wren und lächelte mit klappernden Zähnen.

Der Fatzke öffnete seinen Gehrock und die rote Weste und zerrte vergeblich an den Schubladen. «Oje. Das Wasser hat sie aufquellen lassen. Sie klemmen fest. Essen und Wärme werden warten müssen, bis sie wieder trocken sind, aber meine Geschichte kann nicht warten.»

Ihr Lächeln schwand, als sie sich im Schneidersitz auf der Plankeninsel niederließen. Der Schein der Engelsfeder erhellte vier schmutzige, frierende Gesichter. Sie sahen aus wie körperlose Köpfe, die durch die Dunkelheit schwebten, während der Fatzke mit seiner Geschichte begann. Er war in noch schlimmerem Zustand als die anderen. In seiner Perücke hatte sich ein Sturm zusammengebraut, und der Regen, der ihm über das Gesicht lief, hinterließ tiefe Furchen im weißen Puder.

«Ich heiße Cassetti, meine Lieben. Vergebt mir, dass ich mich nicht schon früher vorgestellt habe. Aber wie ihr selbst bereits sagtet, wurden wir seit unserer ersten Begegnung ziemlich in Atem gehalten. Ich bin, neben anderen Dingen, Sonderbotschafter von Nephonia.»

«Von was?», fragte Wren.

«Von Nephonia. Auch bekannt als die Königreiche der Wolken. Es besteht aus vier Hauptreichen: Kumulus, Zirrus, Nimbus und Stratus. Ich selbst bin Kumulaner.»

«In unserer Welt gibt es auch Wolken», sagte Mel.

«Ich weiß, mein Junge. Eure Wolken und unsere sind ein und dieselben.»

«Aber Sie stammen aus Mirrorscape. Wollen Sie damit sagen, dass unsere Wolken gleichzeitig Teil der Spiegelwelt sind?» Ludo sah genauso verwirrt aus wie seine Freunde.

«Auf gewisse Weise, ja. Wie soll ich das erklären?» Cassetti zögerte. «Wisst ihr, was ein Eisberg ist?»

«Natürlich», sagte Wren. «Sie treiben im Winter an der Nordküste vor Borealis.»

«Dann wisst ihr auch, dass man über Wasser nur einen Teil des Eisbergs sehen kann, während sich der weitaus größere Teil unter Wasser befindet.»

Die Freunde nickten.

«Genauso verhält es sich auch mit Nephonia. Der kleinere Teil, den man von eurer Welt aus sehen kann, ist nur der Anfang von meiner, das Fundament sozusagen.»

«Ein Fundament?», fragte Mel erstaunt.

Cassetti nickte. «Genau. Die Wolken sind eine der wenigen Stellen, an denen sich eure Welt und Mirrorscape berühren.»

«Aber Mirrorscape besteht doch aus Bildern», überlegte Ludo.

Cassetti hob eine Braue. «Und du hast in den Wolken noch nie Bilder gesehen?»

«Sie entstehen also nicht zufällig», sagte Mel. «Durch den Wind?»

«Du liebe Güte, nein. Es macht einen Haufen Arbeit, die Wolken so aussehen zu lassen, wie sie aussehen. Das ist Teil meines Berufs. Vor meiner Ernennung zum Botschafter war ich nämlich Wolkengestalter.»

«Dann ist Nephonia also eine Art Gemälde», sagte Wren. «Heißt das, dass Sie durch die Wolken zwischen den Welten hin und her reisen können?»

«Ganz so einfach ist es nicht», sagte Cassetti. «Normalerweise ist der Weg zwischen den Welten versperrt. Und das aus gutem Grund. Aber vor kurzem haben die kumulanischen Wolkenvermesser etwas Ungewöhnliches festgestellt. In den tiefsten Regionen der Stadt hat sich eine merkwürdige Wolke von seltsam knotenartiger Form gebildet.»

«Das ist ein Spiegelzeichen», sagte Mel, der instinktiv begriff, um was es ging. «Oder zumindest der Anfang von einem. Die Wolke, die Sie meinen, befindet sich über Vlam, der Stadt, aus der wir kommen.»

«Sag jetzt bloß nicht: ‹Ich hab's euch ja gesagt›», meinte Ludo drohend.

Cassetti nickte, als habe er es nicht anders erwartet. «Also hat die Stadt eine Untersuchung veranlasst und eine Mannschaft hinuntergeschickt, um sich die Sache anzusehen. Doch sobald sie sich dem Gebilde näherten, wurden sie von starken Luftströmungen gepackt, die sie immer stärker anzogen. Sie konnten sich nur mit knapper Not befreien und zurückkehren, um zu berichten, was sie herausgefunden hatten. Es war klar, dass etwas unternommen werden musste, und zwar schnell. Sonst läuft ganz Kumulus Gefahr, in diese Anomalie hinein- und dann wer weiß wohin gezogen zu werden.»

«So funktionieren Spiegelzeichen», sagte Mel. «Sie trennen die Welten voneinander, aber wenn man sie aufschließt, ziehen sie Dinge in sich hinein.»

Cassetti lächelte. «Du bist es *wirklich*! Ich wusste es!» Er hob die Uhr an die Lippen und küsste sie. «Das hier irrt sich nie. Dann habe ich euch also wirklich gefunden: den Freund der Engel und seine Freunde. Diejenigen, die wissen, wie das Spiegelzeichen funktioniert.» Der Regen in seiner Perücke hörte auf.

«Sie meinen *uns*?», fragte Mel.

«Aber sicher. Mein … meine Navigationshilfe führte mich gerade zu einer Nebelwand auf dem Deck der Leviathan, als ich von dieser schrecklichen Presspatrouille gefasst wurde. Das ließ darauf schließen, dass ihr auf der anderen Seite sein musstet.»

«Das waren wir auch», sagte Ludo.

«Auf dem Weg sind wir an Bord des Schiffes gekommen», sagte Wren.

«Er irrt sich nie», sagte Cassetti. «Ihr werdet die Wolkenreiche retten.»

«Wir? Aber wie?», fragte Wren.

«Das kann ich euch nicht sagen.»

«Aber wo fangen wir an?», sagte Ludo.

«Das kann ich euch nicht sagen.»

«Sie bitten uns, Ihre kostbaren Königreiche zu retten, aber Sie bieten uns keine Hilfe an?», fragte Mel.

«Das habe ich nicht gesagt. Ich sagte: ‹Das kann ich euch nicht *sagen*.› Allerdings», fuhr Cassetti fort und kam Mels Einwand zuvor, «kann ich euch das hier geben.» Er überreichte Mel mit feierlichem Gesicht seine Uhr.

«Was soll das nützen?»

«Das kann …»

«… ich euch nicht sagen», beendete Ludo den Satz. «Na toll! Sie sagen uns weder wie noch warum oder wo. Aber, he, hier habt ihr eine Uhr. Vertreibt euch die Zeit doch mit Raten.»

«Das ist keine Uhr.»

«Was dann?», fragte Mel.

«Das kann ich euch nicht sagen», erwiderten Ludo und Wren.

«So ist es», sagte Cassetti mit einem Lächeln. «Das Instrument funktioniert nur, wenn ihr allein herausfindet, was es ist und wie man es verwendet. Eines kann ich euch allerdings verraten: Ich bin überzeugt, dass es das Wertvollste ist, was ihr je besitzen werdet.»

Das ließ sie aufhorchen. Wren und Ludo kamen näher und sahen sich das Instrument mit Mel zusammen an. Das fein gearbeitete Silbergehäuse hatte oben einen Glasdeckel, unter dem ein großer Rubin mit Facettenschliff zu sehen war. Mel klappte den Deckel auf. Im Innern sah das Instrument einer Uhr ausgesprochen ähnlich, nur das Ziffernblatt deutete darauf hin, dass es sich um etwas anderes handeln musste. Auf der runden Scheibe befanden sich drei im Dreieck angeordnete kleine runde Anzeigen, die dort, wo normalerweise die Zahlen standen, mit winzigen, geheimnisvollen Symbolen beschriftet waren. Die beiden unteren Anzeigen hatten jeweils nur einen Zeiger. Der linke schwang mit wilden Bewegungen und ohne erkennbaren Grund mal zur einen, mal zur anderen Seite. Der Zeiger daneben wies zuckend dorthin, wo bei einer Uhr die Neun stand. Die Anzeige darüber hatte mehr Ähnlichkeit mit einem normalen Ziffernblatt, nur dass sich die Zeiger rückwärtsbewegten. Und in der Mitte, dort, wo bei einer gewöhnlichen Uhr die Zeiger befestigt waren, saß der große Rubin.

«Es muss Wasser hineingekommen sein», sagte Mel. «Das Ding scheint nicht richtig zu funktionieren.»

Wieder lächelte Cassetti. «Oh, es funktioniert bestimmt.»

«Wir haben das Dingsda ja spielen hören», sagte Ludo.

«Richtig», sagte Mel. «Meint ihr, es ist eine Art Kompass? Sie haben doch gesagt, dass es eine Navigationshilfe ist. Dann könnte es uns wenigstens helfen, hier rauszukommen.»

«Apropos rauskommen», sagte Ludo zitternd. «Sie haben nicht zufällig irgendwo in Ihren Schubladen ein Boot?»

«Das habe ich in der Tat. Es ist ein kleines, aber angemessenes Dingi. Ich hätte mich nie ohne anständige Ausrüstung auf solch eine Suche begeben. Doch solange wir nicht ein wenig trockener sind, besteht keine Aussicht, es herauszuholen. Tut mir leid.» Cassetti zuckte die Achseln.

«Dann sitzen wir also in mehrerer Hinsicht fest», sagte Wren. «Wir brauchen etwas, um trocken zu werden. Und dann können wir versuchen, herauszufinden, was dieses Uhrending wirklich ist. Was haben wir dabei? Leert mal eure Taschen aus.»

Neben der Uhr (oder was immer es auch sein mochte), zwei nassen Pistolen und der Bootsmannspfeife, die Ludo gewonnen hatte, gab es nur noch Mels Feder.

«Keine sehr inspirierende Sammlung, was?», sagte Mel. «Wahrscheinlich werden wir vor Langeweile sterben, ehe wir trocken sind.»

«Die hätte ich fast vergessen.» Ludo zog ein tropfnasses Kartenspiel aus dem Wams. «Lasst uns eine Runde Karten spielen. Das bringt uns auf andere Gedanken.» Dann sah er in die Gesichter seiner Freunde. «Schon gut. Es wird nicht gewettet.» Er versuchte die Karten zu mischen. «Sie sind zu nass, um damit richtig zu spielen. Warum ziehen wir nicht einfach? Wer die höchste Karte hat, bekommt die erste Decke aus Cassettis Schubladen.» Doch als er versuchte, eine Karte abzunehmen, klebten alle aneinander.

«Ich hab eine Idee.» Ludo schälte die Karten einzeln vom Stapel und legte sie mit dem Gesicht nach unten in mehreren Reihen nebeneinander. «Nehmt euch einfach eine. Die höchste gewinnt. Wer fängt an?»

«Salamander-Zwei», sagte Wren, als sie ihre Karte umdrehte.

«Das ist Pech, meine Liebe. Seestern-Fünf.»

«Raben-Bube! Mal sehen, ob du den schlägst, Mel.»

Als Mel nach der Karte griff, die er sich ausgeguckt hatte, begann das Uhrending eine traurige Melodie zu spielen. «Komisch.» Er zog die Hand zurück, und das Lied verstummte. Er griff nach einer anderen Karte, und das Ding reagierte wie zuvor. Mel griff nach einer dritten Karte, und plötzlich erklang ein fröhliches Lied. Er blickte Cassetti an, dessen Augen funkelten und um dessen Perücke ein silbernes Leuchten erschien. Mel nahm die Karte und drehte sie um.

«Stachelschwein-König.» Verblüfft sah er seine Freunde an.

Ludo machte ein böses Gesicht. «Das war reiner Zufall. Probieren wir's nochmal. Ich zuerst. Raben-König. Die einzige Karte, die ihn schlagen kann, ist der Harlekin.»

Cassetti zog die Raben-Sieben und Wren die Stachelschwein-Vier. Sobald Mel nach einer Karte griff, ertönte wieder die traurige Melodie. Er fuhr mit der offenen Hand über die Kartenreihen, bis die fröhliche Weise einsetzte. Er drehte die Karte um: «Der Harlekin!»

«Du mogelst», sagte Ludo.

«Das musst du gerade sagen», erwiderte Wren.

«Ich mogle nicht», beteuerte Mel. «Es ist das Uhrending. Es scheint genau zu wissen, wo die Karten liegen, die gewinnen.» Mel klappte den Deckel auf. Die Anzeigen sahen aus wie zuvor. «Legt eure Karten zurück und nehmt euch eine neue.» Es gab zwei Fünfen und natürlich eine Dame für Ludo. Wieder ließ Mel die Hand über die Karten wandern und beobachtete dabei die Anzeigen. Das Ziffernblatt mit dem rückwärtslaufenden Zeiger bewegte sich ruckartig auf die Zwölf-Uhr-Position zu. Der Zeiger unten links wies auf die rechte Seite der Karten, und der Zeiger der rechten Anzeige schwang zwischen sechs und zwölf Uhr hin und her. Jedes Mal, wenn er auf sechs Uhr zeigte, erklang die traurige Melodie und bei zwölf die fröhliche. Mel bewegte die Hand nach rechts. Als das fröhliche Lied einsetzte, drehte er die Karte um. «Raben-König!» Mel staunte nicht schlecht. «Das bedeutet … das bedeutet …»

«Dass es so eine Art … Wahrsager ist?», vermutete Ludo.

«Nein, das nicht», sagte Mel.

«Dann kann es Glück erraten», meinte Wren.

«Nein, es macht mehr, als nur zu raten; irgendwie *weiß* es Dinge. Es ist eher ein … *Glückskompass*!», rief Mel. Er sah Cassetti an.

Ein Sonnenstrahl schoss aus dessen Perücke.

«Und wie meinst du das genau, Mel?», hakte Wren nach. «Dass die fröhliche Melodie Glück verkündet und die traurige Pech?»

«Ich glaube, es ist noch ausgeklügelter. Hier, auf dieser Anzeige sieht man, in welcher Richtung das Glück zu finden ist – genau wie bei einem Kompass. Und diese hier, die wie eine rückwärtslaufende Uhr aussieht, zeigt an, wann etwas eintritt. Und die dritte hier zeigt, um was es sich handelt: Glück oder Unglück. Zwölf Uhr bedeutet Glück, sechs Uhr Unglück, und die Striche dazwischen zeigen wie bei einem Barometer die Tendenz an. Ihr wisst schon, nach unten wird es zunehmend schlechter, nach oben besser. Und damit der Kompass die Glücks- oder die Unglücksmelodie abspielt, müssen alle Zeiger übereinstimmen.»

«Gut gemacht, Mel», sagte Cassetti. «Als Seine Majestät, der König von Kumulus, mir das Instrument vor Beginn meiner Reise übergab, brauchte ich mehrere Stunden, um herauszufinden, um was es sich handelt. Es würde mich zu den Rettern von Nephonia führen, sagte er mir. Ihr dürft nur nicht vergessen, es aufzuziehen.»

«Wir werden nie wieder arm sein», sagte Ludo. «Mit diesem Glückskompass können wir …»

«Ich glaube nicht, dass er für Glücksspiele gedacht ist, mein Lieber», sagte Cassetti. «Das wäre eine unwürdige Verwendung für ein so wundersames Ding.»

«Ach? Nein, natürlich nicht.» Ludo machte ein enttäuschtes Gesicht.

«Wir müssen ihn einsetzen, um Cassetti und den Bewohnern von Nephonia zu helfen», sagte Mel.

«Nachdem wir ihn benutzt haben, um von dieser stinkenden Insel runterzukommen», fügte Ludo hinzu und nieste.

«Da stimme ich dir von ganzem Herzen zu», sagte Cassetti.

«Warum schauen wir uns auf der Insel nicht um?», schlug Wren vor. «Vielleicht finden wir irgendwelches Strandgut oder Treibgut oder wie immer das auch heißt.»

Die Insel war nicht sehr groß, und alles, was sie fanden, war eine Ansammlung von trockenem Treibholz, das von alten Fässern und Kisten stammte.

«Was glaubt ihr, was das für Furchen sind?», fragte Ludo.

Wren sah sich das Treibholz im Licht der Feder genauer an. «Ich bin mir nicht sicher. Vielleicht sind es Abdrücke von irgendwelchen Werkzeugen?»

«Sieht mir eher nach Bissspuren aus», meinte Cassetti.

Ludo lachte nervös. «Seien Sie nicht albern. Die sind viel zu groß für Bissspuren.»

Sie drehten sich um und spähten misstrauisch in die Dunkelheit.

«Suchen wir weiter», sagte Wren. «Vielleicht haben wir irgendetwas Brauchbares übersehen. Wenn es nur nicht so dunkel wäre.»

«Ich habe eine bessere Idee.» Mel öffnete den Glückskompass. «Der Richtungszeiger weist in diese Richtung.»

«Und wie ist es mit dem Glücksbarometer?», fragte Ludo.

«Der Zeiger steht etwa in der Mitte. Nein, warte. Er bewegt sich nach oben. Kommt mit. Hier entlang. Jetzt ist er fast oben.»

«Autsch!» Wren stolperte über ein kleines Fässchen.

«Ach, das ist bloß wieder ein Stück Holz», sagte Ludo.

«Nehmen wir es trotzdem mit. Dann können wir es zusammen mit dem anderen Treibholz verbrennen, sobald Cassettis Zunderbüchse wieder trocken ist. *Uffff!*, ist das schwer. Es ist mit irgendwas gefüllt. Wartet mal, hier ist ein Stopfen.» Er zog ihn heraus und schnüffelte. «Das ist Rum. Ein Schlückchen davon wird uns bald aufwärmen.»

«Und was noch besser ist, man kann ihn verbrennen», sagte Wren. «Wir können damit Feuer machen.»

«Du bist ein Genie, meine Liebe», sagte Cassetti.

«Moment mal», meinte Ludo. «Wir können ihn aber trotzdem nicht anzünden, bevor der Zunder getrocknet ist.»

«Doch», sagte Mel. «Wir können das hier benutzen.» Er spannte den Hahn der ungeladenen Steinschlosspistole. Sie klickte, und es gab einen hellen Funken.

Schon nach kürzester Zeit loderte in der Mitte der Insel ein mächtiges Treibholzfeuer, und es roch ordentlich nach Rum. Alle standen mit dampfenden Kleidern um das Feuer herum.

«Ah, diese hier ist so weit.» Sie hörten, wie mit lautem Knarren eine von Cassettis Schubladen aufging. «Wie wäre es mit ein paar Würsten?»

Kurz darauf brutzelten die Würste auf Treibholzspießen über dem Feuer. Ihr köstlicher Geruch überlagerte sogar fast das stinkende Bilgenwasser, das sie umgab.

«Und wo ist nun Ihr berühmtes Dingi?», fragte Ludo und sah sich um.

«Du hattest ja nur noch Augen für die Würste», sagte Mel. «Cassetti hat es bereits zusammengesetzt. Schau mal hinter dich.»

In diesem Moment begann der Glückskompass in Mels Wams zu spielen. Es war die traurige Melodie.

«Oh, oh. Seht mal, da.» Ludo zeigte in die Dunkelheit. Eine Vielzahl blutunterlaufener Augenpaare starrte ihnen entgegen. Dann hörten sie ein lautes Quieken. «Was sind das für Viecher?»

«Schiffsratten», sagte Cassetti. Tief in seiner Perücke zuckten Blitze. «Riesige, ausgehungerte Schiffsratten!»

Rattenstärke

«Das Feuer muss sie angelockt haben», sagte Mel. «Oder der Wurstgeruch.»

«Vielleicht war es auch der Rum. Womöglich sind sie Alkoholiker. Ihre Augen sind jedenfalls rot genug.» Ludo wich zurück und stellte sich dichter zu den anderen.

«Es spielt keine Rolle, was sie angelockt hat», sagte Wren. «Die Frage ist, wie locken wir sie wieder weg?»

«Ich glaube nicht, dass uns das gelingen wird, meine Lieben. Dies ist ein guter Zeitpunkt, um mein Boot in Gebrauch zu nehmen.» Cassetti gab sich Mühe, ruhig zu bleiben, doch die Freunde merkten, dass er ebenso viel Angst hatte wie sie.

«Wir müssen durch sie hindurchfahren», sagte Mel. «Sie sind überall und kommen immer näher.»

«Macht ein bisschen Krach, damit sie ein Stück zurückweichen», sagte Wren. «Wir brauchen Platz, um das Boot zu Wasser zu lassen. *Ho-ho-ho-ho!*» Sie hob zwei Treibholzstücke auf und schlug sie gegeneinander.

Mel folgte ihrem Beispiel, während Cassetti die Pistolen hastig mit Schießpulver und Kugeln aus einer seiner Schubladen füllte.

Währenddessen spielte der Glückskompass ununterbrochen sein trauriges Lied.

Die Augen starrten weiter hasserfüllt zu ihnen herüber und ließen sich von dem Spektakel nicht aus der Ruhe bringen.

Ludo begann mit einer Hand auf das leere Rumfässchen zu schlagen und zog mit der anderen die Bootsmannspfeife heraus.

«Meinst du, das funktioniert? Sie gibt doch gar keinen Ton von sich», sagte Wren und schlug ihre Holzstöcke noch fester gegeneinander.

«Die See-Hunde haben sie auch gehört.» Ludo stieß einen stummen Pfiff mit der Bootsmannspfeife aus. «Da! Seht nur!»

Panisches Quieken und Platschen setzte ein, und die roten Augen verschwanden.

«Sie können es nicht ausstehen», sagte Ludo triumphierend.

«Fragt sich, was stärker ist: ihre Abneigung gegen das Pfeifen oder der verlockende Wurstgeruch», sagte Mel, als die Ratten wieder auftauchten. Er zog ein brennendes Stück Treibholz aus dem Feuer und schwenkte es wie ein Schwert.

«Ich glaube nicht, dass sie sich mit Würsten zufriedengeben werden», meinte Cassetti. «Kommt. Es ist Zeit, aufzubrechen. Helft mir, das Dingi zu Wasser zu lassen.»

Mel versuchte seine zitternde Hand ruhig zu halten, als er im Bug kniete und die Treibholzfackel hochhielt, um ihnen den Weg zu leuchten. Cassetti legte sich gewaltig in die Riemen. Wren und Ludo saßen mit den Pistolen in der

Hand im Heck und blickten über das schwarze Wasser zum flackernden Feuer auf der Insel hinüber, die allmählich in der Dunkelheit verschwand. Dabei sahen sie, wie Ratten, die so groß wie Hunde waren, aus dem Bilgenwasser auf die Insel kletterten. Funken stoben auf, als sie die brutzelnden Würste packten und unerbittlich darum kämpften, bis die Beute vertilgt war. Dann kehrten sie eine nach der anderen ans Ufer zurück und starrten dem Boot hinterher. Wie auf Kommando stürzten sich alle ins Wasser und begannen im Eiltempo hinter ihnen herzuschwimmen.

Mel leckte sich die trockenen Lippen und versuchte ruhiger zu atmen. Ihm war ganz schlecht vor Angst. Ludo und Wren erging es nicht anders.

«Erst schießen, wenn du das Rote in ihren Augen erkennen kannst», sagte Ludo mit gespielter Tapferkeit.

«Wir haben jeder nur einen Schuss», erwiderte Wren, «und es sind Dutzende von Ratten. Sie haben nicht zufällig noch etwas in Ihren Schubladen, das uns helfen könnte?»

«Ich wünschte, ich hätte etwas.» Cassetti legte sich noch mehr in die Riemen.

«Steuern Sie nach rechts», sagte Mel. Die Melodie war verstummt, und er las den Glückskompass ab.

Das Dingi schwang herum.

«Nein, zur anderen rechten Seite», sagte Mel.

«Tut mir leid», erwiderte Cassetti. «Ich sitze falsch herum.»

«Ich glaube, wir müssen ungefähr eine Stunde lang in diese Richtung fahren.»

«Eine *Stunde*!», riefen Wren und Ludo.

«So wird es angezeigt», sagte Mel.

Cassetti seufzte. «Wenn unser Glück noch so weit in der Ferne liegt, müssen wir uns mit etwas anderem behelfen.» Seine Wolkenperücke verfinsterte sich.

Da hatte Mel eine Idee. «Haben Sie ein Seil?», fragte er Cassetti. «Hier, nimm.» Er gab Wren die lodernde Fackel.

«Das kriege ich hin.» Cassetti hörte auf zu rudern und öffnete eine seiner Schubladen. Dann reichte er Mel ein langes, aufgerolltes Seil, das Mel an einem Ende zu einer Schlinge knotete.

Als Cassetti die Riemen wieder aufnehmen wollte, sagte er: «Nein. Hören Sie auf zu rudern.»

«Bist du verrückt geworden, Mel?», rief Wren.

«Ihr müsst mir einfach vertrauen.»

«Nun, wenn du sicher bist, dass es funktioniert», sagte Cassetti.

Das Boot blieb langsam stehen.

«Das gefällt mir nicht», sagte Ludo. «Ich hoffe, du weißt, was du tust.»

Es platschte unheilvoll, als die Ratten das Dingi umzingelten und es immer näher umkreisten. Mit angstvoll geweiteten Augen spannten Ludo und Wren ihre Pistolen. Ludo hob mit zitternder Hand die Pfeife an den Mund.

«Nein, Ludo. Nicht pfeifen.» Mel begann das Lasso zu schwingen. «Noch nicht.»

Die Ratten zogen ihre Kreise immer enger. Im Lichtschein der brennenden Fackel wirkten ihre Körper und Zähne noch größer und ihre Augen röter. Sie hatten das Boot fast erreicht. Ihr tropfnasses Fell und die Schnurrhaare waren deutlich zu sehen, und ihr strenger Geruch war trotz des stinkenden Bilgenwassers unverkennbar. Ludo und Wren drückten ab und schossen zwei von ihnen zwischen die Augen, doch die anderen kamen unverdrossen näher. Die Freunde wichen in dem zerbrechlichen Dingi so weit wie möglich vom Dollbord zurück. Eine der Ratten machte einen Satz aufs Boot zu, und ihre scharfen Zähne landeten nur wenige Zentimeter neben Cassettis Arm. Das Dingi schaukelte gewaltig und drohte zu kippen, als das Untier ins Wasser zurückfiel. Vor ihnen tauchte eine weitere Ratte angriffsbereit aus dem Wasser auf. Mel warf dem riesigen Nager die Seilschlinge über den Kopf und zog an. Erschrocken warf sich das Tier hin und her und versuchte freizukommen. Mel wickelte das andere Ende des Seils schnell um die Klampe am Bug. «Haltet euch fest. Und jetzt blas deine Pfeife, Ludo.»

Dieser begriff sofort, was Mel vorhatte. Er setzte die Pfeife an die Lippen und blies mit aller Kraft hinein. Die Ratten reagierten auf den stummen Pfiff, als hätten sie sich verbrannt, und flohen mit schrillem Kreischen. Das restliche Seil, das zusammengerollt zu Mels Füßen lag, entrollte sich augenblicklich und wurde straff. Wie von einer Rakete angetrieben, schoss das Boot voran. Mel und Cassetti wurden nach hinten geschleudert und fielen auf Wren und Ludo.

«Hier, nimm den Riemen als Ruderpinne.» Cassetti rappelte sich hoch und hob ein Ruder auf. Ludo brachte es am Heck in Position und ergriff mit Wren, die Mel die brennende Fackel zurückgegeben hatte, die Pinne.

Mel hielt die Fackel hoch und sah, dass der Rest der

Meute ihnen im Kielwasser folgte. Er stieg über Cassetti und nahm vorn im Bug wieder seinen Platz ein, wo er mit einer Hand den Glückskompass aufklappte. «Leicht nach links … etwas mehr … noch mehr … Genau so! Steuert genau in diese Richtung, und wir sind in … fünf Minuten da, wenn es so weitergeht.»

Sobald ihre Geschwindigkeit nachließ, blies Ludo in die Pfeife, sodass die Ratte, so schnell sie konnte, weiterschwamm. «Toll! Wir haben einen rattenstarken Motor.»

Als der Glückskompass anzeigte, dass sie weit genug gefahren waren, band Mel das Seil los und Cassetti übernahm die Riemen. Mel lotste sie zu einer Holztreppe.

«Ich weiß, wo wir sind, meine Lieben. Folgt mir. Das Bild, durch das ich hergekommen bin, befindet sich in dieser Richtung.» Cassetti führte sie zwischen riesigen Kisten und Ballen hindurch, die sich haushoch auftürmten. Es war, als wanderten sie durch die engen Gassen von Vlam. Schließlich erblickten sie am Ende eines schmalen Ganges in einer offenen Kiste ein großes Gemälde. «Ihr wisst ja, wie die Tore in die Spiegelwelt funktionieren. Fasst euch an den Händen.»

Beim Wiederauftauchen spürten alle das vertraute Kribbeln, das jede Reise durch eine versiegelte Leinwand mit sich brachte. Sie blinzelten in der plötzlichen Helligkeit der arkadischen Landschaft, in der sie sich wiederfanden. Der ekelhafte Gestank des Kielraums war verschwunden. Stattdessen konnten sie frische Luft und den süßen Duft von Gras riechen. Alles war wunderbar ausgeleuchtet und perfekt komponiert, ganz anders als in der Wirklichkeit, in der auch die idyllischste Landschaft ihre kleinen

Schönheitsfehler hat. Ein Rudel weißes Damwild mit vergoldeten Geweihstangen graste auf einem nahegelegenen Grasteppich, und ringsum erhoben sich sanfte, bewaldete Hügel. Über den Baumkronen erblickten sie die märchenhaften Türme und Zinnen eines schimmernden Schlosses, dessen Mauern mit Efeu bewachsen waren. Alle stießen einen Seufzer der Erleichterung aus.

«Nach Kumulus kommen wir durch ein Bild in diesem Schloss», sagte Cassetti. «Wenn wir uns beeilen, müssten wir binnen einer Stunde dort sein.» In seiner Perücke hatte sich ein Regenbogen gebildet.

«Es tut mir leid, aber wir können im Augenblick nicht mit Ihnen kommen», sagte Mel entschuldigend. «Wir müssen zurück nach Vlam. Es dauert nicht lange.»

«Das stimmt», pflichtete Ludo ihm bei. «Wir müssen unserem Meister sagen, was die Wolke in Wirklichkeit ist, und ihn warnen.»

«Und dann kommen wir, um Ihnen zu helfen», fügte Wren hinzu.

«Und was ist, wenn dieser Meister euch verbietet wiederzukommen?», fragte Cassetti.

«Dann kommen wir trotzdem», erwiderte Ludo.

«Wir versprechen es», sagte Mel.

«Also gut», sagte Cassetti. «An dieser Stelle endet meine Suche, und die eure beginnt. Ich werde zurückkehren und dem König berichten, dass meine Mission erfolgreich war und dass Hilfe unterwegs ist. Leb wohl, Mel. Leb wohl, Wren. Leb wohl, Ludo. Wir sehen uns bald wieder.»

«Kommt, ihr beiden», sagte Mel und winkte ihrem neuen Freund zum Abschied. «Ich erkenne dieses Bild wieder.

Es hängt im Palast des Geistes. Hier muss irgendwo eine Nebelwand in der Nähe sein.»

«In einer Stunde sind wir zurück im Herrenhaus», sagte Wren.

«Der Stachelschwein-König. Lasst mich noch eine ziehen. Raben-König! Das war jetzt das vierzehnte Mal hintereinander. Sapperlot! Das ist in der Tat ein bemerkenswertes Instrument, das du da hast, Womper.»

Es war Abend, und Mel, Ludo und Wren standen in Ambrosius Blenks Privatatelier und sahen zu, wie ihr Meister mit Ludos Karten spielte. Seit Mel ihm den Glückskompass gezeigt hatte, benahm er sich wie ein Kind mit einem neuen Spielzeug.

«Und das Spiegelzeichen in der Wolke über Vlam …»

«Ha! Der Harlekin!»

«Was sollen wir tun, Meister?»

«Tun? Nun, wir könnten Tintenkleckse machen. Bei dieser Art von Glück werden dabei wahrscheinlich von selbst erkennbare Figuren entstehen.»

«Nein, wegen des Spiegelzeichens. Es wird immer weiter anwachsen. Cassetti sagt, ganz Kumulus wird hineingezogen.»

Ambrosius Blenk hörte auf, Tusche anzurühren, und blickte zu Mel auf. «Ein Spiegelzeichen, sagst du? Was macht dich da so sicher? Wenn du erst so viele Wolken gesehen hast wie ich, Womper, dann wirst du begreifen, dass sie unglaublich viele Formen annehmen können.»

«Aber Cassetti hat gesagt …»

Der Meister machte eine ungeduldige Handbewegung.

«Nun gut, nehmen wir an, es ist ein Spiegelzeichen. Was dann?» Er legte den Pinsel fort und wandte sich den Freunden zu. «Sollte sich tatsächlich ein Spalt zwischen den Welten auftun, dann ist das wohl kaum etwas, das ein Haufen Kinder wieder reparieren kann, nicht wahr? Nein, ihr habt euch nicht in Mirrorscape herumzutreiben. Euer Platz ist hier. Ihr wisst doch, was beim letzten Mal passiert ist.»

«Soweit ich mich erinnere, hat Mel Sie aus den Fängen des Großvogts und der Fünften Gilde gerettet, uns den Tyrannen Lord Brool vom Hals geschafft und das Leben sämtlicher Bewohner von Nem zum Besseren gewendet.» Dirk Tot erhob sich und ließ alle anderen im Atelier wie Zwerge erscheinen.

Mel warf Ambrosius Blenks Hausverwalter einen dankbaren Blick zu. Er hatte sich an dessen hünenhafte Gestalt und die furchtbaren Entstellungen in seinem Gesicht gewöhnt, das die meisten anderen Menschen so erschreckte. Seine komplette linke Seite sah aus, als wäre sie geschmolzen.

«Außerdem ist mir noch gut erinnerlich, dass ich ohne das Eingreifen von Mel, Ludo und Wren immer noch im Kerker des Gildenpalasts schmoren würde.» Der Riese legte Mel eine wunderbar gearbeitete silberne Handprothese auf die Schulter.

Der Meister nahm einen größeren Pinsel und tauchte ihn ein, um einen Tintenklecks zu malen. «Was diese Verschwörung der Tern angeht, bin ich sicher, dass mein guter Freund, der Weise von Vlam, von einem solchen Frevel wüsste. Er hätte längst eingegriffen. Mir erscheint das alles höchst unwahrscheinlich.» Er gab sich alle Mühe, unbekümmert zu klingen, doch sein Benehmen verriet Mel, dass er ebenso beunruhigt war wie er und seine beiden Freunde.

«Nephonia, so, so», fuhr Ambrosius Blenk fort. «Ich bin schon dort gewesen – ein Mal. In Kumulus, glaube ich. Vielleicht war es auch Nimbus. Wirklich sehr befremdlich. Das Land verändert sich pausenlos. In einem Moment steht man in einem Palast und im nächsten in einer Baracke. Aber faszinierend. Wird einem nie langweilig in diesem Nimbulus. Im Übrigen hat der Weise ein paar prächtige nephonische Gemälde von Midas Garf in seiner Sammlung. Das war vielleicht ein Wolkenmaler! Auch eurem Konfetti bin ich schon begegnet. Einer der begabtesten Wolkengestalter von Kumulus. Unglaublich, was er aus Wasserdampf zustande brachte. Er nahm etwas, das wie ein Omelett aussah, und formte es zu einem Drachen – und den verwandelte er wieder in eine Bratpfanne. Und das alles schneller, als man …»

«Ich glaube, man sollte dieser Sache nachgehen, Herr», unterbrach ihn Dirk Tot.

Der Meister hielt inne und sah von seinen Tintenklecksen auf. «Nachgehen? Ja, unbedingt.» Er starrte die Freunde an. «Aber nicht diese drei. Sie haben zu tun. Decken bemalen sich nämlich nicht von allein.»

«Vielleicht könnte ich Grün und Blau bitten, der Sache auf den Grund zu gehen?», schlug Dirk Tot vor.

«Die Regenbogenrebellen? Ausgezeichnete Idee. Jetzt, wo die Gilden keine Scherereien mehr machen, haben sie vermutlich ohnehin nichts zu tun. Kümmern Sie sich bitte sofort darum. Sollte da wirklich etwas im Busch sein, sind sie besser dafür gerüstet als diese drei Kindsköpfe. Meine Lehrlinge gehören zu mir in den Saal des Erwachens – und an ihre *Arbeit*. Haben wir uns verstanden?»

«Aber wir haben Cassetti versprochen zurückzukommen, Meister.»

«Mirrorscape ist ein gefährlicher Ort, oder habt ihr das vergessen? Was ist, wenn euch etwas zustößt? Ich brauche euch hier. Die Kunst geht vor – und zwar *immer*. Ohne die Kunst gäbe es keine Spiegelwelt. Vergesst das nicht. Ich brauche euch frisch und munter bei der Arbeit. Das ist mein letztes Wort. Und jetzt nehmt euer Spielzeug und geht zum Nachtessen. Gleich morgen früh machen wir weiter.»

«Aber …», protestierte Mel.

«Und jetzt fort mit euch.»

«Ich habe nicht daran geglaubt, dass er uns gehen lässt», sagte Ludo, als sie draußen waren.

«Er denkt, wenn an einer Stelle von Mirrorscape etwas schiefgeht, kann er es mit ein paar Pinselstrichen wieder in Ordnung bringen», sagte Wren.

Mel schüttelte den Kopf. «Mit ein bisschen Farbe wird er eine Wunde zwischen den Welten nicht reparieren können. Wir wissen doch alle, was passiert, wenn Mirrorscape und unsere Welt durcheinandergeraten. Und Dämonen sind viel schlimmer als diese farbenfressenden Würmer, wie beim letzten Mal.»

«*Psst*. Still.» Wren blickte zur Ateliertür. «Niemand weiß, dass wir es waren.»

«Wir können unser Versprechen nicht brechen», sagte Mel. «Cassetti zählt auf uns.»

«Der Meister interessiert sich nur für seine Arbeit»,

klagte Ludo. «Arbeit, Arbeit, Arbeit. Der reinste Sklaventreiber ist er.»

«Spricht man so über seinen Herrn?» Dirk Tot zog die Tür hinter sich zu.

Ludo wurde rot. «Es tut mir leid. Ich wollte nicht …»

«Schon gut, Ludo. Der Meister ist von seinem Auftrag sehr in Anspruch genommen. Künstler konzentrieren sich manchmal so sehr auf die Details, dass sie das große Ganze aus den Augen verlieren. Das bringt Genie manchmal so mit sich. Aber was Grün und Blau anbetrifft, hat er recht. Sollte wirklich etwas im Gange sein, sind sie dafür genau die Richtigen.»

«Der Meister hat nicht ausdrücklich gesagt, dass wir *nicht* nach Mirrorscape zurückdürfen», sagte Ludo.

«Er hat aber auch nicht gesagt, dass wir es dürfen.» Wren schlang sich die Decke fester um den Leib.

«Aber was wir in unserer Freizeit machen, zählt nicht», meinte Ludo. «Außerdem, wie soll er es herausfinden?»

Es war schon nach drei Uhr morgens, und Wren, Ludo und Mel waren in ihren Nachtgewändern aus den Schlafsälen in den Winkerturm hoch oben auf Ambrosius Blenks Herrenhaus gestiegen. Mels leuchtende Feder strahlte ihre Gesichter von unten an. Durch die Turmbogenfenster sahen sie die mondbeschienenen Dächer von Vlam und die hoch über den Giebeln aufragenden dunklen Silhouetten der drei Großen Häuser, aus denen hier und da aus hellerleuchteten Fenstern Licht in die Nacht drang. Doch ihre Aufmerksamkeit galt einzig und allein dem Palast des Geistes und der Wolke, die über ihm stand.

«Wir haben es Cassetti versprochen», meinte Mel.

«Er rechnet mit unserer Hilfe. Deshalb hat er uns den Glückskompass gegeben. Wir dürfen ihn nicht im Stich lassen», sagte Wren.

«Es ist kalt. Gehen wir wieder ins Bett», schlug Ludo vor. «Wir können das auch morgen besprechen.»

«Hört mal. Wir wissen jetzt, dass die Wolke von Nephonia aus durchlässig ist. Aber wir wissen nicht, wie oder warum das geschieht. Selbst wenn Grün und Blau versuchen sollten, mehr herauszufinden, könnten wir ihnen dabei helfen. Um wie viel Uhr hast du gestern Nacht das Gewitter gehört?»

«Keine Ahnung, Mel. Sehr spät», erwiderte Wren.

«Jetzt ist es nicht mehr spät, sondern sehr früh», sagte Ludo und gähnte.

«Lass das, Ludo, sonst steckst du uns alle an», sagte Wren und konnte sich selbst nur mit Mühe zurückhalten.

«Uaaaaah.»

«Das war nicht echt», sagte Mel und versuchte nicht zu lachen, als er selbst das Gähnen unterdrückte. «Wir sollten …»

Und da passierte es. Die Zeiger des Glückskompasses, den Mel in der Hand hielt, wanderten nach unten. Für einen kurzen Moment tauchte ein Blitz die Welt in ein kaltes, bläulich weißes Licht. Die dunklen Konturen der Freunde wurden an die Turmwand geworfen. Einen Augenblick später ertönte ein ohrenbetäubender Donner.

Wren blinzelte mehrmals hintereinander. «Ich hab es genau gesehen. Der Blitz hat den Papierglockenturm getroffen.»

«Seht mal», sagte Mel.

«Ich kann gar nichts mehr sehen.» Wren rieb sich die grünen Augen. «Was ist denn?»

«Das wirbelnde Muster unter der Wolke hat sich vervollständigt», erklärte Mel. «Es *ist* ein Spiegelzeichen!»

«Und jetzt fallen irgendwelche Dinge heraus», sagte Ludo.

«Was für Dinge? Dämonen?»

«Nein, irgendwelche Wolkenfiguren», antwortete Mel. «Da sind Pferde und Stiefel und Bäume …»

«… und Wale, Ananasse und Ambosse», fuhr Ludo fort. «Aber sie treiben alle fort, ehe sie den Boden berühren.»

«Wenn wir nicht wüssten, was es wirklich ist, wäre es wunderschön», sagte Wren.

Ein zweiter Blitz war zu sehen und dann ein dritter. Diesmal kamen sie aus einem wolkenlosen Teil des Himmels.

«Wie kann das sein? Ich habe noch nie einen Blitz an einem wolkenlosen Himmel gesehen», wunderte sich Ludo, als der Donner verebbte.

«Sie kamen nicht vom Himmel», sagte Mel. «Sie kamen vom Glockenturm. Die Blitze sind in den Himmel *hinauf*geschossen. Die Tern öffnen ein zweites Loch.»

Dann trug der Wind das Echo eines markerschütternden, nicht menschlichen Schreis heran. Es war ein Laut, den ihnen die Haare zu Berge stehen und das Blut in den Adern gefrieren ließ.

«Was war das?»

DER ZWEITE STURM

Der Papierglockenturm

Sie verschliefen zwangsläufig. Als Mel, Ludo und Wren wie im Tran durch die verstopften Straßen rannten, war jedes Fenster besetzt. Die gesamte Bevölkerung von Vlam schien auf den Beinen zu sein und wie gebannt die endlose Kaskade der Figuren zu verfolgen, die aus der kreisenden Wolke über dem Palast des Geistes fielen.

«Ich hab noch nie im Leben …», sagte ein älterer Bürger.

«Das hat noch niemand …», meinte sein Gefährte. «Wenn du mich fragst, ist das ein Omen.»

«Ein Omen? Ich sehe ein Kamel, aber ein Omen kann ich nicht entdecken.» Eine vorbeikommende Passantin kratzte sich am Kopf. «Wie sieht so was eigentlich aus?»

«Ich kann nichts sehen.» Ein kleines Mädchen zog seiner Mutter am Rock, bis sie es hochhob und über die Köpfe der Menge schauen ließ. «Mami, Mami, ich kann ein Schloss sehen und ein Seepferdchen und … und … und einen Baum.»

«Mami, Mami», äffte Ludo. «Ich kann Ghule und Dämonen sehen, und … und … und sie zerreißen den Leuten die Gesichter.»

«*Psssst!* Sei still.» Wren stieß Ludo den Ellbogen in die Rippen. «Das ist nicht komisch.»

Als sie schließlich im Saal des Erwachens ankamen und das Gerüst hinaufstiegen, waren der Meister und alle anderen Lehrlinge schon fleißig bei der Arbeit.

«Was glaubt ihr eigentlich, wie spät es ist?», sagte Bex und schüttelte den Kopf. «Die Arbeit fängt um Punkt acht Uhr an.» Und dann fügte er mit gesenkter Stimme hinzu, damit die anderen Lehrlinge ihn nicht hören konnten: «Hört mal, es ist den anderen gegenüber nicht fair, wenn ihr nicht auch euren Beitrag leistet. Also versucht wenigstens von jetzt an pünktlich zu sein, ja?»

«Tut mir leid, Bex», sagte Mel.

«Ja, mir auch», fügte Ludo hinzu.

Nach einem langen Tag ließen sich die drei Freunde erschöpft vor ihrer Nische nieder und sahen zu, wie alle anderen von der Plattform kletterten.

«Ich habe nachgedacht», sagte Wren. «Die Blitze, die wir gesehen haben, kamen irgendwo aus diesem Gebäude, aus dem Palast des Geistes. Ich wette, sie haben die Wolkenfiguren verursacht. Vielleicht finden wir die Antwort auf Cassettis Problem in diesem Papierglockenturm.»

«Den Versuch wäre es wert», meinte Ludo. «Der Meister hat uns den ganzen Tag nicht aus den Augen gelassen. Das könnte leichter sein, als nach Mirrorscape zurückzukehren. Ich glaube, er weiß, dass wir versuchen werden, Cassetti zu helfen.»

«Durch den Vordereingang kommen wir nicht noch einmal in die Ordensräume der Tern», meinte Mel. «Das war nur ein glücklicher Zufall.»

«Wir könnten es auf umgekehrtem Weg versuchen», schlug Wren vor. «Und durch das Bild in die Vorhalle gelangen.»

«Und die Ratten, die Flugmaschine, der Bootsmann und die Presspatrouille? Besser nicht, meine Lieben», sagte Ludo und ahmte dabei Cassetti nach. Dann fügte er mit normaler Stimme hinzu: «Außerdem haben wir dem Meister versprochen, nicht nach Mirrorscape zurückzukehren. Jedenfalls mehr oder weniger.»

«Dann bleibt uns nur eine Möglichkeit», sagte Mel. «Wir müssen durchs Fenster.»

«Nun komm mal wieder auf den Teppich zurück, ja?», protestierte Ludo. «Wir sind einige Hundert Meter über dem Boden.»

«Wenn dir etwas Besseres einfällt, dann raus damit.»

«Was ist mit … mit … ach, *Schmeer*!», sagte Ludo.

«Schmeer bringt die Sache ziemlich auf den Punkt», sagte Wren. «Aber Mel hat recht. Mir gefällt die Idee auch nicht, aber etwas Besseres fällt mir nicht ein.»

Es war einfacher, als sie erwartet hatten – zumindest am Anfang. Sie entdeckten eine unverschlossene Tür, durch die sie auf eine Terrasse ins Freie gelangten. Die eine Seite bot einen freien Blick über die Stadt, auf der anderen befand sich eine glatte Wand, die mehrere Stockwerke hoch war. Darüber sahen sie die Unterseite der sich langsam drehenden Spiegelzeichenwolke. Sie gingen über die Terrasse und stiegen dann eine lange Treppe hinauf, bis sie schließlich vor die Tür eines Dachtürmchens gelangten.

«Sie ist abgeschlossen.» Mel drückte mit der Schulter gegen die solide Tür, doch sie bewegte sich nicht. «Es wäre auch zu schön gewesen.» Er ging zur Terrasse zurück und lehnte sich weit über die Brüstung hinaus.

«Du willst doch nicht … Nein, natürlich nicht.» Ludo lachte nervös. «Aber was machen wir jetzt?»

«Versuch es mit dem Glückskompass», schlug Wren vor. «Man kann nie wissen.»

Mel machte ein paar Schritte von der Brüstung weg und klappte ihn auf.

«Und?», fragte Ludo. «Was sagt er?»

Mel ging wieder zur Brüstung zurück.

«O nein», sagte Ludo. «Sag bitte nicht, dass …»

«Doch. Dort unten ist ein Sims, der um den ganzen Turm herumführt.»

«Warte mal», sagte Wren. «Ich habe den Kompass nicht spielen hören.»

«Er hat auch nicht gespielt», sagte Mel. «Das Glücksbarometer steht ungefähr auf drei Uhr, aber der Richtungszeiger weist eindeutig in diese Richtung.»

«Auf *drei Uhr*! Das heißt, es kann für uns so oder so ausgehen.» Ludo schüttelte den Kopf.

«Es ist die einzige Chance, die wir haben», sagte Mel. «Vielleicht wird es unterwegs besser.»

«Oder schlechter», erwiderte Ludo.

Mel schwang sich über die Brüstung und ließ sich hinab. «Der Sims ist breiter, als er aussieht, und hier sind verzierte Wandvorsprünge, an denen wir uns festhalten können. Beeilt euch, wenn ihr mitkommen wollt. Solange man nicht runterschaut, geht es», sagte er mutiger, als er sich fühlte.

Widerstrebend folgten Wren und Ludo ihm. Sie standen zu dritt auf dem schmalen Vorsprung, die Arme ausgestreckt wie eine Kette ausgeschnittener Papierfiguren. Der Wind zerrte an ihren Kleidern, während sie sich um den Bauch des Türmchens herumschoben. Plötzlich begann der Glückskompass, den Mel um den Hals trug, zu spielen. Es war die traurige Melodie. Mel tastete nach dem nächsten Halt, als aus einem verborgenen Winkel plötzlich eine Taube hervorschoss und davonflatterte. Mel wich zurück, verlor das Gleichgewicht und taumelte nach hinten.

«Hab dich!» Ludo packte ihn mit seiner freien Hand am Wams. Sekundenlang standen beide schwankend auf dem Sims, ehe es Ludo gelang, Mel wieder zu sich heranzuziehen.

«Danke. Das war knapp.» Mels Magen kehrte an seinen alten Platz zurück, und sein rasender Herzschlag beruhigte sich. Er fand neuen Halt und schob sich weiter voran. «Ah!»

Bestürzt sah Ludo seinen Freund vom Sims springen. *«Mel!»*

«Schon gut. Hier ist ein Dach.»

Zaghaft blickte Ludo hinab und sprang dann das kurze Stück zu Mel hinunter. Wren folgte ihm. Wie ein geneigtes bleifarbenes Sportfeld erstreckte sich vor ihnen das Dach. An der linken, der Stadt zugewandten Kante erhob sich eine Reihe schlanker, mit Steinmetzarbeiten versehener Turmspitzen. Strebebögen führten hoch über ihren Köpfen von den Turmspitzen bis zu einer himmelhoch aufragenden Wand zur Rechten. Mitten in der Wand befand sich ein großes rundes Buntglasfenster. Abgesehen von den

Freunden war es der einzige Farbfleck in der grauen Dachlandschaft.

Mel krabbelte als Erster über das geneigte Dach zu einem Vorsprung am Fuß der Wand hinauf. «Hier, Ludo, hilf mir hoch.» Ludo machte für ihn eine Räuberleiter, und Mel stellte sich darauf. Er war gerade groß genug, um über die Fenstereinfassung zu schauen.

«Was siehst du?», fragte Wren.

«Nicht viel. Das Glas ist ziemlich dick. Sieht aus wie eine Art Saal, aber es ist alles verzerrt.» Mel stieg wieder hinunter. «Wir müssen zu dieser kleinen Fensterreihe direkt unterm Dach.»

Ludo musste den Kopf in den Nacken legen, um bis ganz nach oben zu sehen. Dann sah er wieder zu Mel und folgte dessen Blick hinüber zu den Turmspitzen und Strebebögen. «O nein, du willst doch nicht etwa …»

«So schlimm ist es gar nicht», versicherte Mel. «Die Turmspitzen sind voller Maßwerk und Steinmetzarbeiten. Es gibt jede Menge Haltepunkte. Und dann benutzen wir die Bögen wie eine Brücke.»

«Gehen wir, bevor mich mein Mut im Stich lässt», sagte Wren.

Ludo schluckte. «Und was ist, wenn man erst gar keinen Mut hat?»

Die Freunde rutschten über die Dachschräge zu den Turmspitzen hinab und begannen, an den in Stein erstarrten Ungeheuern hinaufzuklettern. Sie stellten die Stiefelspitzen in aufgerissene Mäuler und zogen sich an Schwänzen und Hörnern hinauf. Als er den Strebebogen über sich erreichte, setzte Mel sich rittlings obenauf. Ganz langsam stand er auf. Dann streckte er die Arme wie ein Seiltänzer aus und ging vorsichtig über den Bogen auf die Fensterreihe zu. Überall lag Taubendreck, und um ein Haar wäre er auf halbem Weg ausgerutscht.

«Vorsicht!», schrie Ludo.

«Danke, das hätte ich fast vergessen.» Noch langsamer als zuvor ging Mel weiter, bis er die Wand erreichte. «Es geht schon, solange ihr nicht ...»

«... runterschaut», vollendete Wren den Satz, als sie und Ludo ihm nachfolgten. «Ja, das wissen wir.»

Sie knieten nebeneinander auf dem schmalen Sims unterhalb der Fensterreihe. Rund um sie herum stierten grausige Wasserspeier mit aufgerissenen Mäulern auf die tief unten liegende Stadt. Ludo versuchte einen von ihnen nachzuahmen, und Wren kicherte teils vor Erleichterung, teils über seinen hoffnungslosen Versuch. Mel drückte mit der Hand gegen ein Fenster, das nach innen aufging. Er warf einen Blick auf den Glückskompass, machte eine Geste, die Unentschiedenheit zum Ausdruck brachte, und kletterte hinein.

Die Freunde glitten in einen schmalen Laufgang hinab, der sich oberhalb eines Saals an der Wand entlangzog. Auch wenn der Raum nicht ganz so gewaltig war wie der Saal des Erwachens, war es ein schrecklich weiter Weg bis hinab auf den gemusterten Mosaikboden. Unten sah man die Gestalten mehrerer Tern, die aus dieser Entfernung gedrungen wirkten. Eine Reihe von Fahnenstangen, an denen Banner mit bunten Wappenzeichen hingen, ragte vom Laufgang in den Saal. Direkt über ihnen befand sich das mit kunstvollem Schnitzwerk versehene Deckengebälk, von dem drei große Eisenkandelaber wie auf den Rücken gedrehte tote Spinnen herabhingen, deren Beine nach unten baumelten.

Ludo klopfte gegen die Wand. «Das fühlt sich nicht wie Papier an.»

«Ich glaube nicht, dass wir schon hoch genug sind», sagte Wren leise. «Er muss irgendwo ganz oben sein.» Sie deutete mit der Hand auf das Deckengebälk.

«Da ist eine Tür am Ende des Gangs. Kommt mit.» Mel führte sie durch den Gang und kletterte über die Fahnenmasten. «Duckt euch. Sie dürfen uns nicht sehen.»

«Danke, dass du mich daran erinnerst», flüsterte Ludo.

Sie drückten die Tür auf und standen vor einer engen Wendeltreppe. An ihrem oberen Ende kamen sie zu einem weiteren offenen Gang. Frauenstimmen waren zu hören. Mel legte den Finger auf den Mund, zog den Glückskompass zurate und winkte seine Freunde voran.

Sie erklommen eine kleine Musikantenempore, die sich hoch oben an einer Wand voller prächtiger, moosbedeckter Statuen entlangzog.

«Merkwürdig», flüsterte Mel. «Moos, das *in* einem Gebäude wächst.»

Wren legte den Finger auf den Mund und deutete nach unten.

Von der hohen Empore bot sich ihnen ein Blick auf eine merkwürdige, fensterlose Kammer, die vom flackernden Licht zahlreicher Kerzenleuchter erhellt wurde.

«Seht euch nur das Gerüst an», flüsterte Wren.

«Wenn das ein Gerüst ist», antwortete Mel, «hat es ein Wahnsinniger aufgestellt.»

Holzbalken und -stangen in allen Längen und Stärken waren willkürlich und planlos in den verrücktesten Stellungen zusammengezurrt worden, was den Eindruck erweckte, als ob ein gewaltiges Bündel Stäbe auseinandergefallen und mitten in der Luft erstarrt wäre. Das Gerüst schien Wände und Decke an Ort und Stelle zu halten und zu stützen.

«Komisch», sagte Ludo. «Gerade dachte ich, die Wände hätten sich bewegt.»

«Ich auch», erwiderte Mel. «Sie sehen irgendwie durchsichtig aus.»

Unter dem Gerüst eilten etwa ein Dutzend graugekleideter Tern hin und her. Einige rissen Seiten aus aufgestapelten Büchern und ordneten sie zu Stößen, während sich hinter ihnen ein Berg weggeworfener leerer Buchdeckel auftürmte. Andere stiegen mit einem Stoß loser Seiten auf Leitern und klebten die Blätter mit großen Bürsten und Eimern voller Kleister an die Wand. Die auf diese Weise hergestellte Tapete war ebenso irrwitzig wie das Gerüst selbst: Textseiten prangten neben umgedrehten Zeichnungen und querstehende Notenblätter neben gewellten Landkarten.

In der Mitte der Kammer befand sich etwas, das wie eine riesige Skulptur aussah. Drei kunstvoll gravierte und auf Hochglanz polierte Messingschlangen wanden sich in einer dreifachen Spirale umeinander, sodass sie ein langes, rohrartiges Gebilde ergaben. Darin eingebettet waren zahlreiche große, eiförmige Kristalle in verschiedenen Farben. Eine merkwürdige Ansammlung planetenartiger Kugeln ragte horizontal über dem Gebilde empor, und rundherum war eine Batterie konkaver Spiegel aufgestellt worden, die in beweglichen Rahmen steckten, sodass man sie in jede Richtung drehen konnte. Hinten, in der Nähe der Schlangenschwänze, befand sich eine Anzahl schwenkbarer Linsen vor einem großen flachen Käfig und einer Art Ofen, auf dem oben ein Glasbehälter angebracht war. Vom Käfig führten mit Schiebern versehene Rinnen zu großen flachen Schüsseln, die in der Form einer Malerpalette in den Mosaikboden eingelassen waren. Auf beiden Seiten der Skulptur war ein Sitz mit Hebeln und Rädern angebracht. Im hinteren Teil der Kammer, fast direkt unterhalb der Empore, war eine große Winde zu sehen. Sie hatte von oben Ähnlichkeit mit einem ausgemergelten Seestern.

«Ich wusste gar nicht, dass es so viele Tern gibt», sagte Mel. «Und seht mal, sie haben alle diese komische Frisur, die Fra Theum erwähnt hat. Alle haben die Haare über das rechte Ohr gekämmt.»

«Und was machen wir jetzt?», flüsterte Ludo.

«Dahinten ist noch eine Tür», sagte Wren.

Sie verließen die Empore durch die zweite Tür und stiegen eine weitere schmale Wendeltreppe hinab, die vor einer geschlossenen Tür endete. Mel versuchte sie zu öffnen, doch sie war verriegelt. «Sackgasse.»

«Auf jeden Fall haben wir den Papierglockenturm gefunden», sagte Wren. «Und wir wissen jetzt, wo die gestohlenen Bücher gelandet sind. Aber warum tapezieren sie die Wände mit herausgerissenen Buchseiten? Das muss die teuerste Tapete aller Zeiten sein.»

«Vielleicht wollen sie die Wände damit dämmen?», vermutete Ludo.

Mel zuckte die Achseln. «Das ist vermutlich das Letzte, was sie im Sinn haben. Und wer hat schon jemals von einem Glockenturm ohne Glocken gehört? Kommt, darüber können wir uns später den Kopf zerbrechen. Gehen wir zurück. Es wird bald dunkel, und ich habe keine Lust, im Finstern hinunterzuklettern.»

«O nein», sagte Ludo bestürzt. «Ich hatte fest damit gerechnet, dass wir einen anderen Rückweg finden.»

«Vielleicht gibt es ja einen», sagte Mel, als er sie die Wendeltreppe wieder hinaufführte.

Plötzlich begann der Glückskompass an seinem Hals die traurige Melodie zu spielen. Sie blieben stehen und wechselten besorgte Blicke. Hastig steckte Mel das Glockenspiel in sein Wams, bis es endlich verstummte. Dann gingen sie so leise wie möglich weiter. Sie waren fast oben, als sie zwei Frauenstimmen hörten. Sie schienen ganz aus der Nähe zu kommen. Mel schob sich noch ein wenig weiter hinauf und spähte um die letzte Biegung. Die beiden Tern, die sie beim Fortschaffen der gestohlenen Bücher beobachtet hatten, standen auf der Empore und sahen dem Treiben unter sich zu. Sie hatten die Kapuzen zurückgeschoben, und Mel sah, dass die große Ter struppiges braunes Haar hatte, das komplett auf eine Seite gekämmt war. Sie trug eine Brille mit Eisengestell und Gläsern, die so dick wie der Boden einer Flasche waren. Ihre Augen wirkten riesig dahinter. Oberhalb der Brille verlief eine einzige, durchgehende Augenbraue. Mit ihren langen Armen erinnerte sie an einen Affen. Sie sah sehr kräftig aus. Die kleine Ter hatte dünnes graues Haar und eine sehr blasse, pergamentartige Haut, durch die sich die glänzenden Schädelknochen abzeichneten. Ihre Hände wirkten wie Klauen.

«Was für ein Durcheinander», sagte die große Ter.

«Es spielt keine Rolle, wie unordentlich es ist, Tunk. Hauptsache, die Schlangenkanone bleibt verborgen, bis sie ihren Dienst getan hat. Der zweite Sturm braut sich zusammen. Es wird bald so weit sein.»

«Beim nächsten Mal sehen wir wohl mehr als ein paar hübsche Wolkenfigürchen, was?»

«Viel mehr, wenn unsere Freunde in Mirrorscape ihre Koordinaten richtig eingestellt haben.»

«Ich habe gehört, dass die Dummköpfe in der Stadt …»

«Du da! Ja, du, Ter Dern!», schrie die Grauhaarige. «Mehr Papier auf die rechte Seite! Ich kann das Tageslicht durch die Wand schimmern sehen. Die Tarnung muss aufrechterhalten werden. Das Letzte, was wir gebrauchen können, sind Steinmetze, die hier oben nicht vorhandenes Mauerwerk reparieren wollen.»

«Mit neugierigen Schnüfflern werde ich schon fertig, Mudge.»

«Das bezweifle ich nicht, Tunk.»

«Ich würde ihnen sämtliche Knochen im Leib brechen. Ihnen die Augen aussaugen und …»

«Beruhige dich, Tunk, beruhige dich. Niemand wird herumschnüffeln. Und du musst niemandem etwas brechen. Nicht, solange wir den Morg haben.»

«Der Herrin liegt mehr am Morg als an uns. Wir sind doch ihre Freundinnen, nicht er.»

«Hör auf damit, Tunk! Du musst deine Eifersucht zügeln. Die Herrin liebt uns alle – auf ihre Weise –, und der

Morg ist wichtig für die kommende Arbeit. Es wird bald einen neuen Morg geben. Aber bis es so weit ist, müssen wir dafür sorgen, dass nicht getrödelt wird. Sobald es dunkel ist und die Schlangenkanone gefüttert wurde, soll sie zur Probe abgefeuert werden. Es ist riskant, sie so früh abzuschießen, aber einer unserer Verbündeten will sich vergewissern, dass sie richtig funktioniert, jetzt, wo die Kristalle neu ausgerichtet wurden. Wenn alles gutgeht, wird es einen Sturm geben, den keiner je vergessen wird. Er könnte sogar die zweite Wunde öffnen. Wir haben allerhand Futter für die Kanone zusammengetragen. Genug, um sie zu füttern, bis alle drei Wunden geöffnet sind.»

«Was haben sie vor?», flüsterte Wren.

Mel schüttelte den Kopf.

Ludo zuckte die Achseln.

Die Freunde mussten über eine Stunde lang in quälender Stille ausharren, ohne sich zu rühren oder auch nur laut zu atmen, denn die beiden Tern blieben auf der Empore und gaben ihren Schwestern unten Anweisungen. Endlich hörten sie die Frauen durch die andere Tür davongehen. Sie schlichen zurück auf die Empore.

«Und jetzt?», fragte Ludo und streckte die steifen Beine. «Draußen ist es inzwischen dunkel. Sieht aus, als säßen wir für heute hier fest.»

«Ich habe das Gefühl, dass wir gleich herausfinden werden, wofür dieses Schlangending gedacht ist», sagte Mel. «Seht mal.»

Man hatte sämtliches Tapeziergerät fortgeräumt, und die Tern machten sich nun rund um die Schlangenkanone zu schaffen. Zwei von ihnen warfen die leeren Buchdeckel in den offenen Schlund des Ofens, während zwei andere eine bernsteinfarbene Flüssigkeit aus großen Korbflaschen in den Glasbehälter schütteten. Als sie damit fertig waren, hielt eine ein brennendes Streichholz an die Buchdeckel und schloss die Ofentür. Ihre Gefährtin begann eine seitlich angebrachte Pumpe zu betätigen. Im Behälter stiegen Blasen auf, und im Ofen begann es zu bullern.

Während die Freunde das Geschehen tief unten verfolgten, wurde ein Gemälde in den Papierglockenturm getragen. Ein atemberaubender Sonnenuntergang war darauf zu sehen, mit violetten, scharlachroten und goldenen Streifen am Himmel. Darunter befand sich ein seltsamer, wunderschöner Garten. Die Blätter an den Bäumen schienen Feuer gefangen zu haben und leuchteten wie glühende Kohlestücke. Es war, als wollten sie mit ihrem feurigen Glanz der Farbenpracht am Himmel Konkurrenz machen. Im Hintergrund erhob sich ein Berg mit mehreren Hangstufen, über dessen Flanken Wasserfälle wie silberne Vorhänge herabfielen. Zwei Tern hoben das große Gemälde an, schoben es aufrecht in den flachen Käfig und schlossen die Türen. Selbst von so weit oben konnten die Freunde die meisterhafte Leuchtkraft des Werkes erkennen.

«Das sieht aus wie …», stieß Mel hervor.

«Richtig», sagte Ludo. «Es ist ein Bild des Meisters. Er hat es letztes Jahr an den Weisen von Vlam verkauft. Es ist eines von mehreren Werken zum gleichen Thema.»

«Das ist ein Meisterwerk», flüsterte Wren. «Was haben sie damit vor?»

Ter Mudge und Ter Tunk betraten die Kammer und bestiegen die Sitze an den Seiten der Schlangenkanone.

Das Bullern im Ofen wurde lauter, und nacheinander löschte man die Kerzen. Das einzige Licht im Raum kam nun aus den Ofenritzen und dem blubbernden Glasbehälter. Befehle wurden erteilt, und einige Tern begaben sich zur Winde, vor deren Armen sie Aufstellung nahmen. Auf ein Kommando hin setzten sie sich in Bewegung und begannen die Winde zu drehen. Man hörte Seile knarzen, die sich strafften, und Rollen quietschen, und ein tiefes Rumpeln setzte ein. Ganz langsam fingen die dünnen Wände und die Decke der Kammer an, sich wie Theaterkulissen zu bewegen. Während der gesamte Papierglockenturm zur Seite gezogen wurde und nur die Schlangenkanone zurückblieb, rückte allmählich die Stadt ins Blickfeld. Straßenlaternen funkelten tief unten, und die hohen glitzernden Konturen des Gilden- und des Monarchenpalasts kamen zum Vorschein.

Mel, Ludo und Wren sahen sich in dem spärlichen, von unten heraufdringenden Licht an und verfolgten dann wieder die einstudierten Bewegungen der Tern. Die Winde blieb stehen, und die Wände verharrten. Offensichtlich hatte man den Glockenturm aus Papier direkt an die Außenmauer des Palasts angefügt, was auch das Moos erklärte.

Die murmelnden Stimmen verstummten abrupt, als eine hochgewachsene verhüllte Gestalt auf der sich nun im Freien befindlichen Plattform erschien. Sie führte ein großes buckliges Tier an der Leine. Neben ihr ging eine kleine Gestalt, nicht größer als ein Kind, die ganz in einen Umhang gehüllt war und die Kapuze weit über den Kopf gezogen hatte, sodass das Gesicht nicht zu sehen war.

«Sehr gut, Schwestern. Fahrt fort.» Die Stimme der großen Frau war wohlklingend und vornehm. «Wir müssen uns beeilen.»

Ter Tunk und Ter Mudge begannen links und rechts der Schlangenkanone an Rädern zu drehen und Hebeln zu ziehen. Die Ofentür sprang auf, und ein sengender Lichtstrahl durchbohrte die Dunkelheit. Noch mehr Räder wurden gedreht, und die drehbaren Linsen schwenkten herab, um den Lichtstrahl noch zu verstärken. Die Kugeln über dem Gebilde begannen sich in einem komplizierten Himmelstanz zu drehen. Hebel wurden umgelegt, und die beweglichen Spiegel fingen den Strahl auf und lenkten ihn zurück auf das eingesperrte Gemälde. Sekundenlang geschah gar nichts. Dann fing die Oberfläche an zu dampfen. Nach kleinen Korrekturen an den Spiegeln begann die Leinwand zu blubbern und Blasen zu werfen, um schließlich zum Entsetzen der Freunde zu schmelzen. Beginnend mit den Rot- und Orangetönen und dann gefolgt von den Grün- und Blautönen löste sich das Bild langsam auf. Gemächlich wie Sirup schmolz Ambrosius Blenks meisterliches Pinselwerk dahin, während klebrige Streifen wie fette bunte Nacktschnecken die Leinwand herabkrochen. An der Unterkante des Bildes wurde die geschmolzene Farbe in die Rinnen gelenkt, in denen sie wie Regenbogenlava dahinfloss. Sobald eine Farbe ganz herausgelaufen war, ließ man Schieber herunter und lenkte den nächsten Farbton in eine andere Rinne, sodass sich das Bildnis allmählich in seine Grundbestandteile auflöste und die Schüsseln im Mosaikboden sich mit flüssiger Farbe füllten.

Einige Zeit später stand nur noch die nackte Leinwand

im Käfig. Doch der sengende Lichtstrahl brannte weiter. Dann begann das Spiegelzeichen, das der Meister zuerst auf die Leinwand aufgebracht hatte, auf dem weißen Hintergrund zu leuchten. Auf ein lautes Kommando hin wurden die Spiegel und Linsen neu ausgerichtet und das weißglühende Spiegelzeichen floss von der Leinwand in die letzte verbliebene Rinne. Sobald es in der Mitte des Palettenbodens einen Schmelztiegel erreichte, schwenkte eine weitere Linse herab, die das reinweiße Licht auf ein Prisma im Innern der Schlangenapparatur lenkte, welches es in alle Farben des Regenbogens aufspaltete. Die bunten Strahlen fielen jeweils auf einen gleichfarbenen Kristall. Die Kristalle begannen nun einer nach dem anderen zu glühen, und ein dumpfes Summen setzte ein, das immer lauter wurde, bis ein ohrenbetäubender Knall die Luft zerriss. Ein Blitz zuckte aus dem Maul der Schlangenkanone und tauchte sekundenlang alles in monochromes Licht. Als der Donner nachließ, ertönte von tief unten ein grässliches Heulen. Oben am Himmel erblickten die Freunde eine neue Wolke, die langsam Gestalt annahm.

Auf ein Klatschen hin wurde der Papierglockenturm wieder an seinen Platz zurückgezogen und die Kerzen neu angezündet. Alles war still. Mit rauer Stimme sagte die kleine Gestalt etwas zu der hochgewachsenen Frau. Es klang zufrieden.

Plötzlich begann oben auf der Musikantenempore unüberhörbar Mels Glückskompass die traurige Melodie zu spielen.

«Oh, oh», sagte Ludo leise. «Das war's dann wohl.»

Wieder erklang das grässliche Heulen.

«Der Morg wittert Dämonen!», rief die wunderschöne Stimme. «Den Spiegel. Dort hinauf.»

Eine Ter richtete einen der drehbaren Spiegel aus. Der weiße Lichtstrahl schwenkte herum und fiel auf die Musikantenempore, auf der die drei wie erstarrt im Scheinwerferlicht standen und riesige schwarze Schatten an die Wand warfen.

Die Schöne und das Biest

In dem kurzen Moment, ehe der herumschwenkende Scheinwerferstrahl ihn erfasste, hatte Mel gerade noch Zeit, um einen Blick auf die Frau und ihr Geschöpf zu werfen: auf die Schöne und das Biest.

Die Schöne war die bezauberndste Frau, die Mel je gesehen hatte. Die graue Robe, die sie trug, schien ihre Gestalt noch zu betonen, während sie die der anderen Tern verbarg. Sie war groß und schlank und hatte die aufrechte, grazile Körperhaltung einer Tänzerin. Sie hatte eine gerade Nase, ein blasses, makelloses Gesicht und volles schwarzes Haar, das von der Kapuze ihrer Kutte umrahmt wurde. Ein Abbild der Vollkommenheit. Als sie den Kopf hob, um zu Mel hinaufzuschauen, wechselte die Farbe ihrer Augen von Blau zu Grün und schließlich zu Lavendel.

Das Biest war scheußlich in jeder Beziehung: gedrungen, missgestaltet und schmutzig. Jede Menschlichkeit, die es einmal besessen haben mochte, wurde von seinem deformierten Äußeren verdeckt. Bis auf einen schmutzigen Lendenschurz war es nackt, und jeder Muskelstrang zeichnete sich so deutlich ab wie in einem anatomischen Schaubild. Sein blasser Körper war von Hunderten roter

Narben bedeckt, von denen jede einzelne ein geheimnisvolles Symbol darzustellen schien. In der Haltung, in der es am Boden kauerte, schien sein verformtes Rückgrat förmlich durch die Haut platzen zu wollen. Die widerspenstige, verfilzte rote Mähne wuchs bis tief in den Nacken hinab und reichte ihm über den halben Rücken. Riesige Zahnstummel ragten kreuz und quer aus seinem Mund, und auf seinem stoppeligen Kinn glitzerte Speichel. Die bernsteinfarbenen Augen blickten verschlagen, böse und grausam.

Die Schöne griff hinab und löste mit ihren langen, grazilen Fingern seine Leine. «Such, Morg, *such.*»

«Mel! *Komm endlich!*» Wrens drängender Ruf und das schreckliche Heulen des Geschöpfs rissen Mel aus seiner tranceartigen Starre.

Mit einem einzigen, unglaublichen Satz sprang der Morg vom Boden auf das Gerüst. Geschickt wie ein Affe schwang er sich durch das Stangengewirr zur Empore hinauf. Dort fuhr er schnüffelnd über den Boden, um festzustellen, durch welche Tür seine Opfer geflohen waren. Mit einem weiteren Heulen nahm er auf allen vieren die Verfolgung auf.

Die Freunde schafften es zum Laufgang über dem großen Saal, sprangen über die Fahnenstangen und erreichten das Fenster, durch das sie hereingekommen waren. Mel zog es fest hinter sich zu. In der Dunkelheit war der Strebebogen, den sie heraufgekommen waren, kaum zu erkennen. Er schien sich im Nichts zu verlieren.

«Auf dem Weg können wir nicht zurück», sagte Wren. «Das wäre Selbstmord.»

«Dann hier entlang. Von drinnen dringt gerade genug Licht heraus, um zu sehen, wo wir hintreten.» Mel führte sie über den schmalen Sims, der an der Außenseite des Saals unterhalb der Fensterreihe entlanglief. Sie folgten dem halbkreisförmigen Bogen, den er beschrieb. Hinter sich hörten sie erst Glas splittern und dann wieder das schreckliche Heulen.

Der Morg hockte auf dem Sims und schnüffelte nach seiner Beute. Er witterte zwei Fährten. Die eine führte über den Sims, die andere über den Strebebogen. Er entschied sich für letztere. Als er das Ende des Bogens erreichte, begriff er, dass die Fährte bereits alt war, und machte kehrt. Sobald er wieder auf dem Sims war, sprang er den Freunden in großen Sätzen hinterher.

Der Sims endete dort, wo der Saal an den Hauptteil des Palasts grenzte. Rechts von Mel prangten sieben riesige Statuen früherer Weiser als Hochreliefs an der Außenmauer über dem Saal des Erwachens. Unter ihnen ging es senkrecht in die Tiefe auf die darunterliegenden Dächer hinab. Er versuchte, nicht hinzusehen.

Ludo blieb hinter ihm stehen. «Schnell, Mel! Schau aufs Dingsda», keuchte er.

Mel klappte den Glückskompass auf und hielt ihn schräg ins Licht, um ihn abzulesen. Der Rubin schien ihm zuzuzwinkern, als sich das Licht in ihm verfing. Der Richtungszeiger wies zu den Statuen. Das Glücksbarometer stieg. «Zehn Uhr. Das ist gut genug. Der Kompass zeigt in diese Richtung.»

«Bist du sicher?», fragte Ludo.

«Cassetti hat gesagt, dass er sich nie irrt. Wir müssen uns

auf ihn verlassen. Es bleibt uns gar nichts anderes übrig. Es sei denn, du willst den gleichen Weg zurückgehen.»

«Den gleichen Weg zurückgehen? Niemals!», sagte Ludo.

Mel ging als Erster. Wären die Statuen dichter beieinander gewesen, hätten sie deren Köpfe als Trittsteine benutzen können. So aber waren es eher Sprungsteine. Der Nachtwind hatte aufgefrischt und fuhr in so kräftigen Böen um das hohe Gebäude, dass Mel nach jedem Sprung mit wedelnden Armen um sein Gleichgewicht ringen musste. Seine Knie zitterten, und die Köpfe der Weisen waren glatt. Ihm war schlecht vor Angst. Als er die vierte Statue erreichte, hielt er inne und blickte sich um.

Ludo hatte gerade den Kopf der dritten Figur erreicht. «Bleib nicht stehen.»

«Wo ist Wren?»

Ludo wandte den Kopf. «Wren? Wren!»

Wren stand geduckt und mit dem Rücken zur Wand auf dem Sims. Dicht neben ihr kauerte der Morg. Er bewegte sich auf sie zu.

«Hierher, Wren. Spring!», schrie Mel.

Sie schob sich seitwärts und versuchte auf die erste Statue zu springen, glitt jedoch mit dem Fuß ab. Das andere Bein gab unter ihr nach, und sie stürzte mit rudernden Armen vom Sims.

«Nein!», schrie Mel.

Da streckte der Morg blitzschnell die Hand aus und packte sie am Handgelenk. Schaukelnd hing Wren in der Luft. Sie sah in die wilden bernsteinfarbenen Augen und roch seinen fauligen Atem. Langsam und ohne jede

Anstrengung zog der Morg sie nach oben, bis sie wieder auf dem Sims stand. Er legte den Kopf schief wie ein Hund und betrachtete sie. Dann kam er ein wenig näher, schnüffelte und streckte die schwielige Hand aus, um sie am Bein zu streicheln. Ein Speichelfaden hing ihm vom Kinn. Wren versuchte ihm auszuweichen, doch sie konnte nirgendwohin. Da streckte der Morg die Arme aus und hob sie mit erstaunlicher Sanftheit zur ersten Statue hinüber.

«Hast du das gesehen?», rief Ludo. «Er *hilft* ihr.»

Mel war ebenso verblüfft wie sein Freund. «Ich hab es gesehen, aber ich kann es immer noch nicht fassen.»

«Schnell, Wren! Hier entlang!», rief Ludo.

Als die drei sich von der letzten Statue auf einem weiteren Sims mehr oder weniger in Sicherheit gebracht hatten, drehten sie sich um. Der Morg saß immer noch da und starrte ihnen nach, das Licht des Saals im Rücken. Er machte keine Anstalten, ihnen zu folgen.

«Schmeer, das war vielleicht knapp», sagte Ludo. «Was sagst du dazu, dass dir dieses scheußliche Morgvieh geholfen hat?»

«Es war grauenhaft. Er hat gestunken. Und er hat mich *angefasst.*» Wren schauderte und wischte sich das Handgelenk am Wams ab. «Ich mag ihn nicht einmal ansehen.» Sie wandte sich ab.

Das grässliche Geschöpf nicht aus den Augen lassend, klappte Mel den Glückskompass auf. «Er scheint zu glauben, dass wir hier sicher sind.» Mel blickte wieder zum Morg hinüber. Er wusste, dass die Kreatur mit Leichtigkeit über die Statuen hätte springen können, wenn sie es gewollt hätte. Doch sie saß einfach nur da und starrte Wren an.

«Können wir *bitte* von hier verschwinden?», flehte Wren. «Jetzt gleich.»

Tief im Inneren des Palastes des Geistes saß später am Abend die schöne Frau in der grauen Robe in einer geräumigen, aber ansonsten spärlich möblierten Kammer. Der Morg lag zu ihren Füßen. Es klopfte an der Tür.

«Herein.»

Die Tür ging auf. «Herrin?»

«Komm herein, Ter Mudge. Hast du ihn mitgebracht?»

«Ja, Herrin.» Die kleine Ter trat ein, gefolgt von der stämmigen Gestalt Ter Tunks. Sie hielt einen kleinen Jungen gepackt, der nicht älter war als sieben oder acht und sich gegen ihren schraubzwingenartigen Griff wehrte. Er war offensichtlich zu Tode verängstigt, starrte vor Schmutz und hatte nicht mehr am Leib als einen schmuddeligen Lendenschurz. Er war ausgemergelt, und das rote Haar klebte ihm am Kopf. Der frische Schorf kürzlich erlittener Wunden, die wie geheimnisvolle Buchstaben oder Symbole aussahen, bedeckte einen Arm und beide Schultern.

«Bring ihn her.»

Ter Tunk zerrte das Kind vor ihre Herrin und drückte es auf die Knie. Der Morg hob teilnahmslos den Kopf, sah schnüffelnd zu dem Jungen hinüber und legte den Kopf wieder auf die verschränkten Arme.

Die schöne Frau streckte die Hand aus und berührte das Gesicht des Jungen. Er zuckte zusammen und wollte sich abwenden, doch Ter Tunk griff mit ihren kräftigen

Händen in sein Haar und riss ihm den Kopf nach hinten, sodass er die Berührung der langen, zarten Finger ertragen musste. Die Schöne packte ihn am Kinn und hielt ihn fest. «Wie heißt du?» Ihre Stimme war sanft und leise.

Der Junge wimmerte, sein flackernder Blick huschte zwischen der schönen Frau und dem Morg hin und her.

«Antworte der Herrin», sagte Ter Tunk und zog ihn an den Haaren.

«Je… Jenk.»

«Falsch!», schrie die schöne Frau schrill wie eine Hyäne und schlug ihm ins Gesicht. Dann fragte sie ganz sanft noch einmal: «Wie heißt du?»

«Jenk!»

«Falsch!» Wieder ein Schlag, diesmal noch fester.

«Wie ist dein …»

«Was soll ich denn sagen? Sagt es mir einfach, dann tu ich es», keuchte Jenk.

Wieder ein schmerzhafter Schlag. «Das musst du mir sagen. Also, wie heißt du?»

Der Junge brach in Tränen aus. «Ich weiß es nicht. Ich weiß es doch nicht!» Er versuchte sich aus Ter Tunks gnadenlosem Griff zu befreien.

«Er ist noch nicht bereit», sagte die schöne Frau. «Es wird Zeit für eine weitere Lektion. Ter Mudge!»

«Ja, Herrin.» Die kleine Ter schlug auf einem prächtigen Lesepult ein großes Buch auf. «Bring ihn her.»

Ter Tunk zerrte den widerstrebenden Jungen zu ihrer Gefährtin und zwang ihn wieder auf die Knie. Ter Mudge nahm ein Instrument, das aussah wie eine Mischung aus einem Stift und einem exotischen Operationsinstrument mit langem spitzem Ende. «Wo waren wir stehengeblieben?» Sie blätterte im Buch. «Ah, da.» Sie hob das Instrument in die Höhe. «Dies ist der sechsundsechzigste Buchstabe deines Namens.» Der Junge schrak zurück, als sie sich mit dem Instrument näherte. «Halt ihn still, Tunk. Wie soll ich denn schreiben, wenn er so zappelt?»

«Er ist ohnmächtig geworden, Mudge.» Ter Tunk ließ den leblosen Körper zu Boden sinken.

Die schöne Frau klatschte in die Hände. «Das reicht! Es ist hoffnungslos. Wie kann man von mir erwarten, einen neuen Morg zu machen, wenn ihr mir nichts als jämmerliche Schwächlinge bringt!»

«Aber Herrin …»

«Wie kannst du es wagen, mich zu unterbrechen!», schrie die schöne Frau. «Hast du deinen Schwur vergessen?»

«Nein, Herrin.» Ter Mudge senkte den Kopf, und Ter Tunk tat das Gleiche.

«Schon besser. Besinnt euch auf euren Schwur, dann fällt euch auch wieder ein, warum wir einen Dämonensucher brauchen.»

«Nach dem Willen von Ter Morgana, der Gründerin unseres Ordens, soll die Schwesternschaft immer über einen Dämonensucher verfügen – ein Wesen, das Dämonen aufspüren kann, die uns bedrohen», zitierte Ter Mudge den Leitsatz mit monotoner Stimme.

«Weiter.»

«Sie hat den Ritus festgeschrieben, mit dem ein Morg geschaffen wird. Das rote Haar würdigt ihre flammenden Locken, und sein wahrer Name muss ihm mit Blut auf den Leib geschrieben werden.»

«Und warum ist das so?»

«Damit Ter Morganas Geist für immer unter uns weilt, Herrin.»

«Gesegnet sei ihr Andenken», sagte die schöne Frau.

«Gesegnet sei ihr Andenken», sprachen ihr die beiden Tern nach.

Der Morg blickte von seinem Ruheplatz auf. Sekundenlang zeichnete sich ein Ausdruck des Verstehens auf seinem Gesicht ab, als erinnere er sich an Worte, die er seit seiner Kindheit nicht mehr gehört hatte. Doch dieser Ausdruck verflog schnell, und er ließ den Kopf wieder sinken.

«Aber Herrin, es wird immer schwieriger, kleine Jungen von der Straße zu holen. Und es sind nur noch wenige mit roten Haaren übrig. Um diesen hier zu finden, mussten wir …»

«Genug, habe ich gesagt! Haltet den Mund. Ich will eure dummen Ausreden nicht hören. Zwölf habt ihr mir gebracht, und alle haben versagt. Dieser Morg wird alt. Wenn er noch menschlich wäre, wäre er jetzt ein Mann. Seine Kraft schwindet. Bald wird er nicht mehr zu bändigen sein. Wir müssen ihn ersetzen, aber nicht mit Schwächlingen wie diesem Knaben. Bringt ihn fort.»

«Aber Herrin, wir haben keinen …»

«Habt ihr mich nicht verstanden? Ihr sollt ihn fortschaffen, habe ich gesagt. Ich habe keine Verwendung mehr für ein so schwaches Kind. Die siebenhundertsiebenundsiebzig Buchstaben des Namensrituals sollen den zukünftigen Morg erziehen, ihn stark machen. Sie sollen ihn meinem Willen unterwerfen und ihn mir zu eigen machen. Wenn er die ersten sechsundsechzig Buchstaben nicht ertragen kann …»

«Fünfundsechzig, Herrin. Mudge hat erst fünfundsechzig geschrieben.»

«Wie kannst du es wagen, mich zu verbessern?», schrie die schöne Frau, das Gesicht sekundenlang entstellt vor Zorn.

Ter Tunk ließ von Jenk ab und duckte sich. Sie hob abwehrend die Arme und warf einen ängstlichen Blick auf den Morg. «Tut mir leid, Herrin. Es tut mir wirklich leid. Ich wollte nicht …»

«Genug! Genug, hab ich gesagt. Bringt ihn fort. Ich habe keine Verwendung mehr für ihn.»

«Aber wohin mit ihm, Herrin?», fragte Ter Mudge.

«Wohin? Wohin schafft ihr solchen Abfall denn sonst? Die Aale im Farn dürften durch eure Missgriffe ordentlich fett werden. Und während ihr damit beschäftigt seid, könnt ihr darüber nachdenken, wo ihr ein neues Kind für mich auftreiben wollt. Einen Jungen, der es verdient hat, in einen Morg verwandelt zu werden. Und jetzt verschwindet!»

Bis spät in die Nacht, als die Schlangenkanone sechsmal vom Papierglockenturm abgefeuert wurde, war die schöne Frau übelster Laune. Als der letzte Donnerhall über der schlafenden Stadt verklang, war die zweite Wolke so gut wie fertig, das Spiegelzeichen fast vollendet. «Morgen Nacht wird es sicher so weit sein.» Sie riss an der Leine des Geschöpfs zu ihren Füßen. Es hielt eine Taube in der schwieligen Hand, deren Kopf still und leblos herabhing.

«Kein Geheul heute Nacht? Was ist mit dir, Morg? Und Appetit hast du auch nicht? Quält dich etwas? Liegt es an diesen elenden Kindern, die dir entkommen sind? Oder an etwas anderem? Sag es mir, Morg.»

Der Morg sah zu seiner Herrin auf und wandte den Blick wieder ab. Er legte sich hin.

Die schöne Frau hing ihren eigenen Gedanken nach. «Morgen, Morg. Morgen wird die zweite Wunde vollendet. Bald kannst du Dämonen jagen, unzählige Dämonen. Das wird dich aufheitern.»

«Uns? Der Weise will *uns* sehen?», fragte Mel ungläubig. «Aber warum?»

Als Mel, Ludo und Wren am nächsten Morgen mit dem Lastenaufzug auf dem Gerüst anlangten, wurden sie dort von einem schwarzgekleideten Hohen Fra erwartet.

«Es steht euch nicht an, zu fragen. Ihr habt zu gehorchen. Also richtet euch her und folgt mir.»

«Aber unser Meister. Wir müssen es ihm sagen ...»

«Man wird ihn benachrichtigen. Und jetzt beeilt euch.»

Mel schob die Kette des Glückskompasses, den er um den Hals trug, tief in sein Wams und knöpfte es zu. Ludo wischte sich den Staub von den Ärmeln, und Wren fuhr sich mit den Fingern durchs Haar. Kaum waren sie durch die behelfsmäßige Tür getreten, schlossen sich ihnen vier weitere schwarze Fra an und begleiteten sie durch den Korridor.

«Was meint ihr, was der Weise von uns will?», fragte Ludo leise. «Glaubt ihr, es ist wegen gestern Nacht? Unsere Hauskluft muss ihnen auf den ersten Blick verraten haben, wer wir sind.»

«Still!», raunzte der Fra, der das Kommando hatte.

Man führte sie durch gewundene Korridore und breite Treppen so lange hinauf und hinab, bis sie völlig die Orientierung verloren hatten. Schließlich bedeutete ihnen der schwarzgekleidete Hohe Fra, in einem prachtvollen Vorzimmer vor zwei gewaltigen geschnitzten Flügeltüren stehen zu bleiben.

«Ich bin Fra Kropf. Ihr werdet zuerst mit Fra Odum sprechen, dem Privatsekretär des Weisen. Sobald ihr zu ihm gebracht werdet, müsst ihr euch verbeugen und abwarten. Ihr nähert euch ihm erst, wenn ihr dazu aufgefordert werdet. Ihr sprecht nur dann, wenn ihr dazu aufgefordert werdet. Und ihr redet ihn ausschließlich mit ‹Euer Durchlaucht› an. Unter gar keinen Umständen dürft ihr ihm eine direkte Frage stellen. Und jetzt wartet hier.» Fra Kropf trat ein und schloss die Tür hinter sich. Die anderen vier Fra blieben an Ort und Stelle und bedachten die Freunde mit finsteren Blicken.

«Ihr werdet buckeln und kriechen. Ihr werdet mir die Stiefel lecken. Und unter keinen Umständen werdet ihr euch danach erkundigen, was hier, verflixt nochmal, los ist», sagte Ludo.

Mel und Ludo hatten Mühe, nicht loszukichern.

Einer der Fra berührte Ludo an der Schulter. Als er zu dem Mann aufsah, legte dieser den Finger auf den Mund und zog ihn dann ruckartig über die Kehle. Ludo schluckte hörbar und zwang sich zu einem Lächeln, um seinen Freunden zu zeigen, dass er keine Angst hatte. Doch das funktionierte nicht.

Kurz darauf ging die Tür auf, und Fra Kropf winkte sie

herein. Sie betraten eine fürstliche Suite, in der ein Zimmer ins andere überging. Der erste Raum schien ganz und gar aus polierter Bronze zu bestehen. Farbenprächtige Möbel spiegelten sich in honigfarbenem Marmor, und die Wände waren mit bronzefarbener Moiréseide ausgekleidet. Selbst die in Bronzerahmen eingefassten Gemälde an den Wänden waren in Orange- und Brauntönen gehalten. Am anderen Ende des langen Zimmers führte eine offenstehende Flügeltür in einen weiteren Raum, der in ebenso üppigem Stil in Silbertönen ausgestattet war. Dahinter gelangte man durch eine dritte Flügeltür in ein goldenes Zimmer.

Im hintersten Raum umstanden drei weitere krähenartige Fra einen riesigen vergoldeten Schreibtisch. Dahinter saß ein kleiner, grauhaariger Priester in der scharlachroten Robe eines Patriarchen. Er trug eine Goldkette mit einem juwelenbesetzten Priesterwappen um den Hals. Fra Kropf schritt mit großen Schritten voraus und nahm neben dem Schreibtisch Aufstellung. Als die Freunde und ihre Wächter näher kamen, erhob sich Fra Odum und winkte sie mit einer üppig beringten Hand zu sich. Wie man es ihnen gesagt hatte, verbeugten sich die Freunde.

Fra Odum umrundete den Tisch, faltete die Hände vor dem Bauch und schenkte den Freunden ein warmes Lächeln. «Wie freundlich von euch, so schnell zu kommen. Es tut mir leid, wenn die Fra euch erschreckt haben. Sie können mitunter ein wenig einschüchternd wirken. Ihr geht Ambrosius Blenk also bei dem Deckengemälde im Saal des Erwachens zur Hand?»

Mel warf Fra Kropf einen Blick zu, und dieser nickte. «Ja, Euer Durchlaucht.»

«Und das macht ihr ausgezeichnet. So geschickt und kunstfertig. Ihr müsst sehr stolz darauf sein. Sagt mir, habt ihr schon gefrühstückt? Als ich in eurem Alter war, war ich ständig hungrig.» Er wies mit der Hand zu einem langen Büfett, auf dem unter goldenen Hauben Speisen angerichtet waren.

Ludo wollte das Angebot gerade annehmen, als Fra Kropf seinen Blick auffing und den Kopf schüttelte. «Vielen Dank, Euer Durchlaucht, aber wir sind nicht hungrig.»

«Und du, junge Dame? Ambrosius hat mir erzählt, dass er einen weiblichen Lehrling hat. Aber wie hübsch sie ist, hat er verschwiegen.»

Wren wurde rot. «Danke, Euer Durchlaucht.»

«Entschuldige. Ich wollte dich nicht in Verlegenheit bringen. Dennoch ist es wahr.»

Einer seiner Gehilfen reichte Fra Odum ein Blatt Papier. «Ihr heißt Melkin, Ludolf und Wren, nicht wahr? Macht es euch etwas aus, wenn ich euch beim Vornamen nenne? Ich will euch nicht lange von der Arbeit fernhalten. Ihr fragt euch vermutlich, warum ich euch habe rufen lassen. Aber es ist so, dass in letzter Zeit viele Schätze des Weisen verschwunden sind. Mein alter Freund, Fra Theum, hat mich unterrichtet, dass aus der Bibliothek eine ganze Reihe kostbarer Bücher verschwunden sind, und gerade erfahre ich, dass mindestens ein wertvolles Gemälde des Weisen nicht mehr auffindbar ist. Ein wunderbares Werk eures Meisters. Das bereitet uns allen hier großen Kummer. Ambrosius hat mir berichtet, wie aufmerksam und einfallsreich ihr drei seid, und der Weise hat mich gefragt, ob ihr vielleicht bereit wärt, uns zu helfen, der Sache auf den Grund zu gehen. Ihr werdet hier im Palast des Geistes zu tun haben, bis die Decke vollendet ist, und da kam uns die Idee – die Hoffnung vielmehr –, dass ihr vielleicht Augen und Ohren offenhalten könntet. Schauen könntet, ob ihr irgendetwas über diese besorgniserregenden Verbrechen in Erfahrung bringt – was immer es auch sein mag. Ihr könnt jederzeit zu mir kommen. Sagt einfach Fra Kropf Bescheid. Jederzeit, bei Tag und bei Nacht.»

Mel sah Wren und Ludo an. Konnten sie Fra Odum vertrauen? Sein Lächeln erinnerte ihn an Fra Theum.

«Mach schon, Mel», drängte Ludo.

«Ja, sag es ihm», sagte Wren.

«Sagt bloß, ihr habt schon etwas herausgefunden? Ambrosius hatte recht. Ihr seid wirklich bemerkenswerte junge Leute.»

«Bitte, Euer Durchlaucht, wir wissen tatsächlich etwas darüber, eigentlich sogar eine ganze Menge.»

Fra Odum hörte geduldig zu, während Mel ihm alles erzählte, was sie über den Papierglockenturm, die Schlangenkanone aus Messing und die diebischen Tern wussten.

«Schau an, schau an. Was für helle Köpfe. Ihr wisst wirklich eine Menge. Wenn ihr drei nicht schon bei Ambrosius in die Lehre gehen würdet, hätten wir hier vielleicht eine Stellung für euch in den Diensten des Weisen.»

«Ehrlich gesagt bin ich froh, es jemandem erzählen zu können», gestand Mel.

«Ihr drei habt eine schwere Bürde mit euch herumgetragen. Aber nun seid ihr nicht mehr allein. Jetzt, wo wir Bescheid wissen, können wir helfen. Aber zuerst solltet ihr das alles noch jemandem erzählen. Einer äußerst bedeutenden Person. Das heißt, wenn ihr es über euch bringt, alles noch einmal zu wiederholen.»

Mel wechselte einen Blick mit seinen Freunden, und die beiden nickten.

Fra Odum wandte sich an seine Bediensteten. «Würdet ihr unserem hochverehrten Gast bitte sagen, dass wir so weit sind?»

Mel zog seine Kleidung glatt und strich sich übers Haar. Gleich würden sie den Weisen von Vlam kennenlernen. Er hörte, wie hinter ihm die Tür aufging.

Die Freunde drehten sich um, und plötzlich schien es im Raum um einige Grade kälter zu werden. Ungläubig starrten sie auf die Tür. Das war nicht der Weise.

Fra Odum sagte: «Ich glaube nicht, dass man euch schon mit Ter Selen bekannt gemacht hat, unserer Dämonensucher-Generalin.»

Im Türrahmen stand die hohe elegante Gestalt der schönen Frau. Und an der Leine, die sie in der Hand hielt, zerrte der Morg.

Funkenfall

Mel blieb fast das Herz stehen. Einen Moment lang hielt er alles für einen schrecklichen Irrtum. Doch dieser Moment währte nicht lange. Er sah seine Freunde an, und die Erkenntnis traf sie wie ein Faustschlag. Ludo war der Erste, der es aussprach: «Sie haben uns belogen! Wir haben Ihnen vertraut, und Sie haben uns belogen. Sie und die Tern machen gemeinsame Sache!»

«Sie öffnen ein Loch zwischen den Welten und lassen die Dämonen herein», sagte Mel. «Damit es so aussieht, als würden die Tern Nem retten. Dann wird ihr Orden nicht aufgelöst, und alle halten sie für Heldinnen. Und der Weise wird so mächtig, wie es früher die Gilden waren.»

«Der da ist ein schlaues Bürschchen», sagte Ter Selen, die Mühe hatte, den Morg zurückzuhalten. Er zerrte an der Leine, um sich auf die Freunde zu stürzen. Wren zitterte, und alle Farbe war aus ihrem Gesicht gewichen. Sie klammerte sich an Ludos Arm und versuchte sich hinter ihm zu verstecken, während sich die Bernsteinaugen des Morgs wie glühende Nadeln in sie bohrten. Ter Selen ließ sich von der Bestie vorwärtsziehen. Er bewegte sich wie ein

Affe auf den Fingerknöcheln, und sein Gesicht war ganz verzerrt, so sehr schnürte ihm das Halsband die Luft ab. Ter Mudge und Ter Tunk folgten den beiden ins Zimmer. «Wo ist dieser Junge? Bringt ihn zu mir.» Sie riss grob an der Leine und brachte den Morg zum Stehen. Er gab ein schmerzhaftes Husten von sich und ließ sich vor Anspannung zitternd auf sein Hinterteil nieder.

Ter Tunk packte Mel am Arm und zog ihn vor ihre Herrin. Er wehrte sich, doch sie war zu stark. Ter Selen streckte die Hand aus und suchte nach seinem Gesicht.

Mel sah in die schönen Augen, die wieder ihr Farbenspiel durchliefen. Ihr vollkommenes Gesicht bezauberte ihn. In diesem Augenblick war er bereit, alles zu tun, worum sie ihn bat. Nur, um ihr zu Gefallen zu sein. Doch der Bann brach, als sie ihn berührte. *Sie ist blind!* Ihre Finger waren eiskalt. «Lassen Sie mich in Ruhe!»

«Und beherzt ist er auch. Welche Haarfarbe hat er?»

«Blond, Herrin», sagte Ter Mudge.

«Wie schade. Er hat das Zeug zu einem perfekten Morg.»

«Was?», rief Ludo aus.

«Ich höre den anderen Jungen.»

«Braune Haare, Herrin.»

Ter Selen schwieg einen Augenblick. «Was ist, Morg?» Sie ließ sich von ihm zu Wren hinüberziehen, die vor Angst keinen Ton über die Lippen brachte. Verzweifelt sah sie sich nach einem Fluchtweg um, als Ter Selen auch schon die Hand ausstreckte und ihr Gesicht berührte. Dann ertastete sie ihr langes Haar. «Das *Mädchen*? Morg, kann das sein?»

Der Morg duckte sich, ohne den Blick von Wren zu lösen. Sie wagte nicht, sich zu bewegen, und war wie gelähmt von dem absonderlichen Blick des hässlichen Geschöpfs und Ter Selens forschenden Fingern. Dann gab das Wesen einen seltsamen Klagelaut von sich.

Ter Selen lachte laut auf.

«Was habt Ihr, Herrin?», fragte Ter Mudge verwirrt.

«Was ich habe? Nichts habe ich. Siehst du es denn nicht?»

«Was?»

«Der Morg. Er hat keinen Appetit, und seit gestern trauert er. Aber jetzt wird mir alles klar. Ich glaube, der Morg ist verliebt. Sag mir, welche Farbe ihr Haar hat.»

«Ihr Haar? Rotbraun.»

«Ha! Wunderbar. Das ist die Lösung.»

«Die Lösung? Die Lösung für was, Herrin? Sie ist ein Mädchen.»

«Du dummes, kurzsichtiges Weib. Die Lösung dafür, wie wir zu einem neuen Morg kommen. Schluss mit den Kindesentführungen auf offener Straße. Ter Morganas zeitaufwendiger Ritus hat ausgedient. Der Morg wird *heiraten*. Sie ist jung. Mit der Zeit werden sich jede Menge Babys einstellen. Sicher werden es Knaben werden. Es wird so viel einfacher sein, sie von klein auf vorzubereiten. Wir werden eine ganze Familie von Morgs bekommen.» Ter Selen lachte ihr wunderbares Lachen.

«Das können Sie nicht tun!», schrie Mel.

Wren war fassungslos. «Mel! Ludo!» Der Morg streichelte ihr Bein. Sie wich zurück, doch das kräftige Wesen packte ihr Fußgelenk und hielt sie fest. Er hob sein feuchtes

Sabbergesicht vor ihres, fletschte die Zahnstummel und zeigte die grässliche Parodie eines Lächelns. Überreste von Federn und verrottendem Fleisch hingen ihm zwischen den Zähnen, und sein fauliger Atem stank wie ein Abflussrohr.

«Schweig, Kind. Nimm sie mit, Ter Mudge.»

«Was ist mit den beiden Jungen, Herrin?»

«Sie wissen zu viel. Sobald es dunkel ist, kannst du sie an die Aale verfüttern lassen wie die anderen.»

Als Mel und Ludo zur Tür hinausgezerrt wurden, sahen sie gerade noch, wie der Morg Wren streichelte. Silberne Speichelfäden schimmerten auf dem ultramarinblauen Ärmel ihres Wamses. «Wir retten dich», gab Mel ihr mit Lippenbewegungen zu verstehen. Er wusste nur nicht, wie.

Die Jungen wurden noch tiefer in den Palast geführt und schließlich in einen leeren, schmuddeligen Lagerraum gestoßen. Das einzige Licht drang durch eine Öffnung über der Tür. Sie hörten, wie der Schlüssel im Schloss umgedreht wurde.

Ludo rannte zur Tür und rüttelte verzweifelt am Griff. «Wir müssen hier raus. Sie werden Wren … *Schmeer!* Schmeer, Schmeer, Schmeer!»

«Das hilft uns auch nicht weiter.»

«Aber *irgendetwas* müssen wir tun. Wo war eigentlich dein kostbares Dingsda, als wir es nötig hatten? Warum hat es uns nicht gewarnt?»

«Ich weiß es nicht.» Mel knöpfte sein Wams auf und holte den Glückskompass heraus. Er klappte ihn auf und hielt ihn ins Licht. «Das Glücksbarometer steht auf elf

Uhr und …» Er schüttelte das Instrument und hielt es ans Ohr. «Es ist stehengeblieben.»

«Erzähl mir bloß nicht, dass du vergessen hast, es aufzuziehen.»

Mel zog den Kompass auf, und schon begann er die traurige Melodie zu spielen.

«Na super! *Jetzt* rückt er mit der Melodie raus. Letzte Nacht, als wir ihn nicht brauchen konnten, hat er gespielt, und jetzt … *Aaah!*» Frustriert trat Ludo gegen die Tür.

«Geht's dir jetzt besser?»

«Sagt das Superhirn. Schafft es nicht mal, daran zu denken, sein Dingsda aufzuziehen», spottete Ludo. «Tu nicht so gelassen. Wir müssen hier raus und Wren helfen.»

«Glaubst du, ich weiß das nicht? Aber wir schaffen es niemals, die Tür einzutreten. Wenn wir hier rauswollen, brauchen wir unseren Verstand. Den und ein bisschen Glück.»

«Du bist hier für das Glück zuständig. Cassetti hätte *mir* das Dingsda geben sollen. Ich bin der Ältere und schon länger Lehrling als du. Ohne meine Karten hättest du nie herausgefunden, was es ist. Wenn ich ihn tragen würde, wären wir jetzt nicht hier, und Wren würde nicht … Das ist so verflixt ungerecht.»

«Ludo …»

«Was? ‹Ludo, hör auf, mir auf die Nerven zu gehen!›, oder was willst du mir sagen?»

«Ach, nichts.»

Sie schwiegen eine Weile. Als Ludos Zorn verebbte, sagte er: «Tut mir leid, Mel. Ich …» Er seufzte.

«Ist schon gut. Ich weiß genau, wie du dich fühlst.» Mel

klopfte ihm auf die Schulter und stand auf. «Wie kommen wir hier raus?»

«Was sagt denn das Dingsda?»

Mel klappte den Glückskompass wieder auf. «Sieht nicht besonders gut aus.»

«Dann war's das.»

«Nein, Ludo. Wir sind schon aus schlimmerem Schlamassel wieder herausgekommen. Und damals hatten wir keinen Glückskompass. In der Fundgrube der Inspiration war es wesentlich schlimmer als hier. Benutzen wir unsere Augen. Was ist das? Dort an der Wand.»

«Bloß irgendwelche Sprüche.» Ludo trat näher an die rostfarbenen Kritzeleien heran. «Irgendwelche Jungennamen. Marco, Pieter, Brin, Herg, Jenk. Sieht aus, als wären sie mit … Das willst du nicht wissen.»

«Was ist mit dem Oberlicht?»

«Hat keinen Zweck. Es ist vergittert.»

Mel setzte sich auf den nackten Boden. «Wir müssen warten, bis eine der Tern zurückkommt. Vielleicht können wir sie überraschen.»

«Was? Du willst es mit diesem Menschenaffen aufnehmen?»

«Warten wir einfach, was passiert, wenn jemand zurückkommt.»

Sie saßen den ganzen langen Tag auf dem harten Boden und warteten. Irgendwann wurde das Oberlicht schwächer und schließlich ganz dunkel. Mit der Sonne sank auch die Zuversicht der Jungen. Sie mussten eingenickt sein, denn beide schreckten im Dunkeln aus dem Schlaf, als sie im Gang vor der Tür ein Geräusch hörten. Das Oberlicht leuchtete auf. Sie hörten Schritte und einen Schlüssel, der im Schloss gedreht wurde. Die Tür ging auf, und im Licht des Ganges zeichneten sich zwei Männergestalten ab. Sie trugen schwarze Gewänder, breitkrempige Hüte und hatten sich schwarze Schals wie Masken um das Gesicht gewickelt. Einer von ihnen trug zwei zusammengerollte dicke Wolldecken und eine Laterne.

Die Jungen wichen zurück, bis sie am anderen Ende des Raums gegen die Wand stießen. Mel merkte, dass ihm die Hände zitterten. Vergeblich sah er sich im Raum nach irgendeiner Waffe um. «Tut mir leid, Ludo», krächzte er. «Tut mir wirklich leid, dass ich dich in diesen Schlamassel reingezogen habe.»

«Schon gut, Mel.» Auch Ludos Stimme schwankte. «Es ist genauso meine Schuld.»

Der zweite Mann drehte sich zu jemandem um, der hinter der Tür nicht zu sehen war, und sagte: «Sie wollen das sicher nicht mitansehen, Ter. Es ist kein schönes Geschäft.» Er zog einen Strick aus seinem Gewand.

Die Männer betraten den Lagerraum, machten die Tür hinter sich zu und platzierten Decken und Laterne auf dem Boden. Der Mann mit dem Strick kam näher. Groß und kräftig ragte seine Gestalt vor den beiden Jungen auf. Dann legte er den Finger auf den Mund und zog sich mit der anderen Hand den Schal herunter, um sein Gesicht zu zeigen. Es war leuchtend grün.

«Grün?», sagte Mel. Seine Überraschung schlug augenblicklich in Erleichterung um. *«Grün!»*

«Leise, Mel.»

«Wer ist noch bei dir?», fragte Ludo.

«Ich bin's.» Der andere Mann zog seine Maskierung herunter und enthüllte ein blaues Gesicht.

«Blau. Was macht ihr denn hier?» Mel konnte es kaum glauben.

«Dirk Tot hat uns beauftragt, den Ort hier im Auge zu behalten», sagte Grün. «Nachdem du ihm und dem Meister von euren Vermutungen erzählt hattest, hat er uns gefragt, ob wir ihm helfen würden. Wir haben uns als Steinmetze ausgegeben. Und Blau, der … sagen wir einfach, er ist im Leben mehr herumgekommen als ich … jedenfalls hat er Spiky und Dreck erkannt. Zwei der schlimmsten Halunken, die man sich vorstellen kann. Das sind wirklich die Letzten, die man im Palast des Geistes erwarten würde. Also haben wir den beiden aufgelauert und erfahren, dass sie für die Tern Jungen fortschaffen.»

Alle wussten, was mit «fortschaffen» gemeint war.

«Das haben sie euch erzählt? Einfach so?», sagte Ludo.

«Blau hat eine sehr überzeugende Art, wie du sicher noch weißt. Also haben wir ihre Plätze eingenommen und euch hier entdeckt. Aber wo ist Wren?»

«Das wissen wir nicht», antwortete Mel.

«Die Tern wollen sie mit diesem scheußlichen Vieh verheiraten, diesem Morg», erklärte Ludo.

«Das können sie doch nicht machen», sagte Blau.

«Doch, das können sie», meinte Mel. «Sie haben Fra Odum und die Hohen Fra auf ihrer Seite. Wir müssen sie retten.»

«Natürlich. Aber das Wichtigste zuerst», sagte Grün. «Wir müssen euch hier rausschaffen.»

Blau entrollte die Decken. «Also dann ihr beiden, bitte einsteigen.» Mel und Ludo legten sich hin und ließen sich in die Decken einwickeln. «In Ordnung, Jungs. Haltet ganz still und gebt keinen Mucks von euch. Macht euch so schlaff, wie ihr könnt. Denkt daran, dass ihr beide tot seid.»

Mel erstickte fast vor Gestank und Staub, als er von einem der Männer auf die Schulter gehievt und auf dem Weg nach draußen durchgeschüttelt wurde. Dann ging es unzählige Treppen hinauf, bis er die Nachtluft spürte und auf einen Karren gelegt und davongeschoben wurde. Kurz darauf blieben sie stehen.

«Hier ist alles ruhig», sagte Grün, als er und Blau die Decken zurückschlugen. «Gut gemacht, Jungs.»

Steif richtete Mel sich auf und blickte zu Ludo hinüber, der sich gerade aus seiner Decke herausschälte. Sie befanden sich in einem Stall, der von einer einzelnen, an einem Deckenbalken baumelnden Laterne erhellt wurde. Am Rand des Lichtkegels lagen zwei gefesselte und geknebelte Gestalten auf dem strohbedeckten Boden.

Die Spuren von Blaus «Überzeugungsarbeit» waren auf ihren zerschundenen Gesichtern deutlich zu sehen.

«Spiky und Dreck?», fragte Ludo.

Blau lächelte. «Zerbrecht euch über diese beiden Schmeergesichter nicht den Kopf.»

«Kommt, wir müssen Wren retten», sagte Mel.

«Nicht so hastig», antwortete Grün. «Eine Hochzeit lässt sich nicht über Nacht vorbereiten, und der Braut wird man sicher nichts zuleide tun. Es mag nicht angenehm für sie sein, aber im Augenblick ist Wren sicher. Blau und ich werden in den Palast zurückkehren. Mal sehen, ob wir herausfinden, wo sie festgehalten wird.»

«Und ihr beide haltet euch versteckt», sagte Blau.

«Das geht nicht. Nicht, solange Wren …»

«Hört zu, ihr beide seid tot. Ihr müsst außer Sichtweite bleiben …» Grün hob die Hand, um die Einwände der Jungen abzuwehren. «Nur für eine Weile. Überlasst es Blau und mir, Wren zu retten. Einverstanden?»

«Aber …», begann Mel.

«Kein Aber», unterbrach ihn Grün. «Das ist eine Anordnung von Dirk Tot. Klar?»

«Ich denke schon», sagte Mel widerstrebend.

«Klar», sagte Ludo achselzuckend.

Grün öffnete die Stalltür. «Kommt mit und seid so leise, wie es geht.»

Sie schlichen durch die verlassenen Straßen, hielten sich im Schatten und mieden das Laternenlicht.

«Ich weiß genau den richtigen Platz für euch. Heute Nacht schlaft ihr im Bett eines Prinzen. Da habt ihr es so gemütlich wie eine Zecke im Hundefell.» Grün lachte.

«Solange ich nicht wieder unter eine verflixte Decke kriechen muss», sagte Ludo.

«Mit Decken komme ich klar», meinte Mel. «Aber die *Zecken* hättet ihr nicht erwähnen müssen.»

In diesem Augenblick zuckte ein Blitz über den Himmel. Drei weitere Blitze folgten. Die zweite Wolke hatte die Form eines Waldes angenommen, dessen Baumkronen in Reihen angeordnet waren. Auf der Unterseite begann sich ein Spiegelzeichen zu drehen.

Dann begann es Funken zu schneien.

«Das ist das Gemälde des Meisters», stieß Mel hervor. «Es ist an den Himmel gemalt.»

Sie drückten sich in einen Hauseingang, als die ersten Funken herabsegelten und sich auf die Dächer und das Straßenpflaster legten. Vorsichtig streckte Mel die Hand aus. Die leuchtenden Funkenflocken lagen auf der Handfläche, ohne zu brennen oder zu schmelzen. Bald darauf bedeckte eine glühende Funkendecke knöcheltief die Straßen und verwandelte sie in Flüsse aus Licht.

«He, wir könnten daraus Bälle formen.» Ludo raffte eine Handvoll Funken zusammen. «Was ist denn das?» Mitten zwischen den Funken befand sich ein einzelner, glimmender Kokon. Er war so groß wie eine Olive und leicht wie eine Feder. Bei genauerem Hinsehen bemerkten sie im Inneren ein dunkles, sich windendes Etwas. Es drehte sich, und Ludo sah ein winziges dämonisches Gesicht, bevor sich das Ding wieder wegdrehte. Hastig ließ er es fallen. Weitere Kokons segelten mit den Funken herab. Nur etwa einer von zehntausend mochte einen Dämonenembryo enthalten, doch bei dem gleichmäßigen Funkenfall ergab das dennoch eine gewaltige Zahl.

«Das gefällt mir nicht», sagte Mel.

«Ob es dir gefällt oder nicht, es sind viel zu viele, um etwas dagegen zu unternehmen», sagte Grün. «Ihr müsst sofort in ein Versteck. Sobald die Stadtbewohner das hier entdecken, wird es auf den Straßen nur so von Leuten wimmeln. Niemand wird an irgendetwas anderes denken. Wer kann schon einem Feuerwerk widerstehen?»

Sie eilten weiter, während sich ihnen die Funken wie winzige Feenlichter auf Schultern und Haare legten.

Eine knappe Stunde später fanden sich Mel und Ludo in einem prachtvollen, verfallenden Schlafgemach tief im Inneren des Monarchenpalasts wieder, das von einem Funkenball, den sie von draußen mitgebracht hatten, erleuchtet wurde.

«Was glaubst du, wem das Zimmer früher gehört hat?», fragte Mel.

«Wahrscheinlich irgendeinem Prinzen, der schon lange tot ist», antwortete Ludo. «Der Einrichtung nach zu schließen, ist er wohl gern auf die Jagd gegangen.»

Das Schlafgemach war nach Naturmotiven eingerichtet. Die vier vergoldeten Pfosten des riesigen Bettes hatten die Form von Baumstämmen, und über dem Bett verzweigten sich goldene Äste zu einem Baldachin. Der glühende Funkenball warf ihre verästelten Schatten auf die mit bauschigen Wolken bemalte Zimmerdecke. In den schimmeligen Teppich waren herbstliche Blätter eingewebt, und an den Wänden hingen mehrere große Landschaftsporträts.

«Ich entferne die Spinnweben am Bett», sagte Mel, «und du hältst nach Spinnen Ausschau.»

«Warum ich?» Dennoch machte sich Ludo an die Arbeit. «Es ist ziemlich bequem», stellte er fest, während er auf dem Bett auf und ab sprang. «Auch wenn es ein bisschen klamm ist und zu sehr nach diesen Wolldecken riecht.»

«Was ist in dem Beutel, den Grün für uns dagelassen hat?»

«Brot und Käse … und auch ein paar Äpfel.»

«Irgendwas zu trinken?»

«Hier ist eine Flasche Wasser», sagte Ludo, der den Beutel inspizierte.

Die Jungen waren förmlich ausgehungert nach dem langen Tag in Gefangenschaft und schlugen sich die Bäuche voll.

Sobald sie satt waren, stand Mel vom Bett auf und trat vor eines der Gemälde. Es zeigte einen dunklen Wald. Doch seine Gedanken schweiften ab. «Was Wren wohl gerade macht?» Der Glückskompass vibrierte an seiner Brust. Er holte ihn heraus und klappte ihn auf. Der Richtungszeiger wies auf das Gemälde. «He, sieh dir das mal an, Ludo. Ich habe gerade an Wren gedacht, und plötzlich hat der Kompass vibriert. Er zeigt auf das Gemälde.»

«Versuch mal, an Cassetti und Nephonia zu denken.»

«Da. Er hat es wieder gemacht. Diesmal weist er in die andere Richtung.» Mel zeigte es seinem Freund.

«Versuch an etwas anderes zu denken. An den Meister und das Herrenhaus. Du hast recht. Je nachdem, an was du gerade denkst, ändert er die Richtung.»

«Wo ist Wren?», sagte Mel. Sie sahen zu, wie der Richtungszeiger wieder zum Gemälde zurückschwenkte. «Das kann nur bedeuten, dass er uns zu Wren führen wird, wenn wir hineingehen.»

«Wir haben dem Meister versprochen, nicht nach Mirrorscape zu gehen, und wir haben Grün versprochen, hier zu warten, bis sie zurückkommen.»

«Stimmt», bekräftigte Mel. «Das haben wir. Auf Anordnung von Dirk Tot.»

«Also?», sagte Ludo und wies mit dem Kopf zur Leinwand.

«Versprochen ist versprochen.»

«Genau.»

«Und wir können unser Wort nicht brechen.»

«Auf keinen Fall.»

«Meinst du, es hat ein Spiegelzeichen?»

«Es gibt nur einen Weg, das herauszufinden.»

Mel nahm den Funkenball und Ludo den Beutel. Sie hakten sich unter, und Mel machte das Spiegelzeichen.

Halali

Der Wald war nicht ganz so dunkel, wie es außerhalb der Leinwand den Anschein gehabt hatte. Kräftige Äste mit dichtem Blattwerk bogen sich über ihren Köpfen und hielten das Tageslicht fern, doch schien der ganze Wald von einem eigenen inneren Licht durchdrungen zu sein. Es war unmöglich zu sagen, woher es genau kam. Der Waldboden unter ihren Füßen war von dunklem weichem Gras bedeckt, das mit winzigen scharlachroten und blauen Blumen besprenkelt war. Hallender Vogelgesang erfüllte die Luft, und irgendwo rauschte ein schnell fließendes Gewässer. Von dem Zwielicht einmal abgesehen, wirkte alles fast normal.

«Den hier brauchen wir vermutlich nicht mehr.» Ludo nahm Mel den Funkenball ab und warf ihn fort. Der Ball zog einen hellen Meteoritenschweif hinter sich her, ehe er in einem Funkenregen lautlos an einem Baumstamm zerschellte. «Treffer!»

Mel zog den Glückskompass zurate. «Sieht gut aus», sagte er. «Hier geht's lang.» Sie betraten den Wald.

Als sie ein kurzes Stück gegangen waren, fragte Ludo: «Was glaubst du, wie der Kompass funktioniert? Ich meine, woher weiß er eigentlich, was wir suchen? Vielleicht glauben wir bloß, dass er uns ins Glück führt und dass wir Wren befreien können, während er uns in Wirklichkeit die ganze Zeit über dorthin lenkt, wo das Glück für Nephonia liegt.»

«Na ja, in dem Zimmer hat es jedenfalls funktioniert, und er hat uns nicht nach Nephonia geführt.»

«Aber glaubst du, dass wir Cassetti vertrauen können? Was ist, wenn er das Dingsda so eingestellt hat, dass es immer in seine, also in die Richtung weist, in der Nephonias Glück liegt und nicht unseres? Und da ist noch etwas. Warum hat das Dingsda nicht gespielt, als Grün und Blau gekommen sind? Aus den mörderischen Fängen der Tern gerettet zu werden, ist so ziemlich das größte Glück, das man sich vorstellen kann. Der Kompass hätte das fröhliche Lied spielen müssen. Es ist, als ...»

«Psst! Hast du das gehört?», fragte Mel. Es war eine melodiöse Folge dunkler an- und absteigender Töne zu hören. «Da ist es wieder. Klingt wie ein Jagdhorn. *Sieh nur.*»

In der Tiefe des Waldes sahen sie eine winzige Lichtergruppe von rechts nach links huschen und dann verschwinden. Wieder hörten sie das Jagdhorn, diesmal jedoch schwächer. Dann war es still.

«Was war das?», fragte Ludo verwundert.

«Keine Ahnung. Aber laut Glückskompass müssen wir in diese Richtung.»

«Können wir nicht zuerst eine kurze Pause machen? Ich bin hundemüde», sagte Ludo, den die Anstrengung zweier schlafloser Nächte schließlich zu übermannen drohte.

«Ich auch.» Den Rücken an einen Baumstamm gelehnt, setzten sie sich hin. «Nur fünf Minuten.»

«Ja, nur fünf Minuten.»

Mel wachte abrupt auf. Neben ihm schlief Ludo tief und fest. «Ludo.» Er schüttelte den Freund. «Wach auf.» Mels Stimme hallte im Wald als Echo wider.

Ludo setzte sich auf und rieb sich die Augen. «Was ist?»

«Wir haben geschlafen.»

«Geschlafen? Wie lange?»

«Weiß ich nicht. Wir sind in Mirrorscape, weißt du noch? Wie seltsam. Aus was bestehen diese Bäume deiner Meinung nach?»

«Aus Pudding? Aus *Holz* natürlich, du Dummie.» Ludo drehte sich zum Baumstamm um. «Das … Er ist aus Stein. Und es sind Furchen hineingemeißelt, damit es wie Rinde aussieht. Man sieht sogar den Mörtel zwischen den Blöcken. Als wir kamen, waren die Stämme noch aus normalem Holz. Und als wir uns hingesetzt haben, auch. Das weiß ich genau.» Ludo sah auf. «Das ist … o *Schmeer*!»

«Du sagst es», sagte Mel.

Die Äste hatten sich in ein Gewölbe verwandelt. Es befand sich nun eine Decke über ihnen, und das Gras war zu Steinplatten geworden. Auch wenn sich in der unregelmäßigen Struktur des Gewölbes, die an Äste erinnerte, eine Spur des Waldes erhalten hatte, schienen sie sich nun in einer gewaltigen Krypta zu befinden.

«Wie ist das passiert? Das hat die Spiegelwelt noch nie gemacht», wunderte sich Ludo.

«Vielleicht ist der Wald versteinert?»

«Aber das dauert ein paar Millionen Jahre.»

«Wir waren ziemlich müde.»

Mel und Ludo sahen sich an. *«Nee.»* Sie schüttelten den Kopf.

In der Richtung, aus der sie gekommen waren, bot sich ihnen der gleiche Anblick. Eigentlich sah es in allen Richtungen gleich aus. Ein Wald aus gleich großen und im gleichen Abstand stehenden Säulen, die sich in geometrischer Folge in der Dunkelheit verloren. Kein Vogelgesang war mehr zu hören, nur das hallende *Plopp-Plopp* von Wasser, das auf Stein tropfte. «Und jetzt?», fragte Ludo.

«Der Glückskompass zeigt immer noch in diese Richtung.»

Sie standen auf und machten sich wieder auf den Weg. Kurz darauf blieb Ludo stehen. «Spürst du das, Mel? Es ist, als würde der Boden beben.»

«Ja, und es wird immer stärker. Vielleicht ein Erdbeben.»

Irgendetwas flatterte über den Weg. Dann ertönte das Jagdhorn. Ganz in der Nähe.

«Schnell, Ludo! Versteck dich hinter der Säule.»

Ein Schwarm Lichter tauchte vor ihnen aus der Dunkelheit auf. Er kam direkt auf die Jungen zu, und zwar schnell. Dann ertönte ein lautes Hornsignal, und ein Ruf wurde laut. «Halali! Halali!» Aus den düsteren Tiefen der Krypta donnerte eine merkwürdige Jagdgesellschaft heran. Der Lärm war ohrenbetäubend. Mel und Ludo waren angsterfüllt, entzückt, erstaunt und verwirrt – alles zur gleichen Zeit. Dutzende winziger menschenähnlicher

Schimären in roten Jacken ritten auf seltsamen Kreaturen und schwangen riesige Netze, die an langen Stöcken befestigt waren. Es gab gewaltige geschuppte Faultiere, die auf den Hinterbeinen rannten, durchsichtige Quallen mit Straußenbeinen und riesige Mischwesen aus Krabben und Skorpionen, die mit erstaunlicher Geschwindigkeit im Seitwärtsgang liefen. Bei den meisten Reittieren handelte es sich um warzenbedeckte Dinosaurier in allen Variationen, Größen und Farben, denen Laternen an den Hälsen oder Hörnern hingen. Begleitet wurden sie von einer Reihe seltsamer Flugwesen. Einige von ihnen sahen aus wie langhalsige Geier, andere schienen mehr Nest als Vogel zu sein, während zwischen den stampfenden Beinen der Reittiere Scharen kleiner kläffender Kreaturen herumhuschten, die eine Kreuzung aus Wiesel und stacheliger Eidechse darzustellen schienen.

Angeführt wurde die merkwürdige Gesellschaft von einem winzigen rotbefrackten Jagdherrn auf einem pfauenblauen Elefanten, dessen unglaublich langer Rüssel spiralförmig gebogen war und in einem trompetenartigen Horn endete. Im Vorbeireiten stieß er abermals ein wohlklingendes Jagdsignal aus. Die Gesellschaft galoppierte an ihnen vorbei, stieß gegen die Säulen und zermalmte die Steinplatten unter sich, als bestünden sie aus dünnem Eis. Dann verschwand sie in der Düsternis, und nur eine Wolke aus Steinstaub blieb zurück. Die Halalirufe und Hornsignale wurden schwächer und erstarben schließlich ganz.

«Was war das denn, verflixt nochmal?»

Mel schüttelte den Kopf. «Verschwinden wir von hier, ehe sie zurückkommen.»

«Warte mal», sagte Ludo. «Was hast du da auf dem Ärmel?»

«Sieht aus wie ein Blatt.» Doch als Mel die Hand hob, um es abzuwischen, entfaltete es sich und stellte sich als riesiger und äußerst seltsamer Schmetterling heraus. Auf jedem Flügel prangte ein menschliches Auge, wie man es schöner nicht hätte malen können. Sie blinzelten, als Mel sie ansah. Dann wandten sie sich Ludo zu.

Ludo sah genauer hin.

Die Augen starrten zurück.

«Was ist das?», fragte Mel.

«Keine Ahnung. Was denkst du?»

Mel zuckte die Achseln. «Glaubst du, die Jagdgesellschaft war hinter *ihm* her? Sie hatten Schmetterlingsnetze dabei.»

Die Augen blinzelten einmal.

«So viele Ungeheuer jagen dieses winzige Ding?»

Wieder blinzelten die Augen, einmal und sehr nachdrücklich.

«Ich glaube, es versucht uns etwas zu sagen», meinte Mel. «*Willst* du uns etwas sagen?»

Die Augen blinzelten wieder.

«Plinkerst du einmal für ‹Ja› und zweimal für ‹Nein›?», fragte Mel.

Ein einzelnes Blinzeln.

«Bist du eine Gurke?», fragte Ludo.

Zweimaliges Blinzeln.

«Schmeer», sagte Ludo. «Ein Schmetterling, der sprechen kann.»

«Sprechen?»

«Du weißt schon, was ich meine. Wir sollten ihn hierlassen.»

«Hierlassen? Wo sie solch eine Jagd auf ihn veranstalten?»

Die Augen blinzelten heftig.

«Ich glaube, er will uns begleiten», meinte Mel. «Wir nehmen ihn mit.»

Einmaliges Blinzeln.

«Mit dieser Meute auf den Fersen? Sie wollen ihn sicher nicht fangen, um ihn ins Bett zu stecken und ihm eine Gutenachtgeschichte vorzulesen. Wenn wir ihn mitnehmen, ist das, als würden wir mit einem Schweinekotelett um den Hals in einem Piranhabecken herumschwimmen.»

«Wir können ihn nicht hierlassen, Ludo. Es wird schon nichts passieren. Komm. Laut Glückskompass müssen wir in diese Richtung.»

«Ich bin sicher, dass wir hier schon mal vorbeigekommen sind», stellte Ludo fest, nachdem sie ein Stück in den Säulenwald hineingelaufen waren. «Es sieht alles gleich aus.»

Mel blickte auf den Glückskompass. «Er weist die ganze Zeit in diese Richtung. Wir werden schon irgendwo ankommen.» Der Rubin leuchtete unnatürlich hell.

«Mir tun die Beine weh. Können wir uns nicht kurz hinsetzen?»

«Lieber nicht. Denk daran, was beim letzten Mal passiert ist. Wir müssen weiter und Wren retten.»

«Ja, richtig.» Ludo sah zum Schmetterling auf Mels Schulter. «Wie ist es mit dir? Weißt du, wo wir hingehen? He! Er hat ‹Ja› geplinkert, Mel.»

«Wirklich? Frag ihn noch etwas.»

«Also, Plinker, wo gehen wir hin?»

«Nein, es muss etwas Einfaches sein. Etwas, das er mit ‹Ja› oder ‹Nein› beantworten kann.»

«Werden wir Wren finden?»

«Was hat er gesagt?»

«Gar nichts. Er starrt mich einfach nur an.»

«Wahrscheinlich weiß er nicht, wo Wren ist», sagte Mel.

«Weißt du, wo Wren ist? Er hat ‹Nein› geplinkert. Also, Wren ist unsere Freundin, und sie wurde …» Ludo wurde vom traurigen Geläut des Glückskompasses unterbrochen. «*Oh, oh.* Ich habe dir gleich gesagt, wir hätten Plinker nicht mitnehmen dürfen. Jetzt holen sich die Piranhas das Kotelett. Versteck dich!»

Wieder kamen die Lichter auf sie zu, gefolgt vom Ton des Jagdhorns und dem Donnern der zahllosen Füße. «Halali! Halali!» Und schon brach die Jagdgesellschaft aufs Neue über sie herein.

Der Boden erbebte, und die gewaltige Horde wirbelte riesige Staubwolken auf, während sie die Steinplatten unter ihren Füßen pulverisierte. Einige der größeren und weniger wendigen Dinosaurier vermochten die Kurve nicht so eng zu nehmen wie die anderen und prallten gegen eine Säule. Diese erzitterte und stürzte ein. Dann verebbte der Lärm der Verfolger.

«Das war knapp», sagte Mel und sah der davoneilenden Jagdgesellschaft nach.

Die Jungen standen auf und klopften sich den Staub aus den Kleidern. In diesem Moment ertönte ein lautes

Ächzen und über der zerstörten Säule stürzte mit Gepolter die Decke ein. Eine riesige Staubwolke stieg auf, und helles Licht strömte in die Krypta.

«Wo ist Plinker hin?», fragte Ludo, als sich der Staub gelegt hatte.

«Er fliegt hinauf ins Licht», sagte Mel. «Komm mit.»

Die beiden kletterten über die umgestürzte Säule, standen sekundenlang unter dem klaffenden Loch und sahen blinzelnd in die Helligkeit hinauf. Der Glückskompass begann fröhlich zu läuten. Mit einem Seitenblick auf seinen Freund erklomm Mel den Trümmerhaufen und zog sich durch das Loch ins Licht hinauf. Ludo schnappte sich den Proviantbeutel und folgte ihm.

«Das mache ich nicht! Sie können mich nicht zwingen!», schrie Wren.

«Oh, das wirst du schon noch sehen.» Ter Mudge bückte sich und hob das weiße Kleid vom Fußboden auf, wo Wren es hingeschleudert hatte. «Wir können dich zwingen, alles zu tun, was wir wollen. Tunk?»

Die große Ter näherte sich Wren.

«Damit kommen Sie nicht durch. Mein Vater weiß, dass ich hier bin. Er wird nach mir suchen.»

«Dein Vater ist fort nach Monder und installiert dort eine seiner Uhren für einen reichen Kunden», sagte Ter Mudge. «Wir haben das überprüft.»

«Mein Meister weiß inzwischen sicher, dass ich vermisst werde. Er wird zum Weisen gehen. Sie sind befreundet.» Wren wich in die Ecke zurück.

«Ich glaube nicht, dass dir der Weise helfen wird, Zuckerpüppchen. Willst du jetzt wohl stillhalten für deine Anprobe? Nein? Vielleicht sollten wir dem Morg Bescheid sagen, damit er uns hilft. Er wird dich dazu bringen, stillzuhalten. Wie würde dir das gefallen? Wir wissen, wie innig du deinen Verlobten liebst.»

«Das können wir nicht machen, Mudge. Es bringt Unglück, wenn der Bräutigam das Brautkleid vor der Hochzeit sieht.»

«Unglück, Tunk? Ich glaube, das ist noch das geringste Problem von unserem Zuckerpüppchen.»

Wren starrte die beiden Tern an. Was sollte sie tun? Mel und Ludo würden sie retten. Dessen war sie sich gewiss. Auch wenn es nur zwei Jungen waren, die der Macht der Tern und ihrer Verbündeten, den Fra, gegenüberstanden, würden sie einen Weg finden. Also würde Wren tun, was man ihr befahl. Für den Moment. Sie streckte die Hände aus.

«Ah, schon besser. Und jetzt sei ein braves Mädchen und zieh dein Gewand aus. Du und der Morg, ihr werdet wirklich ein außergewöhnliches Paar abgeben. Wirklich außergewöhnlich.»

Der Kokonturm

Mel und Ludo landeten an den Hängen einer Insel, die mitten in einem großen, kreisrunden See lag. Er war so glatt, dass es sich ebenso gut um eine Schüssel mit blauem Himmel und flauschigen Schäfchenwolken hätte handeln können und nicht um Spiegelungen an der Oberfläche. Die Insel war kegelförmig, und obenauf stand ein helles Gebäude in der Form eines spitzen, gewundenen Kokons. In der Ferne sah man eine bewaldete Uferlinie, die so gerade und gleichförmig war, als wäre sie von einem besonders penniblen Gärtner angelegt worden. Aus dem Loch zu ihren Füßen drang das entfernte Echo des Jagdhorns. Dann war es still.

«Hör mal», sagte Mel.

«Ich höre gar nichts.»

«Das meine ich. Man hört keine Vögel und keine Insekten. Nur Stille.»

Die Luft war kristallklar, und sie schienen endlos weit sehen zu können. Sie blieben einen Moment lang stehen und nahmen die erhabene Szene in sich auf.

«Der Glückskompass zeigt auf das Gebäude», sagte Mel.

«Wie es aussieht, ist Plinker auch auf dem Weg dorthin», antwortete Ludo und sah zu, wie der Schmetterling in der ruhigen Luft davontanzte.

Sie folgten dem Schmetterling den Hügel hinauf zum Kokonturm. Während des Aufstiegs passierten sie riesige, taufeuchte Blumen in leuchtenden Farben, die am Fuß der Bäume wuchsen. Die Luft war sehr dünn, wie auf dem Gipfel hoher Berge, und sie waren beide außer Atem, als sie das Gebäude erreichten.

Die Mauern des Turms waren durchsichtig und tauchten das Innere in ein gleichmäßiges, perlmuttartiges Licht. Das Gebäude selbst war hohl und leer, bis auf einen kahlen Baum in der Mitte. Seine Äste ergaben eine fast menschlich wirkende Gestalt, die wie eine grob skizzierte Silhouette aussah. An einem knorrigen Ast in der Nähe der Krone hing eine einzelne Puppenhülle. Der Schmetterling flatterte hinüber und ließ sich über ihr nieder. Seine Augen wanderten zwischen Mel, Ludo und dem Kokon hin und her.

«Willst du uns etwas sagen?», fragte Mel.

Ein einzelnes Blinzeln.

«Hat es etwas mit diesem Kokon zu tun?»

Wieder ein Blinzeln.

«Ist das ein Freund von dir?», fragte Ludo.

Zweimaliges Blinzeln.

«Verwandtschaft?»

Der Schmetterling blinzelte erst einmal, dann zweimal.

«Ja *und* Nein. Entweder ist es Verwandtschaft oder nicht», sagte Mel.

Der Schmetterling wiederholte die Antwort. Erst ein einfaches Blinzeln, dann ein doppeltes.

«Komm schon, Mel. Wir können nicht den ganzen Tag herumstehen und mit einem Insekt Rätselraten spielen. Denk an Wren. Was sagt das Dingsda?»

«In welcher Richtung geht es zu Wren?», befragte Mel den Glückskompass. Der Richtungszeiger schwenkte herum. «Er deutet auf sie, den Schmetterling und den Kokon.» Mel sah genauer hin. «Wenn es mit dir verwandt ist und auch wieder nicht, was ist es dann?» Mel betrachtete den Umriss des Baums. «Du bist es. Ist es so etwas wie ein *Teil* von dir?»

Ein – sehr nachdrückliches – Blinzeln.

«Wie, kann es er sein … oder sie, verflixt nochmal? Plinker ist hier, und der Kokon ist dort. Es sind zwei Dinge, an zwei verschiedenen Orten. Das ergibt doch keinen Sinn.»

«Seit wann ergibt in Mirrorscape irgendetwas einen Sinn?», fragte Mel zurück.

«Gut, du hast gewonnen. Zwei Dinge sind eins. Problem gelöst. Also lass uns gehen und Wren suchen.»

Die Augen blinzelten heftig.

«Ich glaube, er möchte, dass wir bleiben, bis die Puppe schlüpft», meinte Mel.

Ein Blinzeln.

«Tut mir leid, aber das geht nicht», sagte Mel.

«Unsere Freundin ist in Gefahr, und wir müssen sie retten», fügte Ludo hinzu. «Außerdem müssen wir auch noch ein oder zwei Welten retten.»

Mel sah auf den Glückskompass, der immer noch unbeirrt auf den Schmetterling und den Kokon zeigte. Er schüttelte das Instrument, doch der Zeiger veränderte sich nicht. «Schmeer!»

«Warum nehmen wir sie nicht mit? Vielleicht ist das die Lösung.» Ludo beugte sich zum Schmetterling vor. «Können wir den Kleinen mitnehmen? Dann kann er unterwegs schlüpfen. Ist das in Ordnung?»

Die Augen wanderten von Ludo zu Mel und wieder zurück. Schließlich blinzelten sie einmal.

«Ein Glück.» Vorsichtig löste Mel den Kokon vom Ast und schob ihn behutsam in sein Wams. Dann sah er auf den Glückskompass. «Das war die Lösung. Jetzt zeigt er nach draußen.»

Mel und Ludo verließen das Gebäude mit dem flatternden Schmetterling in ihrer Mitte und stiegen den Hügel hinab. Der Glückskompass führte sie zu einem seltsam gefleckten Boot, das unten am Ufer lag.

«Sieht aus wie eine zerbrochene Eierschale», sagte Ludo.

«Eier sind aber hart», meinte Mel. «Das hier fühlt sich an wie Leder.»

«Vogeleier sind hart», sagte Ludo. «Aber es gibt auch andere, weiche.»

«Zum Beispiel?»

«Zum Beispiel Schildkröteneier. Oder …» Ludo verstummte.

«Oder was?»

«Krokodileier.»

«*Krokodileier!* Sieh dir mal an, wie groß es ist!»

«War doch nur ein Beispiel.» Ludo trat gegen das Boot. «Jedenfalls wirkt es stabil, und es scheint die einzige Möglichkeit zu sein, von der Insel wegzukommen. Sieh nur, Plinker ist wohl der gleichen Meinung.» Der Schmetterling war bereits an Bord, und das reichte, um Mel zu überzeugen.

Die Jungen schoben das Eierschalenboot ins Wasser und sprangen hinein. Der alte Kahn hatte Ähnlichkeit mit einem großen, breiten Kanu. Er hätte leicht vier oder fünf Passagiere aufnehmen können, und auf dem Boden war sogar ein wenig Takelage verstaut.

«Irgendwelche Ruder da unten?», fragte Ludo.

«Nein. Aber das hier.» Mel zog einen kurzen Mast heraus, der in etwa so groß wie er selbst war. «Hier ist ein Loch, in das er passt.» Er richtete den Mast auf und sicherte ihn mit einem Splint. «Jetzt brauchen wir nur noch ein Segel.»

«Wie wär's damit?» Ludo hielt den Zipfel eines lederartigen Stoffes hoch, der an Tauen befestigt war.

«Ein bisschen groß und labbrig für ein Segel, findest du nicht? Der Mast ist schließlich nicht sehr groß. Außerdem haben wir viel zu viele Taue.»

«Es kann trotzdem nichts anderes sein. Sieh mal, wahrscheinlich wird es so festgemacht.» Ludo befestigte den Stoff an einem Haken oben an dem kurzen Mast. Das Segel lag schlaff im Boot, und obenauf türmten sich Massen von aufgerolltem Tauwerk. «Was wir wirklich brauchen, ist ein bisschen Wind.»

Doch es gab keinen Wind. Nicht die kleinste Brise, nicht einmal einen Hauch.

«Mel, ich glaube, Plinker will was von uns.»

«Weißt du, was das ist?», fragte Mel.

Ein Blinzeln.

«Er sagt ‹Ja›. Ist das ein Segel?»

Zweimaliges Blinzeln.

«Er sagt ‹Nein›. Sollen wir es abmachen?»

Zweimaliges Blinzeln.

«Was sollen wir tun? Abwarten?»

Ein Blinzeln.

«Er sagt ‹Ja›.»

Also warteten sie. Aber es kam keine Brise auf.

«Und was ist mit Wren, Mel? Während wir hier treiben wie zwei Seerosen im Teich, mit einem Schmetterling zu Besuch, steckt sie bis zum Hals im Schlamassel.»

«Ich weiß. Aber der Glückskompass zeigt in die Richtung, in die das Boot treibt.»

«Aber darum geht es doch. Wir treiben nirgendwohin.»

«Doch. Die Insel wird immer kleiner und das Seeufer immer größer. Anscheinend treibt uns eine Strömung vorwärts. Sieh doch.» Hinter ihnen kräuselte das Kielwasser unverkennbar die ansonsten spiegelglatte Wasseroberfläche.

Eine Weile trieben sie schweigend weiter.

«Du hast recht. Wir werden wirklich schneller.» Ludo hob einen Zipfel des schlaffen Segels an und ließ ihn wieder fallen. «Ich wünschte bloß, wir könnten diesem Kahn ein bisschen Beine machen.»

«Ich finde ihn ziemlich schnell. Da ist eine Lücke zwischen den Bäumen. Wir treiben genau darauf zu.»

Je näher sie kamen, desto schneller wurde das Boot. Schon bald konnten sie zu beiden Seiten der Lücke jeden einzelnen Baum erkennen, und sie hörten neben dem Boot das Wasser rauschen.

«Schon besser», sagte Ludo. «Was wir brauchen, ist eine Art Ruder. Wir halten zu stark auf die Lücke zu. Wir sollten lieber auf das Ufer zusteuern.»

«Hier unten gibt es aber nichts dergleichen», sagte Mel, der die Bootsausrüstung durchsah.

«He, jetzt sind wir aber wirklich zu schnell!», schrie Ludo über das Rauschen des Wassers hinweg.

Mel zeigte auf seine Ohren und schüttelte den Kopf. «Es ist zu laut! Ich kann dich nicht hören!», schrie er.

«Was?» Ludo wurde rückwärts umgeworfen, als die Geschwindigkeit des Bootes noch einmal rapide zunahm. Das Rauschen wurde immer lauter. Das Eierschalenboot sprang nun förmlich über den See auf die Lücke zu.

Mel spürte den Glückskompass vibrieren und sah hinab. Er wünschte, er könnte trotz des Rauschens hören, ob er die fröhliche oder die traurige Melodie spielte. Das Boot sauste immer schneller auf die Lücke zu. Als er den Kopf hob, konnte er dahinter rein gar nichts erkennen. Nur Himmel.

Dann erreichten sie den Rand. Den Rand eines riesigen Wasserfalls.

Tief im Palast des Geistes kauerte Wren in der Ecke eines Käfigs, der in einem der Ordensräume der Tern von der Decke hing. Er schaukelte hin und her, während der Morg seinen kräftigen, narbenübersäten Arm durch die Gitterstäbe steckte, um Wren eine tote Taube zum Geschenk zu machen. Dann ließ er sich auf den Boden zurückfallen, um gleich darauf auf der anderen Seite des Käfigs wieder hochzuspringen. Es war ein zermürbendes Spiel für Wren, und ihr wurde übel vom heftigen Geschaukel. Schon der Gedanke daran, dass der Morg sie berühren könnte, verursachte ihr eine Gänsehaut.

«Ruhig, Morg! Ich spüre, wie unruhig er ist. Wie sehr er sich nach seiner Braut sehnt.» Ter Selen wandte sich auf dem Stuhl um. «Wie geht die Stickerei voran, Mudge?»

Die kleine Ter unterbrach ihre Nadelarbeit, hielt das Brautkleid in die Höhe und bewunderte ihr blutrotes Stickwerk. Es war ein Abbild der Narben des Morgs. «Fast einhundert Buchstaben, Herrin. Ein Ärmel ist fertig.»

«Es dauert so lange. Kannst du nicht schneller sticken? Du siehst doch, wie sehr sich der Bräutigam nach seiner Braut verzehrt.»

«Ja, er verzehrt sich sehr, Herrin. Aber Ter Morganas Ritus verlangt, dass der wahre Name niedergeschrieben wird, wie es sich gehört. Die Stickerei muss genauso sauber sein wie meine schönste Handschrift.»

«Dann mach, so schnell du kannst, Mudge. Sobald das Kleid fertig ist, kann die Hochzeit stattfinden.»

«Ich verstehe das nicht. Er hat mich nicht empfangen. Der Weise sei unpässlich und empfange derzeit niemanden, hat Fra Odum mir übermittelt. Unpässlich, ich bitte Sie.» Ambrosius Blenk marschierte in seinem Atelier auf und ab. Er trug ein langes schwarzes Gewand mit Silberstickerei und eine spitze schwarze Kappe, die ihm bis über die Ohren reichte. «Was soll *das* denn heißen?» Er blieb stehen und wandte sich zu seinem Hausverwalter um. «Und diese Wolken, die aussehen wie Spiegelzeichen.» Er schüttelte den Kopf. «Langsam glaube ich, dass Womper und seine

Freunde doch recht hatten. Außerdem erinnern mich diese Funkenflocken irgendwie an eines meiner Gemälde. Aber wer macht diese Wolken und warum? Die jungen Leute haben sich wirklich einen guten Zeitpunkt ausgesucht, um zu verschwinden.»

«Glauben Sie, der Weise weiß, wo Mel, Ludo und Wren sich aufhalten?», fragte Dirk Tot.

Der Meister zupfte an seinem langen Bart. «Die drei stellen ständig irgendwelchen Unfug an. Ich habe sie gewarnt, ihre Pflichten nicht zu vernachlässigen. Und jetzt bin ich mit der Decke im Verzug, und sie haben sich aus dem Staub gemacht. Halb Vlam ist auf den Beinen und hat nur noch Augen für die seltsamen Wolken. Da draußen geht es zu wie beim Karneval. Wussten Sie, dass sie darunter Volksfeste abhalten? Den Wolkenmarkt und den Funkenmarkt. Es ist auch ohne solche Ablenkungen schwer genug, dafür zu sorgen, dass die anderen Lehrjungen mit ihrer Arbeit im Zeitplan bleiben.»

«Ich bin sicher, dass Mel und seine Freunde sich von solchen Dingen nicht ablenken lassen würden. Vielleicht hat es etwas mit dem Machtkampf zu tun, der im Haus des Geistes vor sich geht?»

«Das ist nicht mehr als ein Gerücht.»

«Aber ein äußerst hartnäckiges.»

«Wenn es innerhalb der Fra wirklich einen Aufstand gäbe, hat der Weise mit Sicherheit nichts damit zu tun. Er ist ein alter Freund. Er würde sich nie auf etwas so … so Ordinäres einlassen. Allerdings ist er von Intriganten umgeben. Aber der Weise steht über solchen faulen Tricks. Darauf verwette ich …» Der Meister sah sich in seinem vollgestopften Atelier um und blickte dann auf seine Hände. «… darauf verwette ich meinen Bart.»

«Grün und Blau werden herausfinden, was vor sich geht. Sobald wir ein paar Fakten in den Händen haben, können wir den Weisen verständigen. Und hören, was er zu sagen hat.»

Der Meister schüttelte den Kopf. «Falls wir an Fra Odum und den anderen Krähen vorbeikommen, die neuerdings ständig um ihn herum sind. Wo kommen sie überhaupt her? Vor kurzem waren sie im Palast noch Randfiguren, und jetzt schalten und walten sie plötzlich anstelle des Weisen. Vielleicht ist an dem Gerücht von einer Spaltung der Fra tatsächlich etwas dran. Die Priesterschaft ist fast so schlimm, wie die Gilden es zu ihrer Zeit waren.»

«Ich werde sofort meine Leute aufsuchen und sehen, ob es Neuigkeiten gibt.»

«Was soll das heißen? Gute und schlechte Nachrichten!»

Grün wechselte einen Blick mit seinem Kameraden und sah dann wieder zu Dirk Tot. Auch wenn sie alte Gefährten waren, seit sie gemeinsam gegen die Gilden gekämpft hatten, machte ihn der Riese nervös. Vor allem, wenn er wütend war. «Die gute Nachricht ist, dass wir herausgefunden haben, was Mel, Ludo und Wren zugestoßen ist.»

«Und?»

«Und die schlechte Nachricht ist, dass Mel und Ludo verschwunden sind und …», Grün zögerte, «dass Wren entführt wurde.»

«Entführt?»

«Ja.» Grün erzählte Dirk Tot alles, was er von Mel und Ludo erfahren hatte.

«Und wo sind die Jungen jetzt?»

«Wir hatten sie, aber dann haben wir sie wieder verloren.»

«Was genau meinst du mit ‹verloren›?»

«Sie sind höchstwahrscheinlich nach Mirrorscape zurückgekehrt», antwortete Grün. «Sie werden versuchen, Wren von dort aus zu retten.»

«Man kann ihre Treue nur bewundern – und ihren Mut. Aber wenn sie tatsächlich dort sind, hat es keinen Zweck, ihnen zu folgen und zu versuchen, sie zurückzuholen. Sie sind auf sich gestellt. Wir müssen uns einfach darauf verlassen, dass sie auf sich selbst aufpassen können.» Dirk Tot drehte sich um und blickte durchs Fenster auf Vlam und die beiden merkwürdigen Wolken. «Und wisst ihr, wo Wren festgehalten wird?»

«Daran arbeiten wir noch», sagte Grün.

«Im Palast des Geistes geht es nicht anders zu als irgendwo sonst in Vlam», sagte Blau. «Manche Leute reagieren auf Gold, andere auf Drohungen. Von jedem etwas an der richtigen Stelle eingesetzt, und schon wissen wir, wo Wren ist.»

«In Ordnung. Tut, was ihr für richtig haltet. Aber bringt mir die Lehrlinge des Meisters heil wieder zurück.»

König M-Morpho

«Du wusstest, dass das passiert, nicht?», brüllte Mel.

Der Schmetterling blinzelte, und im gleichen Moment erreichte das Boot den Rand des Wasserfalls. Die Welt geriet ins Wanken, und das Boot kippte über die Kante. Unter sich erblickte Mel eine gewaltige Gischtwolke und einen Regenbogen, auf die das Boot und seine Insassen zustürzten.

Mels und Ludos angsterfüllte Schreie gingen im donnernden Getöse des Wassers unter. Dann füllte sich das Segel mit Luft und blähte sich über ihren Köpfen. Doch es war gar kein Segel, sondern ein Fallschirm. Der Stoff schien aus einem natürlichen Material zu bestehen, er war durchsichtig und von roten Adern durchzogen.

Das Boot wurde so abrupt abgebremst, dass die Freunde zu Boden geschleudert wurden. Als sie die Köpfe hoben und über das Dollbord sahen, schwebten sie langsam durch die Gischt hinab. Ihre Landung war so sanft, dass sie das Ende ihres Sturzflugs erst bemerkten, als ihnen der feuchte, lederartige Baldachin auf den Kopf sank. Mel versuchte sich am einen Ende des Bootes davon zu befreien, und Ludo am anderen. Sie sahen wie zwei kleine

Jungen in einem riesigen Bett aus, die eine dicke und sehr nasse Decke bis ans Kinn hinaufgezogen hatten. Die starke Strömung trug sie davon, und das Donnern der herabstürzenden Wassermassen verebbte hinter ihnen.

Sie hatten kaum Zeit, sich zu beruhigen, als das Boot schon den nächsten Wasserfall hinunterstürzte. Dann einen dritten und einen vierten.

Als sie durchgeschüttelt, aber unverletzt am Grund des siebten Wasserfalls anlangten, fanden sie sich auf einem Fluss wieder, der sie in raschem Tempo durch eine weite Ebene trug.

Mel arbeitete sich unter dem Fallschirm hervor. «Sieh mal, Ludo!» Er stellte sich im Eierschalenboot auf und blickte zurück.

«Es ist das Gemälde des Meisters», stieß Ludo hervor. «Dasjenige, das die Tern mit dieser Schlangenmaschine eingeschmolzen haben.»

Und wie ein siebenstöckiger Hochzeitskuchen erhob sich hinter ihnen tatsächlich der hohe Tafelberg, über dessen Stufen die Wasserfälle herabstürzten. Als sie den Berg hinter sich gelassen hatten, ging die Sonne unter. Vor sich konnten sie einen glühenden Lichterkranz am Himmel sehen, der an den Lichtschein einer nahen Stadt erinnerte. Kurz darauf versickerte der Fluss in einer schlammigen Pfütze, und das Boot lief auf Grund.

Mel und Ludo kletterten hinaus und stampften durch den Matsch zum Ufer.

«Da ist der leuchtende Garten», sagte Ludo, als sie die Uferböschung erklommen hatten. «Er sieht genauso aus wie auf dem Gemälde des Meisters.»

«Und er wird aufgesaugt!»

Sie befanden sich am Rand des schimmernden Gartens, den ihr Meister gemalt hatte. Die Bäume säumten nun die Hänge eines tiefen und mehrere Kilometer breiten Lochs. Beim Blick in das Zentrum dieser Senke sahen sie, dass sich die Bäume bewegten: An den Rändern nur langsam, aber je näher sie der Mitte kamen, desto schneller wirbelten sie in einer galaxieartigen Spirale herum. Direkt im Zentrum wurden sie mit rasender Geschwindigkeit in einen schwarzen Wirbelwindtrichter hinaufgesogen, der sich hin und her bewegte. Ihre Augen folgten dem Verlauf des Trichters, doch er verlor sich hoch oben am Abendhimmel.

«Und was hat Plinker zu all dem zu sagen?», fragte Ludo. «Du bist doch sein offizieller Übersetzer.»

«Gehen wir immer noch in die richtige Richtung?», fragte Mel und blickte zum Schmetterling auf seinem Ärmel hinab.

«Was sagt er?»

«Nichts. Er hat die Augen zugemacht. Ich glaube, er schläft.»

«He, aufwachen!», schrie Ludo.

«S-sei still!»

«Was?»

«Ich hab nichts gesagt», sagte Mel.

«Wer dann?»

«Wir w-waren das. W-wir haben ‹s-sei still› gesagt!»

«O nein», stöhnte Ludo. «Nicht noch einer.»

Aus Mels Wams kroch ein zweiter Schmetterling. Seine Flügelzeichnung entsprach einem Mund, der je zur Hälfte auf einem Flügel saß und ebenso perfekt und lebensecht wirkte wie die Augen des anderen Schmetterlings. Er konnte sprechen. «Und n-noch etwas.»

«Was?»

«Hört auf, uns P-Plinker zu n-nennen!»

«Wie sollen wir euch denn nennen?», fragte Mel.

«Du kannst uns M-Majestät n-nennen!»

«Ihr seid ein König?»

«Wir sind König M-Morpho!»

«König Morpho», wiederholte Mel.

«Nein, du Hohlkopf. König M-Morpho!»

«Das hat er doch gesagt.»

«Ich glaube, er meint König M-Morpho», sagte Mel.

«Uaaaah.» Der König gähnte. Der erste Schmetterling öffnete die Augen und flatterte auf. Der zweite Schmetterling stieg ebenfalls in die Höhe, und beide flogen in exakt abgestimmter Formation, die Augen über den Lippen, vor Mel und Ludo durch die Luft. «Wir h-haben euch in einer k-königlichen A-Angelegenheit zu uns befohlen.»

«Ist das eigentlich ein königliches ‹Wir› oder reden Sie einfach im Plural?», wollte Ludo wissen.

«B-beides.»

Ludo verdrehte die Augen. «Ich glaube, als er nur plinkern konnte, hat er mir besser gefallen.»

«Was ist das für eine Angelegenheit, Majestät?», erkundigte sich Mel.

«Alles zu s-seiner Zeit. Z-zuerst müssen wir unseren H-Hofstaat einberufen. Da ist er j-ja.»

Mel und Ludo sahen sich erwartungsvoll um. Doch alles, was sie sahen, waren die mit Funkenblüten übersäten

Bäume. Bei genauerem Hinsehen jedoch erkannten sie, dass an den Ästen Hunderte, wenn nicht gar Tausende oder Zehntausende Kokons hingen. Sie öffneten sich und immer mehr Schmetterlinge schlüpften heraus. Schon bald wirbelten sie wie bunte Schneeflocken durch die Luft. Alle flatterten zum König und setzten sich rund um die Augen und Lippen ihres Oberhaupts zu einer zittrigen Gestalt zusammen: Einige wurden zu seinem bärtigen Kopf, andere bildeten die Arme und Beine, und der Rest formte seinen Körper mit allen königlichen Insignien. Die Gestalt war um ein Mehrfaches größer als Mel und ständig in Bewegung. Mel konnte mitten durch sie hindurchsehen. Es war ein unheimlicher Anblick in dem funkenerleuchteten Garten.

«Nun», sagte König M-Morpho zu Mel und Ludo, «ich n-nehme an, ihr f-fragt euch, warum wir euch gerufen h-haben.»

«Sie haben *uns* gerufen?», fragte Mel.

«Gewiss. Ohne unsere H-Hilfe würdet ihr i-immer noch in dieser d-dunklen Krypta herumlaufen.»

«Aber dass wir entkommen sind, war ein Zufall», sagte Ludo. «Diese trottelige Jagdgesellschaft hat eine der Säulen umgerannt, und daraufhin ist die Decke eingestürzt.»

«Und w-was glaubst du, wer die J-Jagdgesellschaft ausgerechnet zu dieser S-Säule gelockt hat, hm? Direkt unter dem k-königlichen P-Palast? Das w-waren wir natürlich.»

«Da könnte er recht haben, Ludo. Der Glückskompass hat die ganze Zeit in diese Richtung gedeutet. Aber wie haben Sie uns gefunden, Majestät?»

«Wir wissen v-viel. Wir haben überall V-Verbündete, die für uns die F-Facettenaugen offen halten und uns berichten. Wir wissen zum Beispiel auch, w-wo eure F-Freundin ist.»

«Wren?», sagten Mel und Ludo wie aus einem Mund.

«M-möchtet ihr sie gerne sehen?» König M-Morpho flog auseinander, und die Schmetterlinge formierten sich zu etwas, was die Menschen in einer anderen, durch Raum und Zeit von den Sieben Königreichen getrennten Welt vielleicht eine Kinoleinwand nennen würden. Das gekrönte Haupt des Königs verharrte schwebend darüber. Das Rechteck flatterte, und die umherwirbelnden Schmetterlinge begannen eine Szene darzustellen. König M-Morpho summte dazu eine Ouvertüre. Das Bild auf der Leinwand flimmerte und war ein wenig fleckig, doch es war deutlich genug, dass Mel und Ludo eine Luftansicht von Vlam erkennen konnten. Während sich die gepixelte Ansicht allmählich veränderte, begriffen die Freunde, dass sie ein bewegtes Bild vor sich hatten, so wie es sich aus der Perspektive eines fliegenden Insekts darstellte. Als der Beobachtungspunkt tiefer sank, wurde die Stadt größer, und sie erkannten den Palast des Geistes. Dann schienen sie durch ein Fenster und lange Korridore hindurchzufliegen, bis sie schließlich den von Vasen flankierten Eingang zu den Ordensräumen der Tern erreichten. Die Tür ging auf, und eine Ter wedelte mit der Hand, als wollte sie ein Insekt verscheuchen. Das Bild hüpfte durch die Vorhalle, und als es eine weitere Tür am Ende passiert hatte, konnten sie Wren in einem Käfig knien sehen, der in einem von Kerzen erleuchteten Zimmer von der Decke hing. Die Melodie des Königs wurde traurig. Wren hob den Kopf und sagte etwas. Das Bild wurde dunkel, und an seiner

Stelle erschienen zittrige Buchstaben, zu denen sich die Schmetterlinge zusammengesetzt hatten, die anscheinend nach Belieben die Farbe wechseln konnten.

Mel. Ludo. Wo seid ihr?

Die Buchstaben lösten sich auf, und als sie sich wieder formierten, sah man Ter Mudge und Ter Tunk ins Zimmer kommen.

Die große Ter sagte etwas, und wieder erschienen die Buchstaben.

Hast du das gehört? Sie führt Selbstgespräche, Mudge.

Die kleine Ter antwortete.

Sie sehnt sich nach ihren Freunden, Tunk. Aber sie kann sich sehnen, so viel sie will, sie wird sie nie wiedersehen.

Nicht mal, wenn sie verheiratet ist, Mudge?

Die kleine Ter hielt ein weißes Gewand hoch, das mit blutroter Schrift bedeckt war.

Die Schmetterlinge buchstabierten: *Dein Hochzeitskleid ist fertig, Zuckerpüppchen. Und dein Verlobter kann es kaum noch abwarten, aus dir Frau Morg zu machen. Ha, ha, ha!*

Ter Selen trat ein, und ihre unbarmherzigen, wechselfarbigen Augen erschienen in Großaufnahme. Dann verblasste das Bild, wurde schwarz, und neuer Text wanderte von unten nach oben über die Leinwand.

Eine König M-Morpho/Hummel-Co-Produktion.

Das Rechteck aus Schmetterlingen flog auseinander und setzte sich wieder zu König M-Morphos imposanter Menschengestalt zusammen, während er die letzten Töne des Finales summte.

«Wie haben Sie das gemacht?», fragte Ludo, dem vor Staunen der Mund offen stand.

«Das ist nicht weiter schwer. Ich s-spitze einfach die L-Lippen und summe», antwortete der König.

«Nein, ich meine …»

«Wir müssen Wren retten», unterbrach ihn Mel. «Uns bleibt nicht viel Zeit.»

«Aber wir h-haben euch hergeholt, um *uns* zu r-retten», sagte König M-Morpho. «Unser Königreich wird in diesen W-Wirbel g-gezogen. Unsere Brunnen sind ausgetrocknet, und ohne W-Wasserversorgung haben wir k-keine Widerstandskraft. Unsere ungeborenen U-Untertanen mutieren. Welche K-Kraft sie auch immer in diesen Sch-Schlund zieht, verwandelt sie in … Dämonen.»

In Mels Kopf machte es klick. «Die Funkenblüten und die Kokons mit den Dämonen. So war es auch mit Nephonia. Euer Reich fällt auf Vlam herab – auf *unsere* Welt. Vlam muss sich irgendwo am Ende dieses Wirbels befinden. Das ist die Szene, die in der zweiten Wolke über Vlam dargestellt wird.»

«Aber wie wurde sie dorthin gemalt?», fragte Ludo.

«Mit den *Bildern*! Begreifst du nicht? Sie machen es mit den Gemälden.»

Ein Lächeln trat in Ludos Gesicht, als er sich in dem Garten umsah. «Aber natürlich. Das hier *ist* das Gemälde des Meisters.» Doch dann seufzte er. «Aber ich kapier es immer noch nicht. Was ist mit Nephonia? Das hat der Meister nie gemalt.»

«Nein, aber er hat erzählt, dass der Weise einige Wolkengemälde besitzt.»

«Arbeiten von Midas Garf», sagte Ludo und lächelte wieder.

«Das heißt, wenn sie die Gemälde mit der Schlangenkanone einschmelzen, ...»

«... zusammen mit den Spiegelzeichen, ...»

«... dann entstehen die Wunden zwischen den Welten, von denen die Tern gesprochen haben. Weißt du noch, dass Cassetti erzählt hat, seine Welt werde von einer Spiegelzeichenwolke unterhalb von Kumulus angezogen? Nun, hier sieht es so aus, als würde der Garten von dem Wirbel in seinem Zentrum aufgesaugt.»

«Außerdem hat Cassetti gesagt, Nephonia und unsere Welt würden sich berühren», ergänzte Ludo. «Irgendjemand muss das Spiegelzeichen als eine Art Falltür nach Nem verwenden.»

«Ich wette, das Spiegelzeichen ist die Wunde zwischen den Welten.»

«Und wenn diese Macht König M-Morphos Untertanen in Dämonen verwandelt ...»

«... wer weiß, in was sich dann die Wolken noch verwandeln werden», beendete Mel den Satz. Dann sagte er zu König M-Morpho: «Sie haben gesagt, Sie hätten Ihre Augen überall. Wir wissen, dass die Tern hinter all dem stecken, Majestät. Aber wer hilft ihnen noch?»

«Das w-wissen wir nicht», erwiderte der König. «Es gibt O-Orte, die selbst Insekten v-verschlossen sind.»

«Welche denn?», fragte Ludo. «Ich habe das Gefühl, sie sind überall. Vor allem dort, wo man sie nicht haben will.» Er nagte an der Unterlippe. «Was sollen wir jetzt tun, Mel?»

«Ich weiß es nicht. Je tiefer wir in diese Sache reinrutschen, desto mehr Gefahren tauchen auf. Wren, Vlam,

Nephonia und jetzt auch noch König M-Morphos Reich. Sie müssen alle gerettet werden.»

«Aber wir sind nur zu zweit», überlegte Ludo. «Was können wir schon ausrichten? Außerdem müssen wir zuerst Wren retten.»

König M-Morpho unterbrach sie. «Vielleicht k-können wir behilflich sein. Wenn ihr unsere Wasserversorgung wiederherstellt, k-kümmern wir uns um den Schutz eurer F-Freundin.»

«Sie?», wunderte sich Ludo.

«S-sicher.»

«Vergebt mir, Majestät», sagte Mel. «Aber sind Sie nicht ein wenig, äh … zu *zerbrechlich*, um jemanden beschützen zu können?»

«Wir haben vielleicht nicht die r-rohe Kraft, die euresgleichen zu eigen ist, aber wir sind auf andere Weise s-stark. Wie ich schon sagte, haben wir v-viele Verbündete.»

«Insekten?», fragte Ludo.

«Ja, I-Insekten … und andere. U-Unsereiner kann zwischen Mirrorscape und eurer W-Welt hin und her pendeln.»

«Wir müssen uns darauf einlassen», sagte Mel leise. «Wir erfüllen seine Bitte und machen uns so bald wie möglich auf, um Wren zu retten. Sieh nur, der Glückskompass ist einverstanden.» Und an König M-Morpho gewandt, sagte er: «Einverstanden, Majestät, wir helfen Ihnen. Aber wie wollen Sie Wren beschützen?»

«Wir s-senden die königliche L-Leibgarde aus. Wachen!» Eine Reihe Schmetterlinge löste sich von König M-Morphos Körper und flatterte in militärischer Formation auf die Seite. «Nun denn, an die Arbeit. Ihr kennt unser Begehr.» Die Wachen flatterten im Laufschritt davon.

«Was wollen die schon gegen die Tern und den Morg ausrichten?», sagte Ludo. «Die können sie ohne Probleme zerquetschen.»

«U-unterschätzt unsere Leibgarde nicht. Wir v-verfügen über b-bemerkenswerte Fähigkeiten in unseren F-Fühlerspitzen.»

«Ich hoffe, sie kommen noch rechtzeitig», sagte Mel. «Nach dem, was wir gerade gesehen haben, steht Wren wirklich Schreckliches bevor.»

Spiegelblut

Wren wedelte mit der Hand, um eine Hummel zu verscheuchen. Seufzend lehnte sie sich an die Gitterstäbe und wartete, bis der Käfig aufhörte zu schaukeln. Als sie zu dem kunstvollen, mit Engelsgesichtern verzierten Wandfries aufsah, der direkt unterhalb der Decke verlief, blinzelte ihr eines davon zu. Wren machte erstaunt die Augen auf und zu und sah noch einmal genauer hin. Wieder blinzelte das Gesicht. Dann lösten sich die Engelsgesichter von dem Fries und wurden zu einer Wolke aus weißen Schmetterlingen. Sie setzten sich in der Luft neu zusammen und bildeten eine Abfolge flimmernder Buchstaben.

Hab keine Angst. Wir sind die königliche Leibgarde. König M-Morpho hat uns geschickt, um dich zu beschützen.

«Ich sehe es. Aber ich kann es kaum glauben», sagte Wren.

Trotzdem ist es wahr.

«Ihr könnt mich *hören*?»

Die schwebende Schrift verschwand, und die tanzenden Schmetterlinge gruppierten sich zur Antwort:

Natürlich. Es ist sehr wichtig, dass du genau das tust, was wir dir sagen.

«Da runter?! Sie erwarten wirklich, dass wir da runterklettern?», rief Ludo.

Mel beugte sich vor und blickte in den stockfinsteren Brunnen am Rand des Gartens. Der Glückskompass wies genau darauf. «Wie tief ist er, Majestät?»

«Sehr t-tief.»

Ludo pflückte einige Funkenblüten von einem Baum und formte sie zu einem Ball, den er in den Brunnen warf. In seinem Licht konnte er an der Innenseite des Brunnens eiserne Leitersprossen erkennen. Kurz darauf war der glühende Ball nur noch ein Pünktchen, das schließlich ganz verlosch. «Was soll da unten sein?»

«H-hoffentlich irgendwo unsere W-Wasservorräte. Ihr müsst sie f-finden und f-freisetzen.»

«Wie lange werden wir dafür brauchen?», fragte Ludo.

«Ein oder z-zwei Lebensspannen v-vielleicht.»

«Wie lange?», schnaubte Ludo.

«Ich glaube, der König spricht von Schmetterlingsleben», erklärte Mel. «Das hoffe ich jedenfalls.»

«Dann werden Sie also nicht mehr da sein, wenn wir zurückkommen?», fragte Ludo und klang ein klein wenig optimistischer.

«Oh, vermutlich w-werden wir alle tot und v-vergangen sein, bis ihr zurückkommt», sagte König M-Morpho. «Aber es wird uns dennoch g-geben. Solange unsere U-Untertanen fortbestehen, tun wir es auch.»

«Noch mehr Doppeldeutigkeiten», sagte Ludo kopfschüttelnd.

«Komm», sagte Mel. «Je schneller wir es hinter uns bringen, desto schneller können wir Wren befreien. Dort unten ist es sicher stockfinster. Lass uns den Proviantbeutel ausleeren und mit Funkenblüten füllen.»

Mel und Ludo saßen im Schneidersitz auf dem Grund des Brunnens und rieben sich nach dem langen Abstieg schwer atmend die schmerzenden Beine. Als er sich ausreichend erholt fühlte, griff Mel nach seinem Funkenball und hielt ihn hoch. Mehrere große Tunnel führten vom Grund des Brunnens fort. Ludo nahm eine Handvoll Staub und ließ ihn langsam durch die Finger rieseln.

«Hier war schon lange kein Wasser mehr.» Seine Stimme hallte durch das Gewölbe. «Hier gibt's nichts als Staub.»

Mel klappte den Glückskompass auf. «Er zeigt in diese Richtung. Gehen wir.»

Ludo fuhr beim Gehen mit der Hand über die Tunnelwand. «Das fühlt sich sehr glatt an. Glaubst du, die Wände wurden so gebaut, oder hat das Wasser sie über die Jahre glatt geschliffen?»

«Ganz so glatt sind sie gar nicht. Da vorn ist eine große Ausbuchtung.»

Beim Näherkommen schien die Ausbuchtung einem länglichen grauen Felsbrocken zu ähneln, der halb in der Erde vergraben aus dem Tunnelboden ragte.

Mel kniete sich hin und strich mit der Hand darüber. «Das ist kein Stein, eher so etwas wie ein Panzer. Hier, fühl mal. Er ist ganz knotig und hat Gelenke.»

«Sieht aus wie eine riesengroße Assel.»

«Oder wie ein Gürteltier», sagte Mel. «Ich glaube, es ist tot. Versuchen wir es umzudrehen.»

«*Schmeer*, ist das ein Brocken!»

Mel und Ludo hoben das Tier an und drehten es auf den Rücken. Das Geschöpf schaukelte auf seinem gewölbten Panzer und gab die fleischige Unterseite preis. Rund um die gepanzerte Rückenschale saßen Dutzende schwielenbedeckter Hände, auf denen es vermutlich gelaufen war, und genau in der Mitte konnte man ein flaches, fast menschlich wirkendes Gesicht erkennen. Die warzige Haut war marmoriert, und die verkrusteten Augenlider waren geschlossen. Es hatte keine Nase, aber einen sehr großen Mund mit aufgesprungenen Lippen, der von dicken, stoppeligen Barthaaren umgeben war. Die sehr breite und sehr dicke Zunge hing ihm aus dem Mund. Ludo betrachtete sie genauer.

«Sie ist total rau, wie grobes Sandpapier.»

«Und klebrig, so wie es aussieht. Ich wette, deswegen ist der Tunnel so glatt.»

«Igitt», sagte Ludo. «Würde mir nicht einfallen, irgendwelche Tunnel auszulecken. Da drüben liegt noch einer. Glaubst du, dass sie das Wasser blockieren?»

«Wahrscheinlich haben sie eher dafür gesorgt, dass es problemlos fließt. Sie sehen aus, als gehörten sie hier unten hin. Was glaubst du, woran sie gestorben sind. An Durst?»

Sie gingen weiter und stießen schließlich auf so viele tote Tunnellecker, dass sie sich zwischen ihnen hindurchschlängeln mussten. Die Tunnelwände wurden immer rauer, und breite Risse tauchten auf.

«Dieser Teil sieht aus, als hätte man ihn gestern erst freigelegt», sagte Ludo. «Man erkennt sogar noch die Werkzeugspuren im Gestein.»

«Und auf dem Boden sind Radspuren.»

«Von den Tunnelleckern können sie nicht stammen», sagte Ludo.

Mel blieb stehen. «Sieht aus, als hätten wir gefunden, was den Tunnel blockiert.»

Vor ihnen erhob sich eine Mauer aus grobbehauenen Steinen, die man zu einem Damm aufgeschichtet hatte. Er füllte den Tunnel vollständig aus. Am Fuß der Mauer lagen viele weitere Tunnellecker. Einige von ihnen hatten zerschmetterte Rückenpanzer. Offensichtlich war der Damm aus Steinen errichtet worden, die man frisch aus den Tunnelwänden geschlagen hatte. Als sie näher kamen, fiel das Licht ihrer Funkenbälle auf giftgrüne Schleimfäden, die an der Dammmauer herunterliefen.

«Was glaubst du, was das ist?», fragte Ludo und streckte die Hand aus, um den Schleim zu berühren.

«Nicht, Ludo!», schrie Mel. «Das ist Gift!»

«Woher weißt du das?», fragte Ludo und zog die Hand zurück.

«Weil es da steht. Sieh doch.» Mel ging zu einem breiten Spalt an der Seite des Tunnels. Über ihm verlief ein Spinnennetz, in dessen Fäden eine Nachricht gewebt war.

Der Schleim ist vergiftet.

«Was ist *das* denn?», sagte Ludo.

«Das muss eine von König M-Morphos Verbündeten sein. Sieh mal, da kommt eine neue Nachricht.»

Schaut in den Spalt, webte eine Spinne aus Leibeskräften.

Mel und Ludo kletterten zur Öffnung hinauf, duckten sich unter dem Netz hindurch und schoben sich hinein. Innen erweiterte sich der Spalt zu einer breiten Höhle mit einer hohen, abfallenden Decke. Der den ganzen Boden bedeckende Staub hatte sich an den Wänden zu Haufen angesammelt. Als die Jungen mit forschenden Blicken die Höhle absuchten, entdeckten sie auf einer der Steinplatten, aus denen die Wände bestanden, eine kleine Armee von Schnecken. Diese waren außerordentlich fleißig gewesen. Ihre Schleimspuren ergaben eine Nachricht.

Wir dachten schon, König M-Morphos Agenten würden nie hier auftauchen. Vor einiger Zeit kamen Menschenwesen mit einer großen Grabmaschine in den Tunnel und errichteten den Damm. Ehe sie gingen, beschmierten sie die Steine mit Gift, um die Tunnellecker zu töten und sie davon abzuhalten, das Hindernis zu beseitigen.

Auf der nächsten Steinplatte ging es weiter. *Durch die Tunnel fließt Spiegelblut, ohne das König M-Morphos Reich zugrunde geht. Wenn das passiert, verwandeln sich die Raupen in den Kokons im Garten in Dämonen. Der Damm muss zerstört werden. Der Speichel der Tunnellecker löst Stein auf. Ihr müsst ihn einsammeln und auf das Hindernis streichen, damit es einstürzt und das Spiegelblut freigibt. Zögert nicht. Dann …* Die Schnecken schrieben immer noch, so schnell sie konnten.

«Na super», sagte Ludo. «Das stelle ich mir unter einem perfekten Tag vor. Unten in einem finsteren Brunnen rumzukriechen und Spucke einzusammeln.»

«Lass uns anfangen. Da steht: ‹Zögert nicht›.»

«Aber sie sind noch nicht fertig. Vielleicht ist es irgendetwas Wichtiges.»

«Wir können nicht warten», sagte Mel. «Bis sie damit fertig sind, haben wir die Sache bestimmt schon erledigt.»

Nach einigen Versuchen entdeckten sie die beste Methode, den Speichel der toten Tunnellecker abzuzapfen.

Sie rollten die Kadaver auf den Rücken und sprangen abwechselnd auf ihnen herum, während der andere in einem Stück Panzerschale, auf die der ätzende Speichel keine Wirkung zu haben schien, die Schmiere auffing, die dem Tier aus dem Mund lief. Wenn die Schale voll war, trugen sie sie zum Damm und stellten sie dort ab.

«Was ist das?», fragte Ludo und hielt eine zerrissene Silberkette hoch.

«Wo kommt die denn her? Sieht aus wie eine kaputte Halskette oder so was Ähnliches.»

«Sie hat hier auf dem Boden gelegen. Vielleicht hat sie der verloren, der den Damm gebaut hat.» Ludo steckte sie in sein Wams. «Wer sie findet, darf sie behalten. Und wie kriegen wir das Zeug jetzt auf die Steine? Ich stecke meine Hand jedenfalls nicht da rein.»

«Warum machen wir nicht ein paar Funkenbälle aus den restlichen Blüten im Beutel? Die könnten wir dann in die Spucke tauchen und gegen die Mauer werfen», schlug Mel vor.

Das Ergebnis war ein beeindruckendes Schauspiel. Sobald ein mit Spucke getränkter Ball gegen den Damm prallte, explodierte er in einem leuchtenden Funkenregen, und das Gestein fing an sich aufzulösen, wie ein Eisblock, auf den man kochendes Wasser gießt. Bald darauf begann sich der Damm bedrohlich vorzuwölben. Der Glückskompass spielte sein trauriges Lied.

«Gleich bricht er!», schrie Mel. «Zurück in den Spalt.»

Kaum hatten sie sich in der Öffnung halbwegs in Sicherheit gebracht, gab der Damm nach, und eine gigantische Welle roter Flüssigkeit ergoss sich in den Tunnel.

«Die Körper der Tunnellecker werden weggeschwemmt.»

«Wir auch, wenn wir nicht von hier verschwinden. Wie sollen wir jetzt zurückkommen?»

«Das wissen bestimmt die Schnecken. Sie müssten inzwischen fertig sein.»

Diese hatten ihre Botschaft tatsächlich fertiggestellt, während Mel und Ludo bei der Arbeit gewesen waren. Aber mit dem, was die Botschaft besagte, hatten die beiden nicht gerechnet. … *Dann müsst ihr unter allen Umständen zum Brunnen zurückflüchten und hinaufklettern, bevor der Damm bricht. Es ist der einzige Weg nach draußen.*

«Das sagen sie uns jetzt!», rief Ludo. «Das Spiegelblut steigt immer höher!»

«Stimmt», sagte Mel. «Wir sitzen in der Falle.»

In dieser Nacht starb ein weiteres Meisterwerk, und die Schlangenkanone im Papierglockenturm öffnete den dritten Spalt. Ein Gemälde von Anders Jert mit einer gewaltigen Fabrik, durch die sich Ströme von Farbe ergossen, zerrann bis auf das glühende Spiegelzeichen. Als auch dieses schmolz, bildete sich hoch über Vlam eine dritte Wolke. Sie war grau und glich wiederum einer Stadt. Doch während die von der ersten Wolke dargestellte Stadt wunderschön war, war diese hier hässlich. Grelle Farben umspielten ihre Ränder, und in ihrem Zentrum erschien das Ende eines leuchtenden Regenbogens. Stück für Stück senkte er sich auf das schlafende Vlam herab, wie dicke Farbe, die man aus einer Tube quetscht.

DER DRITTE STURM

Die Hochzeit

Eine Kette aus Schmetterlingen schwebte vor Wrens Käfig in der Luft. *Verstehst du unseren Plan auch wirklich?*, schrieben sie.

«Verstehen schon; aber gefallen tut er mir nicht. Woher wollt ihr wissen, dass diese Verbündeten von König M-Morpho auch wirklich auftauchen und die Sache erledigen?»

Sie werden da sein. Eine Gratismahlzeit lassen sie sich nicht entgehen.

«Schon, aber was ist … Schnell, versteckt euch. Da kommt jemand.»

Sobald sie hörten, dass die Tür aufging, stoben die Schmetterlinge auseinander. Da ihnen keine Zeit blieb, sich anderswo zu verstecken, flatterten sie auf den Boden. Vor Wrens Augen wechselte die königliche Leibgarde die Farbe und verschmolz mit den üppigen Mustern des großen Teppichs, der einen Großteil des Bodens bedeckte. Ter Mudge und Ter Tunk traten ein.

«Heute ist dein Hochzeitstag, Zuckerpüppchen», sagte die kleine Ter. «Zeit, aufzustehen und dein neues Kleid anzuziehen. Du willst doch deinen Bräutigam nicht warten lassen, oder? Tunk und ich sind deine Brautjungfern. Ist das nicht schön?»

Ter Tunk ging durchs Zimmer. Zu Wrens Bestürzung trampelte sie genau über die Teppichstelle, auf der sich die Wachen versteckt hatten. Wren schrie erschrocken auf, wandelte den Schrei aber hastig in etwas ab, das sich, wie sie hoffte, wie ein Schluchzen anhörte. Sie schlug die Hände vors Gesicht und spähte durch die Finger. Ihr Täuschungsmanöver schien funktioniert zu haben. Die Tern grinsten über ihren Kummer und widmeten sich am anderen Ende des Zimmers einer großen Kiste, in der sie herumkramten. Sobald die Tern Wren den Rücken zugewandt hatten, flüsterte sie: «Wachen, ist alles in Ordnung?»

Die Schmetterlinge flogen auf und formierten sich in der Luft zu einer Kette. *Wir hben Verluste erlitten. Ein Mitglied der Vokltruppe wurde getötet. ber zerbrich dir über uns nicht den Kopf. Der Pln muss usgeführt werden.* Dann flogen sie zu einem Wandbehang und machten sich zwischen seinen Mustern unsichtbar. Die Tern kamen zurück. Ter Mudge hatte das Hochzeitskleid über dem Arm, während Ter Tunk die quietschende Winde bediente, mit der der Käfig zu Boden gelassen wurde. Gemeinsam führten sie Wren davon.

Es war Morgen, und das durch die Spalten in der Haut des Papierglockenturms sickernde Tageslicht warf unruhige Lichtflecken auf die Versammlung der wartenden Tern. Fra Odum und Fra Kropf traten ein. Sie trugen hohe, spitze Mitren, die ihnen wie Masken auf den Köpfen saßen. Ihnen folgten zwei Tern, die Räuchergefäße schwenkten, aus denen ein süßlich riechender Rauch quoll. Dahinter kamen Ter Selen und der Morg. Das Geschöpf trug einen sauberen Lendenschurz und einen geflochtenen Kranz aus Blumen.

Die Gäste des Bräutigams nahmen vor den Priestern ihre Plätze ein, die vor der Schlangenkanone stehen geblieben waren. Ein Harmonium begann einen Hochzeitsmarsch zu spielen, und die Versammlung stimmte einen eintönigen Gesang an, der den gesamten Raum erfüllte. Alle Augen waren erwartungsvoll auf die Tür unterhalb der Musikantenempore gerichtet. Sie ging auf, und die Tern Tunk und Mudge führten Wren zwischen sich herein. Sie trug das lange weiße Hochzeitskleid mit den aufgestickten blutroten Schriftzeichen. Zahllose rote und weiße Blumen waren in ihr wallendes Haar geflochten. Sie war kreidebleich und völlig verängstigt. Vergeblich wehrte sie sich gegen den eisernen Griff ihrer Bewacherinnen. Auf Ter Selens Nicken wurde sie nach vorn geführt, wobei ihre Füße kaum den Boden berührten.

Mit einem schauerlichen, misstönenden Heulen versuchte der Morg in den Gesang einzustimmen. Als Wren neben ihn trat, konnte nur ein scharfer Ruck an der Leine ihn davon abhalten, seine Braut zu packen. Er entblößte die Zahnstummel zu einem ekelerregenden Lächeln.

Fra Odum begann aus seinem Gebetbuch vorzulesen. «Wir sind heute hier versammelt …»

«Halt!», rief Wren. Abrupt verstummte die Musik. Der Morg heulte noch ein wenig weiter und schwieg dann ebenfalls.

«Ich bin gegen meinen Willen hier.»

«Schweig, Mädchen!», fauchte Ter Selen.

«Ich mache das nicht mit», sagte Wren. «Ihr könnt mich nicht zwingen.»

Ter Tunk trat vor, packte Wren und hielt ihr den Mund zu. «Ich sorge dafür, dass sie an der richtigen Stelle nickt, Herrin.»

Wren biss ihr in die Hand. Die Ter schrie auf und zog die Hand fort. Wren sah sich um. *Sie sollten besser bald kommen.*

Ter Mudge zog einen Dolch aus dem Ärmel und hielt ihn Wren an die Kehle. «Tu einfach, was man dir sagt!», zischte sie. «Sonst wird es dir leidtun.»

Fra Odum nickte und fuhr fort: «Wir haben uns heute vor dieser Gemeinde versammelt, um den Bund …»

Wo sind sie? Wo sind sie bloß? Wren blickte sich um, sah aber nur die unheimlichen Schwestern und den merkwürdigen, fragilen Glockenturm.

«… Willst du, Morg, Wren zu deiner rechtmäßig angetrauten Frau nehmen, sie von heute an lieben und ehren und ihr die Treue halten, bis dass der Tod euch scheidet?»

«Das will er», sagte Ter Selen.

Der Morg brabbelte aufgeregt und nickte so eifrig, dass Speichelfäden auf Fra Odums juwelengeschmückter Robe landeten.

«Und willst du, Wren, Morg zu deinem …»

Wren lauschte mit aller Kraft. *Die Schmetterlinge haben gesagt, sie würden jetzt hier sein.* Bang sah sie sich um, während Fra Odum seinen Spruch herunterleierte.

«… bis dass der Tod euch scheidet?»

Wren spürte alle Augen auf sich ruhen. *Bilde ich mir das nur ein? Dieses schwache Summen?*

Die Stille dauerte an, und Ter Selen drängte sie: «Sag es. *Sag es endlich!*»

Ter Mudge drückte ihr den Dolch gegen die Kehle. Wren spürte, wie die Spitze in die Haut drang und ihr ein warmer Blutstropfen über den Hals lief. «Tu, was man dir sagt», flüsterte die Ter.

Als Wren den Mund aufmachte, um die unwiderruflichen Worte zu sprechen, ertönte im hinteren Teil der Versammlung ein Schrei. Dann folgten ein zweiter und ein dritter. Das Summen schwoll immer mehr an, und eine graue Wolke breitete sich im Papierglockenturm aus. Durch Ritzen und Spalten drangen Abertausende Mücken. Sie stachen in jedes Stück Haut, das sie finden konnten, und die ordentlich aufgereihte Versammlung ergriff schließlich mit wildem Geschrei und wedelnden Armen die Flucht.

Die Mücken tun dir nichts. Wir hben nicht viel Zeit. Komm mit.

Ter Selen zog sich die Kapuze über den Kopf, um ihr makelloses Gesicht vor der beißenden Wolke zu schützen, und Ter Mudge stach heulend mit dem Messer um sich. Nur dem Morg schienen die gemeinen Bisse nichts anhaben zu können. Mit einem Satz sprang er zu den Schmetterlingen hoch und kam mit einer Handvoll zerdrückter Insekten wieder herunter. Er stopfte sie sich ins Maul, kaute und spuckte den Brei auf den Boden. Dann schlug er mit der Faust hinein und übersah dabei, dass Wren den überlebenden Schmetterlingen aus dem Turm folgte.

«Geht es euch gut? Wohin gehen wir?», fragte sie.

«*Noch mhr Vrlust. Kümmr dich nicht um uns.* Sie führten Wren zu einem Gang und verharrten vor einer Tür. *Hir rin.*

An den Wänden des dunklen Lagerraums lehnte ein wahrer Schatz an Bildern, jedes einzelne davon ein Meisterwerk. Wren erkannte jene von Ambrosius Blenk, Lukas Flink und Anders Jert. Doch es befanden sich auch andere Werke aus der Sammlung des Weisen darunter, und alle waren für den Ofen bestimmt, mit dem die Schlangenkanone angetrieben wurde.

Die Schmetterlinge formierten sich im Schein des Lichts, das durch die offene Tür hereinfiel. *Wir müssn zurück und dn Mückn hlfn. Unsr ndrn Vrbündtn wrdn dir sgn, ws du tun musst. Lb wohl.* Die schemenhaften Schriftzüge lösten sich auf, als sie davonflatterten, um sich aufs Neue in den Kampf zu stürzen.

Als Wren sich wieder dem Raum zuwandte, sah sie an der Wand über den Gemälden blasse grüne Lichter aufleuchten. «Glühwürmchen.» Wren hatte zu viel Angst, um sich über die klugen Insekten zu wundern. In leuchtenden Buchstaben schrieben sie: *Du musst das Spiegelzeichen benutzen und durch ein Gemälde verschwinden. Beeil dich.*

Sie musterte die Bilder vor sich und versuchte eines auszusuchen. Trotz der Dunkelheit sah sie, dass sich auf den meisten die furchterregenden Ungeheuer tummelten, für die ihr Meister und Lukas Flink so berühmt waren. *Diese nicht.* Sie näherte sich dem Bild direkt unterhalb der Glühwürmchen, auf dem eine nächtliche Szene auf einem bunten Jahrmarkt zu sehen war. *Sie müssen dieses hier meinen.* Schnell malte sie das Spiegelzeichen in die Luft und verschwand.

Als Wren verschwunden war, verblassten die Lichter der Glühwürmchen und erloschen. Kurz darauf leuchteten sie wieder auf: *Egal, für welches du dich entscheidest, nimm nicht dieses hier.*

«Den Fahrschein bitte», sagte eine Mädchenstimme.

«Wie?» Schwankend erlangte Wren auf dem rotierenden Boden das Gleichgewicht wieder. Eine Dampfpfeifenorgel spielte laut und fröhlich.

«Du hast mich gehört, Kleine. Wenn du mitfahren willst, musst du auch bezahlen.»

Wren sah sich um. Der Jahrmarkt auf dem Gemälde war zum Leben erwacht. Sie stand auf einem sich schnell drehenden Kinderkarussell, das von Hunderten bunter Glühbirnen, die aufgereiht an der Decke hingen, mit regenbogenfarbenen Lichttupfern besprenkelt wurde. Diese ließen Reihen buntlackierter Mischwesen aufleuchten, die sich im Rhythmus der Musik auf und ab bewegten. Keines davon schien mit dem Boden oder der Decke verbunden zu sein, und alle trugen einen Sattel auf dem Rücken. Es gab geflügelte Pferde, Hähne mit Schlangenschwänzen, Delphine mit Kängurubeinen, Gürteltiere mit Menschengesichtern und riesige, doppelköpfige Leoparden mit kunterbunten Flecken. Und das waren nur die Tiere, die sich in Wrens Nähe befanden. Doch plötzlich stutzte sie. Die Tiere waren *echt*! Zwar wirkte es auf den ersten Blick, als hätte man sie geschnitzt, bunt angemalt und vergoldet, doch bei genauerem Hinsehen erkannte Wren, dass sie lebendig waren. Sie schauten sie mit großen glänzenden Augen an oder rieben die Nase am Nachbartier. Das Leopardenwesen knurrte. Wren schien der einzige Fahrgast zu sein.

Auf dem hellerleuchteten Jahrmarkt, der hinter den Kreaturen vorübersauste, herrschte reges Treiben. Kreischende Schimären stürzten auf einer Rutschbahn hinab, die höher war als der Palast des Geistes; andere winkten ihren Freunden vom höchsten Punkt eines gewaltigen Riesenrades zu, das am Rand des Rummelplatzes dahinrollte und dabei unglückliche Passanten platt walzte. Eine gigantische Achterbahn auf unglaublich hohen Stützen schien tatsächlich hinter dem Mond zu verschwinden, ehe sie wieder auf die Erde zustürzte. Gewaltige Flammensäulen schlugen lodernd aus einem Zirkuszelt, gefolgt von donnerndem Applaus.

«Und? Willst du nun mitfahren oder nicht?»

Wren wandte sich der Schimäre zu, die sie angesprochen hatte. Auch sie sah aus, als wäre sie geschnitzt und vergoldet wie die Tiere, doch sie war ohne Zweifel lebendig und nach menschlichen Maßstäben ein etwa sechzehn Jahre altes Mädchen. Sie trug bunte, geschnitzte Kleider, die mit offensichtlich unechtem Schmuck verziert waren. Wren riss sich zusammen und sagte: «Tut mir leid, aber ich habe kein Geld.»

«Und was ist das da, in deinen Haaren?»

Wren fasste sich ins Haar und zog eine Blume heraus. «Das hier?»

Die Schimäre schüttelte den Kopf. «Hat so viel Knete, dass sie nicht mehr weiß, wohin damit», murmelte sie vor sich hin. Sie nahm die Blume und steckte sie in einen Lederbeutel, den sie bei sich trug. Dann holte sie drei kleinere Blumen und ein Blatt heraus und gab sie Wren. «Hier ist dein Wechselgeld. Hör mal, Kleine, an deiner Stelle würde ich nicht durch die Gegend laufen und jedem meine Blumen zeigen. Es gibt hier ziemlich viel Lumpenpack, das gerne lange Finger macht. Also, wo soll's hingehen?»

«Hingehen?»

Das Mädchen seufzte. «Der Abend fängt ja gut an», stöhnte sie leise und sagte dann laut: «Wohin willst du fahren, Kleine?»

«Fahren? Das verstehe ich nicht. Das hier ist doch ein Drehkarussell, oder nicht?»

«Ein *Dreh*karussell?»

«Ja. Weil es sich ständig im Kreis dreht.»

«Im *Kreis*?» Die Schimäre war offensichtlich verwirrt. «Um was?»

«Um sich selbst natürlich!»

Das Mädchen lachte schallend.

«Was ist denn daran so lustig?»

«Du glaubst, wir würden ständig *im Kreis* fahren?»

«Aber sicher. Was denn sonst?»

Noch mehr Gelächter. «Na, wir können um die ganze Welt fahren, wenn wir wollen.»

«Tut mir leid. Da komme ich nicht mit», sagte Wren. «Wenn das hier kein Drehkarussell ist, was ist es denn dann?»

Die Schimäre sah Wren an, als sei ihr Fahrgast nicht ganz bei Trost. «Das hier ist ein Fahrwohinduwillst, Kleine. Also?»

«Also was?»

«A-l-s-o w-o-h-i-n w-i-l-l-s-t d-u?» Die Schimäre sprach die Wörter ganz langsam und deutlich.

Inzwischen war das Karussell wieder bei der Ausgangsstelle gegenüber der Nebelwand angelangt, durch die Wren das Bild betreten hatte. Sie dachte an die Tern und den Morg auf der anderen Seite. «Ist mir egal, wohin. Irgendwohin. Hauptsache, ich komme weg von hier.»

Die Schimäre machte ein erstauntes Gesicht. «Jedem nach seinem Geschmack.» Dann zuckte sie die Achseln. «Nach Irgendwo also. Na gut, Kleine. Du hast bezahlt.»

Sie ging zur Dampforgel, deren geordnetes Chaos aus glänzend polierten Messingpfeifen den Mittelpunkt des Karussells bildete, und zog an einer Kette. Die Orgel gab einen gellenden Ton von sich. Dann packte die Schimäre den Messinggriff eines großen Hebels und zog. Ein lautes, metallisches Scheppern ertönte.

«Pass auf deine Füße auf.» Das Mädchen packte Wren am Ellbogen und zog sie von dem Spalt fort, der sich plötzlich über die gesamte Breite des Karussellbodens auftat. Eine Reihe geflügelter Pferde übernahm die Führung, während sich der Rest des Karussells entrollte und sich hinter ihnen zu einem langen bunten und sehr lauten Zug aufreihte. Unter den Stützen der Achterbahn hindurch verließen sie den Jahrmarkt.

«Steig auf», sagte die Schimäre und deutete auf die Tiere. «Das ist im Preis inbegriffen.»

Wren war ganz schwindelig. Sie blickte zwischen den verschiedenen Reittieren und dem Mädchen hin und her. «Was ist da drin?», fragte sie und wies mit dem Kopf auf die Dampforgel.

«Tut mir leid. Zutritt nur für Personal.»

«Bitte», sagte Wren. «Ich hatte wirklich einen schlimmen Tag.» Sie schwankte. «Ich glaube, ich muss mich hinlegen.»

«Du siehst gar nicht gut aus, Kleine. Wie wär's mit einer schönen Tasse Tee?»

Wren lächelte schwach, murmelte tonlos «Ja, bitte» und fiel in Ohnmacht.

Als sie wieder zu sich kam, beugte sich die vergoldete Schimäre mit besorgtem Gesicht über sie. Wren lag auf einem weichen Sofa, und als sie sich aufrichten wollte, drückte das Mädchen sie sanft an den Schultern zurück.

«Ganz ruhig. Manchen Leuten passiert das bei der ersten Fahrt. Du bist nicht aus dieser Gegend, was?», fragte sie.

«Wie lange war ich ohnmächtig?»

«Nicht lange», beteuerte die Schimäre mit einem aufmunternden Lächeln. «Es wird gleich besser. Wer sind Mel und Ludo?»

Wren sah sie erstaunt an.

«Du hast gesprochen, während du ohnmächtig warst.»

«Das sind meine Freunde. Ich bin auf der Suche nach ihnen.» Wren schwieg einen Moment. «Habe ich sonst noch etwas gesagt?»

Die Schimäre nahm den feuchten Lappen von Wrens Stirn, tauchte ihn in eine Schüssel mit Wasser, wrang ihn aus und legte ihn wieder auf. «Irgendwas über sprechende Schmetterlinge. Geht es dir wirklich wieder gut?»

«Ich fühle mich schon viel besser. Wo bin ich?»

«Im Innern der Dampforgel. Hier wohne ich.»

Als Wren sich umsah, bemerkte sie, dass die Wände aus dem spaghettiartigen Gestänge der Messingpfeifen bestanden. Alle waren auf Hochglanz poliert, sodass sich der Raum in langgezogenen, messingfarbenen Bildern darin spiegelte. An den wenigen Stellen, die nicht von Pfeifen bedeckt waren, hingen bunte Jahrmarktbilder an den Wänden, auf denen geheimnisvolle Landschaften zu sehen waren. Der Raum selbst war rund. In der Mitte befand sich eine Wendeltreppe, die durch eine Öffnung im Teppich nach unten führte und sich durch die niedrige Decke nach oben fortsetzte. Neben dem gepolsterten Sofa stand ein Lehnsessel mit besticktem Schonbezug. Ein kleiner Herd, auf dem ein großer Kessel vor sich hin brodelte, stand in der Ecke. Auch die Zimmerdecke war mit knallbunter Jahrmarktskunst verziert, die Wolken und alle möglichen Flugwesen darstellte, reale ebenso wie phantastische.

«Das ist ein Hochzeitskleid, nicht?», sagte die Schimäre. Es war mehr eine Feststellung als eine Frage. «Hat er dich sitzenlassen? Bist du deshalb hier?»

«Nein. Er … Es spielt keine Rolle.»

«Wie du willst», erwiderte die Schimäre. «Es geht mich sowieso nichts an. Hier.» Sie reichte Wren einen Emaillebecher mit Tee.

Wren nahm den feuchten Lappen von der Stirn, setzte sich auf und nippte dankbar an ihrem Tee. «Hör mal, ich muss meine Freunde suchen.»

«Das hast du schon gesagt.»

«Können wir dieses Ding wenden lassen und sie suchen?»

«Du hast den Fahrpreis bezahlt und kannst fahren, wohin du willst. Deshalb nennt man es ja ein …»

«Fahrwohinduwillst.»

«Auf den Kopf gefallen bist du jedenfalls nicht.» Das Mädchen schüttelte den Kopf. «Und wo sind sie, deine Freunde?»

«Das weiß ich nicht. Irgendwo.»

«Da hast du Glück gehabt. Genau dahin fahren wir.»

Wren wusste nicht genau, ob die Schimäre sich über sie lustig machte oder nicht.

«Du solltest besser mit mir kommen.»

Wren stand auf und folgte dem Mädchen die Wendeltreppe hinauf. Über dem Wohnbereich befand sich ein bonbonfarbenes Schlafzimmer, das ihr die Schimäre stolz als ihr eigenes präsentierte. Das Bett musste früher einmal die prunkvolle Wiege eines Karussells gewesen sein. Die Musik der Dampforgel wurde immer leiser, je höher sie kamen. Ganz oben gelangten sie in einen runden Raum, in dem in alle Richtungen Fenster eingelassen waren. Die Scheiben hatten mit Gravuren versehene Einfassungen und spiegelten in einem gestückelten Panaromablick den hellerleuchteten Raum wider. Jenseits der Spiegelungen war nichts zu sehen als der langgestreckte Baldachin des Fahrwohinduwillst, dessen Umrisse von den bunten Lichterketten markiert wurden, die sich in der Nacht verloren. Mit Malereien auf der Wandtäfelung und an der Decke war die Kabine ebenso üppig dekoriert wie der Rest der Maschine. Ringsum im Raum ragten lange polierte Messinghebel aus dem Boden, und an den gewundenen Rohren waren Hunderte von Anzeigen und Ventilen angebracht. Direkt vor der Treppe befand sich ein großes hölzernes Schiffssteuerrad, das von mehreren Kompasshäuschen aus Messing umgeben war.

«Geht's dir jetzt besser?», fragte das Mädchen. «Ich heiße übrigens Goldie.»

«Ich bin Wren. Ja, danke, es geht mir viel besser. Ich hatte keine Ahnung, dass das Fahrwohinduwillst so groß und kompliziert ist.»

Goldie lächelte mit unübersehbarem Stolz. «Wir sind für alles gerüstet. Schließlich wissen wir nie, wie weit wir fahren müssen.»

«Wir?»

«Ich spreche von mir selbst», sagte Goldie. «Früher waren es Guv und ich. Wir haben das Fahrwohinduwillst zusammen betrieben. Er ist fortgegangen und …», Goldie stockte, «… jetzt weiß ich nicht, wo er ist.»

«Du kümmerst dich um das alles ganz allein?»

«Ja. Das heißt, fast. Guv hat sich früher um die Mechanik gekümmert, und ich mich um das Geschäft. Als er verschwand, dachte ich schon, ich müsste alles verkaufen. Aber dann ist plötzlich Lug aufgetaucht, der neue Mechaniker, und hat nach Arbeit gesucht.»

«Was für ein glücklicher Zufall», sagte Wren.

«Zufall? Ja, vermutlich.» Goldies Gesicht verdüsterte sich. «Auf jeden Fall bin ich noch im Geschäft. Und was ist mit dir?»

«Ich muss meine Freunde finden», sagte Wren. «Sie sind bestimmt irgendwo.»

«Das dachte ich mir. Wir haben eine lange Reise vor uns», sagte Goldie. «Ich muss hinunter und Lug fragen, ob die Maschine dafür gerüstet ist. Du solltest lieber hierbleiben. Du kommst sicher für eine Weile allein klar. Die alte Klapperkiste steuert sich fast von allein. Wenn irgendetwas passiert, musst du einfach nur hier ziehen.» Sie zog an etwas, das aussah wie die Kette einer Toilettenspülung, und die Dampforgel gab einen schrillen Ton von sich.

Als sie allein war, ging Wren durch das Steuerhaus und betrachtete die Maschinerie. Sie fühlte sich an die kunstvolle Mechanik der Turmuhr in Ambrosius Blenks Herrenhaus erinnert, die ihr Vater gebaut hatte. Ein tröstlicher Gedanke. Sie ging zum Fenster und schirmte ihr Gesicht mit den Händen ab, um in die vor ihr liegende Dunkelheit zu spähen, sah im bunten Licht aber nur hin und wieder einen Baum vorbeihuschen. Alles andere war schwarz. Sie fühlte sich müde und sehr allein. *Hoffentlich habe ich die Glühwürmchen richtig verstanden, und das hier ist die richtige Richtung.* Sie lehnte den Kopf an eine der vielen glänzenden Röhren, die durch den Boden heraufführten, und hörte dabei plötzlich schwache Stimmen, deren Klang von irgendwo weiter unten übertragen wurde. Sie konnte die Worte einigermaßen verstehen, aber nicht, von wem sie gesprochen wurden.

«Sie heißt also Wren, sagst du? Sind diese Freunde von ihr, Mel und Ludo, die, nach denen du suchst?» Die Stimme war tief und rau.

Es folgte eine gemurmelte Antwort, die mehr Ähnlichkeit mit einem Vibrieren hatte als mit einem Ton und die viel zu leise war, um sie zu verstehen. Doch es war definitiv eine Männerstimme.

«Wir sind auf dem Weg nach Irgendwo», sagte die erste Stimme.

Wieder das gemurmelte Vibrieren.

«Der Plan funktioniert wunderbar.»

Gemurmel.

«Bist du sicher, dass sie uns zu ihnen führt?»

Wieder Gemurmel.

«Ich? Nur die Blumen. Ihr könnt die Kinder haben, solange ich die Blumen bekomme.»

Wren war, als bliebe ihr das Herz stehen. Die Messingröhre fühlte sich plötzlich eiskalt an.

«Hier drin, Morg?»

Ter Selen, Mudge und Tunk folgten dem Morg in den Raum, in dem die Gemälde des Weisen gelagert wurden. Die Gesichter und Hände von Ter Tunk und Ter Mudge waren von üblen Stichen übersät. Der Morg fuhr mit der Nase schnüffelnd über den Boden und lief von einem Gemälde zum anderen. Vor dem Jahrmarktbild blieb er stehen. Mitten im Vordergrund befand sich eine große runde Stelle mit welkem Gras. Der Morg begann zu heulen und kratzte mit den langen Klauen über den Firnis.

«Das reicht», sagte Ter Selen und zerrte ihn an der Leine zurück. «Sie ist also dort hinein. Nun gut. Wo sie hingeht, können wir auch hingehen. Das willst du doch, Morg, nicht?»

Der Morg blickte zu seiner Herrin auf und jaulte kläglich.

Staub

«Das Spiegelblut steigt immer höher. Gleich hat es den Spalt erreicht», sagte Mel, als er sich in die Höhle zurückduckte. «Siehst du irgendeinen anderen Ausgang?» Der Glückskompass spielte weiter sein trauriges Lied.

«Die Schnecken flüchten zu dem Einschnitt hinten in der Höhle. Komm, wir folgen ihnen.» Ludo legte sich auf den Bauch und kroch den Schnecken hinterher, wobei er seinen Funkenball vor sich herschob. «Mel!», ertönte plötzlich sein erstickter Ruf. «Zieh mich raus! *Schnell!*»

«Was ist?», fragte Mel und zog ihn an den Beinen zurück. «Bist du stecken geblieben?»

«Nein. Dort hinten sickert auch Spiegelblut herein.» Ludo sprang zurück, als ihnen die rote Flüssigkeit aus dem Einschnitt entgegenquoll. «Was jetzt?»

Sie liefen wieder in den vorderen Teil der Höhle, wo das Spiegelblut in diesem Moment durch den Hauptspalt hereinschwappte.

Mel hielt seinen Funkenball hoch und sah sich verzweifelt um.

Ludo sagte: «Hier gibt es nichts. Nur Steine.»

«Und Staub.»

«Toll», sagte Ludo. «Aber das, was wir brauchen, ist ein Ausgang. Und zwar schnell. Benutze das Dingsda.»

Mel öffnete den Glückskompass. «Wo ist der Weg nach draußen?» Der Zeiger schwenkte herum und deutete auf einen Haufen Staub, der sich vor der Höhlenwand angesammelt hatte.

«Das kann nicht sein», sagte Ludo.

«Es ist das Einzige hier drinnen, in das wir ein Spiegelzeichen malen können», sagte Mel. «Aber ich habe keine Ahnung, wo wir damit landen.»

«Ist mir egal», sagte Ludo. «Besser, wir sind irgendwo als nirgendwo. *Schnell!* Das Spiegelblut ist fast da.»

Mel kniete sich hin und malte ein Spiegelzeichen in den Staub. «Also, Ludo, nimm meinen Arm.» Das Spiegelblut schwappte ihnen bereits an die Stiefel, als er das Zeichen vollendete und sie verschwanden.

Ludo machte die Augen auf und klappte sie schnell wieder zu. «Es hat nicht funktioniert, Mel. Wir sind immer noch in der Höhle.»

«Nein, sind wir nicht. Ich weiß nicht, wo wir sind, aber in der Höhle sind wir bestimmt nicht.»

Ludo öffnete ein Auge und blickte auf seine Füße. «Kein Spiegelblut.» Er öffnete das andere Auge. «Nur Staub. Sind wir tot? Au! Was sollte das denn?» Er rieb sich die Stelle, an der Mel ihn in den Arm gezwickt hatte.

«Das hättest du nicht gespürt, wenn du tot wärst.»

Ludo zwickte ihn zurück.

«Au!»

«Das beweist, dass wir beide noch am Leben sind. Aber wo sind wir?»

Mel zuckte die Achseln. Sie standen knöcheltief in grauem Staub, und aus dem gleichen Material türmten sich rings um sie hohe Dünen auf. Sonst war nichts zu sehen, außer einem gleichförmigen grauen Himmel.

«Lass uns auf eine dieser Dünen klettern und versuchen, es rauszufinden.» Mel ging voraus.

Von oben war die Aussicht nicht weniger rätselhaft. Ein riesiges Wüstenmeer aus Staubdünen erstreckte sich in alle Richtungen bis zum Horizont. In weiter Ferne verlief ein dünner, fahler, weißer Strich, der wie ein weit entferntes Schneefeld aussah.

«Was sagt das Dingsda?», wollte Ludo wissen.

Mel klappte den Glückskompass auf und las die Anzeigen ab. «In welcher Richtung geht es zu Wren?» Der Richtungszeiger schwang herum. «Komm mit, Ludo.»

Als sie in der angezeigten Richtung eine Düne hinuntersprangen, sagte Ludo: «Und wie sind wir jetzt hierhergekommen? Es war nicht einmal ein Bild im Staub.»

«In gewisser Weise schon. Ich habe in der Höhle ein Spiegelzeichen in den Staub gemalt, und wir sind hier gelandet, umgeben von Staub. Reicht es denn nicht, dass wir noch am Leben und auf dem Weg zu Wren sind?»

«Glaubst du, es geht ihr gut?»

«Ich hoffe es. König M-Morpho schien sich ziemlich sicher zu sein, dass seine Leibgarde sie beschützen kann.»

«Was können Schmetterlinge schon ausrichten?»

Sie stiegen die nächste Düne hinauf.

«Stört es dich nicht, dass wir uns immer mehr von ihr zu

entfernen scheinen?», fragte Ludo. «Es ist fast so, als wollte das Dingsda nicht, dass wir sie retten.»

«Bisher hat er uns am Leben gehalten.»

«Ja, aber nur mit knapper Not.»

Als sie die Kuppe erreichten, blieben sie stehen.

«Sieh mal, da drüben», sagte Mel. «Was ist das?»

Ludo sah genau hin. «Das hohe schwarze Ding? Sieht aus wie eine Art Wirbelsturm.»

«Und darunter ist etwas, das wie eine Stadt aussieht. Komm!»

«In Ordnung. Es muss doch jemanden geben, der uns sagen kann, wo wir sind.»

Mel blickte auf den Glückskompass. «Er ist auch einverstanden. Er zeigt in die gleiche Richtung.»

«Wer weiß, wie lange das noch so geht und wo unser Ziel liegt?»

«Keine Ahnung», erwiderte Mel. «Aber irgendwo wird es schon sein.»

«Das gefällt mir nicht. Das gefällt mir ganz und gar nicht.» Ambrosius Blenk stand am Fenster seines Ateliers und betrachtete den Himmel über Vlam. «Ein Regenbogen ohne Regen. Ich kann nur die Spitze sehen. Wo ist der Rest davon?» Er schüttelte den Kopf. «Wer hätte je davon gehört, dass ein Regenbogen sich so verhält? Was schätzen Sie, wann er die Stadt erreicht?»

«Bei der Geschwindigkeit wird er morgen unten ankommen. Es gab einen Ansturm auf Pickel und Spaten. Alle glauben, dass er einen verborgenen Schatz offenbaren wird.» Dirk Tot beugte die hünenhafte Gestalt, um nach draußen zu sehen. «Die erste Wolke verändert sich ebenfalls. Sie wird dunkler, und die Figuren verfestigen sich immer mehr. Die Symbole sind mit Sicherheit Spiegelzeichen.»

«Und aus der zweiten schneit es immer noch Funken. Hoffen wir, dass nicht noch mehr Wolken kommen. Also gut, erzählen Sie es mir noch einmal.»

Dirk Tot berichtete, was er von den Rebellen erfahren hatte.

«Meine Gemälde!» Der Meister war außer sich.

«Und andere. Grün hat eines von Midas Garf erkannt.»

«Das könnte erklären, woher die Wolken kommen. Die Funken müssen von meinem Werk stammen. Aber mir ist schleierhaft, wie sie das bewerkstelligen. Wenn es so weitergeht, habe ich bald keine Lehrlinge mehr. Und mein Lebenswerk wird in diesem teuflischen Apparat eingeäschert. Wir gehen noch einmal zum Weisen. Und dieses Mal lasse ich mich nicht mit einem Nein abspeisen.»

Das Fahrwohinduwillst

«Ist alles in Ordnung? Du siehst nicht besonders gut aus.»

Goldies Stimme ließ Wren zusammenfahren. Sie wirbelte herum. Die Stimmen, die sie durch die Röhren gehört hatte, waren Männerstimmen gewesen; keine davon konnte Goldie gehört haben. Außerdem hätte sie nicht genug Zeit gehabt, um von unten wieder ins Steuerhaus hinaufzusteigen. Wren konnte nicht glauben, dass diese fröhliche Schimäre mit dem offenen Gesicht Teil einer Verschwörung war. Es musste Lug gewesen sein, den sie belauscht hatte. Aber wem gehörte die andere Stimme? «Wie viele Leute arbeiten auf dem Fahrwohinduwillst, Goldie?»

«Nur ich und Lug. Ehrlich gesagt ist er mir nicht ganz geheuer, aber auf Maschinen versteht er sich. Er lebt ziemlich zurückgezogen und kommt nie nach oben.»

«Sonst noch jemand?»

«Nein. Warum?»

Wren erzählte Goldie von den Stimmen.

«Bist du sicher, dass du dir das nicht nur eingebildet hast?»

«Ja. Außerdem kannte Lug – falls er es war – meinen Namen. Hast du ihm von mir erzählt?»

«Nein. Ich konnte ihn nicht finden. Ich habe nur ein paar Anzeigen und Schmierstellen überprüft und bin dann geradewegs wieder hinaufgegangen.»

«Dann hast du also keine Ahnung, wem die zweite Stimme gehören könnte?»

«Vielleicht haben wir einen blinden Passagier. Das kommt hin und wieder vor. Es gibt immer irgendwelche Trittbrettfahrer, die es darauf anlegen, eine kostenlose Mitfahrgelegenheit aufzutun.»

«Aber es klang, als würden sie sich kennen. Und sie wussten über mich, Mel und Ludo Bescheid.»

«Ja, das ist seltsam. Komm, wir sehen nach.» Goldie führte Wren über die Treppe in die pulsierende Dunkelheit des Maschinenraums hinab.

«Es ist riesig», sagte Wren, als sie in den gewaltigen Raum hinabsah. «Hier finden wir nie jemanden.»

«Wenn wir uns aufteilen, schon. Du gehst in diese Richtung hinunter und ich in die andere. Sieh nach, ob du etwas entdecken kannst. Aber sprich Lug lieber nicht an. Nur für alle Fälle. Wir treffen uns dort hinten.»

Mit einem mulmigen Gefühl im Bauch stieg Wren die Treppe hinunter. Die Musik der Dampforgel war hier unten sehr viel lauter und durchsetzt vom zischenden Gehämmer der ölverschmierten Maschine. Die Treppe wand sich drei weitere Stockwerke hinab, und mit jeder Etage wurde die Maschine größer und die Luft stickiger. Alles roch nach Maschinenöl. Metallstege schlängelten sich durch das Gewirr aus zischenden Ventilen, auf- und niederfahrenden Kolben und sich drehenden Rotoren, die hier und da von trüben Kellerleuchten erhellt wurden.

Alles wirkte viel zu groß, um in das Fahrwohinduwillst zu passen.

Der mächtige Dampfkessel, mit dem das Karussell angetrieben wurde, befand sich auf der untersten Etage, wo es fast so dunkel war, als wenn es Nacht wäre. Dann sah Wren die Kesseltür aufgehen, und die dunkle Silhouette einer Schimäre zeichnete sich im orangefarbenen Feuerschein ab, der wie ein leuchtender Teppich auf den Boden fiel. Wren erstarrte. *Das muss Lug sein.* Sie wusste, dass sie eigentlich kehrtmachen und Goldie holen sollte, stattdessen starrte sie fasziniert auf die kleine Gestalt.

Die Schimäre bückte sich und fütterte die Flammen mit mehreren Schaufeln Kohle aus einer Schütte. Dann zog sie ein Taschentuch aus der Gesäßtasche ihres schmutzigen Overalls, wischte sich damit über die Stirn und sprach sie plötzlich an.

«Ich weiß, dass du da bist. Du solltest lieber rauskommen.»

Wren blieb fast das Herz stehen. Regungslos hielt sie die Luft an und beobachtete die Schimäre durch die Speichen eines rotierenden Schwungrades. Sie war nicht geschnitzt und vergoldet wie Goldie, sondern sah eher aus wie eine Art Gnom: klein, gedrungen und bucklig, mit einer Hakennase und einem spitzen Kinn. Seine Haut war dunkelrot und voller Warzen, und die Haare standen ihm zu Berge, als habe er mit dem Kopf nach unten gehangen und vergessen, dass er nun wieder aufrecht stand. Mit einem spöttischen Grinsen im Gesicht drehte er den verschwitzten Kopf und sah genau zu Wrens Versteck hinüber.

«Verstecken hat keinen Zweck. Warte lieber nicht, bis ich komme und dich hole.»

Wren schluckte und stand auf. Mit den Augen suchte sie auf den Metallstegen über sich nach Goldie. Sie wusste, dass sie nach ihr rufen sollte, doch Lugs Blick schien sie zu lähmen.

«Ein Mädchen. Du musst Wren sein, unser reicher Fahrgast.» Sogar seine Stimme klang, wie sie sich einen Gnom vorstellte: rau und verschlagen. Es war eine der Stimmen, die sie belauscht hatte. «Was machst du hier unten?» Seine Augen glitzerten im Halbdunkel, während er breitbeinig und mit in die Hüften gestemmten Armen dastand.

«Nichts. Ich … ich habe mich verirrt. Ich habe einen Ausgang gesucht.»

«Nur weil du eine reiche Göre bist und dir eine Fahrt leisten kannst, brauchst du dir nicht einzubilden, du könntest hier tun und lassen, was du willst. Der Maschinenraum gehört mir, das lass dir gesagt sein. *Ich* bestimme, wer hierherkommen darf und wer nicht. Kapiert?»

Wrens Muskeln schienen wieder zu funktionieren, sie nickte und wandte sich zum Gehen.

«Nicht so schnell.» Lug kam näher und starrte auf die Blumen in ihrem Haar. Wren wünschte, sie hätte Goldies Rat befolgt und sie herausgenommen. Sein Blick wurde glühend, und er streckte die knotige Hand nach ihr aus. Die zu Schlitzen verengten Augen huschten hin und her, als wäre er noch unsicher, was er tun solle, oder als würde er sich vergewissern, dass niemand in der Nähe war. Er fuhr sich mit der Zunge über die Lippen und streckte beide Hände nach ihr aus.

«Lug?» Das war Goldie.

Lug ließ die Arme sinken.

«Wer ist da bei dir, Lug? Hast du einen blinden Passagier geschnappt?»

«Einen blinden Passagier? Was für einen blinden Passagier? Nein, es ist nur der Fahrgast.»

Wren hob den Kopf. Goldie beugte sich von einem der Stege hinab. Ihre Blicke trafen sich.

«Ach, *da* bist du. Ich habe dir doch gesagt, du wirst dich noch verlaufen, wenn wir nicht zusammenbleiben», improvisierte Goldie. «Komm jetzt. Wir sind da.»

Wren drehte sich um und machte sich davon. Sie rannte förmlich die Treppe bis zu der Stelle hinauf, wo Goldie auf sie wartete.

«Alles in Ordnung? Du siehst nicht gut aus», flüsterte Goldie. «Lug hat dir doch nichts getan, oder? Er ist ein bisschen seltsam.»

«Er ist nicht wie du, nicht?»

«Nein, er ist keiner von uns Jahrmarktleuten. Aber mit Maschinen kennt er sich aus, das muss ich zugeben. Solange er seine Arbeit macht und das Fahrwohinduwillst weiter singt und tanzt, ist mir das recht.»

«Hast du den blinden Passagier gefunden?»

Goldie schüttelte den Kopf.

«Lug starrt uns an», sagte Wren. «Das spüre ich.»

«Bist du sicher, dass du dich nicht verhört hast?»

Wren nickte. «Ich glaube, wir sollten hier raus.»

Als sie wieder oben waren, warf Wren einen Blick nach draußen und sah zum ersten Mal Irgendwo. Die Gefühle standen ihr ins Gesicht geschrieben.

«Ich dachte mir schon, dass es dir nicht gefallen würde, wenn du erst da bist. Ich verstehe nicht, warum du überhaupt herkommen wolltest», sagte Goldie.

«Ich hatte nicht mit einer Stadt gerechnet, schon gar nicht mit einer so hässlichen.»

Es war heller Tag. Alles, wirklich alles war von einer grauen Staubschicht überzogen. Auf den riesigen graubraunen Gebäudefronten zeichneten sich Gebilde ab, bei denen es sich früher einmal um Fenster gehandelt haben mochte. Jetzt waren es nur noch graue Rahmen mit verschmierten, fast lichtundurchlässigen grauen Scheiben, durch die man unmöglich hindurchsehen konnte. Nicht, dass es irgendetwas zu sehen gegeben hätte – oder irgendjemanden. Die Straßen waren verlassen und ebenfalls knöchelhoch mit Staub bedeckt.

«Irgendjemand muss doch hier leben», sagte Wren. «Ich sehe überall Fußspuren. Vielleicht halten sie sich lieber drinnen auf.»

«Wer würde das nicht?», antwortete Goldie.

Die einzigen Bäume, die Wren sehen konnte, waren tot. Hoch über ihren Köpfen verliefen Aquädukte auf hohen Stützpfeilern, die unter der allgegenwärtigen Staubschicht wahrscheinlich aus vernieteten Stahlträgern bestanden. Von dort, wo sie stand, konnte Wren nur zwei sehen, doch sie vermutete, dass es noch mehr davon gab. Nur wenig tiefer als diese Konstruktionen zogen sich schlaffgespannte Kabel dahin, an denen in trägem Tempo Drahtseilbahnen entlangschlichen. Die Aquädukte und die Seilbahnen führten zu einem riesigen monolithischen Gebäude, mitten im schmutzigen, stickigen Zentrum von Irgendwo. Es hatte keine Fenster und war an den Seiten mit Hunderten runder Ventilatoren übersät, die dicke graue Staubwolken ausstießen. Von der Spitze des Gebäudes wand sich eine trichterförmige schwarze Windhose in die Höhe.

Wren hatte das Gefühl, sich immer weiter von Mel und Ludo zu entfernen. Doch dann fiel ihr der Glückskompass wieder ein, und sie wusste, dass die beiden nicht ruhen und versuchen würden, sie zu finden. Daran hatte sie keinen Zweifel. Sie konnte nur hoffen, dass der Glückskompass die beiden hierherführen würde. Mit einem gezwungenen Lächeln wandte sie sich zu Goldie um. «Was hast du jetzt vor?»

«Ach, ich werde die alte Klapperkiste ein bisschen aufmöbeln und sehen, ob ich nicht jemanden finde, der von hier wegwill.» Goldie warf einen prüfenden Blick auf die Umgebung. «Wahrscheinlich werden sie Schlange stehen. Und du gehst jetzt und suchst deine Freunde. Ich sorge dafür, dass Lug dir nicht folgt.»

«Willst du denn nicht mitkommen? Mir behagt der Gedanke nicht, dich hier mit Lug allein zu lassen. Er führt nichts Gutes im Schilde. Das weiß ich genau.»

«Mach dir keine Sorgen. Ich werde schon mit ihm fertig. Ich gehe jetzt nach unten und kümmere mich um die Geschichte mit dem blinden Passagier.»

«Aber ...»

«Fort mit dir. Aber tu dir einen Gefallen und nimm diese kostbaren Blüten aus dem Haar.»

Wren hob gerade die Arme, um die Blumen abzunehmen, als die Musik erstarb und das Fahrwohinduwillst stehen blieb. Goldie blickte auf ein Manometer. «Der Druck lässt nach. Lug hat den Kessel nicht richtig beschickt. Irgendetwas stimmt nicht. Ich gehe runter und schaue nach, was los ist.»

«Ich komme mit.»

«In Ordnung.» Goldie führte sie wieder hinab in den Maschinenraum. «Lug!»

Stille.

«Wo bist du, Lug?»

Nichts.

«Vielleicht ist er hoch ins Steuerhaus?», vermutete Goldie.

«Aber du hast gesagt, dass er dort nie hinaufgeht.»

«Irgendwann ist immer das erste Mal. Am besten schaufle ich erst mal ein paar Kohlen in den Kessel. Um den Druck ein wenig hochzufahren.»

Hinter dem Kessel schepperte etwas.

«Lugs Unterkunft.» Goldie ging um den Dampfkessel herum zu einer Stahltür und zog am Griff. «Sie klemmt.»

«Hier. Versuch es damit.» Wren nahm einen Schraubenschlüssel mit langem Griff von einem Regal und reichte ihn ihr.

Goldie verkantete ihn am Türgriff und benutzte ihn als Hebel. Dann stemmten sich beide dagegen. Mit einem metallischen Quietschen ging die Tür auf. Die stählerne Stange, mit der die Tür versperrt gewesen war, fiel scheppernd zu Boden und rollte davon.

Lugs Unterkunft war eine widerliche kleine Höhle mit nackten, nietenübersäten Wänden. Drinnen gab es ein ungemachtes Bett und noch einen provisorischen Schlafplatz daneben.

Goldie verstand sofort. «Der blinde Passagier muss hier bei Lug geschlafen haben. Er hat ihn versteckt.»

«Diese Öffnung macht nicht den Eindruck, als ob sie dort hingehört», sagte Wren und wies mit dem Kopf auf ein Loch in der Wand. «Sieht aus, als hätte man sie gerade erst hineingeschlagen.»

Wren und Goldie gingen hinüber und sahen hinaus. Sie befanden sich direkt unter dem Boden des Fahrwohinduwillst. Draußen war es dunkel, und nur eine einzige Lichterkette erhellte die Umrisse des Karussells. Doch es war nicht so dunkel, dass sie im grauen Staub von Irgendwo die Fußspuren nicht hätten sehen können, die vom Karussell fortführten.

«Er ist getürmt», stellte Goldie fest.

Wren packte sie am Arm. «Sieh mal, es sind zwei Paar Fußabdrücke. Ich wette, die anderen gehören dem blinden Passagier. Glaubst du mir jetzt? Die beiden haben das todsicher zusammen ausgeheckt. Hilfst du mir jetzt, meine Freunde zu suchen?»

«Ludo und Mel?»

«Genau. Wenn wir sie finden, können sie das Ding benutzen, mit dem man die anderen beiden mühelos aufspüren kann.»

Goldie überlegte einen Augenblick. «Die alte Klapperkiste kann ohne Mechaniker sowieso nicht weiterfahren.»

«Wenn du mich fragst, bist du ohne diesen Fiesling besser dran. Bitte sag, dass du mir hilfst.»

Goldies Augen funkelten. «Es klingt jedenfalls besser, als hier allein Däumchen zu drehen. Klar komm ich mit. Außerdem will ich wissen, was Lug im Schilde führt.»

«Glaubst du, es hat irgendetwas mit Guvs Verschwinden zu tun?»

«Bisher habe ich das nicht angenommen. Aber jetzt bin ich mir nicht mehr sicher. Glaubst du wirklich, dass deine Freunde mir helfen können?»

«Ganz bestimmt. Und selbst wenn sie dir nicht helfen wollen, bleibe ich bei dir, bis wir Lug und den blinden Passagier gefunden haben. Versprochen.»

«Danke, Wren. Für ein reiches Mädchen bist du echt in Ordnung.»

Der Jahrmarkt hatte eine neue Attraktion: einen Monstrositätenklub. Ter Selen, Mudge und Tunk standen mit dem Morg mitten in dem Kreis aus verwelktem Gras, auf dem das Fahrwohinduwillst vor kurzem noch gestanden hatte. Die versammelte Menge lauschte schweigend dem Ende von Ter Selens Rede.

Einer aus der Menge hob zaghaft die Hand. «Ich habe sie gesehen und gehört, wohin sie mit ihr fahren.»

Ter Selen wandte sich ihm zu. «Und wohin? Sag schon.»

«Was schenken Sie mir dafür?»

«Dein Leben.»

Der Morg ging auf ihn los und zog den zappelnden Mann an den Beinen in den Kreis.

«Sagst du es mir jetzt?»

Wenig später wurden Hände geschüttelt, Blumen ausgetauscht, und der Kauf des Riesenrades war perfekt. Ter Mudge und Ter Tunk bestiegen mit ihren zerstochenen Gesichtern eine Gondel, Ter Selen und der Morg eine andere. Eine dritte Gondel nahm ihr unfreiwilliger Führer ein – die unglückliche Schimäre, die zufällig den Weg nach Irgendwo kannte.

Irgendwo

Mel und Ludo waren entsetzt über den trostlosen grauen Anblick, der sich ihnen bot, als sie in die Stadt kamen. Sie wanderten durch die verlassenen Straßen, die im Staub erstickten. Als sie den lauten Knall einer elektrischen Entladung hörten, sahen sie hoch über ihren Köpfen eine Seilbahn, die im Begriff war, über den Dächern der grauen Gebäude auf der anderen Straßenseite zu verschwinden.

«Unten im Brunnen hat es mir besser gefallen», sagte Ludo.

«Irgendwo ist besser als nirgendwo. Der Glückskompass schien sich jedenfalls ziemlich sicher zu sein, dass wir Wren hier finden würden.»

«Aber wo fangen wir an zu suchen?»

«Gehen wir der Seilbahn nach. Sie wird schon irgendwo hinfahren.»

Sie führte die beiden zu dem Monolithen. Mel und Ludo umrundeten das mächtige, anscheinend aus einem Stück bestehende Bauwerk, bis sie wieder dort ankamen, wo ihre Fußspuren im grauen Staub begannen.

«Was ist das für ein Gebäude?», fragte Mel. «Es hat nicht einmal ein Fenster, geschweige denn eine Tür.»

«Und wo sind die Leute?»

«Was hat wohl dieses wirbelnde Ding auf dem Dach zu bedeuten? Es sieht genauso aus wie der Trichter, den wir in König M-Morphos Garten gesehen haben.»

«Du glaubst doch nicht etwa, dass …»

«… er auch diesen Ort aufsaugt?», vollendete Mel den Satz. «Was immer es sein mag, es ist mir unheimlich.»

Über sich hörten sie ein Summen und einen dumpfen Schlag, dann regneten Funken auf sie herab. Als sie hochsahen, verschwand über ihnen eine weitere Seilbahn im Monolithen.

Mel klappte den Glückskompass auf. «Wo ist Wren?» Der Richtungszeiger schwenkte herum, bis er auf das riesige Gebäude zeigte. «Sie muss dort drinnen sein.»

«Aber wie sollen *wir* hineinkommen?»

«Sieht aus, als wäre das der einzige Weg», sagte Mel und zeigte auf die Öffnung, in der die Seilbahn gerade verschwunden war. «Wir müssen mit einer von denen fahren. Aber wo steigen wir ein?»

«Am besten, wir suchen jemanden und fragen.»

Sie durchstreiften die verwaisten Straßen, fanden jedoch keine Fußgänger.

«Wie gespenstisch», sagte Ludo. «Die Stadt ist wie ausgestorben.»

«Lass uns einer der Fußspuren folgen. Irgendjemand muss sie doch gemacht haben.»

Sämtliche Türen in Irgendwo waren auffallend unauffällig, und die Tür am Ende der Spur, der sie gefolgt waren, bildete keine Ausnahme. Mel klopfte. Nach einer Weile öffnete sich die Tür einen Spalt weit.

«Ja?», schnaufte eine Frauenstimme aus der Dunkelheit im Innern.

«Tut uns leid, Sie zu stören», sagte Mel freundlich. «Aber wo sind wir hier?»

«Ihr seid in Irgendwo … als ob ihr das nicht wüsstet.»

«Wir haben uns gefragt, wie wir in das große Gebäude hineinkommen», hakte Ludo nach.

Sie konnten die Blicke, mit denen sie angestarrt wurden, förmlich spüren, doch es kam keine Antwort.

Mel fuhr fort: «Vielleicht mit der Seilbahn?»

Die verborgene Stimme sagte: «Die ist nur für die Arbeiter da. Nur Arbeiter dürfen in den Monolithen.»

«Aber wir wollen uns nur umsehen», sagte Ludo. «Unsere Freundin ist vielleicht dort.»

«Ist eure Freundin eine Arbeiterin?»

«Nein.»

«Dann ist sie auch nicht dort.» Die Tür ging langsam zu.

«Einen Moment noch», sagte Mel. «Wenn man nur mit der Seilbahn hineinkommt und die Seilbahn nur für die Arbeiter da ist, wie wird man dann ein Arbeiter?»

«Drei Straßen weiter, links abbiegen, einen Block geradeaus, an der Ecke ist es. Sie brauchen immer neue Arbeiter», schnaufte die Stimme, und die Tür schloss sich.

«Drei Straßen weiter, links abbiegen, einen Block geradeaus, an der Ecke» entpuppte sich als trostloses Gebäude, das sich in nichts von den anderen trostlosen Gebäuden unterschied – mit Ausnahme der langen Schlange, die sich davor gebildet hatte. Es waren die ersten Schimären, die Mel und Ludo hier zu Gesicht bekamen.

«Sieht aus, als hätten wir die Hauptattraktion von Irgendwo gefunden», sagte Ludo.

Sie stellten sich ans Ende der Schlange und erkundigten sich bei den vor ihnen stehenden Schimären, für was sie anstanden. Niemand nahm ihre Frage zur Kenntnis.

«Melkin Womper und Ludolf Cleef», sagte Mel zu der hinter einem Tisch sitzenden Schimäre, als sie vorne ankamen. «Wir würden gern in dem großen Gebäude arbeiten.»

«Habt ihr die Allgemeinen Geschäftsbedingungen gelesen?»

«Die Allgemeinen Geschäftsbedingungen?», wiederholte Mel.

«An der Wand, hinter euch.»

Mel und Ludo drehten sich um. Die Wand, die *gesamte* Wand, war mit einem gigantischen Dokument tapeziert, auf dem die kleinste Schrift prangte, die sie je gesehen hatten. Eine hohe Leiter, an der ein dickes Vergrößerungsglas befestigt war, lehnte an den Allgemeinen Geschäftsbedingungen.

«Mel, wir können uns unmöglich damit aufhalten, das alles zu lesen; das würde Wochen dauern», sagte Ludo. «Selbst wenn Wren jetzt dort drinnen ist, wäre sie längst weg, bis wir damit fertig sind.»

«Wir sollten es aber besser lesen, ehe wir unterschreiben», erwiderte Mel.

«Tun wir es einfach. Wir bleiben sowieso nicht hier, wenn wir sie erst gefunden haben.»

«Na gut», sagte Mel.

«Gelesen? Gut. Dann unterschreibt hier und hier.» Die

Schimäre drehte das Hauptbuch um, und die beiden unterschrieben mit dem Stift, der ihnen hingehalten wurde. Dann drehte sie das Buch wieder um und notierte etwas hinter ihren Namen. «Orange 22403101 und Orange 22403102. Durch die Tür und die Treppe rauf. *Der Nächste!*»

Zusammen mit einem Dutzend Schimären wurden Mel und Ludo in den obersten Stock des Gebäudes gebracht. Wie alle anderen auch trugen sie nun einen schlechtsitzenden schwarzen Kapuzenoverall, mit dem man sie ausgestattet hatte. Oben wurden sie in eine Seilbahn verfrachtet, die hoch über den grauen Dächern von Irgendwo auf den Monolithen zuschlingerte. Als sie kurz darauf anhielt und die Tür aufging, waren sie im Innern des riesigen Bauwerks. Dort sah es genauso eintönig und trostlos aus wie überall sonst in Irgendwo. Sie wurden angewiesen, mit dem Rücken vor einer großen Metalltür stehen zu bleiben.

«Neuzugänge in einer Reihe aufstellen», befahl eine andere Schimäre, offensichtlich ein Aufseher, der in einem Korridor neben dem Eingang wartete. Abgesehen von seinem grauen Overall unterschied er sich nur durch sein Klemmbrett von allen anderen, denen sie bisher begegnet waren. Kurz darauf hatte er sie in sieben Gruppen aufgeteilt. Mel und Ludo gehörten zu Gruppe Orange und jeweils zwei weitere zu Gelb, Grün, Violett und Rot sowie jeweils einer zu Blau und Indigo.

«Hier hat wohl jemand Sinn für Humor», meinte Ludo.

«Ja», sagte Mel. «Kannst du dir irgendwo in Irgendwo Farbe vorstellen?»

Mit einem Rumpeln glitt die große Tür hinter ihnen zur Seite. Als sie sich umdrehten, erblickten sie zu ihren Füßen mehr Farben, als sie jemals für möglich gehalten hätten.

«Willst du denn nicht abschließen?», fragte Wren, als sie sich die Blumen aus dem Haar zog und sie zur Aufbewahrung in Goldies Beutel steckte.

«Wer sollte die alte Klapperkiste hier schon stehlen?»

«Sieh mal, da sind ihre Fußspuren. Die kleinen müssen von Lug sein. Die anderen sind viel größer. Wie von einem ausgewachsenen Mann.»

Wren und Goldie ließen das Fahrwohinduwillst am Stadtrand zurück und folgten den Abdrücken im tiefen grauen Staub. Die Spurensuche war nicht schwer, jedenfalls bis sie zu einer Stelle kamen, die, der Anzahl der Abdrücke nach zu urteilen, die Hauptverkehrsstraße von Irgendwo sein musste.

«Wohin jetzt?», fragte Wren und blickte die verlassene Straße auf und ab. «Man sollte doch meinen, dass es bei so vielen Fußabdrücken jemanden geben müsste, den man nach dem Weg fragen kann.»

«Immerhin wissen wir, dass sie irgendwo in der Stadt sind. Ich glaube, es ist Zeit, ein paar Fragen zu stellen.»

Es wurde eine lange Suche, ehe sie jemanden fanden, der bereit war, durch den Briefschlitz einer schmutzigen Tür mit ihnen zu reden. Wren und Goldie erfuhren, dass der einzige Ort, an dem Lug und der blinde Passagier sein konnten, der Monolith war.

Wenig später stiegen die neuen Arbeiterinnen Indigo 29990313 und Indigo 29990314 in ihren schlabbrigen schwarzen Overalls aus der Seilbahn und betraten das mächtige Gebäude.

Das Innere des Monolithen wurde von einer gewaltigen Bogenlampe erhellt, die sich über die gesamte Decke spannte.

«Hier drin ist es so hell, dass einem die Augen weh tun», stöhnte Mel.

Begleitet von einer Kakophonie mechanischer Geräusche ergoss sich das Licht über zahllose Ebenen voller glänzender Maschinen. Den Freunden wurde ganz schwindlig bei diesem Anblick und all dem Lärm. Anscheinend leiteten die Aquädukte milchfarbenes Rohmaterial ganz oben in das Gebäude. Von dort rann es in einer immer enger werdenden Spirale durch vielfach gefilterte Rinnen und Kanäle nach unten und durchlief dabei eine schier unfassbare Zahl komplizierter Maschinen. Auf jeder Ebene bliesen riesige Ventilatoren den grauen Schaum, der sich auf der Oberfläche bildete, durch große runde Gitter nach draußen. Hatte die Flüssigkeit die tiefsten Tiefen des Gebäudes erreicht, leuchtete sie in den reinsten Farben, die Mel und Ludo je gesehen hatten, um dann endgültig im rotierenden Schlund einer Maschine zu verschwinden.

«Mann», sagte Mel.

«Mannomann», sagte Ludo. «Was glaubst du, was sie hier herstellen?»

«Regenbogen», sagte der Aufseher kopfschüttelnd. «Was habt ihr denn gedacht?»

«Keine Wirbelstürme?», fragte Mel. «Wie den auf dem Dach.»

«Kümmer dich nicht um das, was auf dem Dach ist», sagte der Aufseher. «Deine Arbeit spielt sich hier drinnen ab.»

«Aber ich dachte …»

«Du bist nicht zum Denken hier», fiel ihm der Aufseher ins Wort. «Dafür werde ich bezahlt. Du bist hier, um zu arbeiten. Und im Moment bedeutet das, dass ihr den Hyperpfropf beseitigen müsst.»

«Den Hyperpfropf?», meinte Ludo.

«Ist es das, was die da unten machen?», fragte Mel und blickte zur untersten Ebene des Monolithen hinab. «Entfernen sie dort den Hyperpfropf?»

«Gebt dem Jungen einen Orden.»

«Aber warum brauchen sie dafür diese metallenen Anzüge?», fragte Ludo.

Der Aufseher klopfte auf sein Klemmbrett und seufzte ungeduldig. «Also gut. Weil ihr neu seid, erkläre ich es euch jetzt ein für alle Mal und dann nie wieder, und zwar so, dass sogar ihr es versteht.» Er holte tief Luft. «Das Bleichwasser wird von Nirgendwo über die Aquädukte hierhergeführt, wo es zweifach gefiltert und tropfenweise durch die gegenrotierenden Prismaseparatoren geleitet wird. Die Reinigungsoszillatoren lösen die mittleren Farbtöne heraus und führen die tertiären wieder in die Hauptverdampfungskristallisatoren. Die Schlackenoszillatoren mischen das zurückgebliebene Sediment unter den rehydrierten marmalukischen Ausfluss, während die thermodekuvrierten Makulate von den reziproken Ganglionen abgeschöpft werden. Von dort invertieren die Schaumminderer die Wunschbäume und schicken das Koagulans in die Kreiselzentrifugen. Sagt Bescheid, wenn ich zu schnell bin.»

Mel konnte lediglich ein «Was …?» hervorstoßen, als der Aufseher auch schon weiterschwadronierte.

«Allerdings kommt es vor, dass eine durch supraabundantes, denaturiertes Irisieren herbeigeführte Sedimentanhäufung in die magnetischen Glanzgravitatoren eindringt und eine infra-chromatische Verschmutzung verursacht. Das wiederum führt dazu, dass die reverberierenden Turbinenwellen in dem mit Schotten versehenen Sammelbecken eine Verstopfung größten, um nicht zu sagen, katastrophalsten Ausmaßes bewirken, deren Ergebnis der bereits erwähnte Megaklumpen oder Hyperpfropf ist.»

«Verstehe», sagte Ludo. «Und warum tragen die Leute Metallanzüge?»

«Hast du schon mal die Hand in einen Hyperpfropf gesteckt? Natürlich nicht, schließlich hast du noch alle Finger. Ihr wartet hier. Und …?» Der Aufseher hob erwartungsvoll die Augenbrauen.

«Und fasst nichts an?», vermutete Ludo.

«Du hast es erraten.» Der Aufseher eilte davon.

«Hast du irgendwas von dem verstanden, was er gesagt hat?», fragte Mel.

«Ach, das? Klar. Kinderkram», sagte Ludo nicht sehr überzeugend.

«Wie sollen wir diese Gauner hier drinnen jemals finden? Das Gebäude ist riesig, und es gibt Massen von Arbeitern», sagte Goldie.

«Sieh mal, Lug ist klein und gedrungen, und den Fußspuren nach zu urteilen, ist der blinde Passagier ziemlich groß», sagte Wren. «Ich vermute, dass sie zusammenbleiben werden. Halte einfach nach einem merkwürdigen Paar Ausschau.»

«Etwa so wie das da?», fragte Goldie und streckte die Hand aus.

Wren starrte auf die winzigen Gestalten auf der zweiten Maschinenebene am gegenüberliegenden Ende des Monolithen hinab, eine Ebene unter jener, auf der sie und Goldie standen. Die beiden hatten ihnen den Rücken zugewandt, und ihre Köpfe waren von Rohren verdeckt, aber es war mit Sicherheit ein seltsam aussehendes Paar. «Ja! Ich glaube, das sind sie.»

«Mit wem reden sie?»

«Mit einem der grauen Aufseher, glaube ich. Sie zeigen auf irgendjemanden oder irgendetwas auf der Ebene unter uns.»

Goldie beugte sich über das Geländer, um besser sehen zu können. «Das könnte alles und jeder sein.»

«Lass mich mal sehen. *Goldie!* Das sind Mel und Ludo! Meine Freunde. Wir haben sie gefunden.»

«Und so wie es aussieht, haben das auch Lug und der blinde Passagier.»

«Ihr beiden. Kommt mit.»

Mel und Ludo folgten dem zurückgekehrten Aufseher in einen offenen Aufzug. Die Schimäre legte einen Hebel um, und sie begannen zwischen den riesigen Maschinen hinabzufahren.

«Mir wurde gesagt, dass ihr beide bei einem Künstler in

die Lehre gegangen seid, bevor ihr hier angefangen habt, und dass ihr euch mit Farben auskennt. Stimmt das?»

«Wer hat Ihnen das erzählt?», fragte Ludo.

«Und, kennt ihr euch aus?»

«Ein bisschen schon», sagte Mel. «Aber wer …?»

«Gut. Ich habe einen Sonderauftrag für euch. Das dürfte genau euer Spezialgebiet sein.»

Der Aufzug erreichte das Ziel, und Mel und Ludo traten hinter dem Aufseher auf eine von Luftschleusen umgebene Plattform. Neben sämtlichen Schleusentüren standen leere Metallanzüge in verschiedenen Größen, von denen Farbe tropfte, die sich in kleinen Pfützen auf dem fleckenübersäten Boden sammelte. Eine Schimäre war dabei, die Anzüge abzuspritzen. Mel hatte das Gefühl, dass sie ein klein wenig durchsichtig wirkte. Doch ehe er etwas sagen konnte, kam ein weiterer, gehetzt wirkender Aufseher auf sie zu. «Sind das die Freiwilligen?»

«Aber …», sagte Mel.

«Kommt jetzt hier rüber», drängte der gehetzte Aufseher. «Der Hyperpfropf reagiert nicht auf die üblichen Maßnahmen. Wir müssen ein paar SCHAFE runterschicken.»

«Wen meinen Sie mit Schafe?», fragte Ludo empört.

«Schadensbeseitigungsfahrzeuge für Extremblockaden», sagte der Aufseher ein wenig ungeduldig. «Sie stehen hier drüben.»

Die SCHAFE mochten früher einmal blitzblanke, hervorragend konstruierte Maschinen gewesen sein, doch inzwischen waren sie ramponiert, dreckig und mit Schmutz- und Rostflecken überzogen. Alle Fahrzeuge waren durch ein kräftiges Kabel mit einem kleinen Hebekran verbunden. Ihr kugelförmiger Rumpf war mit kurzen Stacheln bedeckt und etwa dreimal so groß wie Mel. Vorn ragten zahlreiche Zusatzgeräte heraus. Einige davon sahen wie Haken und Stahlbürsten aus, ein anderes wie ein Kanonenrohr. Entlang der Rumpfmitte saßen flossenartige Gliedmaße, darüber hinaus gab es noch Steuerruder und hinten einen Propeller.

«Und jetzt steigt ein», befahl der Aufseher.

Durch kleine, runde Luken am hinteren Ende, die anschließend hinter ihnen verriegelt wurden, half man Mel und Ludo in die Maschinen.

Im Innern bekam Mel augenblicklich Angstzustände, so eingeklemmt war er zwischen all den vielen Gerätschaften. Es gab einen verstellbaren Metallsattel, ein Paar Pedale und eine verwirrende Ansammlung von Rädern, Knöpfen, Schiebern und Hebeln. Und alles war von Kondenswasser überzogen. Abblätternde Anleitungen mit komplizierten Diagrammen zur Bedienung der SCHAFE klebten an der gewölbten Rumpfhülle. Unmittelbar vor dem Pilotensattel befand sich ein getöntes, gläsernes Bullauge. Von außen betrachtet sahen die Vehikel wie voll aufgepumpte Riesenkugelfische aus, aus deren Bäuchen optisch vergrößerte Jungengesichter starrten.

«Also», blaffte eine blecherne Stimme aus einem Lautsprecher in der Rumpfwand. «Wir öffnen jetzt den Schlund des Sammelbeckens und lassen euch hinab. Ihr müsst dann eigenhändig zum Hyperpfropf steuern und ihn mit Hilfe eurer Zusatzausstattung zerlegen. Die Bedienungsanleitungen hängen direkt vor euch. Macht euch keine Sorgen, ihr bleibt die ganze Zeit mit dem Kran verbunden. Wenn ihr irgendwelche Probleme habt, drückt einfach auf den roten Knopf, und wir ziehen euch wieder hoch. Behaltet euren Sauerstoffvorrat im Auge. Viel Glück. Wir zählen auf euch.»

«Moment. Wir wissen doch gar nicht, wie dieser Hyperpfropf aussieht oder wie man diese Dinger hier bedient», protestierte Mel.

«Ein Hyperpfropf ist unverkennbar», antwortete der Aufseher.

«Was ist, wenn …»

Der Lautsprecher klickte und verstummte. Die SCHAFE wurden von den Kränen von der Plattform gehoben und langsam in den gewaltigen Schlund abgelassen. Dieser öffnete sich wie die Kiefer eines hungrigen Hais, der mit zurückgeworfenem Kopf auf seine nächste Mahlzeit wartete.

Sobald sich der Schlund öffnete, begann der Glückskompass in Mels Overall sein trauriges Lied zu spielen. Die SCHAFE sanken gerade in das Sammelbecken hinab, als es plötzlich laut krachte. Mel sah nach oben und entdeckte, dass sich der Schlund wieder geschlossen und dabei die Kabel durchtrennt hatte. Gleich darauf stürzten ihre SCHAFE in die Tiefe auf den tödlichen Hyperpfropf zu.

Der Hyperpfropf

«Mel! Mel! Was ist passiert?», drang Ludos Stimme krächzend aus Mels Lautsprecher.

«Ludo?»

«Ich kann dich nicht hören. Drück auf den grünen Knopf und sprich in das Sprechgitter unter dem Bullauge.»

«Die Sicherheitskabel müssen gerissen sein. Ich kann die Enden draußen hängen sehen», sagte Mel, dem immer mulmiger zumute wurde.

Die beiden SCHAFE schwebten in einem durchscheinenden Meer aus Farben. Mel fühlte sich klein wie ein Zwerg, als er in dem bunten Nebel riesige Düsen und andere Maschinenteile erspähte. Irgendwelche nicht identifizierbaren Trümmerteile trieben umher und stießen hin und wieder gegen sein Fahrzeug, was im Innern jedes Mal ein schepperndes Echo erzeugte.

«Mel, ich drücke auf den großen roten Knopf, aber es passiert nichts. Versuch es mit deinem.»

Kaum hatte Mel seinen Notfallknopf berührt, sprang dieser aus der Fassung und kullerte über den gekrümmten Boden. «Meiner ist auch kaputt. Diese SCHAFE sind der reinste Schrott. Sie müssen oben gesehen haben, was passiert ist. Hoffentlich schicken sie uns ein neues Kabel runter.»

«Und was machen wir jetzt?»

«Den Hyperpfropf suchen und ihn auflösen. Irgendjemand muss es ja tun.»

In diesem Moment trieb Ludos SCHAF an Mels Sichtfenster vorbei. Ein Schwarm bunter Blasen stieg hinter seinem rotierenden Propeller auf. «Benutze die Pedale, Mel. Damit kannst du dich vorwärtsbewegen. Und mit den beiden großen Hebeln steuerst du.» Ludos Ruder bewegten sich hin und her.

«Ich hab's», sagte Mel, als er in die Pedale zu treten begann. «Mit den Rädern daneben geht es hoch und runter.» Je tiefer sie in dem bunten Meer nach unten sanken, desto größer und schneller wurden die Trümmerteile.

«Wie soll dieser Hyperpfropf überhaupt aussehen?», fragte Ludo.

«Vermutlich ist es eine riesengroße Kugel aus wirbelnden Farben. Wie auf den marmorierten Seiten vorn in einem alten Buch.»

«Woher weißt du das?»

«Weil ich es direkt vor mir sehe. Es kann nichts anderes sein. Fahr nach rechts, dann siehst du ihn auch.»

Ludo betätigte seine Instrumente, bis er den Hyperpfropf ebenfalls sehen konnte. Sein SCHAF wirkte winzig klein daneben. In Wirbeln und Spiralen wanderten leuchtende Farben über die Oberfläche. Von Zeit zu Zeit nahmen sie die Form wütender Gesichter an, die mit ihren hässlichen, weit aufgerissenen Mäulern über die Oberfläche des Pfropfs glitten. Eines der Gesichter schien Ludos SCHAF zu folgen, als er mit seiner Maschine näher kam.

«Achtung, Ludo! Fahr nicht zu dicht heran.»

Plötzlich spitzte der Strudelmund die Lippen und saugte Ludos SCHAF mit einem Schlürfen in sich hinein. «Hilfe!» Der Mund schloss sich und grinste verschlagen.

«Wo bist du, Ludo?»

«Im Pfropf, du Tropf. Es ist dunkel hier drinnen, aber ich kann durch die Haut nach draußen sehen.»

«Kannst du dich mit deinem Zubehör nach draußen durchboxen?»

«O nein! Der Arm ist geschmolzen wie Kerzenwachs. Und jetzt funktionieren auch die Pedale nicht mehr. Und die Ruder auch nicht. Sie müssen ebenfalls geschmolzen sein. Hilf mir, Mel!»

«Ich komme, Ludo.» Mel wusste, dass er schnell handeln musste.

«Beeil dich, Mel.» Ein Störgeräusch war zu hören. «Mein SCHAF macht schreckliche Geräusche. Gleich löst es sich auf.»

«Warte.» Verzweifelt studierte Mel die komplizierten Diagramme auf der Innenseite der Hülle. Er begann die lange Bildunterschrift zu lesen: *Sollten sich die Verfahren E22 und/oder V81 als undurchführbar erweisen, öffnen Sie den hermetisch versiegelten Projektilbehälter R99* … und gab es auf.

Keine Zeit. Tu einfach das, was du auf dem Diagramm siehst. Er griff nach unten und öffnete eine Kassette neben seinem rechten Fuß. Darin befanden sich fünf silbrig glänzende Bälle, die so groß wie Äpfel waren. Er nahm einen davon und steckte ihn in ein offenes Rohr direkt darüber. Während er wieder auf den Hyperpfropf zustrampelte, zog er den an einer Sprungfeder befestigten Bolzen des Rohrs zurück und ließ los. Der glänzende Ball schoss aus dem Rohr und flog davon. Er traf den Hyperpfropf, auf dessen marmorierter Oberfläche ein konzentrisches Wellenmuster entstand. Mel wartete.

Nichts geschah.

Vielleicht war es ein Blindgänger. Dann erschien wieder ein Gesicht auf der Oberfläche des Pfropfs. Es wirkte missgestimmt.

«… war das?», ertönte Ludos Stimme zwischen abgehackten Störgeräuschen. «… heller Blitz … Farben verändert …»

«Zieh den Kopf ein!», rief Mel, als er zielte und ein zweites Geschoss hinausbeförderte.

Der Ball schlug ein, und wieder erschien das Gesicht. Diesmal sah es aus, als würde es sich gleich übergeben, ehe es wieder in den Spiralen verschwand.

«… Mel … wird mächtig unruhig … schnell …»

«Noch eine müsste reichen, Ludo. Halte durch.» Als Mel weitere Munition heraufholen wollte, fiel sein Blick auf die Sauerstoffanzeige. Die Nadel stand im roten Bereich. «Wie sieht es mit deinem Sauerstoff aus, Ludo?»

«…! …!»

Hastig feuerte Mel einen dritten Ball ab. Als sich die Wellen auf dem Hyperpfropf beruhigten, tauchte aus den Spiralen ein weiteres Gesicht auf. Diesmal übergab es sich tatsächlich. Ein gewaltiger vielfarbiger Tsunami ergoss sich aus dem offenen Mund, und Ludos SCHAF ritt wie ein kugelrunder Surfer auf dem Wellenkamm. Mel sah sofort, dass es in äußerst kritischem Zustand war. Sämtliche Stacheln und alles Zubehör waren geschmolzen, und dort, wo sich der Hyperpfropf in die Außenhülle gefressen hatte, sah Mel schreckliche geschwürartige Blasen. Am schlimmsten jedoch war der Anblick von Ludos leblosem Gesicht, das, nachdem er ohnmächtig vornübergekippt war, gegen die beschlagene Scheibe des Bullauges gedrückt wurde.

Mel strampelte wie von Sinnen, bis er sich direkt neben Ludos Gefährt befand. Er betätigte einen der vorn befestigten Haken und schnappte sich den Überrest des Kabels, das immer noch von der Oberseite herabhing, und zog es zu sich heran.

«Ludo! Ludo! Antworte mir!»

Die Antwort bestand nur aus Störgeräuschen.

Nun glitten mehrere Gesichter, die sich auf der Oberfläche des bunten Hyperpfropfs gebildet hatten, zusammen und verschmolzen zu einem riesigen Mondgesicht, das die eine Hälfte der Kugel komplett einnahm. Es kniff die Augen zusammen, blähte die Backen und blies. Mit einem gewaltigen Ruck wurde Mels SCHAF zurückgeworfen und zog Ludos Maschine mit sich. Mit einem ohrenbetäubenden Knall prallte es gegen die Wand des Sammelbeckens. Die Glasdeckel mehrerer Anzeigen zersprangen, und in einem Rohr entstand ein Riss, aus dem hochkomprimierte Flüssigkeit ins Innere von Mels Maschine schoss. Er fand ein Ventil, das er schließen konnte, doch die Anstrengung brachte ihn ganz außer Atem. Er blickte auf die Sauerstoffanzeige. Sie stand auf null. Als er zu Ludo hinüberschaute, konnte er erkennen, wie die Hülle seines Gefährts von Rissen überzogen wurde, was aussah, als würden sie von einer unsichtbaren Hand dorthin gezeichnet werden.

Mel griff in die Kassette – es waren nur noch zwei Bälle übrig –, lud und schoss. Er schüttelte den Kopf, um die Schwindelgefühle zu verscheuchen. Sobald er wieder klar sehen konnte, bemerkte er, wie sich das riesige Gesicht vor Schmerzen verzog, als das Geschoss tief im Innern des Pfropfs explodierte. Wieder blies es die beiden SCHAFE davon. Mels Maschine prallte an einem großen Trümmerstück ab, sodass die beiden kleinen Gefährte wie Eiskunstläufer umeinanderwirbelten. Die Hülle knirschte, und ein Zickzackriss überzog das Bullauge. Mel wollte in die Pedale treten, musste aber aufgeben. Keuchend sog er die nichtvorhandene Luft ein. Ihm wurde übel.

Mit einem dreifachen dröhnenden Scheppern knallten Trümmerstücke gegen Mels Hülle. Er drückte auf den grünen Knopf und beugte sich dicht vor das Sprechgitter. «Kann mich jemand hören? Bitte antwortet.» Sein Kopf fiel nach vorn. «Wenn ihr uns nicht bald hier rausholt …»

Bong, bong, bong.

«… werden wir …» Er schüttelte den Kopf. Das metallene Klopfen kam zu regelmäßig, um Zufall zu sein. War es eine Art Signal? Er hob den bleischweren Arm und klopfte dreimal gegen die Innenseite der Hülle.

Bong, bong, bong kam es sofort zurück. Eine bunte Blasensäule, gefolgt von einem blanken Metallhelm tauchten vor seinem Bullauge auf. Eine Hand im Metallhandschuh hob einen Schraubenschlüssel und klopfte dreimal. Es war ein Taucher in einem der Metallanzüge. Als er nach oben schwamm, erkannte Mel, dass er ein Reservekabel hinter sich herzog. Über sich hörte er Metall auf Metall kratzen, dann erschienen der unbekannte Helm und die Hand kopfüber wieder vor seinem Bullauge. Der Taucher gab ihm mit gesenktem Daumen ein Zeichen. Mel brauchte einen Moment, um zu begreifen, dass es eigentlich ein hochgestreckter Daumen war.

Das Gesicht auf dem Hyperpfropf wandte sich wieder den SCHAFEN zu. Ein bösartiges Glitzern war in seinen Augen, als er erneut damit begann, sie anzusaugen. Völlig erschöpft, aber getrieben von Angst, feuerte Mel den letzten Schuss ab. Das Letzte, was er sah, war, wie Nase, Kinn und dann Wangen und Augen vom Sog erfasst und nacheinander in den Mund gezogen wurden. Dann folgte der Rest des Hyperpfropfs, der sich selbst ins Nichts saugte.

«Ist er tot? Er sieht auf jeden Fall so aus.»

«Ich weiß nicht genau.»

«Was ist mit dem anderen? Sein SCHAF sah übel aus.»

«Er hatte den größten Dusel überhaupt. Der Taucher muss verrückt gewesen sein, sich so dicht an den Hyperpfropf heranzuwagen. Nur SCHAFE dürfen in die Nähe eines Hyperpfropfs.»

«Die zwei hier hat er allerdings gerettet. Sieht aus, als ob dieser hier jetzt auch zu sich kommt.»

«Der Glückspilz. Wer hat eigentlich den Schlund geschlossen?»

«Irgendwelche Neulinge, ein Großer und ein Kleiner. Haben wahrscheinlich an irgendwas rumgespielt, bevor sie richtig ausgebildet waren. Sie haben sich aus dem Staub gemacht, als sie die Bescherung gesehen haben.»

Mel schlug die Augen auf. Er lag auf dem Rücken und über ihm trieben mehrere verschwommene Gesichter. Manche wirkten leicht durchsichtig, wie Geister, fand er. Als er kräftig blinzelte, wurden sie ein wenig deutlicher, aber nicht weniger durchsichtig.

Ludos Gesicht gesellte sich hinzu. «Danke, Mel. Du hast mich gerettet.»

Mel schluckte. «Das war ich nicht, Ludo. Das war der Taucher. Wie geht es ihm?»

Hinter der Gruppe aus besorgten Schimären, die sich um die beiden Jungen versammelt hatten, stand der Taucher. Eine weitere Schimäre entriegelte den schweren Helm und nahm ihn ab. Der Taucher schüttelte sein langes kastanienbraunes Haar und drehte sich um.

«Eigentlich hatte ich angenommen, dass ihr beiden *mich* retten würdet.»

«Wren?» Mel rieb sich die Augen, und sein Herz hüpfte vor Freude. «Wren!» Er sprang auf und lief zu ihr. Sie umarmten sich und klopften sich gegenseitig auf den Rücken, bis auch Ludo sich zu ihnen gesellte.

Eine Schimäre, aus deren schlabbrigem Overall ein geschnitzter, vergoldeter Kopf ragte, trat neben Wren. «Das sind also deine Freunde. Sieht aus, als hättest du sie gerade noch rechtzeitig erwischt.»

«Mel, Ludo, das ist Goldie. Sie hat mir geholfen, euch zu retten. Habt ihr noch den …» Wren sah sich nach den anderen Schimären um und senkte die Stimme. «… Ihr-wisst-schon-was?»

Mel nickte.

«Gut, wir brauchen ihn, um Lug und den blinden Passagier zu finden.» Als sie die verwirrten Gesichter ihrer Freunde sah, fügte sie hinzu: «Das erkläre ich euch später.»

Der gehetzt aussehende Aufseher trat zu den Schimären und klatschte ungeduldig in die Hände. «Los, los! Der Hyperpfropf ist beseitigt. Auf uns wartet Arbeit.» Dann ging er zu Ludo hinüber und warf ihm mit den Worten «Hier, ein Souvenir!» einen juwelenbesetzten Ring zu. «Den hab ich im Getriebe verkeilt gefunden. Das ist das Stück Schrott, das den Hyperpfropf verursacht hat. Nur schade, dass es nichts Wertvolles ist, wie zum Beispiel eine schöne Rosenknospe.»

«Langsam bekommen wir eine ganz ordentliche Schmucksammlung zusammen», sagte Mel. «Ludo hat eine Silberkette gefunden und jetzt das hier.»

Wren sah sich den Ring genauer an. «Ich wette, der stammt aus Nem.»

«Da könntest du recht haben», erwiderte Ludo. «Seht nur, wie kunstvoll er gearbeitet ist.»

«Wir müssen hier raus», sagte Mel.

«Seid ihr sicher, dass ihr dafür schon wieder fit genug seid?», fragte Goldie.

«Wenn ihr beiden uns helft, wird es schon gehen», meinte Ludo.

«Ihr vier geht nirgendwohin», stellte der Aufseher klar. «Nicht mitten in eurer Schicht.»

«Wie lange dauert denn eine Schicht?», fragte Wren.

«Zwei Wochen. Und jetzt, wo wir doppelte Schichten fahren, einen Monat. Aber ob ihr es bis dahin schafft, werden wir erst noch sehen – oder auch nicht.» Der Aufseher schien das lustig zu finden.

«Wenn das so ist, kündigen wir», erklärte Ludo.

«Kündigen? Ihr könnt nicht kündigen. Habt ihr die Allgemeinen Geschäftsbedingungen nicht gelesen?»

Die Freunde sahen den Aufseher verständnislos an.

«Dann will ich eure Erinnerung mal auffrischen.» Er holte tief Luft. «Klausel 57956, Paragraph 33271, Abschnitt 1479 (a): Vorzeitige Beendigung des Beschäftigungsverhältnisses. Sollte die unter eins genannte Vertragspartei das Arbeitsverhältnis ohne das Einverständnis der unter zwei genannten Vertragspartei vorzeitig beenden wollen, ist mindestens 365 Tage vor Meldung der bereits erwähnten Beendigung ein Antrag in dreifacher Ausfertigung zu stellen. Das könnt ihr unmöglich schon vergessen haben.»

«Komisch, wie schnell einem solche Kleinigkeiten durch die Lappen gehen», sagte Ludo.

«Die Besen stehen dort drüben. Wenn die Plattform hier wieder blitzblank ist, meldet ihr euch bei den Abteilungen Orange und Indigo zurück und lasst euch neue Aufgaben zuweisen.» Damit eilte der Aufseher in Richtung Fahrstuhl davon.

Beim Fegen erzählten sie sich gegenseitig, was sie während ihrer Trennung erlebt hatten.

«Das ist also das Ding, von dem Wren mir erzählt hat», sagte Goldie, während sie den Glückskompass betrachtete. «Und mit ihm könnt ihr herausfinden, wo Lug und der blinde Passagier jetzt sind?»

«Das sind wir dir schuldig, Goldie», antwortete Mel. «Überhaupt glaube ich, dass alles, was uns zugestoßen ist, irgendwie zusammenhängt.»

«Wie kommst du darauf?»

«Nun, wenn Lug über mich und Ludo Bescheid wusste, hat er das bestimmt von dem blinden Passagier erfahren. Ich wette, er hat dafür gesorgt, dass wir den Hyperpfropf beseitigen sollten, und dann die Sicherheitskabel durchgeschnitten.»

«Aber warum?»

«Ich weiß es nicht.» Mel schüttelte den Kopf. «Aber der blinde Passagier muss aus Vlam stammen. Er muss dem Aufseher gesagt haben, dass wir Lehrlinge sind.»

«Es gibt nicht viele Leute in Vlam, die wissen, wie man nach Mirrorscape gelangt», überlegte Ludo. «Vielleicht waren es die Tern.»

«Das kann nicht sein», sagte Wren. «Sie hatten sich für die Hochzeit versammelt.»

«Was ist mit eurem Meister?», fragte Goldie.

Die drei Freunde schüttelten den Kopf.

«Damit bleiben nur noch Dirk Tot, die Herrin und die beiden Rebellen», sagte Mel. «Aber sie können es nicht gewesen sein.»

«Was ist mit diesem komischen Cassetti?», fragte Goldie. «Ihr habt ihm alles über euch erzählt. Und er weiß über Mirrorscape Bescheid.»

Mel sah Wren und Ludo an. «Das glaube ich nicht.»

«Sehr überzeugt hört sich das nicht an.» Und nach einer Pause fügte Goldie hinzu: «Wisst ihr, wo Lug und der blinde Passagier jetzt sind? Ich habe eine Menge Fragen, auf die ich Antworten brauche.»

Mel blickte auf den Glückskompass und sagte: «Wo ist Lug?» Der Richtungszeiger schwang herum. «Sie sind in der Nähe, aber nicht im Monolithen.» Er sah Wren, Ludo und Goldie an. «Wollt ihr das Ende eurer Schicht abwarten?»

«Oder 365 Tage vorher einen dreifachen Antrag stellen?», ergänzte Ludo.

Alle schüttelten den Kopf.

«Ich auch nicht», meinte Mel. Er sah wieder auf den Glückskompass und sagte: «Auf welchem Weg kommen wir hier raus?»

Der Zeiger führte sie zurück in die oberste Etage. Wann immer sie einem Aufseher begegneten, begannen sie wie wild zu fegen oder die ohnehin blitzblanken Maschinen zu polieren. Auf der gegenüberliegenden Seite des Monolithen sahen sie eine Ladung neuer Arbeiter eintreffen.

«Warum versuchen wir es nicht auf dem gleichen Weg, auf dem wir hereingekommen sind?», schlug Wren vor.

«Da sind zu viele Aufseher», sagte Ludo. «Es muss noch einen anderen Weg geben.»

«Achtung, hinter euch!» Die Freunde machten einer Schimäre Platz, die einen riesigen Wäschekorb vorüberschob, auf dem sich Overalls türmten. Sie war sogar noch durchsichtiger als die anderen Arbeiter, die sie gesehen hatten.

«Wohin bringst du das, Gelb 227415?», fragte Mel, der sich vorgebeugt hatte, um das Namensschild zu lesen.

«Zum Wäschezug», antwortete die Schimäre. «Hier ist er ja.»

Eine Tür glitt auf und gab den Blick auf eine Seilbahn frei, die an einer Plattform wartete.

«Du hängst dich wirklich ganz schön rein», sagte Goldie.

«Ich hätte gedacht, dass du zusammen mit den anderen aus der Abteilung Gelb feierst.»

«Feiern?» Die Schimäre machte ein verblüfftes Gesicht.

«Stimmt», sagte Mel, der sofort begriff. «Ihr habt doch das Dingsda gewonnen.»

«Das Dingsda?», wiederholte Gelb 227415. «Du meinst doch nicht etwa den Preis für die Abteilung des Monats?»

«Genau den», sagte Ludo.

«Deshalb sollen wir nämlich den Wäschedienst übernehmen», ergänzte Wren. «Herzlichen Glückwunsch.»

«Super! Dann komme ich hier vielleicht doch noch raus, bevor ich ganz und gar alle bin.» Freudestrahlend ließ die Schimäre ihren Wäschekorb stehen und eilte fast hüpfend den Weg zurück, den sie gekommen war.

«Was hat sie wohl mit ‹alle sein› gemeint?», wollte Ludo wissen.

«Wer weiß?», antwortete Mel. «Da ist unser Weg nach draußen.» Sie schoben den Korb in die leere Kabine.

Zwanzig Minuten später stiegen sie an einer der verlassenen Haltestellen am Stadtrand von Irgendwo aus und stellten den Wäschekorb neben Dutzenden anderer Körbe ab.

«Das war leicht», sagte Goldie. «Und was sagt der Glückskompass, wo Lug zu finden ist?»

«Wo ist Lug?» Mel drehte sich, bis er in die Richtung sah, in die der Zeiger wies. «Da lang.»

«Was ist das für ein Krach?», fragte Ludo, als in der Ferne Musik einsetzte.

«Das ist meine alte Klapperkiste!», sagte Goldie besorgt.

«Sie wollen sich damit anscheinend aus dem Staub machen. Wir müssen sie aufhalten.»

«Wie lange brauchen sie, um das Karussell in Gang zu setzen?», fragte Mel.

«Das dauert eine Weile», meinte Goldie. «Der Kessel war kalt.»

In diesem Moment hallte das furchterregende und unverwechselbare Heulen des Morgs über die staubbedeckten Dächer und durch die leeren Straßen von Irgendwo.

«Was war denn *das*?» Goldie sah in die verängstigten Gesichter ihrer neuen Freunde.

Elster, der Räuber

In einem kahlen, nur von einer einzelnen Lampe erhellten Kellerraum öffnete sich wie von Zauberhand ein Leinensack. Dann schwebten ein Pinsel und ein Farbtopf daraus hervor. Der Topf glitt zu einem Tisch hinüber, und der Deckel sprang ab. Als der Pinsel in den scheinbar leeren Topf eintauchte, verschwanden seine Borsten. Darauf schwebte der Stiel zur Wand hinüber und beschrieb dort einen Kreis, der kurz darauf durchsichtig wurde.

«Na, dann wollen wir doch mal», sagte eine Stimme aus dem Nichts.

Der Blick durch den durchsichtigen Kreis ließ das Innere eines weitläufigen Treibhauses erkennen. Kunstvoll verschlungene schmiedeeiserne Streben und Bögen schwangen sich zu einem Dach aus Fadenglas empor, das ebenso zart und zerbrechlich wirkte wie die Adern eines Libellenflügels. Starkes Licht flutete auf einen Dschungel aus riesigen bunten Pflanzen und Blumen.

«Volltreffer, Elster, alter Junge. Du bist ein verflixtes Genie, wenn ich das mal so sagen darf.» Man hörte, wie raue Hände gerieben wurden. «Dann wollen wir mal loslegen.»

Eine Spitzhacke, eine Schaufel, ein Bohrer und ein Vorschlaghammer schwebten aus dem Sack und sanken auf den Boden. Man hörte ein Spucken, und wieder wurden Hände gerieben, ehe der Bohrer in die Luft stieg und sich der Wand näherte.

Von draußen ertönte ein Geräusch, und der Bohrer schwebte wieder zu Boden. Dann ging die Tür auf.

«Das ist nur ein Raum», sagte Mel. «Wieder eine Sackgasse. So viel zu deiner Abkürzung, Ludo. Gehen wir lieber wieder raus, bevor wir noch mehr Zeit verschwenden. Was ist denn das?» Mel ging zum durchsichtigen Kreis hinüber und streckte die Hand aus. «Da ist ein Loch in der Wand. *Autsch!*»

Mel betrachtete seine angeschlagenen Knöchel und klopfte dann gegen die transparente Fläche. «Das ist gar kein Loch. Das ist eine Art Fenster.»

Ludo und Goldie spähten hindurch.

«Das ist ein Gewächshaus», sagte Ludo.

«Ein *Gewächshaus*?» Goldie blieb der Mund offen stehen. «Willst du mich auf den Arm nehmen? Weißt du wirklich nicht, was das ist? Das ist der Tresorraum einer Bank, verflixt nochmal.»

«Was meinst du damit?», fragte Ludo. «Das da sind doch nur Blumen.»

«Und die verwenden sie hier als Geld», erklärte Wren.

«Jemand hat versucht, in die Bank einzubrechen», sagte Goldie. «Deshalb liegt hier auch das Werkzeug herum. Sie müssen es zurückgelassen haben.»

«Nehmen wir es mit», sagte Mel. «Wir können uns damit verteidigen.»

«Ihr lasst es schön da, wo es ist.»

«Wie war das?», sagte Mel.

«Ich hab nichts gesagt.» Ludo sah verwirrt aus.

«Lasst eure diebischen Finger von meinem Werkzeug.» Der Vorschlaghammer stieg in die Luft und hing drohend über den Freunden.

Ludo wich zurück, trat auf die Schaufel und fiel gegen den Tisch. Der Farbtopf kippte um und sein farbloser Inhalt ergoss sich über ihn. Als er wieder aufstand, war ein großer Teil von ihm verschwunden. Der Kopf, die rechte Schulter und seine beiden Hände waren alles, was von Ludo noch zu sehen war. Der Boden unter seinen Füßen wurde durchsichtig, und man konnte in die Tiefen des Kellers hinabsehen.

«Vorsicht!», sagte Mel und wich zurück.

«Jetzt seht euch an, was ihr gemacht habt», beklagte sich die Stimme. «Ich sollte euch die Rüben einschlagen.» Der Vorschlaghammer zitterte.

Während die Freunde zurückwichen, kramte Mel in der Tasche seines Overalls und fand eine Handvoll grauen Staub, der einfach überall hinzugelangen schien. Er warf ihn in Richtung der Stimme. Sekundenlang heftete sich der Staub an die Umrisse des Unsichtbaren und ließ eine kleine dicke Schimäre von menschlicher Gestalt mit lockigem Haar und Ziegenbärtchen erkennen. Die Gestalt nieste, und der Staub stob in einer Wolke davon. Die Schimäre war wieder unsichtbar.

Ein lautes Schniefen war zu hören. «Warum hast du das gemacht? Ich wollte euch doch gar nichts tun. *Hatschi!*»

«Und was sollte dann das Gefuchtel mit dem Hammer?», fragte Goldie.

«Dein Kumpel hier wollte schließlich meine Ausrüstung klauen. Ich brauche mein Werkzeug.»

«Sie wollen die Bank ausrauben», sagte Wren.

«Ich heiße nicht umsonst Elster», antwortete die Stimme. «Von irgendwas muss eine Schimäre ja leben.»

«Warum können wir Sie nicht sehen?», fragte Wren.

«Wer nimmt jetzt wen auf den Arm?» Als die Freunde verblüfft schwiegen, fügte Elster hinzu: «Ihr wisst es wirklich nicht?»

«Wie sollten wir?», fragte Mel.

«Und was ist mit mir?», beklagte sich Ludo.

«Aber ihr habt Overalls an. Also arbeitet ihr im Monolithen», sagte Elster.

«Erst seit heute», erklärte Wren. «Außerdem haben wir gerade wieder aufgehört.»

«Aufgehört? Vor dem Ende eurer Schicht? Das erklärt, warum ich euch noch sehen kann. Ich nehme an, ihr kommt nicht aus Irgendwo.»

«Hören Sie, Elster, warum erklären Sie uns nicht, von was Sie da eigentlich reden?», sagte Goldie.

«Irgendjemand sollte euch Banausen wirklich ins Bild setzen», sagte Elster. «Also, ihr habt alle gesehen, was sie da drin herstellen …»

«Die Regenbögen», sagte Mel.

«… dann wisst ihr auch, wie Farbe funktioniert.»

«So in etwa», meinte Wren.

«So *in etwa*?» Fassungslosigkeit lag in Elsters Stimme. «Sie scheinen heutzutage wirklich jeden einzustellen. Dann will ich euch fachlich mal ein bisschen auf die Sprünge helfen. Passt auf: Wenn Licht auf einen roten Gegenstand trifft, wird das rote Licht reflektiert – und das könnt ihr dann sehen. Das Licht der anderen Farben wird absorbiert, klar? Das Gleiche passiert auch bei den anderen Farben. Sie werden reflektiert, und alle anderen Farben, die nicht dazugehören, werden verschluckt. Im Monolithen machen sie Folgendes: Sie nehmen das Bleichwasser, das sie von Nirgendwo herleiten …»

«Das ist die weiße Flüssigkeit», sagte Goldie.

«Richtig. Alles in Nirgendwo ist weiß. Weiß enthält nämlich sämtliche Farben des Spektrums, und daraus filtern sie die einzelnen Farben heraus.»

«Wie mit einem Prisma», sagte Mel.

«Du hast es erfasst. Dann werden die Farben verfeinert, bis sie rein genug sind, um Regenbögen zu ergeben. Um die Farben wirklich regenbogentauglich zu machen, müssen sie sämtliche Unreinheiten entfernen, also alles, was keine Farbe ist.»

«Das muss dann der graue Staub sein», folgerte Wren.

«Das Mädchen ist ein Genie. Wenn also das Zeug, das sie für die Regenbögen verwenden, alle Farben reflektiert, die es gibt, dann reflektiert das, was übrig bleibt …»

«… gar nichts», beendete Mel den Satz.

«Und deshalb macht es Dinge unsichtbar», sagte Ludo.

«Aber warum sind Sie unsichtbar?», wollte Wren wissen.

«Bevor ich meine jetzige Laufbahn einschlug, habe ich auch dort gearbeitet. Wie fast alle in Irgendwo.»

«Das erklärt, warum wir in den Straßen niemanden gesehen haben», sagte Goldie. «Sie sind alle unsichtbar.»

«Wenn ihr lange genug hierbleibt, werdet ihr es auch», erklärte Elster. «Deshalb braucht man im Monolithen auch ständig neue Arbeiter. Sie werden alle unsichtbar, so sicher wie eins und eins zwei ist. Sobald deine Schicht vorbei ist, heißt es: ‹Ta-ta, nett, Sie kennengelernt zu haben. Auf Nimmerwiedersehen.›»

«Wir haben einige gesehen, die anfingen unsichtbar zu werden», meinte Wren. «Ihre Schicht muss fast zu Ende gewesen sein.»

«Und warum sind die Straßen und Häuser nicht unsichtbar, so wie Sie?», fragte Mel. «Und Ludo», fügte er hinzu und schielte auf das, was von seinem Freund noch übrig war.

Ludo machte ein finsteres Gesicht.

«Das hängt mit der Flüssigkeit zusammen. Du musst den Staub mit Flüssigkeit mischen, damit es funktioniert. Und in Irgendwo regnet es nie, deshalb kann man die Gebäude sehen. Die Arbeiter schwitzen, und am Ende ihrer Schicht sind sie alle. Puff, einfach verschwunden.»

«Und warum sind die Aufseher nicht durchsichtig?», fragte Goldie.

«Hast du schon mal einen Aufseher schwitzen sehen? Ich bitte dich! Unsichtbarkeit ist zwar für die Arbeiter schlecht, aber nicht für uns Räuber. Ich mische mir aus dem Staub meine Farbe an und schaue überall vorbei, wo ich will», erklärte Elster.

«Zum Beispiel im Tresorraum einer Bank», sagte Goldie.

«Und anderswo. Wenn ihr vor dem Ende eurer Schicht getürmt seid, habt ihr die Aufseher schneller am Hals, als ihr kontrarotierende Prismaseparatoren sagen könnt.»

«Das sind nicht die Einzigen, die uns im Nacken sitzen», meinte Wren.

«Dann müsst ihr also verschwinden?» Elster schwieg einen Moment. «Hört mal, ich hätte euch da einen Vorschlag zu machen. Ein kleines Geschäft, ganz unter uns. Ihr helft mir bei diesem Ihr-wisst-schon-was, und ich zeige euch, wie ihr aus Irgendwo herauskommt.»

«Bei einem Banküberfall helfen?», sagte Wren. «Also, ich weiß nicht.»

«Was haben wir zu verlieren?», meinte Mel. «Außer noch ein bisschen mehr von Ludo.»

«Das finde ich gar nicht komisch.» Ludo war offensichtlich immer noch verdrossen, obwohl das nur teilweise zu sehen war.

«Uns bleibt keine Zeit. Dieser … ist wie ein Bluthund hinter uns her. Er wird uns aufspüren.» Wren schlang die Arme um den Leib, und ein Schauer überlief sie.

«Aber nicht in Irgendwo», sagte Elster. «Der Staub lässt nicht nur Farbe verschwinden, sondern auch den Geruchssinn. Also, was sagt ihr?»

«Komm schon, Wren», meinte Goldie. «Das hört sich gut an.»

«Eine Schimäre ganz nach meinem Geschmack», sagte Elster.

«In Ordnung. Dann lasst uns anfangen», stimmte Wren zu.

«Und was ist mit mir?», drängte Ludo.

«Achtet nicht auf ihn», sagte Mel. «Er ist im Moment nicht ganz beieinander.»

«Stimmt», meinte Elster. «Hilf mir mit dem Bohrer.»

«Ich habe eine bessere Idee», sagte Goldie und tauchte den Pinsel in den Rest der unsichtbaren Farbe. Sie zog einen langen Strich über die Wand. «Sieht aus, als wäre genau an dieser Stelle auf der anderen Seite ein Stützpfeiler. Wenn er nicht mehr da ist, stürzt die ganze Wand ein.»

Elsters Stimme war voller Respekt: «Bist du sicher, dass du so was noch nie gemacht hast?»

Goldie zwinkerte dorthin, wo sie Elster vermutete.

Zusammen bohrten sie ein kleines Loch neben dem Stützpfeiler.

«Und jetzt kommt mein Glanzstück», verkündete Elster, als er ein Paar metallene Handschuhe herauszog und überstreifte. Dann holte er vorsichtig eine Metallspritze heraus, wie man sie vielleicht verwenden würde, um die Torte eines Riesen zu verzieren. «Macht Platz. Sie ist mit Hyperpfropf geladen.»

«Was!», rief Mel. Die beiden Jungen wichen zurück. «Mit diesem Zeug wollen wir nichts mehr zu tun haben.»

«Nur die Ruhe», erwiderte Elster. «Ich weiß, was ich tue.» Er setzte die Spritze an das Loch und drückte auf den Kolben. «Bleibt weg!»

Es folgte eine stille, zeitlupenartige Explosion. Fast augenblicklich verwandelte sich die Tresorwand in einen Trümmerhaufen, in dessen Staubwolke Elster kurz sichtbar wurde. Eine Alarmsirene begann zu heulen, als die Freunde über das zusammengebrochene Mauerwerk in den Tresorraum kletterten.

«Was für eine Beute! Tulpen, Chrysanthemen, Rosen, Lilien – ich bin reich! Ich bin ein verflixter Millionär.» Händeweise verschwanden die Blumen in Elsters Sack. «Die Pimpernellen und die Gänseblümchen lasse ich da; mit Kleingeld kann ich mich jetzt nicht abgeben. Bedient euch. Es ist genug für alle da, aber wir müssen uns beeilen.»

«Wir haben auch so genug», sagte Wren.

Nur Goldie genehmigte sich ein paar Blüten und stopfte sie in ihren Anzug.

«Also dann», rief Mel, um den Alarm zu übertönen, «das ist unser Teil des Geschäfts! Und wie kommen wir jetzt hier raus?»

«Und was ist mit mir?», stöhnte Ludo.

«Du bist wirklich ein kleiner Sonnenschein, was?», sagte Elster. «Hör auf, uns auf die Nerven zu gehen, und schau in deinem Anzug nach.»

Ludo öffnete den Kragen und spähte hinein. «He, ich bin noch da.»

«Natürlich bist du noch da, es ist doch nur Farbe. Lass ihn an», sagte Elster, als Ludo den Anzug ausziehen wollte. «Das gehört zum Plan. Und jetzt zieht euch alle die Kapuze über den Kopf, versteckt eure Gesichter und zieht die Ärmel über die Hände.» Er holte einen weiteren Farbtopf aus seinem Sack und leerte seinen Inhalt über jeden Einzelnen von ihnen. Sobald die unsichtbare Farbe über sie lief, waren sie verschwunden. Das Gleiche machte er mit seinem Sack. «Wenn wir jetzt jemandem begegnen, zieht ihr einfach die Kapuze übers Gesicht und versteckt die Hände.»

Mels körperloses Gesicht wandte sich dem Loch in der Wand zu.

«Nicht da lang, Kumpel. Das wäre genau das, was sie erwarten. Oberste Räuberregel: Tu immer das Unerwartete. Wir nehmen die Vordertür.»

Die Vordertür sah genauso aus, wie man sich die Sicherheitsverriegelung eines Banktresors vorstellte. Als die Freunde dort ankamen, bewegten sich bereits die riesigen Zahnräder und Riegel auf der Rückseite der dicken Stahltür. Sekunden später ging die massive runde Tür langsam nach innen auf.

«Stellt euch hier zu mir», flüsterte Elster. «Kapuzen auf. Hände fort. Macht euch unsichtbar.»

Noch ehe die Tür ganz offen war, stürmte eine Horde graugekleideter Aufseher herein. «Seht euch vor», sagte einer von ihnen. «Das hier sieht mir ganz nach der Handschrift von Elster aus. Er könnte immer noch hier sein. Verteilt euch. Du kontrollierst die Rosen und du die Lilien.»

In diesem Moment stürzte am anderen Ende des Tresorraums, neben dem Loch in der Wand, laut polternd ein Haufen loses Mauerwerk ein.

«Dort drüben ist er!», rief der Anführer der Aufseher, und alle rannten zu dem Loch.

«Auf Zehenspitzen», flüsterte Elster. «Hier entlang.»

«Wie haben Sie das gemacht?», fragte Ludo.

«Mit einer unsichtbaren Schnur. Oberste Räuberregel: Vorausdenken. Seht her, ich ziehe nochmal dran.» Wieder polterte es. «Sie fallen jedes Mal drauf rein.»

«Komm mit erhobenen Händen heraus!», rief der Aufseher in das Loch, während Elster und seine Freunde durch die Tresortür flitzten. Dann rannten sie einen Korridor entlang und stürmten durch die Eingangshalle der Bank nach draußen.

«Hier wird die Sache ein bisschen komplizierter», sagte Elster. «Eure Fußabdrücke. Daran werden sie merken, dass ich nicht allein bin.»

Und wirklich, als sich Mel zu der schmutzigen Bankfassade umdrehte, konnte er klar und deutlich ihre Fußspuren erkennen, die von dort wegführten.

«Irgendwo hier ist es.» Auf der Straße wirbelte Staub auf, dort, wo Elsters Stimme zu hören war. «Ah, da ist ja das Schmuckstück.»

Mel sah einen Kanaldeckel aus der dicken Staubschicht auftauchen und wie von selbst zur Seite rollen.

«Alle hier rein.»

«O nein. Nicht schon wieder ein Brunnen», erklang Ludos Stimme.

«Das sind eins, zwei, drei», sagte Elster, während er sie nacheinander an den Schultern abzählte und in den Kanalschacht lotste. «Wo ist der Vierte?»

«Ich bin hier», sagte Mel.

«Und fünf, macht ein halbes Räuberdutzend. Ganz nach unten.»

Als er den Grund erreichte, nahm Ludo die Kapuze ab. «Das ist ein Abwasserkanal.»

«Was hast du denn erwartet, Freundchen?», sagte Elster. Er zog eine Lampe aus dem Sack und zündete sie an. «Eine goldene Kutsche etwa? Wir sind ein Haufen Ganoven auf der Flucht.»

Mel riskierte es, ein wenig zu schnüffeln. «Elster hat recht. Der Staub bindet wirklich den Geruch.»

«Ich würde euch nie belügen. Schließlich bin ich ein ehrlicher Räuber. Und jetzt kommt mit, haltet euch dicht hinter mir und passt auf, dass ihr euch Gesicht und Hände nicht vollspritzt.» Unsichtbare Füße patschten durch die schmutzige Brühe. «Sie werden uns bis zum Kanalschacht verfolgen, aber nachkommen werden sie uns nicht. Wegen der Feuchtigkeit, versteht ihr? Und wohin jetzt?»

«Immer dem Klang der Musik nach», sagte Goldie.

«Hier entlang.» Elsters Schritte bogen in einen Nebenarm ab, und seine tanzende Lampe lotste die schwebenden Köpfe der Freunde zu einem Kanalschacht in der Nähe des Fahrwohinduwillst.

Als er oben den Kanaldeckel anhob, schwoll die Musik der Dampforgel merklich an.

«Was sehen Sie?», fragte Mel.

«Ist das eure Klapperkiste?», fragte Elster. «Sieht aus, als wäre euch der Rest des Jahrmarkts hinterhergelaufen. Ein verflixt großes Riesenrad ist auch dabei. Wirkt alles ziemlich verlassen … Nein, Moment. Auf dem Karussell steht ein kleiner Kauz mit knallrotem Gesicht.»

«Lug», sagte Goldie. «Sonst noch jemand?»

«Scheint, als wäre er allein.»

«Jetzt ist er wieder reingegangen», sagte Elster. «Gehen wir.» Er schob den Kanaldeckel zur Seite und kletterte hinaus. Die Freunde zogen sich die Kapuzen wieder über den Kopf und folgten ihm.

«Was jetzt?», fragte Ludo, als sie vor dem im Kreis fahrenden Fahrwohinduwillst standen.

«Wir müssen Lug überwältigen und wieder die Kontrolle übernehmen», sagte Goldie.

«Oh, oh», sagte Elster. «Sieht aus, als bekämen wir Gesellschaft. Wenn wir Glück haben, kommen sie gleich ein bisschen ins Schwitzen.»

Auf der Straße von Irgendwo kam eine Horde Aufseher in einer gewaltigen Staubwolke auf sie zugerannt.

In diesem Moment trat Lug aus der Dampforgel und bemerkte die herannahenden Aufseher. «Immer mit der Ruhe. Was soll das Ganze?», knurrte er, als er herabstieg.

«Es befinden sich Bankräuber auf der Flucht», sagte der Anführer der Aufseher, als er den anderen signalisierte, stehen zu bleiben. «Wir müssen Ihr Karussell durchsuchen.»

«Ach ja?», meinte Lug. Er stemmte die Hände in die Hüften und reckte das Kinn. «Da könnte ja jeder kommen.»

Die Aufseher zückten wie auf Kommando ihre Schlagstöcke, Lug aber starrte sie einfach nur wütend an.

«Ich habe eine Idee», flüsterte Goldie.

Mel sah, wie sich ihre Fußspuren von hinten an Lug heranschlichen, und mit einem Mal lag eine Handvoll Blumen um seine Füße herum.

«Wo kommen die denn her?» Verblüfft starrte der Gnom auf die Blüten.

«Seht nur!», schrie einer der Aufseher. «*Er* ist der Räuber. Wir haben ihn auf frischer Tat ertappt.»

«Aber das sind nicht meine …» Die Aufseher packten ihn.

«Auf was wartet ihr noch?», kam Goldies Stimme vom Fahrwohinduwillst. «Braucht ihr eine Extraeinladung?»

Als alle in der Dampforgel waren, folgten sie Goldies Stimme hinauf ins Steuerhaus. Schnell zogen sie ihre Overalls aus und wurden wieder sichtbar.

«Zeit, von hier zu verschwinden.» Goldie begann die Anzeigen und Instrumente zu überprüfen. «Der Druck ist hoch genug.»

«Warte einen Moment, Goldie», sagte Wren. «Ist Elster hier?»

«Klar bin ich hier. Oberste Räuberregel: Bleib bei deinen Freunden. Lasst uns die Kurve kratzen.»

Mel blickte aus dem Fenster. «Da unten geht es ganz schön rund. Machen wir uns davon, bevor sie merken, was wir vorhaben.»

Goldie legte ein paar Hebel um, und wieder entrollte sich das Karussell und verließ Irgendwo im Eiltempo. Goldie holte tief Luft. Dann packte sie das Steuerrad und zog an der Kette. Die Dampforgel gab ihr triumphierendes, misstönendes Tuten von sich.

«Jetzt haben sie uns gesehen», sagte Mel. Er drehte der kleiner werdenden Menge eine lange Nase.

«O weh», sagte Ludo. «Da sind die Tern und der Morg.»

Die Aufseher ließen Lug los und wichen vor dem schrecklichen Geschöpf zurück, das auf sie zusprang.

Wren trat neben Mel. Erschrocken packte sie ihn am Wams. «Wie schnell kann das Fahrwohinduwillst fahren?», fragte sie über die Schulter.

«Wie schnell hättest du es denn gern?»

«So schnell es geht», erwiderte Wren. «Das Riesenrad folgt uns. Und Lug ist auch dabei. Anscheinend arbeitet er mit den Tern zusammen.»

«Ach, das alte Ding. Die werden uns nicht kriegen. Nicht in einer Million Jahren.»

Kaum hatte Goldie das gesagt, begannen die Anzeigen um sie herum abzusinken, und die Musik der Dampforgel wurde langsam und schleppend.

«Wir verlieren Druck», erklärte Goldie.

«Aber wieso?», sagte Ludo. «Ich dachte, du hättest gesagt, er wäre hoch genug.»

«Das war er auch. Das hier ist Sabotage. Irgendjemand lässt unseren ganzen Dampf ab. Anscheinend ist der blinde Passagier noch an Bord. Jetzt kommen wir nie von hier weg.»

DER SPIEGELSTURM

Die gewölbte Welt

Als die Musik verstummte, blieb das Fahrwohinduwillst stehen.

«Mir ist schlecht», sagte Mel.

«Kann ich gut verstehen», sagte Goldie. «Ich dachte, wir wären längst über alle Berge.»

«Nein, ich meine, mir ist wirklich schlecht.»

«Das liegt an Mirrorscape», sagte Wren. «Du und Ludo seid schon zu lange hier. Wir müssen nach Nem zurück, zumindest für eine Weile.» Aufmunternd drückte sie Mels Schulter.

«Schlechte Aussichten», meinte Elster. «Die Kiste scheint den Geist aufgegeben zu haben. Zu Fuß können wir dem Riesenrad nie entkommen, und die Aufseher werden nicht weit dahinter sein. Dafür werden sie uns ganz schön büßen lassen.»

«Im Gefängnis?», fragte Ludo.

«Nein, Freundchen, auf der Folterbank.»

«Es gibt einen Weg hier raus», sagte Wren. «Aber er führt nicht zurück nach Nem.» Sie durchquerte das Steuerhaus und blieb vor einem der Wandgemälde stehen. Es zeigte einen phantastischen Urwald voller fröhlich dreinblickender Tiere und buntgefiederter Vögel, das den gleichen enthusiastischen, aber unbeholfenen Stil verkörperte wie alle anderen Karussellverzierungen.

«Schon wieder?», sagte Ludo. Auch er begann allmählich kränklich auszusehen. «Das bringt uns nur noch weiter von Nem weg.»

«Wir haben keine andere Wahl», erwiderte Wren. «Was sagt der Glückskompass, Mel?»

Mel klappte ihn auf und fragte: «Auf welchem Weg kommen wir hier raus?» Dann wies er mit dem Kopf auf das Gemälde. «Er stimmt dir zu. Dann sollte ich wohl lieber ein Spiegelzeichen anbringen.» Auf einem Ventil fand er ein wenig überschüssiges Schmierfett und malte das Symbol mit dem Finger auf das Bild.

«Zeit, von Bord zu gehen», sagte Goldie. «Ich hole noch ein paar Sachen, die uns vielleicht nützlich sein können.»

«Sei vorsichtig», warnte Wren sie. «Der blinde Passagier ist noch an Bord.»

«Keine Sorge», sagte Goldie. «Ich vermute, er wird in der Nähe des Kessels bleiben, um zu verhindern, dass wir den Druck wieder hochfahren.» Mit einem sehnsüchtigen Blick sah sie sich im Steuerhaus um, strich zärtlich über ein Kompasshäuschen und stieg dann die Treppe hinab. Wren sah, dass sie feuchte Augen hatte.

«Habt ihr etwas dagegen, wenn ich mitkomme?», fragte Elster. «Es scheint, als würde ich in Irgendwo beruflich für eine Weile auf der Stelle treten.»

Lächelnd sahen sich die Freunde an. Sie wussten, dass sie einen weiteren Freund gut gebrauchen konnten – vor allem einen so einfallsreichen wie Elster.

«Es wäre toll, dich dabeizuhaben», antwortete Wren.

Ihr Lächeln schwand, als sie das Heulen des Morgs hörten.

«Er scheint ganz in der Nähe zu sein», sagte Mel.

«Wir haben keine Zeit mehr, Goldie!», rief Wren die Treppe hinab.

«Sie sind da!», schrie Ludo vom Fenster.

Das Riesenrad blieb stehen, und die Fahrgäste stiegen aus. Ter Selen ließ den Morg von der Leine, der hastig zum Fahrwohinduwillst hinübersprang.

«Goldie!»

«Ruhig Blut!», sagte die Gerufene und kam mit einer großen Tasche auf dem Arm die letzten Stufen heraufgerannt.

«Wir haben Besuch», sagte Mel.

«Ich weiß», meinte Goldie. «Ich habe dafür gesorgt, dass ihnen die Suppe ein bisschen versalzen wird.»

Draußen ertönte lautes Gebrüll, und alle blickten aus dem Fenster. Unter ihnen hatten viele der buntlackierten Tiere das Fahrwohinduwillst verlassen und gingen nun mit bemerkenswerter Wildheit auf die Verfolger los.

«Goldie», sagte Elster, «du bist ein Schatz.»

«Ich tue, was ich kann.»

Im Stockwerk unter ihnen brach ein lauter Tumult los.

«Das hat sie nicht lange aufgehalten», sagte Ludo. «Sie sind schon drinnen.»

«Nein, sind sie nicht.» Goldie legte zwei Finger an die Lippen und stieß einen lauten Pfiff aus. «*He*, ihr da unten, hört auf, euch zu zanken!», schrie sie die Treppe hinunter. «Schafft eure holzwurmzerfressenen Leiber hier rauf!»

Es scharrte auf den Treppenstufen, und dann kletterte eines der geflügelten Karussellpferde ins Steuerhaus. Ihm folgten ein krokodilköpfiger Papagei, eine Fledermaus mit Beinen und einem Einhornkopf, dann ein Geschöpf, das halb Schwan, halb Giraffe war, und schließlich ein pummeliger Drache. Es wurde ziemlich eng.

«Ich weiß nicht, wie weit wir fortmüssen», sagte Goldie. «Aber ich habe keine Lust, zu Fuß zu gehen.»

«Ich nehme den Drachen», sagte Ludo.

«Goldie, wenn du jemals Lust haben solltest, den Beruf zu wechseln, melde dich bei mir», sagte Elster mit offenkundiger Bewunderung.

«Dann wollen wir mal», meinte Goldie und blickte sich mit einem letzten, sehnsüchtigen Blick im überfüllten Steuerhaus um. «So viele schöne Erinnerungen. Die alte Rostlaube wird mir fehlen.» Eine Träne rollte ihr über die Wange.

«Wir sollten uns auf den Weg machen. Hakt euch unter und packt ein Reittier.» Mel malte das Spiegelzeichen in die Luft.

In seiner prächtigen ultramarinblauen Kutsche, die von vier Schimmeln in glänzendem Geschirr und mit Straußenfedern auf dem Kopf gezogen wurde, fuhr Ambrosius Blenk durch die Straßen von Vlam. Neben ihm saß Dirk Tot und ihnen gegenüber hatten Grün und Blau Platz genommen. Die vier Männer beobachteten mit zunehmender Besorgnis, was sich draußen abspielte. In den funkenbedeckten Straßen drängten sich die Menschen. Viele hatten Hacken und Schaufeln dabei, während sie zu der Stelle eilten, an der vor wenigen Minuten das Ende des Regenbogens niedergegangen war. Die Kutsche kam in der erregten Menge immer schlechter voran, bis sie schließlich quietschend stehen blieb.

«Es tut mir leid, Herr!», rief der Kutscher von oben. «Es ist einfach zu voll! Die Straße ist völlig verstopft. Durch diese Menge kommen wir nie zum Palast des Geistes.»

«Es ist zwar nicht gerade eine Strecke mit schöner Aussicht, aber ich kann uns hinbringen», sagte Grün.

Die vier Männer stiegen aus. Bereitwillig machte die Menge vor der hünenhaften Gestalt Dirk Tots Platz, der die kleine Schar auf Grüns Geheiß gegen den Strom führte. Als sie unterhalb des königlichen Palasts die steilen Flanken des Monarchenhügels hinaufstiegen, kamen sie schließlich um eine Biegung, hinter der sich ihnen ein Blick über die Dächer der Stadt bot.

Die drei unheimlichen Wolken überschatteten Vlam. Aus dem Bauch der ersten Wolke fielen jetzt noch mehr düstere Wolkenfiguren. Die riesigen wogenden Ungeheuer schienen ihre nebelhafte Beschaffenheit zu verlieren und dunkler und fester zu werden. Jede neue Figur kam dem Erdboden ein klein wenig näher, ehe sie zerfloss und davonschwebte. Auch die Funken, die aus der zweiten Wolke fielen, waren dicker als je zuvor, und es war deutlich zu sehen, dass sich in ihrem Innern ein kreisendes, wirbelndes Etwas bildete.

Doch es war die dritte Wolke, die alle Aufmerksamkeit auf sich zog. Der Regenbogen, der bei seiner Entstehung so überirdisch zart und unschuldig gewirkt hatte, schien nun aus gröberem Material zu bestehen. Die Farben leuchteten grell, und der ursprüngliche Bogen war mittlerweile so gerade wie ein Laserstrahl. Sein Ende hatte schließlich in einem für seine Theater und Tavernen bekannten Stadtviertel den Boden erreicht. Dort suchten die Blicke der Menschen nun vergeblich nach dem Komödienhaus mit der runden Kuppel, dem vertrauten Wahrzeichen des Viertels. Das Ende des Regenbogens hatte an dieser Stelle nur einen Trümmerhaufen hinterlassen. Die Kuppel war wie eine Eierschale zerbrochen, und an den Innenseiten der stehen gebliebenen Mauerreste hingen noch Überbleibsel der purpurroten Sitzreihen. Die angrenzenden Gebäude schwelten, und selbst aus dieser Entfernung konnten der Meister und sein Gefolge die Alarmglocken hören und sehen, wie die zum Ende des Regenbogens hindrängende Menge wieder zurückströmte. Auf ihrer Flucht vor dem giftigen Regenbogen verwandelte sich der Goldrausch in Panik.

Blau berührte Ambrosius Blenk an der Schulter. «Sehen Sie nur, Meister.»

Blenks Augen folgten Blaus ausgestrecktem Finger. Hoch über Vlam, direkt über dem Zentrum der Stadt und von allen drei Wolken gleich weit entfernt, begann eine vierte Wolke Gestalt anzunehmen.

«Schnell», sagte der Meister. «Wir dürfen keine Zeit verlieren.»

«Das nenne ich mal eine schöne Abwechslung», sagte Ludo. «Wenn wir sonst ein Gemälde betreten, wartet normalerweise immer etwas Übles auf uns.»

«Das Geld wächst auf den Bäumen, und ich habe

nichts, womit ich es fortschaffen kann», sagte Elster traurig, als er die verschwenderische Pracht des Urwalds betrachtete. Blühende Ranken wanden sich zwischen übergroßen Dschungelpflanzen hindurch, und ihre Füße wateten durch leuchtend bunte Blüten wie durch eine farbige Brandung.

«Sei nicht gierig», sagte Wren. «Dein Sack ist bis oben mit der Beute aus der Bank gefüllt.»

«Ich weiß, aber ich kann nicht anders.»

In der Nähe fuhr sich eine Tigerin mit ihrer rosafarbenen Zunge über das Fell, während ihre Jungen mit einer herabhängenden Kriechpflanze spielten wie kleine Kätzchen mit einem Wollknäuel. Eine rehäugige Antilope graste nicht weit entfernt, ohne die geringste Angst vor dem Tier, das an jedem anderen Ort ihr natürlicher Feind gewesen wäre, und eine Affenfamilie ritt huckepack auf einem Leoparden. Das Gemälde auf der Wandtäfelung war in naivem Stil angefertigt worden, doch nun, wo sie sich tatsächlich darin befanden, war alles echter als echt. Jede Farbe war von vollendeter Reinheit und jeder Gegenstand exakt gezeichnet. Die ganze Umgebung war so einladend, dass Mel kein bisschen überrascht war, zwischen den blütenübersäten Ranken ein purpurrotes Sofa stehen zu sehen. Eine Welle der Übelkeit überflutete ihn, und dankbar ließ er sich darauffallen, wobei er einen Paradiesvogel aufschreckte, der die Lehne als Sitzstange benutzt hatte. Mel fiel der Kopf nach vorn, und er schlummerte ein.

«Komm schon, du Schlafmütze», sagte Goldie, die ihn sanft schüttelte. «Du kannst dich später ausruhen. Wir müssen dich für eine Weile nach Hause bringen. Wo geht es nach Nem?»

«Hm?» Mel zwang sich wach zu bleiben und auf den Glückskompass zu schauen. «In welcher Richtung geht es nach Hause?» Er kippte das Instrument mehrmals hin und her, ehe es etwas anzeigte. «Er sagt, da entlang.» Mel deutete geradewegs in die Luft.

«Was? Du meinst wohl, da entlang.» Goldie zeigte in das Unterholz. «Ist das die Richtung, die du meinst?»

«Ja», sagte Mel verschlafen. «Ich glaube schon.»

Bevor sie ihre ungewöhnlichen Reittiere besteigen konnten, mussten sie erst Ludo auf einem weichen Laubbett wecken, das er gefunden hatte. Goldie übernahm auf dem krokodilköpfigen Papagei die Führung, Wren folgte ihr auf der Fledermaus mit dem Einhornkopf, Mel auf dem geflügelten Pferd und Ludo auf dem dicken Drachen. Als Letztes watschelte der Schwan mit dem Hals und dem Kopf einer Giraffe hinterher, der den unsichtbaren, vor sich hin schimpfenden Elster trug.

«Heiliger Strohsack, Goldie. Ich habe noch nie auf etwas Unbequemerem gesessen als auf dieser lahmen Ente.»

«Hör auf zu quengeln, Elster, und beeil dich», rief Goldie über die Schulter zurück.

Die seltsame Prozession ritt eine Weile schweigend dahin, wich herabhängenden Ästen und Kriechpflanzen aus und lauschte der Musik des Dschungels, in dem versteckte Kreaturen sich durch geheimnisvolle Rufe verständigten. Langsam begann sich der Urwald zu lichten. Der Pflanzenwuchs wurde spärlicher, bis schließlich Licht durch das Blätterdach brach und der Wald völlig aufhörte. Am Rand des Dschungels blieben sie stehen und staunten über den Anblick, der sich ihnen bot. Nur Elster brach das Schweigen.

«Himmel! Jetzt habe ich wirklich alles gesehen.»

Rund um das Fahrwohinduwillst sah es aus wie auf einem Schlachtfeld. Die toten und zersplitterten Leiber der Karusselltiere lagen überall verstreut und bildeten einen Friedhof aus Gold und buntem Lack. Zu den Narben, die den missgestalteten Körper des Morgs bedeckten, war nur hier und da ein oberflächlicher Kratzer hinzugekommen. Er schnaufte nicht einmal, als er Ter Selen in die verlassene Dampforgel und ins Steuerhaus hinaufführte.

Kaum war er im Innern dem Staub von Irgendwo entkommen, kehrte sein Geruchssinn zurück, und er führte seine Herrin zur bemalten Wandtäfelung, auf der Mels fettiges Spiegelzeichen prangte.

«Sag mir, was du siehst, Mudge.»

Die kleine Ter beschrieb ihrer Herrin das Bild.

«Dann sind Wren und diese Jungen also in den Dschungel gegangen, ja?»

«Sie müssen die Wandmalerei zerstören», sagte der blinde Passagier. «Sie dürfen auf diesem Weg nicht zurückkommen. Und …» Der blinde Passagier zögerte.

«Heraus damit!»

«Wir müssen die Suche abbrechen», fuhr er fort. «Ich verspreche, dass wir das Mädchen ausliefern werden, sobald wir mit den Jungen fertig sind. Was ich kaum erwarten kann. Doch jetzt beginnt der Spiegelsturm. Wir müssen nach Vlam zurück. Ich habe ein Gemälde vorbereitet, das uns geradewegs in den Palast des Geistes zurückbringt.»

«Hast du das gehört, Morg? Deine Flitterwochen müssen noch ein wenig warten. Aber das wird dir das Wiedersehen mit deiner Braut nur noch mehr versüßen.»

Wenig später wurde das Farbspektrum von Ter Selens schönen Augen um eine weitere Farbe erweitert. Sie spiegelten den orangeroten Schein der lodernden Flammen wider, in dem das Fahrwohinduwillst verbrannte. Gegen den Feuerschein zeichneten sich die dunklen Gestalten von Ter Mudge, Ter Tunk, Lug und dem hochgewachsenen blinden Passagier ab. Letzterer verleibte sich gierig Guvs Biervorräte ein, die er geplündert hatte, ehe die Dampforgel von ihm in Brand gesetzt worden war.

Die Welt war hohl, und Mel und seine Freunde befanden sich in ihrem Innern.

Obwohl der Boden unter ihren Füßen flach wirkte, konnte man erkennen, dass sich ganz Mirrorscape an den Rändern beständig nach oben bog und dabei immer unschärfer wurde, bis es schließlich hoch über ihren Köpfen zusammentraf. Es gab keinen Horizont. Die Wälder, Flüsse, Berge und Seen klammerten sich an die Innenseite der unermesslichen Kugel. Wolken und ganze Wetterfronten hingen über der Oberfläche und warfen dunkle Schatten. Doch das Merkwürdigste gab es am Himmel zu sehen, wenn man den Raum im Zentrum dieser seltsamen Welt so nennen konnte. Wie ein Kern im Innern eines Pfirsichs schwebte dort ein riesiges kugelrundes Schloss. Auch wenn es weit weg war, konnten sie die Spitzen und Türme der

Festung erkennen, die wie bei einem stacheligen Ball in alle Richtungen abstanden.

«*Dahin* hat der Glückskompass gedeutet», sagte Wren und reckte den Hals.

«Das gefällt mir nicht. Mir wird ganz schwindelig davon», sagte Elster.

«Vielleicht sieht man von da oben alles ganz anders», meinte Mel.

«Vom Schloss aus? Wir müssen da hinauf?» Jetzt hörte sich auch Elster an, als wäre ihm übel. «Das ist, als würden wir zum Mond reisen.»

«Es ist näher als der Mond», erwiderte Ludo.

«Nicht viel», stellte Goldie fest. Sie trieb ihr Reittier einige Schritte vorwärts und drehte sich dann zu den anderen um. «Was ist? Kommt ihr mit oder nicht?» Sie drückte ihrem Geschöpf die Fersen in die Flanken, das daraufhin die glänzenden Flügel ausbreitete und davonflog.

«Dann los», sagte Wren, als sie ihr folgte.

Mel, Ludo und Elster taten das Gleiche.

Ihre Beklommenheit verschwand mit zunehmender Entfernung zum Boden, als die kuriose Schar in der gleichen dichten Formation, die sie auch auf dem Fahrwohinduwillst eingenommen hatte, immer höher und höher stieg. Mels Übelkeit wurde vorübergehend von einem Hochgefühl verdrängt. Er drehte sich im Sattel um und blickte zum Dschungel zurück, aus dem sie gekommen waren. Er sah die Spitzen verfallener und von Kriechpflanzen überwucherter Tempel aus den Baumkronen ragen, und weiter hinten erhob sich ein Vulkan, aus dem glühende Lava die Hänge hinabströmte. Zur Linken stach ein Gewitter mit seinen grellen Nadelfingern in die Flanken einer Bergkette, und vor ihm lag ein riesiger, mit Hunderten bewaldeter Inseln besprenkelter See. Aufgeschreckt vom Schatten ihres Schwarms galoppierten große Herden über staubige Ebenen, und unter den weißen, auf und ab gleitenden Schwingen seines Pferdes zogen verlassene und verfallene Städte vorbei. Immer höher stiegen sie, bis die Spiegelwelt unter ihnen jegliche Konturen verlor und einer Landkarte aus verwaschenen Grün-, Blau- und Brauntönen glich.

Dann schien die gewölbte Welt plötzlich mitten im Flug zu kippen. Die gewölbte Oberfläche befand sich nun über ihren Köpfen und das Schloss unter ihnen. Es war immer noch sehr weit weg, aber der Weg dorthin führte zweifellos nach unten, und ihr bunter Schwarm glitt in weiten Spiralen darauf zu.

Mit zusammengekniffenen Augen blickte Mel hinab. «Seht nur. Wir fliegen direkt auf den großen Hof zu.»

Die Einzelheiten der gewaltigen Festung kamen nun immer schneller auf sie zu. In einem wirren Durcheinander breiteten sich unter ihnen Wassergräben, Torvorwerke und Wehrtürme aus. Es gab alles, was eine gut ausgestattete Festung ausmachte, nur keine Bewohner. Sie war leer.

Goldie flog voran, bis sie schließlich hart auf einen von hohen Mauern umgebenen Burghof aufsetzten. Sie schwang sich aus dem Sattel und schnalzte beruhigend mit der Zunge, während sie ihrem mitgenommenen Reittier über den Hals fuhr. «Das war ein ordentlicher Ritt. Den Rückweg werden diese armen kleinen Dinger wohl nicht schaffen.»

Als Mel abstieg, fiel einer der Flügel seines Pferdes auf das Kopfsteinpflaster. Dann krachte es wieder, und als Mel sich umdrehte, sah er, wie die Beine von Ludos Drachen einknickten und dieser mitsamt seinem Freund, der immer noch im Sattel saß, zu Boden ging.

«Werden sie sich wieder erholen?», fragte Mel.

«Na klar», sagte Goldie. «Hier können sie nach Herzenslust grasen, und sie werden froh sein, eine Weile niemanden mehr auf dem Buckel herumtragen zu müssen. Ihre Glieder werden mit der Zeit nachwachsen. Außerdem wartet hier eine ganz neue Welt auf sie.»

«Wo sind wir?», fragte Ludo, als er aus dem Sattel rutschte.

«Keine Ahnung», antwortete Wren. «Wir müssen euch beide so schnell wie möglich nach Hause bringen.»

«Wo geht es nach Nem?», fragte Mel den Glückskompass.

Sie folgten der Nadel des Richtungszeigers, die sie zu einer runden Tür in der dicken Umgrenzungsmauer leitete. Diese führte in einen dunklen Innenraum. Aus Elsters unsichtbarem Sack kam eine Lampe zum Vorschein, und aus Goldies Beutel eine weitere. Im Schein der Lampen tauchte vor ihnen ein langer runder Gang auf.

«Es geht mit Sicherheit hier entlang. Und das Glücksbarometer steigt.» Mel führte sie hinein.

Der Gang bestand aus grauen Steinblöcken, die man geschickt zu einer röhrenartigen Passage zusammengefügt hatte, die anstieg und abfiel und sich mal hierhin, mal dorthin wand.

«Was ist das hier?», fragte Elster. «Sieht mir eher nach

einem verworrenen Wasserleitungssystem als nach einem richtigen Gemäuer aus.»

«Und es hört sich auch so an», fügte Ludo hinzu.

Inzwischen war ein beständiges Gurgeln zu hören, das hin und wieder von fernem Rauschen übertönt wurde. Als sie weitergingen, gesellte sich ein weiteres Geräusch hinzu: eine Art rhythmisches Rasseln, das mal höher, mal tiefer klang. Hier und da verzweigte sich der runde Gang, doch der Kompass führte sie unbeirrt weiter, während das Glücksbarometer immer höher stieg. Dann endete der Gang vor ihnen abrupt in tiefster Finsternis, die selbst ihre Laternen nicht zu durchdringen vermochten. Elster hob seine Lampe an und wagte sich in die Dunkelheit vor.

«Kommt weiter», forderte Wren sie auf. «Lasst uns nachschauen, wo wir sind.»

Das Rasseln war nun viel lauter.

«Was ist das?», flüsterte Ludo, von der Finsternis eingeschüchtert.

«Ich weiß es nicht», flüsterte Wren zurück. «Klingt wie Schnarchen.»

«Schnarchen!», sagte Ludo viel zu laut. «Schnarchen?», wiederholte er dann leise. «Es kommt von überall her.»

Der Schein von Goldies Laterne ließ im Dunkeln etwas aufleuchten. «Da vorn glänzt irgendetwas.»

Als sie es erreichten, entdeckten sie einen kunstvoll geschwungenen und vergoldeten Kerzenleuchter, der neben einem ebenso fein gearbeiteten Pult stand. Die Kerzen entzündeten sich urplötzlich von selbst und warfen einen gelben Lichtkranz in die Finsternis, in dem sich das Pult, die Gruppe und ihre Schatten abzeichneten. Als Elster durch das Licht ging, konnten sie gerade eben die feinen Linien seiner Kontur erahnen. Auf dem schräg abfallenden Pultdeckel lag ein Blatt Pergament, das an den Ecken von einem an ein Miniaturtrampolin erinnerndes Fadenspiel glatt gespannt wurde. Darüber befand sich ein Federhalter und daneben ein eingelassenes Tintenfass.

«Was glaubt ihr, was das ist?», fragte Wren. «Eine Art Gästebuch?»

«Vielleicht sollten wir uns eintragen», schlug Ludo vor.

«Glaubst du?», fragte Mel, als er den Stift in die Hand nahm. Mit einem Klick öffnete er den Deckel des Tintenfasses. Das Schnarchen verstummte abrupt, und die Finsternis verschwand.

Cogito, der Lukubrator

Mel, Ludo, Wren, Goldie und (vermutlich auch) Elster standen blinzelnd in der plötzlichen Helligkeit und staunten über die Fremdartigkeit dessen, was sie sahen. Eine riesige Kammer ließ sie wie Zwerge erscheinen. Das Mauerwerk schien zu einer unförmigen und fast organischen Masse verschmolzen zu sein, die ebenso viele Wülste und Falten aufwies wie das Gesicht eines Bluthundes. Hunderte leuchtender Knötchen ragten aus Wänden und Decke, um den bizarren Ort zu beleuchten. Doch Mel und seine Freunde nahmen davon kaum etwas wahr. Sie waren zu sehr mit dem beschäftigt, was den Rest der Kammer ausfüllte.

«Igitt», sagte Ludo angewidert. «Diese Wand sieht aus, als hätte man sie aus irgendwelchen Eingeweiden zusammengesetzt.»

«Die großen blauen Ballons müssen Lungenflügel sein», vermutete Wren, während sie zusah, wie sich die Ballons aufblähten und wieder zusammenzogen.

«Seht euch nur all die dicken Venen an», sagte Mel. «Sie sind voller bunter Flüssigkeit.»

«Und das muss die Pumpe sein», ergänzte Elster.

Ein mächtiges, knollenartiges Herz pochte inmitten

einer Fülle anderer undefinierbarer Organe, die in ihrem eigenen verschobenen Rhythmus schmatzten und pfiffen, gurgelten und blubberten. Und inmitten dieser Masse aus munteren Innereien trieb ein riesiges blutunterlaufenes Auge, das die Eindringlinge anstarrte.

«Was ist das hier bloß?», wunderte sich Goldie.

Mel klappte das Tintenfass wieder zu. Die Lichter gingen aus, und das Schnarchen begann von neuem. Gleich darauf klappte er den Deckel wieder auf. Die Lichter gingen wieder an, und die schlummernde Masse erwachte ein zweites Mal.

«Jedenfalls hast du den Ein- und Ausschaltknopf gefunden», stellte Wren fest. Dann wandte sie sich betont forsch an die pulsierende Wand vor ihnen: «Hallo. Können Sie uns hören?»

Nichts. Nur der wässrige Blick des lidlosen blauen Auges.

«Dieses Pult steht nicht ohne Grund hier», sagte Goldie. «Warum versucht nicht jemand, darauf zu schreiben?»

«Ich mache das.» Mel nahm den Federhalter und tauchte ihn in die Tinte. Kurz darauf schrieb er in seiner saubersten Schrift *Hallo* auf das Blatt.

Alle rechneten fest mit einer Reaktion, doch nichts geschah.

Mel strich das Wort durch und sah überrascht, wie es verblasste und verschwand. Er schrieb noch einmal *Hallo*, wobei er sich noch mehr Mühe gab als zuvor.

Es geschah immer noch nichts.

«Vielleicht ist es doch ein Gästebuch», vermutete Ludo.

Mel strich auch das zweite Wort durch, sah zu, wie es

verschwand, und schrieb dann seinen Namen. Als Letztes fügte er den Punkt über dem «i» in «Melkin» hinzu. In diesem Moment veränderte sich der Rhythmus der pulsierenden Masse, und ein leises elektrisches Summen gesellte sich zu den übrigen Geräuschen, während sich von Knötchen zu Knötchen ein Netz blau-weißer Funken ausbreitete. Mels Schriftzug verschwand, und an seiner Stelle erschien auf dem Pergament in fließender, eleganter Schrift das Wort *Syntaxfehler*.

«Das bedeutet wohl, dass Mel einen Fehler gemacht hat», sagte Ludo.

«Red keinen Stuss. Ich weiß, wie ich heiße.»

«Warum stellst du nicht eine Frage?», schlug Wren vor.

Als das Wort verblasste, schrieb Mel: *Wo sind wir*

Seine Schrift verschwand, und wieder erschien *Syntaxfehler*, bis auch dieser Begriff wieder erlosch.

«Du hast das Fragezeichen vergessen», sagte Goldie.

Mel versuchte es noch einmal. *Wo sind wir?*

Sobald er den Punkt unter das Fragezeichen gemalt hatte, setzte ein gurgelndes Gesurre ein, und die tanzenden Funken an Wänden und Decke veränderten ihr Tempo. Mels Frage verschwand und an ihrer Stelle erschien das Wort *Cogito*.

«‹Cogito›? Was bedeutet das?», fragte Wren.

«Keine Ahnung», sagte Ludo. «Frag mich was Leichteres.»

Mel schrieb: *Wer sind Sie?* und achtete sorgsam auf die Zeichensetzung, die für den Erhalt einer Antwort entscheidend zu sein schien.

Cogito.

Mel schrieb: *Was sind Sie?*

Eine kurze Pause trat ein, ehe der Satz *Cogito, ergo sum* erschien.

«Was soll das heißen?», wollte Elster wissen.

«Vielleicht ist das eine andere Sprache», sagte Ludo.

«Oder dummes Zeug», meinte Goldie. «Aber immerhin spricht es mit uns.»

Mel zitterte die Hand, und er musste, von Übelkeit überwältigt, innehalten, ehe er schrieb: *Wir müssen nach Hause. Wie kommen wir zurück nach Vlam?*

Wer suchet, der findet.

«Na, herzlichen Dank auch», sagte Ludo.

«Wir wissen, dass der Rückweg hier irgendwo ist. Das sagt der Glückskompass», sagte Wren. «Vielleicht hat es uns nicht richtig verstanden. Stell die Frage noch einmal anders.»

Auf welchem Weg geht es zurück nach Vlam?

Wer suchet, der findet.

«Auf eine direkte Antwort kannst du in Mirrorscape lange warten», sagte Ludo. Frustriert trat er gegen das Pult, von dem ein wenig Goldfarbe abblätterte.

«Lass mich es versuchen, Mel», sagte Wren. Als sie den Federhalter in die Tinte tauchte, ertönte ein unterdrückter Schrei. Alle hoben den Kopf und sahen in einer der durchsichtigen Venen eine triefnasse Schimäre vorbeisausen und im Innern der pulsierenden Wand verschwinden.

«Verflixt, was war das?», fragte Elster.

«Frag das Cogitodingsda», schlug Ludo vor.

Wren schrieb: *Was war das?*

Syntaxfehler.

Wie kommen wir nach Vlam zurück?, schrieb Wren.

Wer suchet, der findet.

«Moment mal», sagte Mel. «Vielleicht ist es wörtlich gemeint, und es will uns mit ‹Wer suchet, der findet› sagen, dass wir wirklich danach suchen sollen. Da drinnen zum Beispiel.»

Die anderen starrten auf die schleimige, pulsierende Wand. «Da *drin*?», sagten alle wie aus einem Mund und gleichermaßen angeekelt.

Wieder ertönte der unterdrückte Schrei, und wieder schoss die Schimäre durch eine Vene.

«Mir ist das alles nicht geheuer», sagte Elster. «Vielleicht ist es genau das, was dem armen Teufel da passiert ist.»

«Vielleicht sollen wir im ganzen Schloss suchen», meinte Ludo.

«Aber das ist *riesig*», sagte Wren. «Du und Mel werdet nicht weit kommen, in eurem Zustand.»

«Wir haben immer noch das Dingsda», sagte Ludo. «Kommt schon, einen Versuch ist es wert. Hier drinnen kommen wir doch nicht weiter. Was meinst du, Mel?»

Mel musste mehrmals blinzeln, ehe er den Glückskompass klar erkennen konnte. Das Glücksbarometer stand immer noch hoch, aber der Richtungszeiger schwang hin und her und glitzerte jedes Mal im funkelnden Licht des Rubins. «Du könntest recht haben.»

Im Lampenschein folgten sie einer scheinbar endlosen Abfolge röhrenartiger Gänge, bis sie wiederum zu einem dunklen Raum kamen, in dem ein Glucksen und Schnarchen zu hören war. Sie traten ein und landeten vor einem Kerzenleuchter und einem Pult.

«Wir sind wieder da, wo wir angefangen haben», sagte Elster, als die Kerzen von selbst zu brennen begannen. «Wir müssen im Kreis gelaufen sein.»

«Das haben wir bestimmt nicht getan.» Goldie klappte das Tintenfass auf, und die Knötchen leuchteten auf. «Und jetzt?»

Mel und Ludo sanken zu Boden.

«Das Auge hat die Farbe gewechselt», stellte Wren fest. «Vorhin war es blau. Jetzt ist es braun.»

«Und das ist noch nicht alles», sagte Goldie, die vor dem Pult kniete. «Das Pult ist nicht abgeblättert. Es sieht zwar alles gleich aus, aber ich wette, wir sind woanders. Fragt das Cogitoding.»

Ist das der gleiche Ort wie vorhin?, schrieb Wren.

Ja. Immer noch Cogito.

Wie kommen wir hier raus?

Wer suchet, der findet.

Goldie stöhnte verdrossen.

Wieder hörten sie den Schrei und sahen die Schimäre, die an der Außenseite der Organwand durch eine Vene gespült wurde. Dabei versuchte sie sich mit Händen und Füßen abzubremsen. Verzweifelt winkte sie der Gruppe zu, dann schwappte ihr eine grüne sämige Flüssigkeit über Kopf und Schultern.

«Was uns der Kerl wohl sagen will?», überlegte Elster.

«Er will, dass wir ihn da rausholen», sagte Goldie. «Fasst mit an. Elster, hast du noch ein bisschen Hyperpfropf?»

«Ja, hier ist es.» Er drückte einen Streifen davon rund um die Vene und trat zurück. Die Vene riss auf, und die Schimäre wurde auf den Steinboden gespült. Hustend und spuckend kniete sie auf allen vieren, und die klebrige Brühe tropfte an ihr herab.

«Danke», keuchte die Schimäre. Als sie aufstehen wollte, rutschte sie aus und fiel auf den Hintern. «Au!»

Unter dem tropfenden Schleim konnte man einen blassen Wicht mit übergroßem Kopf und leuchtend orangefarbenen Haaren erkennen, die ihm ebenso am Schädel klebten wie die klatschnassen schlabbrigen Kleider am mageren Körper. Er hatte mehrere Gurte um den Körper geschlungen, in denen eine Vielzahl seltsamer Werkzeuge steckte. Er trug eine riesige Brille mit verschiedenen Linsen in kleinen Halterungen, die man nach oben und unten klappen konnte.

Wren und Goldie packten ihn an den Armen, halfen ihm auf die Beine und zogen ihn von der schleimigen Pfütze fort.

«Danke», sagte er noch einmal. «Ich habe eine halbe Ewigkeit da dringesteckt. Ich dachte schon, ich käme nie mehr raus.»

«Was haben Sie denn da drin gemacht, verflixt?», fragte Goldie.

«Die üblichen Wartungsarbeiten. Und ehe ich mich's versah – na, ihr habt es ja gesehen.»

«Sie *warten* das da?», fragte Wren. «Was ist es denn?»

«Ein Lukubrator.»

«Ein was?», fragte Elster.

Die Stimme aus dem Nichts ließ die Schimäre zusammenfahren.

«Ist schon gut», sagte Wren. «Unser Freund ist unsichtbar.»

«Oh.» Ein wenig unsicher fuhr die Schimäre fort: «Cogito ist ein Lukubrator, eine Denkmaschine. Er hat mehr Grips als sonst jemand in Mirrorscape und ist eigentlich phantastisch … Das heißt, wenn er richtig funktioniert.»

«Den Eindruck hat er nicht gerade gemacht», sagte Elster. «Wir haben ihn gefragt, wie wir nach Hause kommen, und ihm ist nichts anderes eingefallen, als ‹Wer suchet, der findet› zu sagen.»

«Oh, in diesem Fall wollte er sagen, dass …»

«… wir uns in ihm umsehen sollen», beendete Goldie den Satz. «Igitt.»

«Er ist gar nicht so schlimm, wie er aussieht. Ich heiße übrigens Ratsche. Und was macht ihr hier – außer den Weg nach Hause zu suchen?»

«Das ist eine lange Geschichte», erwiderte Wren. «Im Moment müssen wir wirklich dringend zurück. Unsere Freunde hier sind krank.»

«Sie sehen noch schlimmer aus, als ich mich gerade fühle», stellte Ratsche fest und musterte Mel und Ludo, die sich hingesetzt hatten. «Die Antwort auf eure Frage befindet sich in Cogitos Datenspeichern.»

«Und warum ist er nicht gleich damit herausgerückt und hat uns gesagt, was wir wissen wollen?», fragte Goldie.

Ratsche blickte ratlos drein. «Das weiß ich auch nicht. Normalerweise tut er das. Vielleicht finden wir es heraus, wenn wir zu seinen Datenspeichern kommen.»

«Wir? Sie meinen, Sie wollen uns hinbringen?», fragte Wren.

«Ja, von allein findet ihr nie dorthin. Außerdem muss ich es reparieren, wenn wirklich etwas kaputt ist.»

Wren half Mel auf die Beine und Goldie Ludo. Ratsche führte sie zur Wand.

«Der Anfang ist am schlimmsten. Danach ist es halb so wild – wenn einen der Geruch nicht stört.» Er näherte sich einem Spalt zwischen zwei schleimigen pulsierenden Organen. Dann drehte er sich zur Seite, quetschte sich hinein und verschwand mit einem feuchten *Plopp*.

Widerstrebend glitten die Freunde nacheinander in Cogito hinein.

Grün führte Ambrosius Blenk, Dirk Tot und Blau durch eine verlassene Galerie unterhalb des Monarchenpalasts. Jeder von ihnen hielt einen Funkenball in der Hand, der ihnen in der tintenschwarzen Finsternis den Weg wies.

Der Meister blieb stehen, um sich eine hohe gesprungene Vase anzusehen. «Bemerkenswert. Sehr bemerkenswert.» Er wischte einige Spinnweben fort. «Seht. Die Verzierungen greifen immer wieder ein Skarabäusmotiv auf. Ich habe mal etwas Ähnliches …»

«Bitte, Ambrosius, wir haben keine Zeit für einen deiner Kunstvorträge», drängte Grün. «Nicht, solange die Stadt in tödlicher Gefahr schwebt. Wir müssen zum Palast des Geistes und den Weisen zur Rede stellen.»

Sie gingen weiter, bis Grün ihnen ein Zeichen gab, stehen zu bleiben. «Diese Tür führt in den Keller des Palasts», flüsterte er. «Ich gehe voraus und schaue nach, ob die Luft rein ist.» Als er die Tür aufzog, drang Glockengeläut herein.

«Sie scheinen zur dritten Stunde zu läuten», sagte Dirk Tot. «Die Fra beten, während Vlam angegriffen wird.»

«Wir werden ihre Gebete brauchen, ehe das hier zu Ende ist», sagte Blau.

«Grauenhaft», jammerte Ludo. «Alles ist voller Schleim.»

«Wenigstens können wir sehen, wo wir hingehen», sagte Mel. Die glühenden Knötchen waren überall und leuchteten ihnen.

Das Herz klopfte mit ohrenbetäubender Lautstärke, die jedoch abnahm, je tiefer sie vordrangen. Es war nicht leicht, auf den rutschigen Venen zu balancieren, doch nach einem kurzen Stück wurde der Abstand zwischen den riesigen Organen groß genug, um ungehindert laufen zu können. Wren und Goldie mussten die beiden Jungen stützen.

«Warum gibt es zwei identische Räume mit Pulten?», fragte Wren.

«Oh, es gibt Hunderte davon – überall in Cogito», erwiderte Ratsche. «Damit ihn möglichst viele Schimären auf einmal um Rat fragen können.»

«Aber hier ist absolut niemand», sagte Goldie.

«Weil Cogito im Ruhezustand ist. Ihr habt ihn sicher schnarchen hören.»

«Im Ruhezustand?», fragte Mel. «Sie meinen, er schläft?»

«Cogito muss sich von Zeit zu Zeit abschalten, damit ich einzelne Teile von ihm warten kann, einen Ringmuskel ölen, eine Synapse aufmöbeln, solche Sachen eben. Aber diesmal hat ihn irgendein Hohlkopf aufgeweckt, als ich mitten bei den Wartungsarbeiten war, und ich wurde in ihn hineingesaugt.»

«Tut mir leid», sagte Wren. «Das müssen wir gewesen sein.»

«Nein, ich bin dort drinnen tagelang herumgespült worden, ehe ihr mich rausgelassen habt. Ich glaube, jemand hat an seinen Elementarfunktionen herumgespielt. Das hier habe ich nämlich entfernt. Seht mal.» Ratsche hielt einen juwelenbesetzten Ring in die Höhe. «Jemand hatte ihn absichtlich in einer Herzkammer verkeilt. Das war kein Zufall.»

«Noch ein Schmuckstück», sagte Wren, die den Ring nahm und ihn betrachtete. «Eins ist erstaunlich genug, zwei sind vielleicht Zufall, aber drei …»

«Gib mal her», sagte Ludo. «Den habe ich schon mal gesehen. Ihn oder einen, der ganz ähnlich aussieht. Das weiß ich genau.»

«Ich auch», sagte Mel. «Aber wo?»

«Klingt nach Sabotage», meinte Elster.

«Wie kommen die Schimären von der Welt dort unten herauf?», fragte Goldie.

«Über die Brücke selbstverständlich», sagte Ratsche.

«Über welche Brücke?», fragte Ludo. «Wir haben keine gesehen.»

«Die Brücke erscheint ja auch nur, wenn Cogito angeschaltet ist.» Ratsche verdrehte die Augen. «Außen verändert er ständig die Gestalt.»

«Aaah! Was war das?», rief Elster, als ein kleiner geschnäbelter Kopf auf vier Spinnenbeinen vor ihnen über den Weg huschte.

«Das ist eine Milbe», erklärte Ratsche und klang ein klein wenig gereizt. Er und Elster hatten offensichtlich nicht den besten Start. «Ich frage mich, wo sie hinwill, noch dazu allein. Eigentlich sollte es hier jede Menge geben. Sie schützen Cogito vor Parasiten. Die Milben tun uns nichts. Wie geht es eurem Freund?»

Mel hob den Kopf und lächelte schwach. «Mir geht's gut.»

«Sind wir schon da?», fragte Ludo, an Goldie gelehnt.

«Es ist nicht mehr weit», erwiderte Ratsche. «Sind alle beisammen? Was ist mit eurem durchsichtigen Freund?»

«Elster?», sagte Goldie. «Elster, bist du da?»

Keine Antwort.

«O nein», sagte Wren. «Wann hast du ihn zuletzt gesehen, Goldie?»

«Gesehen?»

«Du weißt, was ich meine. Kommt, wir müssen ihn suchen.»

«Immer mit der Ruhe. Ich bin noch da. War nur ein kleiner Scherz», hörten sie Elster hinter sich sagen.

«Das ist nicht komisch», sagte Wren.

«Das hier auch nicht.» Ratsche sah in den Raum, in dem sich Cogitos Datenspeicher befanden. Sein Gesicht war aschfahl.

Tausende von Parasiten mit scharfen Zähnen schwärmten über den Boden, die Wände und die Decke einer riesigen Kammer, die mit Abertausenden von frischen Löchern gespickt war. Der genoppte Boden wölbte sich wie die Oberfläche eines kleinen Planeten, und die widerlichen Kreaturen schienen sämtliche Ecken und Winkel des gräulich weißen Raums zu bevölkern. Einige waren so klein wie Kohlköpfe, andere so groß wie Dachse, und alle bewegten sich auf gedrungenen Schuppenbeinen. An der Unterseite ihres Körpers saß ein korkenzieherartiges Horn, das sie in Cogitos Speichermodule bohrten. Aus dem Inneren der zerstörten Zellen schossen Pergamentrollen, Bücher und zusammengerollte Gemälde wie Schachtelteufelchen heraus. Der aus einigen Löchern dringende Klang von Reden oder Musik wurde von Parasiten mit grammophonartigen Trichtern auf dem Rücken aufgesaugt. Viele von ihnen verfügten zudem über krebsartige Scheren, mit denen sie die festeren Erinnerungsstücke zerfetzten.

«Rührt euch nicht von der Stelle», sagte Ratsche. «Die Parasiten können euch nur sehen, wenn ihr euch bewegt. Beim kleinsten Zucken oder Blinzeln sind wir geliefert.»

Die Dämonensucher-Generalin

«Wenn du weiter so herumzappelst, kann ich die Schnalle niemals schließen.»

«Ich kann mich gar nicht erinnern, dass meine Rüstung so eng war, Mudge.»

«Das liegt daran, dass du so dick geworden bist, Tunk. Mangelnde Bewegung und keine Dämonen, die du umbringen kannst. Das ist dein Problem.»

«Aber das wird sich jetzt ändern, nicht?»

«O ja. Das wird sich alles ändern. Noch bevor dieser Tag zu Ende ist, bist du fast genauso rank wie unser Zuckerpüppchen.»

Überall im Papierglockenturm legten rings um die beiden Tern ihre Mitschwestern die Rüstungen an, überprüften die Klingen ihrer Schwerter oder die Sehnen ihrer Bogen. Andere schärften die lange nicht mehr benutzten Waffen an einem Schleifstein, dass es nur so kreischte und die Funken sprühten.

Eine Tür ging auf, und der Morg führte Ter Selen herein. Ihr langes graues Gewand war verschwunden. Stattdessen trug sie die glänzende schwarze Rüstung der Dämonensucher-Generalin, die sich an ihren Körper schmiegte und die langen schlanken Beine betonte. Ein langer schwarzer Umhang fiel ihr von den Schultern und strich über den Boden. Nur ihr schönes, blasses Gesicht war zu sehen, umrahmt von einer pechschwarzen Kettenhaube. Die leeren, vielfarbigen Augen glänzten fiebrig vor Aufregung. Sie stieg auf die Winde und hob die Arme über den Kopf. Ihr herabfallender Umhang sah aus wie die Flügel einer Fledermaus.

«Schwestern, ihr habt hart gearbeitet. Ihr habt gut gearbeitet. Die drei Stürme, für die ihr solche Mühen auf euch genommen habt, sind reif. Das Gewebe zwischen den Welten ist brüchig, und das Kind, der größte Sturm von allen, tritt und zappelt in seinem Bauch. Er sehnt sich danach, geboren zu werden. Noch in dieser Stunde wird der Spiegelsturm losbrechen. Dunkelheit wird sich herabsenken und die Embryos nähren. Dämonen werden geboren werden. Ihr habt eure Sache gut gemacht, aber eure Mühen sind noch nicht vorüber.

Hört mich an, meine Schwestern. Unsere Stunde ist gekommen. Jahrhundertelang haben wir geschwiegen, eingesperrt im Palast des Geistes von kurzsichtigen Weisen, die unseren wahren Wert verkannten. Doch das ist vorbei. Schon bald werden Dämonen durch die Straßen von Vlam schwärmen wie Haie um einen verwundeten Schwimmer. Wer wird uns retten?, werden die Leute rufen. Werdet ihr uns retten?, werden sie die Gilden fragen. Wie ist es mit Euch?, werden sie den König fragen. Und nur die Schwesternschaft wird antworten. Erinnert ihr euch noch an uns, die Tern? Jene, die ihr und eure Herrscher so missachtet habt? Die ihr vergessen habt? Wir werden euch retten!

Und wenn das vollbracht ist, werden wir neben dem neuen Weisen und seinen Verbündeten an der Spitze des Palasts des Geistes stehen. Ganz Nem wird kommen, um uns zu huldigen und uns Tribut zu zollen. Die Stunde ist nah!»

«Die Stunde ist nah!», schrien die Tern.

«Zeigt mir euer Zeichen, Schwestern!»

Die versammelten Tern nahmen gleichzeitig die Helme ab und schoben über dem rechten Ohr das Haar zurück. Doch da war kein Ohr. Nur hässliche, vernarbte Überreste klebten noch an den Köpfen.

«Wen hört ihr?», stimmte Ter Selen an.

«Wir hören niemanden!», antworteten die Tern.

«Wem gehorcht ihr?»

«Wir gehorchen niemandem!»

«Wen liebt ihr?»

«Wir lieben niemanden. Die Stunde ist nah!»

«Zeigt mir euer Zeichen, Schwestern», intonierte Ter Selen.

Die Anwesenden enthüllten ihr linkes Ohr. Es war heil.

«Wen hört ihr?»

«Wir hören nur Euch!»

«Wem gehorcht ihr?»

«Wir gehorchen nur Euch!»

«Wen liebt ihr?»

«Wir lieben nur Euch. Die Stunde ist nah!»

Ein fanatisches Feuer brannte in den Augen der Tern.

«Ich halte es nicht mehr länger aus», murmelte Ludo. «Ich muss blinzeln.»

«Also gut, wenn es unbedingt sein muss. Aber versuch

es möglichst langsam zu tun.» Ratsche stand wie zu einer Salzsäule erstarrt da. «Das gefällt mir nicht. Das gefällt mir überhaupt nicht. Wo sind die ganzen Milben? Es müssten mehr als genug da sein, um diese Ungezieferplage loszuwerden.»

Goldie konnte ihren schweren Beutel nicht länger festhalten. Sie bewegte die schmerzenden Finger, und im gleichen Augenblick hörten die Fressgeräusche auf. Sämtliche Parasiten unterbrachen ihr Tun und wandten den hässlichen Kopf in Goldies Richtung. Mit leisem Stöhnen unterdrückte Mel die nächste Übelkeitswelle, und Wren packte ihn unwillkürlich fester am Arm. Der Glückskompass begann sein trauriges Lied zu spielen. Wie auf ein Kommando machten alle Parasiten einen Schritt auf sie zu. In diesem Augenblick fiel ein Werkzeug, das sich aus einem von Ratsches Gurten gelöst hatte, mit dumpfem Knall zu Boden, und mit einem markerschütternden kollektiven Aufschrei griffen die Parasiten an. Jetzt war es Angst und nicht mehr Vorsicht, die die Gruppe wie erstarrt dastehen ließ.

Die scheußlichen Kreaturen kamen immer näher. Gerade als es schien, als würde die Gruppe gleich überrannt, blühten wie aus dem Nichts rings um sie herum Blumen auf und segelten wie riesige bunte Schneeflocken zu Boden. Die Parasiten wechselten praktisch im Sprung die Richtung und begannen die herabfallenden Blüten Blatt für Blatt zu zerreißen.

«Beeilt euch! Haut ab!», schrie Elster, während weitere Blumen zu Boden segelten. «Mir gehen für die Biester gleich die Köder aus.»

Wren und Goldie zerrten Mel und Ludo von der Fressorgie fort, und Ratsche jagte hinter ihnen her. «Hier entlang!», rief er, während er sie überholte und dann nach links führte, wo er sich zwischen zwei schleimigen Organen hindurchschob. Die anderen folgten ihm in eine kleine, schwach erleuchtete Höhle.

«Das verstehe ich nicht», sagte Ratsche, als sie keuchend dasaßen. «Das ist noch nie passiert. Normalerweise halten die Milben sie in Schach.» Er sah dorthin, wo er Elster vermutete. «Du hast doch nichts angefasst, oder?»

«Was soll das heißen?» Elster klang verärgert. «Ich habe gerade meine Beute geopfert, um deine hässliche Haut zu retten.»

Beleidigt zog Ratsche ein mehrfach gefaltetes Blatt Papier aus dem Hemd. Als er es auf dem Boden glatt gestrichen hatte, war darauf ein kompliziertes Schaubild zu sehen. Ratsche hantierte an seiner Brille herum, und ein winziges Licht leuchtete auf. Er klappte eine seiner Linsen herunter und betrachtete das Schaubild, wobei er mit dem Finger eine Linie entlangfuhr. Sein riesenhaft vergrößertes Auge fuhr suchend über das Blatt. «Da!» Er klopfte mit dem Finger auf eine Stelle. «Die Milbenzentrale. Ihr solltet lieber mitkommen. Ich glaube nicht, dass die Parasiten lange für den kleinen Imbiss brauchen werden, den du ihnen serviert hast.»

«Tut mir leid wegen deiner Beute, Elster», sagte Goldie.

«Wie gewonnen, so zerronnen», erwiderte Elster. «Ich kann mir davon jederzeit Nachschub holen. Aber ihr seid nicht so leicht zu ersetzen.»

«Ich bin gerührt, Elster», sagte Goldie und wurde rot. «Wirklich.»

«Mann, wie peinlich», sagte Ludo. «Kommt schon, ihr beiden.»

Sie folgten Ratsche durch weitere unappetitliche Regionen von Cogito, ehe sie die gesuchte Stelle erreichten. Über ihren Köpfen hing eine riesige durchscheinende Blase, die fast zum Bersten gebläht war. Darin zappelte eine ganze Armee von Milben, was aussah, als hätte ein Fischkutter einen Jahrhundertfang gemacht.

«Dieses Organ produziert Milben», erklärte Ratsche. «Kein Wunder, dass die Parasiten freie Bahn hatten.» Er deutete auf den Ausgang der angeschwollenen Blase. Er war mit einem roten Stoffstreifen fest verschnürt. «Wieder ein Sabotageakt.»

«Rot?», sagte Ludo und schüttelte den Kopf, um klarer denken zu können. «Rot! Die Patriarchen tragen Rot. Ich wette, Fra Odum war hier. Außerdem trägt er jede Menge Schmuck.»

«Ich kann mir nicht vorstellen, dass er persönlich seinen Hals riskieren würde», zweifelte Mel. «Wahrscheinlich hat er Fra Kropf und seine Krähen geschickt, um für ihn die Drecksarbeit zu erledigen.»

«Aber die Hohen Fra tragen Schwarz», wandte Wren ein. «Und keiner von ihnen trägt Schmuck.»

«Macht Platz.» Ratsche riss den Fetzen ab. Mit lautem Platschen entleerte die Blase ihre Gefangenen auf den Boden, und diese trippelten in Richtung Datenspeicher davon.

«Und jetzt?», fragte Elster.

«Jetzt warten wir», blaffte Ratsche.

Kurz darauf sagte er: «Das dürfte den Milben gereicht haben, um die Plage zu beseitigen. Sehen wir uns den Schaden an.»

Als sie wieder bei den Datenspeichern ankamen, war der Boden übersät mit den Kadavern der Parasiten.

«Dieser Ratsche mag die Weisheit nicht mit Löffeln gefressen haben», sagte Elster so leise, dass nur die Freunde ihn hören konnten, «aber seine Milben haben hier ganze Arbeit geleistet.»

Die Milben waren dabei, die toten Parasiten fortzuschleifen, während andere sich daranmachten, die Schäden zu reparieren und die Inhalte wieder in Cogitos Speichern zu versiegeln. Ratsche schlängelte sich zwischen ihnen hindurch und zog ein Buch aus einem nummerierten Loch. Als er es aufschlug, waren die Seiten an vielen Stellen zerkaut und wirkten regelrecht durchlöchert. Er untersuchte den Inhalt anderer Löcher, und auch dort sah es nicht viel besser aus. «Vandalen! Es wird Jahre dauern, das zu reparieren.»

«Soll das heißen, dass wir die Antwort auf unsere Frage niemals finden werden?», fragte Wren.

«Was war nochmal die Frage?»

«Vlam», sagte Elster. «Siehst du denn nicht, dass meine Freunde krank sind? Sie müssen nach Vlam zurück.»

Entrüstet zog Ratsche ein weiteres Blatt aus seinem Hemd. Es war mit einem Netz feiner Linien und mikroskopisch kleiner Schrift bedeckt. Er klappte eine andere Linse herunter und sagte: «Meint ihr mit ‹Vlam› die in Mirrorscape auftretende Pilzerkrankung, den fossilen

Stegosaurusschleim oder ‹Vlam›, die Hauptstadt von Nem?»

«Was glaubst du denn, du Dämlack?», erwiderte Elster.

«War nur eine Frage», sagte Ratsche und faltete das Blatt wieder zusammen. «Kommt mit.»

Sie schlängelten sich zwischen toten Parasiten und fleißigen Milben hindurch, bis Ratsche stehen blieb. Unsicher sah er sich um. «Aha!» Dann bückte er sich, holte eine große zusammengerollte Leinwand aus einem unreparierten Loch und zog sie auseinander.

Es war ein Gemälde mit einer Ansicht von Vlam, das allerdings zu einem Zeitpunkt angefertigt worden war, als die Stadt noch wesentlich jünger war. Und was noch schlimmer war, mitten im Bild befanden sich zahlreiche Löcher.

«Ist das euer Vlam?», fragte Ratsche.

«So ungefähr», sagte Wren, die Mel gerade beim Hinsetzen half. «So muss es vor einigen Hundert Jahren ausgesehen haben.»

«Oje», sagte Ratsche. «Das bedeutet, dass sämtliche Archive außer Betrieb sind. Es wird eine Ewigkeit dauern, alles wieder in Ordnung zu bringen. Sobald alles richtig sortiert ist, suche ich für euch ein aktuelles Bild.»

«Sie haben aber keine Zeit mehr», sagte Goldie und setzte Ludo ab. «Die beiden hier sehen aus, als würden sie aus dem letzten Loch pfeifen. Kannst du dieses Bild verwenden, Wren?»

«Ich weiß nicht. Bisher sind wir immer durch eine Nebelwand zurückgegangen, die sich auf der Rückseite eines Gemäldes befindet, das in Nem beginnt. Ich bin mir nicht sicher, was passiert, wenn wir versuchen, durch die Vorderseite eines Bildes zu gehen.»

«Scheint, als hättet ihr keine große Wahl», sagte Elster. «Wir kommen mit, nicht wahr, Goldie? Oberste Räuberregel: Bleibt zusammen.»

«Danke, aber ich bringe sie allein zurück», sagte Wren. «Als wir das letzte Mal eine Schimäre nach Nem mitgenommen haben, ging das nicht besonders gut aus. Glaubst du, es hat ein Spiegelzeichen, Mel?»

Mel stand schwankend auf. «Wahrscheinlich nicht. Ich werde eines machen müssen.»

«Das Gekringel, das du auf das Bild in meiner Klapperkiste gemalt hast?», fragte Goldie. «Hier.» Sie zog einen Topf Farbe und einen kleinen Pinsel aus ihrem Beutel. «Als ich sah, wie du das Zeichen gemalt hast, dachte ich mir, dass wir das hier vielleicht noch brauchen werden.»

«Du bist einfach unbezahlbar, Goldie», meinte Elster.

«Du und Elster rührt euch nicht von der Stelle», sagte Wren. «Das Ganze funktioniert so, dass wir in null Komma nichts zurück sein werden.»

«He! Ihr könnt doch nicht einfach Cogitos Erinnerungen vollschmieren», protestierte Ratsche empört, als Mel das Spiegelzeichen zu malen begann. Er stürzte los, um ihn davon abhalten, wurde aber mitten im Lauf gestoppt und an den Armen festgehalten. «Lass mich los, du unsichtbarer Idiot!»

«Lass gut sein, Bürschchen.» In Elsters Stimme lag ein drohender Unterton, den keiner von ihnen zuvor gehört hatte.

Mel vollendete das Zeichen auf der Leinwand, und

Wren half Ludo auf die Beine. Die drei Freunde stellten sich dicht nebeneinander. Als Mel das Spiegelzeichen in die Luft malte, begann das ramponierte Bild zu schimmern, und sie verschwanden.

Während Ambrosius Blenk, Dirk Tot und Blau tief unter dem Palast des Geistes auf Grüns Rückkehr warteten, betrachtete der Meister einen mottenzerfressenen Wandteppich. Der feingewebte Stoff zeigte eine alte Ansicht von Vlam. «Er muss aus der Regierungszeit von Harmon dem Einunddreißigsten stammen. Oder aus noch früherer Zeit.» Er wischte einige Spinnweben fort und hielt seinen Funkenball dichter davor. «Wunderschön. Seht euch nur diese Kunstfertigkeit an. Trotz der Löcher kann man sehen, wie sein Schöpfer …»

«Still! Da kommt jemand», sagte Dirk Tot.

Langsam öffnete sich eine Tür, und Grüns Kopf lugte hervor. «Es ist alles ruhig. Wenn wir schnell sind, können wir …»

Man hörte ein dumpfes Poltern, als hätte jemand aus einem Fenster im oberen Stock einen Wäschekorb ausgeleert.

«Wo kommt ihr drei denn her?» Die Verblüffung stand Grün ins Gesicht geschrieben.

Ambrosius Blenk, Dirk Tot und Blau wirbelten herum und erblickten Mel, Ludo und Wren im Licht ihrer Funkenbälle. Die Freunde standen aneinandergelehnt da, und die Schmiere von Cogito tropfte an ihnen hinab auf den Steinboden. Das fröhliche Läuten des Glückskompasses hallte laut durch die verlassene Galerie.

«*Meister!*», rief Wren.

Grün und Blau stürzten vor, um Mel und Ludo aufzufangen, ehe sie ohnmächtig auf die Steinplatten fielen.

«Sie sehen aus, als wären sie zu lange in Mirrorscape gewesen», sagte der Meister zu Wren. «Ich kenne die Anzeichen. Gut, dass du sie zurückgebracht hast. Atmet tief durch. Ihr werdet gleich wieder auf der Höhe sein. Erzählt mir, was passiert ist», sagte er, als die Gesichter seiner Lehrlinge wieder etwas Farbe angenommen hatten.

«Eine Silberkette und juwelenbesetzte Ringe», sagte Grün verwundert. «Das sind seltsame Hilfsmittel für einen Sabotageakt.»

«Es sei denn, man hat nichts anderes», meinte Blau. «Was haltet ihr von dem roten Stoffstreifen?»

Dirk Tot schüttelte den Kopf. «Ich bin der gleichen Ansicht wie Mel. Ich glaube nicht, dass Fra Odum in Mirrorscape war, selbst wenn er von dessen Existenz wüsste. Es muss etwas mit diesen mysteriösen Verbündeten von ihm und den Tern zu tun haben. Außerdem glaube ich, dass dieser blinde Passagier ebenfalls bis zum Hals in der Sache mit drinsteckt. Sie scheinen von Mirrorscape aus mit ihnen zusammenzuarbeiten. Diese vier Stürme sind nicht von allein entstanden.»

«*Vier* Stürme?», fragte Mel.

«Als wir fortgingen, waren es nur zwei», fügte Ludo hinzu.

«Dann sind die anderen also schon losgebrochen», stellte Wren fest.

«Sie wüten in diesem Augenblick über der Stadt», sagte Grün.

«Was ist mit Nephonia und dem Reich von König M-Morpho?», fragte Mel. «Wir haben ihnen versprochen zu helfen.»

«Ich glaube, dass ihre Probleme und unsere ein und dieselben sind», antwortete der Meister. «Wenn wir eines lösen, lösen wir damit auch die anderen.» Ambrosius Blenk zupfte an seinem Bart, und seine stechend blauen Augen schienen seine eigenwilligen Lehrlinge förmlich zu durchbohren. «Mir scheint, dass ihr drei etwas äußerst Bedrohliches entdeckt habt. Ihr verfügt über eine Gabe, die für einen Künstler unbezahlbar ist: Intuition. Ich hätte es selbst gesehen, wenn ich nicht ganz und gar mit meiner Decke beschäftigt gewesen wäre. Wir waren gerade auf dem Weg zum Weisen, um zu hören, was er zu diesen seltsamen Vorkommnissen zu sagen hat. Aber nach dem, was ich gerade von euch erfahren habe, hat es den Anschein, als sei er selbst darin verwickelt, auch wenn es mir immer noch schwerfällt, das zu glauben.» Fassungslos schüttelte er den Kopf und fiel in gedankenverlorenes Schweigen. «Sagt mir, könntet ihr in die Spiegelwelt zurückkehren und versuchen, ein wenig Sand ins Getriebe dieser Verschwörung zu streuen?»

Die Freunde sahen sich an. Es war keine Frage, über die sie lange diskutieren mussten. Ihr unerschrockener Blick und die entschlossenen Mienen waren Antwort genug. Es war Mel, der für sie sprach.

«Ja, Meister.»

«Mit dieser Antwort hatte ich gerechnet», meinte Dirk

Tot und lächelte mit der unversehrten Seite seines Gesichts.

«Ausgezeichnet», sagte der Meister.

«Aber wie kommen wir …», begann Mel.

«Zurück? Das habe ich auch gerade überlegt», beendete der Meister den Satz. «Irgendetwas an diesem Wandteppich kommt mir ausgesprochen merkwürdig vor – abgesehen von der Tatsache, dass er voller Löcher ist. Grün, Blau, bitte helft mir ihn umzudrehen, ja?»

Die Rückseite des Wandbehangs war mit etwas überzogen, das früher einmal ein schlichter Stoffbesatz gewesen sein mochte, jetzt aber voller Schimmelflecken war. Eine Darstellung von Cogitos Datenspeichern war mit Kreide daraufgezeichnet.

«Bemerkenswert», sagte der Meister. «Diese Zeichnung ist neu. Ist das der Ort, von dem ihr kommt? Es ist, als hätte jemand gewusst …» Wieder verfiel Ambrosius Blenk mit gerunzelter Stirn in Schweigen. Sein in sich gekehrter Blick huschte hierhin und dorthin, während er im Geiste Muster und Möglichkeiten durchging.

«Was gewusst?», fragte Wren.

«Wisst ihr, es ist, als würde ich diesen Stil kennen. Ich bin sicher, dass ich ihn schon einmal gesehen habe.»

«Wird uns das Bild zurückbringen, Meister?», fragte Ludo.

«Zurückbringen? Das würde mich nicht überraschen. Es hat euch hergebracht, und ein Spiegelzeichen führt immer in beide Richtungen.»

In diesem Moment ließ eine Folge tiefer Donnerschläge den Boden unter ihren Füßen erzittern, und Staub rieselte von der Decke. Es war, als würden sich die Schritte eines Riesen nähern.

«Ambrosius», sagte Grün, «dort oben geht irgendetwas vor. Ich glaube, wir sollten weitergehen.»

«Hört sich an, als nähme der vierte Sturm Fahrt auf», sagte Blau.

«Nach dem, was die Tern erzählt haben, ist das der letzte, der große Sturm», erklärte Mel. «Die anderen drei sollten diesem hier nur als Futter dienen.»

«Dann haben wir keine Zeit mehr zu verlieren», sagte Dirk Tot.

«Ja, brechen wir auf. Geht ihr voran», sagte der Meister. Und zu den Freunden gewandt: «Macht euch auf den Weg. Die Welt wird sich nicht von allein retten.» Er folgte den beiden Rebellen und Dirk Tot durch die Kellertür. Noch auf der Treppe murmelte er vor sich hin: «Irgendetwas an der Art, wie diese Linie verläuft. Ich bin sicher, dass ich diesen Stil schon einmal gesehen habe.»

Blau hatte ihnen seinen Funkenball dagelassen. Ludo hielt ihn vor die Kreidezeichnung auf der Rückseite des Wandteppichs. Ebenso wie Mel und Wren fühlte er sich ziemlich erholt. «Für mich sieht das aus wie jede andere Zeichnung.»

«Weiß nicht», sagte Mel. «Sie ist zwar gut gemacht, aber nicht das, was man wirklich *perfekt* nennen würde.»

Wren sagte: «Wir haben im Moment Wichtigeres zu tun, als uns über Stilfragen den Kopf zu zerbrechen. Wir müssen zu Goldie und Elster zurück.»

Sie hakten sich unter, während Mel das umgekehrte Spiegelzeichen machte.

«Da seid ihr ja endlich», sagte Goldie. «Ich dachte, ihr hättet gesagt, ihr würdet gleich zurückkommen.»

«Wie lange waren wir denn fort?», fragte Mel.

«Ein ganzes Mittagessen lang.» Goldie saß auf einer Decke, die auf dem Boden ausgebreitet war. Die Überreste eines Picknicks lagen darauf verteilt. Ein Apfel erhob sich von der Decke, und ein Bissen verschwand, dann hörte man Elster kauen. Die Leinwand lehnte an der Wand.

«Vielleicht haben uns die Löcher im Bild aufgehalten», vermutete Mel. «Wo ist Ratsche?»

Goldie machte ein böses Gesicht. «Frag Elster.»

Mit einem gedämpften Schrei schoss Ratsche ganz in der Nähe durch eine Vene.

«‹Fasst dies nicht an, fasst das nicht an.› Der Knülch ging mir langsam auf den Senkel», erklärte Elster. «Also habe ich ihn in eine seiner geliebten Röhren gesteckt. Aber keine Sorge. Er dreht nur eine Runde, dann landet er wieder in der Vene, die wir aufgeschnitten haben. Verschwinden wir von hier.»

Während sie die Richtung einschlugen, in die der Glückskompass wies, erzählte Wren Goldie und Elster von ihrer Begegnung mit dem Meister.

«Also nehmen wir sie jetzt von beiden Seiten in die Zange, wie?», sagte Goldie. «Euer Chef und seine Leute kommen von vorn, und die guten alten Partisanen aus Mirrorscape schlagen hinter den feindlichen Linien zu. Das wird ein Spaß.»

«*Spaß* würde ich das nicht gerade nennen», sagte Ludo.

«Also, wie heißt unsere erste Station?», fragte Elster.

«Moment mal. Dein Gesichtsausdruck gefällt mir nicht, Kumpel. Sag bloß nicht, dass wir …»

«Tut mir leid, Elster», antwortete Mel. «Aber wir müssen zurück nach Irgendwo und diesem Regenbogen, der Vlam zerstört, den Garaus machen.»

Mel und der Glückskompass fanden bald hinaus.

Als sie draußen ankamen, hatte die Denkmaschine die Gestalt gewechselt.

«Anscheinend ist Cogito wieder in Betrieb», sagte Mel. «Ratsche hat gesagt, er würde ständig die Gestalt verändern. Wahrscheinlich sieht er von unten aus wie ein Mond.»

Unter einem rußschwarzen, sternenlosen Himmel glomm die Oberfläche von Cogito in ihrem eigenen inneren Licht. Das Schloss war verschwunden, und an dessen Stelle erblickten sie eine graugoldene Ödnis, die so kahl und leer war wie die Oberfläche des Mondes. Herumliegende Steine, Krater und flache Hügel waren die einzigen Merkmale in der kahlen Landschaft. Es war sehr kalt. An den Atemwölkchen in der unbewegten Luft konnten sie sogar erkennen, wo Elster war. Die Oberfläche der gewölbten Welt verlor sich in der Dunkelheit über ihren Köpfen.

«Ganz schön frisch», meinte Goldie und rieb die kalten Hände, während sie die anderen vom Höhleneingang fortführte, der sich nun an der Stelle befand, wo vorher der Tunneleingang gewesen war.

«Was ist mit unseren Reittieren?», fragte Wren. «Werden sie zurechtkommen?»

«Sicher», sagte Goldie. «Wir waren zusammen schon an

schlimmeren Orten als Cogito. Aber *wir* müssen weg von hier, und zwar pronto.»

«Ratsche hat gesagt, es gäbe eine Brücke.» Wren sah sich um. «Ich kann keine sehen, ihr etwa?»

«Sie könnte genauso gut auf der anderen Seite des Mondes sein», sagte Ludo und blies in seine Hände.

Mel blickte auf den Glückskompass. «In welcher Richtung geht es zur Brücke? Er sagt, es ist nicht weit.» Während er sie zu einer niedrigen Anhöhe führte, setzte über ihnen ein kreischendes Getöse ein, und ein brennender Meteorit stürzte vom Himmel und explodierte ein Stück weiter rechts von ihnen. Dann erfolgte ein weiterer Einschlag zu ihrer Linken.

«Sieht aus, als gäbe es schlechtes Wetter», sagte Elster. «Für die Jahreszeit zu kühle Temperaturen und hin und wieder heftige Niederschläge.»

Mel führte sie die Anhöhe hinauf. «Da!» Zu ihren Füßen erblickten sie durch einen Felsbogen die Brücke, deren Pfeiler aus Steinen bestanden, die anscheinend von Cogitos mondartiger Oberfläche stammten. Sie erhob sich in sanft geschwungenem Bogen.

Eine Serie von Donnerschlägen zerriss den Himmel. Mehrere Meteoriten schlugen auf Cogito ein und schleuderten Staub- und Flammenwolken in die Höhe. Während die Freunde zum Aufgang der Brücke stürzten, ertönte über ihnen ein weiteres, noch lauteres Kreischen. Sie wurden von einer Hitze- und Druckwelle erfasst und zu Boden geschleudert, während ein gewaltiger Meteorit über sie hinwegsauste. Mit lautem Knall explodierte die Brücke. Trümmer regneten auf Mel und die anderen herab. Als sie die Köpfe hoben, war die Brücke verschwunden. Sie waren abgeschnitten und hatten keine Fluchtmöglichkeit, solange die Denkmaschine sich nicht wieder verwandelte – dann hoffentlich in etwas mit bedienerfreundlicheren Eigenschaften. Plötzlich begann der Glückskompass die fröhliche Melodie zu spielen.

«Hat dein Dingsda soeben seinen Sinn für Ironie entdeckt?», fragte Elster.

Mel überprüfte das Spannrädchen. «Der Kompass ist aufgezogen. Ich verstehe das nicht.»

Der Wind begann zu heulen, und es wurde noch kälter. Herumfliegender Staub stach ihnen wie Nadeln ins Gesicht. Mel schirmte die Augen ab, hob den Kopf und sah sich um. Die eisige Luft nahm ihm den Atem. Es war nichts zu sehen als die von Kratern übersäte öde Oberfläche von Cogito. Er blickte nach oben. Lichtpunkte am Himmel deuteten auf das Herannahen eines weiteren Meteoritenschwarms hin.

«Es war reine Glückssache, dass der letzte Schwarm uns verpasst hat», sagte er.

«Wenn das das Ende ist», sagte Goldie, «bin ich froh, dass ich mit Freunden zusammen sterbe.» Sie nahm Wrens Hand und drückte sie.

«Geht in Deckung!», rief Ludo.

Wie gebannt starrten sie weiter zum Himmel hinauf, wo sich die herannahenden Meteoriten immer größer und bedrohlicher vor ihnen abzeichneten. Da fiel aus der Dunkelheit eine Leiter herab und verharrte vor ihnen in der Luft.

Nirgendwo

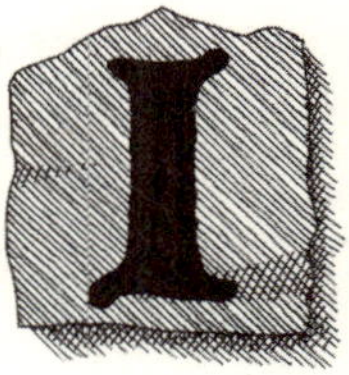

Da sie keine andere Wahl hatten, erklommen die Freunde die Leiter. Leuchtende Meteoriten fegten an ihnen vorbei und zogen einen Schweif aus glühender Asche und Schwefeldunst hinter sich her. Die Druckwellen der Einschläge auf Cogito drohten die Freunde von den schmalen Sprossen zu fegen. Weiter oben erblickten sie über sich eine Wolke, deren Unterseite vom Schein des Lukubrators angestrahlt wurde. Die Leiter führte mitten hinein. Mel war der Erste, der die Wolke erreichte.

«Was siehst du?», rief Ludo von weiter unten.

«Sie ist voller Nebel, genau wie jede andere Wolke.» Mel kletterte weiter. «Moment mal, es klart ein bisschen auf, es ist ein …»

«Ein was?», rief Ludo.

«… ein Raum. Ein ziemlich seltsamer Raum.»

Mel zog sich durch den Boden ins Innere und sah, dass alles aus wirbelndem Dampf bestand. Der wabernde Boden verschmolz mit Wänden, die sich kräuselten wie Wasserfälle aus Nebel. Von der hohen, bauschigen Decke hing ein substanzloser Kerzenleuchter mit Dutzenden wolkiger Kerzen herab. Nur ihre Flammen schienen nicht aus

Wolken zu bestehen und erzeugten in der feuchten Luft perlmuttfarbige Lichthöfe. Es gab elegante o-beinige Sessel und niedrige Tischchen, deren Umrisse verschwammen, wenn der Dampf, aus dem sie bestanden, davontrieb.

Vor ihm stand eine vertraute Gestalt in einem bestickten Goldrock und einer purpurnen Weste. Ein Lächeln erblühte auf dem sorgfältig gepuderten Gesicht des nephonischen Sonderbotschafters. Er breitete die Arme aus, und die Ausläufer seiner flauschigen Riesenperücke begannen silbern zu schimmern. «Willkommen, meine Lieben.»

«Cassetti!» Mel kletterte die restlichen Sprossen hinauf und half seinen Freunden dann durch den Boden. Als alle sicher nach oben geklettert waren, stellte Mel Goldie und Elster vor. Cassetti schien sich an der Unsichtbarkeit des Räubers nicht zu stören. «Wir sind so froh, Sie zu sehen. Was machen Sie hier?»

Das Lächeln auf Cassettis Gesicht verblasste. «Ich suche nach euch. Die Situation in Nephonia hat sich dramatisch verschlechtert. Ich war davon ausgegangen, euch früher wiederzusehen.»

«Tut uns leid», sagte Ludo. «Aber das Dingsda hat uns kreuz und quer durch die Gegend geführt.»

«Dafür muss der Glückskompass einen guten Grund gehabt haben. Egal, jetzt habe ich euch gefunden. Der König hat mich geschickt, um euch zu suchen und so schnell wie möglich zum Palast nach Kumulus zu bringen.»

«Aber woher wussten Sie, wo Sie uns suchen müssen?», fragte Wren. Ebenso erstaunt wie alle anderen blickte sie sich in dem wolkigen Zimmer um.

«Seine Majestät schien genau zu wissen, wo ihr euch

aufhalten würdet. Er hat mir sogar ein mit einem Spiegelzeichen versehenes Gemälde gegeben, mit dem ich direkt in die gewölbte Welt gelangt bin. Der Eingang befindet sich unter uns. Wir werden uns unverzüglich dorthin begeben. Aber verzeiht mir, ihr müsst müde sein. Setzt euch und erzählt mir, was seit unserer Trennung geschehen ist.»

Ludo betrachtete einen der einladenden flauschigen Sessel und setzte sich.

«He, such dir deinen eigenen Platz.»

«Tut mir leid, Elster.»

Cassetti nahm eine wolkige Teekanne, füllte sechs nebelhafte Tassen und reichte sie in die Runde. Mel fiel auf, dass seine Hände voller Kratzer waren und er seine Ringe nicht trug. *Waren es seine Ringe, die ich gesehen habe?* Sein Blick kreuzte sich mit dem von Wren, und er sah, dass sie es ebenfalls bemerkt hatte.

Cassetti hörte ihrer Geschichte aufmerksam zu. «Ihr hattet wirklich alle Hände voll zu tun. Dann haben also andere Teile von Mirrorscape das gleiche Schicksal erlitten wie Nephonia.»

«Nicht nur das.» Mel erzählte ihm von den vier Stürmen, die über Vlam tobten.

«Verstehe. Verstehe.» Cassettis Perücke verdunkelte sich und kündigte Regen an. «Der vierte Sturm ist ein Spiegelsturm. Die anderen drei haben ihn heraufbeschworen und nähren ihn. Zusammen sind sie für alle betroffenen Welten eine große Gefahr.»

«Das glaubt auch unser Meister», sagte Mel. «Aber woher wissen Sie so viel darüber?»

«Alle Kumulaner kennen sich mit Wetter aus.»

Mel fand diese Antwort ein wenig schwammig. Jedenfalls wurde seine Frage dadurch nicht beantwortet.

«Der Meister sagt, um allem ein Ende zu bereiten, müssen wir die anderen drei Stürme aufhalten», sagte Wren.

«Euer Meister scheint ein sehr weiser Mann zu sein», antwortete Cassetti. «Wir brechen auf der Stelle auf.»

«Sie kommen mit?»

«Ich scheine der Einzige zu sein, der über ein Fortbewegungsmittel verfügt.»

«Das hier ist ein Fahrzeug?», fragte Wren.

«Aber gewiss, meine Liebe. Ich habe es selbst gebaut. Ihr solltet wissen, dass ich einer der bedeutendsten Wolkengestalter von Kumulus bin, und ich habe es auf Reisen gern komfortabel. Noch Tee?»

«Für mich nicht», erwiderte Ludo und stellte Tasse und Untertasse auf einem Tischchen ab. Sie verdunsteten unbemerkt. «Findet ihr es hier drin nicht ziemlich heiß?»

«Ich dachte schon, es läge an mir», sagte Goldie. «Außerdem wird es ziemlich hell.»

Alle sahen die Wände an, die zu glühen schienen. Ihre Sessel schrumpften allmählich dahin, bis sie schließlich alle auf dem Boden saßen.

«Sehr seltsam», sagte Cassetti. Er stand auf und zog ein paar Wolkenvorhänge zur Seite. Grelles Licht blendete sie sekundenlang. «Du liebe Güte. Euer Cogito verändert sich ja ganz schön.»

Als die Freunde neben Cassetti ans Fenster traten, sahen sie, dass sich der Lukubrator von einem Mond in eine Sonne verwandelte.

«Nicht schon wieder», sagte Goldie. «Ich wünschte, er würde sich einmal entscheiden und dann dabei bleiben.»

«Warum tut er das?», fragte Ludo.

«Diese kleine Nervensäge, Ratsche, hat gesagt, dass er es ständig tut», meinte Elster.

«Jedenfalls können wir dann sehen, wo wir hinsteuern», sagte Wren.

«Das ist immerhin etwas», meinte Cassetti und schirmte die Augen ab. «Viel wichtiger ist im Moment allerdings die Tatsache, dass wir verdunsten. Ich fürchte, wir haben nicht genug Masse, um uns fortzubewegen oder uns auch nur zu erhalten, bis diese Sonne untergeht. Und ohne Wasservorräte kann ich den Schaden nicht reparieren.»

Der Raum war bereits merklich kleiner geworden, und sie konnten zusehen, wie er schrumpfte. Es wurde immer schwüler und das Atmen beschwerlicher. Alle standen bis zu den Waden im sich verflüchtigenden Dampf.

«Sie haben nicht zufällig noch ein Luftgefährt?», fragte Ludo, dem das feuchte Haar an der Stirn klebte.

«Leider nein. Aber ich will sehen, was ich auftreiben kann.» Cassetti knöpfte seine Weste auf und zog eine seiner Schubladen heraus. Er kramte darin herum und holte einige Pfannen, einen Vogelkäfig, einen kompletten Satz Wagenräder und eine kleine Kanone hervor. «Nichts dabei.»

«Sie haben Ihren Gehrock zerrissen», sagte Goldie. «Unten fehlt ein Streifen.» Ihr Blick begegnete Mels.

«Hab ich das? Oje, ich hatte eine kleine Begegnung mit einem Dornenstrauch, als ich hier ankam.» Er rieb sich die zerkratzten Hände. «Dabei muss ich ihn mir eingerissen haben.» Er öffnete eine andere Schublade und begann Dinge herauszuholen.

«Was ist das?», fragte Mel.

«Nur ein sauberes Hemd.»

«Das wird reichen. Goldie, wo ist dein Beutel?»

«Was brauchst du?»

«Pinsel und Farbe. Ich male uns einen Weg hier raus.»

«Ist das wirklich eine gute Idee, Mel?», fragte Wren. «Vergiss nicht, was passiert ist, als du das letzte Mal versucht hast, eine Welt zu malen. Du und Ludo, ihr seid in gewaltige Schwierigkeiten geraten.»

«Wahrscheinlich ist es trotzdem besser, als von Cogito gegrillt zu werden», sagte Goldie.

Während Wren und Goldie das Hemd straff hielten, machte Mel sich daran, auf den weißen Stoff ein weißes Spiegelzeichen aufzutragen. «Macht Platz, damit ich arbeiten kann.»

Doch das ging nicht. Der Raum war derart geschrumpft, dass die drei Menschen und die drei Schimären dicht zusammenrücken mussten. Inzwischen standen sie fast hüfthoch in den zarten Überresten der Wolke. Der Boden fühlte sich an, als würde er jeden Moment nachgeben. Es war unerträglich heiß, und man konnte zusehen, wie sich der Raum auflöste.

«Wir haben keine Zeit mehr!», schrie Cassetti. Seine Perücke war komplett verdunstet, sodass der kahle Schädel zu sehen war. Er war ebenfalls zerkratzt.

«Haltet euch alle an mir fest!», rief Mel, als der letzte Rest des Raums verschwand. Sie fielen bereits, als Mel die letzten Striche des Spiegelzeichens auf das makellos weiße Hemd malte.

Dirk Tot, Grün und Blau legten eine Pause ein, damit Ambrosius Blenk Atem schöpfen konnte. Sie hatten erst knapp ein Drittel des Weges zu den Gemächern des Weisen, hoch oben im Palast des Geistes, zurückgelegt. Die jüngeren Männer führten den alten Meister zu einem Fenster, damit ihm das Atmen leichter wurde. Doch die Aussicht ließ ihn nur noch heftiger nach Luft ringen.

Direkt über dem Herzen der Stadt regnete es Dunkelheit aus der alles beherrschenden Wolke. Rund um ihre Ausläufer entleerten die anderen drei Wolken weiter ihre rätselhafte Fracht. Gewaltige Wolkenmonster hatten feste Gestalt angenommen. Sie durchstreiften die Viertel zwischen den Großen Häusern und den Stadtmauern, und der Funkenfall wurde stärker als je zuvor. Der giftig leuchtende Regenbogen setzte die Zerstörung des Theaterbezirks unerbittlich fort.

«Hier, Meister.» Grün hatte einen Stuhl aufgetrieben und Blau zwei Hellebarden, die als Zierde an einer Wand gehangen hatten. Daraus bildeten sie eine improvisierte Sänfte, auf welcher der Meister, mit den Rebellen vorn und Dirk Tot hinten, seinen Weg nach oben fortsetzte, um den Weisen zur Rede zu stellen.

«Ich weiß, wo wir sind. Ich war schon einmal hier», sagte Goldie und blinzelte im hellen Licht.

«Ich auch», meinte Elster.

«Und?», fragte Ludo. «Wollt ihr mich vielleicht in das

Geheimnis einweihen? Für mich sieht es hier aus, als wären wir mitten im Nirgendwo.»

«Hundert Punkte, Jungchen», sagte Elster.

«Neunundneunzig», verbesserte ihn Goldie. «Irgendwo liegt mitten in Nirgendwo. Aber wir sind einfach an einem x-beliebigen Punkt von Nirgendwo. Wir sind hier vorbeigekommen, als wir mit der alten Klapperkiste auf dem Weg nach Irgendwo waren.»

«Aber du hast doch gar nichts auf das Hemd gemalt», sagte Wren. «Und trotzdem sind wir hier.»

«Das Gleiche ist auch passiert, als Mel unten im Brunnen ein Spiegelzeichen in den Staub gemalt hat», sagte Ludo. «Dort war auch kein Bild.»

Mel kratzte sich am Kopf. «Stimmt.»

Das mit dem Spiegelzeichen versehene Hemd, durch das sie gereist waren, hatte sie in die schneeweiße Welt versetzt, die die verdreckte Stadt umgab und mit Rohstoffen versorgte. Wren, Mel und Ludo saßen auf den Knien und betrachteten fasziniert die vollkommene, aber völlig farblose Vegetation. Sie erinnerte an ein leeres Blatt Zeichenpapier, auf dem den Dingen nur durch Schatten und Textur Kontur verliehen wird. Die fünf Gestalten waren das einzig Farbige weit und breit. In der unerbittlichen Helligkeit warf sogar Elster einen schwachen Schatten.

«Ich teile euer Staunen über dieses weiße Paradies, aber wir müssen weiter nach Nephonia», drängte Cassetti.

«Zuerst haben wir hier zu tun», sagte Mel. «Der Meister hat gesagt, der giftige Regenbogen käme von Irgendwo. Wir müssen ihn zerstören, bevor wir nach Nephonia fahren können.»

«Also gut, meine Lieben», sagte Cassetti. «Je eher wir hier fertig werden, desto eher können wir aufbrechen.»

«Stimmt, aber in welche Richtung sollen wir gehen?», fragte Ludo, der aufstand und sich den weißen Staub von den Händen klopfte. Er rieselte wie Schuppen vor seine Füße. «Es sieht alles gleich aus.»

«Wo geht es nach Irgendwo?» Mel wies in die Richtung am weißen Horizont, die der Glückskompass ihm anzeigte. Sie gingen los.

Auf halber Strecke gelangten sie an einen reißenden Fluss.

«Von weißen Schaumkronen habe ich schon gehört, aber das da?» Mel starrte auf die milchweißen schäumenden Fluten, die an ihnen vorbeirauschten.

«Das ist das Bleichwasser, aus dem sie die Regenbögen machen», erklärte Elster. «Es fließt nach Irgendwo.»

«Über die Aquädukte», sagte Goldie.

«Genau.»

«Das ist unser Weg zurück in den Monolithen», sagte Mel. «Sie haben nicht zufällig noch ein Boot in Ihren Schubladen?», fragte er Cassetti.

«Ich gehe nie ohne aus dem Haus.»

Minuten später war es zusammengesetzt und noch ein wenig später mit der Gruppe an Bord zu Wasser gelassen. Es glitt davon, und schon bald sahen sie den grauen Trichter des Wirbelwinds, der sich vom Dach des Monolithen zum Himmel hinaufwand.

«Weißt du, wie lange der Wirbelwind schon da ist, Elster?», fragte Wren.

«Noch nicht lange.»

«Meine Lieben», sagte Cassetti. «Ich muss euch leider sagen, dass zwei dieser Wirbelstürme vor kurzem in der Nähe von Kumulus aufgetaucht sind. Ich fürchte, sie sind Teil des Ungemachs, das uns allen widerfährt.»

Kurz darauf erblickten sie in der Ferne Irgendwo. Die weiße Landschaft von Mirrorscape fiel in einer schroffen Felswand unter ihnen ab, während der Fluss in einem der hohen Aquädukte über ein Tal hinwegrauschte. Vor ihnen erhob sich der Monolith im Zentrum der Stadt und füllte bald ihr ganzes Blickfeld aus.

«Seht nur», sagte Mel. «Die Stadt ist von Staubdünen umgeben. Dort sind wir das letzte Mal angekommen.» Seine Brauen zogen sich nachdenklich zusammen und schossen dann in die Höhe. «Ich glaube, ich weiß jetzt, warum wir hier sind! Bevor man anfängt, ein leeres Blatt Papier zu bearbeiten, könnte es doch alles Mögliche darstellen, nicht?»

«Jaaaaaa», sagte Wren zögerlich.

«Vielleicht landet man einfach irgendwo, wenn man ein Spiegelzeichen auf etwas Leerem anbringt – in einem Haufen Staub zum Beispiel.»

«Oder nirgendwo, wenn man es auf etwas Weißes malt», sagte Ludo.

Alle saßen eine Weile schweigend da und ließen sich diesen ungewöhnlichen neuen Gedanken durch den Kopf gehen.

«Das wird nicht so einfach, wie wir gedacht haben», sagte Mel. «Seht mal da vorn.» Ein riesiges Gitter blockierte die Öffnung, wo der Aquädukt in den Monolithen hineinführte.

«Es hat noch kein Gebäude gegeben, mit dem Elster nicht fertig geworden wäre. Oberste Räuberregel: Sei auf alles gefasst.» Die Spritze mit Hyperpfropf tauchte wieder auf, und im Handumdrehen entstand ein Loch, das groß genug war, um das Boot mitsamt seinen Passagieren durchzulassen. «Das war der Rest vom Schützenfest.» Die leere Spritze verschwand in seinem Sack.

«Hoffen wir, dass wir nichts mehr davon brauchen werden», meinte Goldie.

Sie stiegen aus, überquerten eine Plattform und traten durch eine Servicetür. Dahinter befand sich ein großer Raum voller Overalls, die sie sich rasch überstreiften.

«Ihr habt ganz vergessen, eure kriminelle Laufbahn zu erwähnen.»

Die anderen traten neben Cassetti, der zwei Plakate studierte, die an einem Schwarzen Brett hingen. Eines davon war mit den Worten GESUCHT WEGEN BANKÜBERFALLS überschrieben. Darunter befand sich ein großes, leeres Rechteck.

«Sieht mir nicht sehr ähnlich», meinte Elster.

Daneben hing ein Plakat, auf dem Mel, Ludo, Wren und Goldie zu sehen waren. Darauf stand: GESUCHT WEGEN VERSTOSSES GEGEN DIE ALLGEMEINEN GESCHÄFTSBEDINGUNGEN.

«Sie werden uns wiedererkennen, sobald wir die Nasen aus der Tür stecken», sagte Mel.

Cassetti öffnete seinen Overall und zog eine Schublade auf. «Für diesen Fall habe ich genau das Richtige.» Er holte eine gravierte Schatulle heraus, die Fettschminke, Puder, Perücken und diverse andere Schminkutensilien enthielt.

Die Freunde sahen zu, wie Cassetti Goldie fachmännisch zurechtmachte.

«Schmieren Sie mir diese hautfarbene Schminke ins Gesicht, um die Goldfarbe zu verstecken. Und geben Sie mir eine große flauschige Perücke.»

«Ich will einen Bart», verkündete Mel.

«Ich auch», sagte Ludo. «Und Warzen, jede Menge Warzen.»

«Ihr übertreibt», sagte Wren. «Alle beide. Ich will nur eine falsche Nase und ein paar dicke Augenbrauen.»

«Wie ein schöner Haufen Schwachköpfe seht ihr aus», ließ Elster sich vernehmen, als Cassetti fertig war. «Also gut, hört zu. Dieser superstarke Regenbogen, der Vlam so zu schaffen macht, muss aus dem Lager stammen. Wenn die Geschäfte in der Regenbogenbranche nicht gut laufen, konzentrieren und trocknen sie das Zeug in langen Stäben, bis es wieder gebraucht wird. Dann wird es wieder verdünnt und ist so gut wie neu. Aber wer damit im Rohzustand in Berührung kommt, hat Pech gehabt. Das Zeug ist übel, *richtig* übel. Ich gehe voran.»

Die Schimären, denen sie begegneten, bedachten sie und ihre seltsame Verkleidung mit fragenden Blicken, machten aber keinen Versuch, sie aufzuhalten. Elster führte sie durch das Gebäude ganz nach oben, bis sie schließlich zur Lagerraumtür kamen. Auf der Tür stand in Schablonenschrift: SPERRBEREICH! ZUTRITT NUR FÜR AUTORISIERTES LAGERPERSONAL UND DIENSTHABENDE AUFSEHER: DAS TRAGEN VON SCHUTZBRILLEN TYP PG1718 ODER PE2039 IST ZWINGEND VORGESCHRIEBEN.

«Nehmt euch jeder eine», sagte Elster und suchte sich aus einem Regal ein paar Brillen aus. «Ihr werdet sie brauchen.» Die Brille, die er aufsetzte, schien in der Luft zu schweben.

Die Tür war verschlossen. Elster schnaubte verächtlich, und einen Augenblick später schwang sie auf.

Der Raum von der Größe einer Lagerhalle war wie ausgestorben. Er enthielt endlose Reihen leerer Regale, die sich in der Ferne verloren.

«Hier stimmt etwas nicht», sagte Elster. «Normalerweise wimmelt es hier von Arbeitern.»

«Und wo sind die ganzen getrockneten Regenbögen?», fragte Ludo.

«Sieht aus, als hätte sie jemand aufgebraucht», sagte Goldie.

«Dahinten, am anderen Ende, ist irgendwas los», sagte Mel. «Dort, wo das Heulen herkommt.»

Sie schlichen durch den langgestreckten Raum und versteckten sich hinter einigen Regalen. Langsam und vorsichtig hoben sie die Köpfe.

Ludo stockte der Atem. «Das sieht aus wie …»

«… eine zweite Schlangenkanone», vollendete Wren den Satz.

Sie war wesentlich gröber zusammengebaut als die prächtige Messingmaschine im Papierglockenturm und bestand aus Eisenträgern, Metallfedern und Metallplatten, die man mehr schlecht als recht zusammengeschweißt oder miteinander verschraubt hatte. Die gewundenen Schlangen waren aus schlecht zusammengefügten Rohren angefertigt worden. Gefüttert wurde der Apparat mit getrockneten Regenbogenstäben, die im Ofen geschmolzen und durch sieben farbige Rinnen zu den Linsen geleitet wurden. Aus dem Maul der Schlangenkanone schossen beängstigend grelle Farbstrahlen, die durch ein Loch in der Decke drangen, durch das man direkt in den Schlund des oben auf dem Monolithen wirbelnden Trichters blickte. Er bog und krümmte sich wie eine sich windende Röhre. Und von ihm ging auch das Heulen aus.

Doch so merkwürdig das alles auch sein mochte, noch merkwürdiger waren die Wesen, die die Schlangenkanone bedienten. Es gab etwa ein Dutzend davon, und sie sahen aus wie große Tränen aus Messing. Ihr oberer Teil drehte sich und war mit hervorstehenden Augen und trichterförmigen Ohren bestückt. Die mechanischen Schimären bewegten sich auf verschiedenste Weise fort: manche auf kleinen Stummelfüßen, andere auf dünnen Rädern, weitaus die meisten aber auf Raupenketten. Mit flexiblen, tintenfischartigen Tentakeln handhabten sie die Regenbogenstäbe und fütterten die Kanone, wobei sie ein lautes Ticken von sich gaben.

«Warum haben sie die Roboter nicht eingesetzt, um den Hyperpfropf zu beseitigen?», wunderte sich Ludo.

«Diese Metallmännchen haben mit dem Monolithen nichts zu tun», sagte Elster. «Ich vermute, dass irgendein Außenstehender sie speziell für diese Aufgabe gebaut hat.»

«Die Schlangenkanone nährt den Regenbogen, der Vlam einschmilzt», sagte Wren. «Wie ziehen wir sie aus dem Verkehr?»

«Seht nur, wie vorsichtig sie mit den Regenbogenstäben umgehen», meinte Mel.

«Ganz recht, Kumpel», sagte Elster. «Selbst diese Blechbubis wollen sie so schnell wie möglich loswerden. Wenn sie die Dinger zu lange festhalten, sind sie Schrott.»

Mel sagte: «Wie wäre es dann mit …»

«Klebstoff?», schlug Cassetti vor. «Daran habe ich auch gerade gedacht.» Er gab Mel eine große Tube aus einer seiner Schubladen. «Extrastark, extralanger Halt.»

«Aber wie kriegen wir den Kleber auf die Stäbe?», fragte Ludo.

«Wir brauchen ein Ablenkungsmanöver», verkündete Goldie. «Das sollte für eine Partisanin aus Mirrorscape kein Problem sein», sagte sie, wischte sich die Schminke aus dem Gesicht und nahm die Perücke ab. In geduckter Haltung huschte sie zur Tür.

«Komm zurück, Goldie!», rief Wren. «Sie werden dich sofort erk… Oh, ich verstehe. Sie *will*, dass man sie erkennt. Damit die anderen sie verfolgen.»

«Das Mädchen ist wirklich … äh, Gold wert», sagte Ludo.

Sie mussten nicht lange warten. Aus der offen stehenden Tür am anderen Ende drang Geschrei, und schon kam Goldie zurückgerannt, einen Trupp bebrillter Aufseher auf den Fersen. Der Radau ließ die Köpfe der Roboter herumfahren. *Ticker, ticker, ticker* sausten sie davon, um sich der Eindringlinge anzunehmen. Sobald das Gerangel begann, schlich sich Goldie seitlich davon und kehrte zu den Freunden zurück.

«Schnell, solange sie beschäftigt sind!», keuchte sie. «Verteilt den Klebstoff.»

«Das ging aber flott», sagte Ludo. «Die Roboter haben

die Aufseher vertrieben und eine Wache bei der Tür zurückgelassen. Duckt euch! Sie kommen zurück.»

Die Freunde sahen zu, wie eine der Maschinen einen Regenbogenstab nahm und ihn zum Schmelzofen brachte. Doch als sie ihre Fracht abzuwerfen versuchte, blieb sie an den Tentakeln kleben. Der Roboter gab einen heulenden Warnruf von sich, und mehrere seiner Blechkumpane eilten ihm zu Hilfe. Das Heulen schwoll um ein Vielfaches an, als die anderen ebenfalls an dem Stab kleben blieben. Auch die übrigen Roboter eilten hinzu und erlitten das gleiche Schicksal. Mit fasziniertem Grauen beobachteten Mel und die anderen, wie sich die Maschinen langsam in einer bunten, von Messingadern durchzogenen Pfütze auflösten.

«Schön, demolieren wir die Kanone, und verschwinden wir von hier», sagte Mel.

«Wie sollen wir das anstellen?», fragte Ludo. «Sie einfach ausschalten?»

«Nein», sagte Goldie. «Wir müssen dafür sorgen …»

Ticker, ticker, ticker. Der Roboter, der als Wache bei der Tür geblieben war, kam mit voller Geschwindigkeit und wehenden Metalltentakeln auf sie zu. Er stürzte sich auf Wren.

«O nein!» Mel packte Wren an der Taille und zog sie gerade noch rechtzeitig aus dem Weg. Der Roboter wirbelte herum, fuhr durch die Pfütze und wollte erneut angreifen. Er schoss auf sie zu, doch der ätzende Brei fraß sich bereits in seine Radlager, sodass er in einem trunkenen Tanz zunächst auf Elster und Goldie und dann auf Ludo zufuhr. In der Pfütze rutschte er weg und krachte mit einer gewaltigen Pirouette in die Schlangenkanone. Die Linsen in ihrem Innern verschoben sich und lenkten den giftigen Farbstrahl vom Loch in der Decke auf die Maschine. Der Apparat begann zu schmelzen.

«Hätte ich selbst nicht besser machen können. Höchste Zeit, abzuhauen», rief Elster, während er Ludo und den anderen folgte, die zur Tür sprinteten.

Mit einem gurgelnden Kreischen fiel hinter ihnen die Schlangenkanone in sich zusammen. Ein lautes Schlürfen war zu hören, dann verschwand der Wirbelwind.

«Oh, oh.» Als Mel die Tür erreichte, blieb er wie angewurzelt stehen, und die anderen prallten mit ihm zusammen. «Aufseher.»

Der Wolkengestalter

Draußen stand ein Heer von Aufsehern und versperrte ihnen den Fluchtweg.

«Was geht hier vor?», fragte der Anführer.

«Wir sind der Reinigungstrupp», antwortete Cassetti.

«Ihr tragt keine Kennmarken. Irgendwas stimmt hier nicht.»

«Im Lagerraum hat es ein Leck gegeben», sagte Mel mit tiefer Stimme. «Aber wir haben alles bereinigt.»

Misstrauisch musterte der Oberaufseher die Freunde. «Du dahinten. Zeig dein Gesicht.»

«Ich erkenne sie wieder», sagte ein anderer Aufseher. «Das ist Goldie.» Er zog an Ludos Bart, der sich sofort ablöste. «Das sind sie. Die Flüchtigen. Wir haben die ganze Bande erwischt!»

«Nicht so hastig.»

«Elster!», sagte der Oberaufseher, der ihn an der Stimme erkannte.

«Bleibt, wo ihr seid.» Ein Tropfen Bleichwasser hing zitternd an der Spitze von Elsters in der Luft schwebenden Spritze. «Ihr wollt doch nicht etwa nass werden, oder? Schließlich wissen wir alle, was passiert, wenn man in

Irgendwo nass wird.» Er spritzte einen Schwall Bleichwasser in ihre Richtung. Die Aufseher sprangen zurück und untersuchten ihre Hände und Gesichter auf Spritzer. Elster hielt sie mit seiner Spritze weiter in Schach. «Also rührt euch nicht vom Fleck, ihr Schmeergesichter», sagte er, und dann an die Freunde gewandt: «Oberste Räuberregel: Immer einen Fluchtplan parat haben.»

Die Freunde rannten eine Treppe hinunter und stürmten in eine wartende Seilbahn. Einige weitere Aufseher versuchten sie aufzuhalten, schreckten aber zurück, sobald sie die Spritze sahen. «Alles einsteigen!», rief Elster.

«War doch kinderleicht», krähte Ludo, als sie davonfuhren.

«Sag so was nicht, Jungchen. Damit fordert man das Schicksal heraus», warnte Elster. «Der Rückweg ist immer der schwierigste Teil.»

«Wenn wir doch nur aus den Fenstern sehen könnten.» Vergeblich rieb Mel an der staubverkrusteten Fensterscheibe.

«Mach Platz, Kumpel.» Mit seiner Spritze besprühte Elster die Scheibe, die kurz darauf durchsichtig wurde. «Da siehst du's. Staub und Flüssigkeit.»

Die Aussicht war nicht sehr vielversprechend. Hinter sich sahen sie eine zweite Kabine aus dem Monolithen schießen, die sich ihnen an die Fersen heftete.

«Die nützen uns jetzt wohl nichts mehr», sagte Mel und legte Brille und Verkleidung ab.

«Bin ich froh, diesen scheußlichen Overall loszuwerden», sagte Cassetti. «Er ist eines Botschafters nicht angemessen.»

«Autsch!», schimpfte Wren, als sie sich die angeklebten falschen Augenbrauen abriss.

Irgendwo und die umliegenden Staubdünen blieben hinter ihnen zurück, während sie hoch über der reinen weißen Landschaft von Nirgendwo dahinfuhren. Nach einer Weile wurden sie langsamer und blieben schließlich stehen. Die Türen glitten auf, und Wren sah hinaus.

«Sieht aus, als hätten wir die Endstation erreicht. Wohin jetzt?»

Alle wandten sich Mel zu, der den Glückskompass aufklappte. «Wohin müssen wir, um den Aufsehern zu entkommen?» Er blickte auf die Anzeigen. «Folgt mir.» Er führte sie aus der glasüberdachten Station nach Nirgendwo hinein.

Als sie zurückschauten, sahen sie, wie die zweite Kabine ankam und ihre Verfolger ausspie. Es dauerte nicht lange, bis sie Mel und seine Freunde vor dem makellosen weißen Hintergrund entdeckt hatten.

«Haben Sie irgendwas in Ihren Schubladen, das sie ein wenig aufhalten kann?», fragte Goldie.

Cassetti warf im Laufen einen Blick über die Schulter zurück. «Ich fürchte, nein, meine Liebe. Jedenfalls nichts, was sich einrichten ließe, ehe die grauen Männer uns eingeholt haben.»

«Wo rennen wir hin, Kumpel?» Elster klang atemlos.

Mel blieb stehen. «Der Glückskompass sagt, wir sind da.»

«Wo?» Alle sahen sich in der weißen Spiegelwelt um. Der graue Pulk aus Aufsehern kam näher.

«Hier.» Mel stand vor einem mächtigen Baum.

«Wie sollen wir da hinaufklettern?», fragte Wren und legte den Kopf in den Nacken. «Die niedrigsten Äste sind viel zu weit oben.»

«Ich habe eine Leiter, aber die ist nicht annähernd hoch genug», sagte Cassetti.

«Elster», sagte Goldie, «du bist der Experte.»

«Dafür muss man kein Experte sein», erwiderte Elster. Er drehte an einem knorrigen Griff, und ein Teil des Stamms sprang auf wie eine Tür. Drinnen führte eine Wendeltreppe nach oben. «Oberste Räuberregel: Halte immer Ausschau nach dem Naheliegendsten.»

«Wie viele oberste Räuberregeln gibt es eigentlich?»

«Nur eine, aber die passt sich immer der jeweiligen Situation an. – Nach dir. Sind alle drin? Gut.» Elster schlug mit seiner Spritze draußen auf den Türgriff, und dieser brach ab. «Oberste Räuberregel: Verwirre deine Verfolger.» Er warf die Tür hinter sich zu und folgte den anderen nach oben.

Die Wendeltreppe führte in einer mächtigen Astgabel aus dem Stamm heraus. Mel spähte zu den Aufsehern hinab. «Sie versuchen die Tür mit Gewalt aufzubekommen.»

«Jetzt bilden sie eine Pyramide», sagte Ludo. «Aber so hoch kommen sie nie im Leben.»

«Was sollen wir tun?», fragte Wren. «Warten, bis sie wieder verschwinden?»

«Ich wette, Cassetti hat jede Menge Essbares in seinen Schubladen», sagte Ludo.

«Das habe ich in der Tat. Aber ihr scheint die Dringlichkeit der Situation zu vergessen. Wir könnten uns sicher die

Bäuche vollschlagen, bis jene dort unten ihre Belagerung aus Hunger aufgeben, doch in der Zwischenzeit sterben Kumulus und die anderen Welten.»

«Außerdem», fügte Elster hinzu, «hat diese Tür nicht unbedingt die Qualität eines Safes.»

«Was machen wir also?», fragte Goldie. «Ich dachte, wir wollten Vlam retten.»

«Und Nephonia», fügte Cassetti hinzu.

«Und König M-Morpho», sagte Wren.

«Das ist unsere nächste Station», sagte Mel. «Laut Glückskompass sind wir auf dem richtigen Weg.» Er sah durch die Äste. «Da oben ist ein Baumhaus.»

Über in dicke Äste geschlagene Stufen ging es weiter hinauf. Anfangs waren die Stufen breit, doch je höher die Freunde stiegen, desto schmaler und steiler wurden sie. Oben angekommen, sahen sie, dass der Begriff «Haus» dem geräumigen und komplizierten Gebilde, das sich in die Baumkrone schmiegte, nicht annähernd gerecht wurde. Die unteren Stockwerke waren rund, und darüber erhoben sich hohe Türme mit kegelförmigen Dächern. Es gab Balkone, die bedenklich weit hinausragten, und die innen liegenden Treppen verließen hin und wieder das Hauptgebäude, um sich wie Kriechpflanzen zwischen den oberen Ästen hindurchzuschlängeln, ehe sie wieder ins Innere zurückkehrten.

Der Eingang war mehr oder weniger schlicht gehalten. Innen hingegen war die hochaufragende Eingangshalle an zahllosen Stellen von dicken Ästen durchbohrt. Mehrere Treppen wanden sich zu Emporen hinauf, und ein gewaltiger Kerzenleuchter, der aussah wie ein verschlungenes Nest aus Zweigen, dominierte den ganzen Raum.

«Was ist denn das hier?», staunte Ludo und sah sich um, wobei er im grellweißen Licht die Augen zusammenkneifen musste und sich wünschte, er hätte die dunkle Schutzbrille behalten.

«Ich schätze, es ist das Wochenendhaus irgendeines reichen Aufsehers», sagte Elster. «Die Endstation der Seilbahn liegt gleich um die Ecke. Das ist schön praktisch, wie man sieht. Außerdem ist es absolut staubfrei und sehr repräsentativ.»

«Was ist das für ein Gehämmer?», sagte Wren. «Holzwürmer?»

Mel betrat einen der Balkone, die von der Eingangshalle nach draußen führten, und beugte sich vor. «Schön wär's. Das sind die Aufseher. Sie haben einen Rammbock.»

«Die Tür wird sie nicht lange aufhalten», sagte Elster.

Mel zog wieder den Glückskompass zurate. «Nach oben.»

Er geleitete seine Freunde durch das Baumhaus bis zur Spitze des höchsten Turms. Eine schmale Tür in der Wand führte zu einer weiteren Treppe, die durch Blattwerk und Geäst auf ein zweites Gebäude zulief, dessen Größe schon eher einem Baumhaus entsprach.

«Kneif mich», sagte Elster beim Eintreten. «Dieser Aufseher hat sogar seine eigene Kunstgalerie.»

Im Innern des trommelförmigen Nebengebäudes hingen acht große weiße Gemälde an der Wand. Elster schien von ihnen völlig fasziniert zu sein.

«Seht mal», sagte er. «Da ist der Monolith.»

«Du kannst darauf etwas erkennen?», fragte Wren. «Für mich sehen sie einfach nur weiß aus.»

«Das ist was für Kenner», sagte Elster. «Man muss wissen, wie man sie betrachten muss. Wenn du …»

Ein von tief unten heraufdringendes Krachen unterbrach ihn.

«Klingt, als hätte die Tür nachgegeben, meine Lieben», sagte Cassetti. «Unser kleiner Uhrenführer hat uns hierhergeleitet. Wohin müssen wir jetzt?»

Mel ging von Bild zu Bild, bis der Glückskompass die fröhliche Melodie zu spielen begann. «Wir müssen durch dieses Bild.»

«Aber es ist leer», stellte Wren fest. «Kannst du sehen, was darauf abgebildet ist, Elster?»

«Klar kann ich das.» Der Räuber beschrieb es.

«Das ist das Richtige.» Mel machte das Spiegelzeichen.

Ter Selen führte mit dem ungeduldig an der Leine zerrenden Morg ihre kleine Armee von Schwestern den Geisteshügel hinab. Ihre schwarzen Rüstungen klirrten, und die allzu frühe Dämmerung ließ sie noch dunkler wirken. Hinter ihr marschierten die beiden Tern Mudge und Tunk, denen etwa fünfzig weitere folgten. Ein Dutzend kräftige Tern schoben ein mächtiges Gefährt von der Größe eines Karnevalswagens, das mit einem schwarzen Tuch bedeckt war. Wie eine heranrauschende Welle stürzten ihnen verängstigte Bürger entgegen. Sie flohen in Panik vor den furchterregenden Stürmen und den Schrecken, die sich nun in Vlam verbreiteten. Eine führerlose Kutsche raste auf sie zu, die von zwei verängstigten Pferden mit weit aufgerissenen Augen gezogen wurde. Als sie vorüberschoss, sahen sie, dass der Kutscher, dessen Fuß sich in einem losen Gurt verfangen hatte, hinterhergeschleift wurde.

Die Schwestern marschierten weiter, bis Ter Selen, der die Erregung des Morgs verriet, dass Dämonen in der Nähe waren, die in einem Panzerhandschuh steckende Hand hob und sie zum Stehen brachte.

Am Ende der Straße erhob sich die unnatürliche dunkle Wand des Spiegelsturms. Sie pulsierte wie ein lebendes, atmendes Wesen. Und mit jedem Pulsschlag wurde sie um einige Meter breiter und hüllte die Stadt immer mehr in ihre Finsternis. Das Einzige, das aus ihr zu entkommen schien, waren die Schreie derjenigen, die sie bereits verschlungen hatte. Während die Schwestern die Wand betrachteten, kroch eine einsame Gestalt – der vornehmen Kleidung nach die Frau eines reichen Kaufmanns – auf allen vieren aus ihr heraus. Sie blickte durch einen Schleier wirrer Haare empor und sah die Tern bewaffnet und bereit vor sich stehen. Ein kleiner Hoffnungsschimmer trat in ihre Augen. Doch dieser Blick verwandelte sich in nackte Angst, als eine groteske schuppige Hand aus der vorhangartigen Dunkelheit fuhr und sie am Knöchel packte. Langsam und unerbittlich zog sie die schreiende Frau zurück in die abscheuliche Nacht.

Beim Klang ihrer Schreie verzogen sich die schönen Lippen der Dämonensucher-Generalin zu einem grausamen Lächeln. Ihre Augen wechselten die Farbe immer schneller. Hinter ihr zündeten die aufgereihten Tern die mitgebrachten Fackeln an. Ter Selen bückte sich und ließ den Morg von der Leine. «Dämonen, Morg. *Such.*»

Mit freudigem Geheul sprang das Geschöpf davon und stürzte sich in die Dunkelheit.

«Herrin, der giftige Regenbogen!», rief Ter Tunk.

Ter Mudge trat vor. «Er ist erloschen, Herrin!»

«Das macht nichts, Schwestern. Jetzt, wo er begonnen hat, müssen die anderen Stürme den Spiegelsturm nicht mehr nähren. Er wird bald die ganze Stadt einhüllen. Und für unsere Zwecke sind mehr als genug Dämonen da. Wenn alles nach Plan läuft, wird unser Verbündeter diese störenden Kinder nach Nephonia lotsen. Sie werden bald merken, dass sie einen Verräter in ihrer Mitte haben.» Ter Selen legte Ter Mudge die Hand auf die Schulter. Mit der anderen gab sie ihren Schwestern das Zeichen vorzurücken. Dann zog sie ihr Schwert.

Das schwarze Tuch wurde von dem mächtigen Gefährt entfernt, und es rumpelte aus eigenem Antrieb vorwärts. Eine nach der anderen folgten ihm die Tern, bis sie von der scheußlichen Dunkelheit verschluckt wurden.

«Das ist der Ort, den du gesucht hast, nicht?», sagte Cassetti.

Mel blickte sich um. «Ja. Da sind der Berg und die Wasserfälle, und dieser Fluss müsste uns zu König M-Morphos Garten bringen.»

«Wirklich schade, dass wir das Boot im Monolithen zurückgelassen haben», sagte Ludo.

«Soll das heißen, wir müssen laufen? Meine Treter machen mir nämlich schwer zu schaffen», beklagte sich Elster.

«Wenn wir einen Monarchen besuchen wollen, sollten

wir dort auch entsprechend stilvoll eintreffen.» Cassetti öffnete eine seiner Schubladen und holte mehrere merkwürdige Gerätschaften heraus. Einem kleinen Heizkessel folgten eine Ansammlung Röhren – manche gebogen, andere gerade –, kunstvolle Glasgefäße, Federn, Zahn- und Sperrräder, Zahnkränze, Riemenscheiben und Keilriemen. Die anderen halfen ihm, alles zusammenzusetzen, bis der merkwürdige Apparat fertig war und leise vor sich hin tuckerte. Mit seinen diversen Schornsteinen, Abzugslöchern und Ventilen hatte er keinerlei Ähnlichkeit mit irgendetwas, das sie schon einmal gesehen hatten.

«Sollen wir etwa mit *dem* Ding fahren?», fragte Goldie. «Das sieht mir nicht sehr stilvoll aus.»

«Das», sagte Cassetti stolz, «ist nur mein Wolkengenerator. Ich habe vor, uns ein Gefährt zu modellieren, das des Sonderbotschafters von Nephonia und seiner Freunde würdig ist. Aber der Reihe nach. Wenn jemand von euch die Güte hätte, diesen Schlauch zu jenem Fluss hinunterzubringen, kann ich anfangen. Wir werden reisen, wie es nur Wolken können, meine Lieben. Wir werden fliegen.»

Cassetti holte ein Paar verzierte Paddel aus seinen Schubladen und machte sich an die Arbeit. Er öffnete ein Ventil an seinem Apparat und weiße Dampfwolken begannen herauszuquellen. Mit fast tänzerischen Bewegungen zog und klopfte, zupfte und stopfte er, bis sein Werk vollendet war.

Kurze Zeit später gingen sie an Bord der Wolkenbarkasse, die weicher war als der weichste Schwamm, aber dennoch ihr Gewicht tragen konnte.

«Toll», sagte Ludo, der sich alles genau ansah. «Nennen wir sie ‹Donnerblitz›.»

«Wir sind auf einer Friedensmission. Ein derart kriegerischer Name ziemt sich nicht für die Barkasse eines Botschafters», widersprach Cassetti und rückte seine frisch frisierte Perücke zurecht. «Das erweckt einen völlig falschen Eindruck. Wir sollten weniger streitbar wirken.»

«Nennen wir sie doch ‹Flocke›», schlug Wren vor.

Alle außer Ludo waren einverstanden.

«Mir gefällt ‹Donnerblitz› immer noch am besten», knurrte er.

Cassetti stand an einem dunstigen Steuerrad und legte einen Hebel um, der aus dem nebeligen Boden ragte. Der Wolkengenerator unter Deck tuckerte erneut. Wie in einem Traum erhob sich die Wolkenbarkasse langsam und elegant in die Luft. Mel drehte sich um und sah hinten am Heck in einer gepunkteten Linie kleine Dampfwölkchen austreten, während sie vorwärtsgetrieben wurden. Im Licht der untergehenden Sonne wand sich unter ihnen, wie die Spur einer betrunkenen Schnecke, silbrig glänzend der Fluss dem glühenden Horizont über König M-Morphos Garten entgegen.

Einige Zeit später landeten sie sanft am Rand der funkenbedeckten Bäume.

«Was ist los?», fragte Wren. «Es fühlt sich an, als würden wir in zwei Richtungen gleichzeitig gezogen.»

«Genau wie in Nephonia. Das Loch zwischen den Welten hat eine eigene Anziehungskraft und zieht uns zu sich heran», erklärte Cassetti.

«Werft mir ein Seil zu», sagte Elster. «Wir müssen Flocke an den Bäumen vertäuen.»

«Der Garten sieht verändert aus», meinte Ludo, als sie die Barkasse festbanden.

«Weil er geschrumpft ist», sagte Mel. «Und die Funken leuchten nicht mehr so hell. Siehst du irgendwo König M-Morpho oder irgendwelche seiner Untertanen? Der Ort sieht völlig verlassen aus.»

«Das ist kein Wunder, wenn diese verrückte Anziehungskraft alles in zwei verschiedene Richtungen zerrt», sagte Goldie. Genau wie die anderen musste auch sie zum Ausgleich etwas schief stehen.

«Was ist denn da los?» Wren gesellte sich zu ihren Freunden und deutete auf den verdunkelten Spiralschlund im Herzen des Gartens. «Ich glaube, da winkt jemand.»

Cassetti zog ein Teleskop aus seinen unerschöpflichen Schubladen. «Da ist jemand in Bedrängnis. Wir müssen ihnen helfen. Macht die Leinen los.»

Als sich die Wolkenbarkasse dem wirbelnden Herzen des Gartens näherte, entdeckten sie eine riesenhafte Gestalt, die in den aufwärtsgerichteten Strudel geraten war, der die Welt in sich aufsaugte. Der Wolkengenerator musste das Letzte aus sich herausholen, um gegen die doppelten Anziehungskräfte anzukämpfen.

«Das ist König M-Morpho», sagte Mel.

«Sollen wir ihm ein Seil oder so etwas zuwerfen?», schlug Goldie vor.

«Wohl eher ‹so etwas›», meinte Ludo. «Für ein Seil gibt es zu viele von ihm.»

«Wie wäre es mit einem Schmetterlingsnetz?», fragte Wren.

«Hier.» Natürlich hatte Cassetti eines dabei.

Als sie das Netz wieder einholten, quoll es fast über vor Schmetterlingen. Sie flatterten heraus und setzten sich vor den Freunden neu zusammen. König M-Morpho war nicht ganz so groß, wie Mel ihn zuletzt gesehen hatte, und ein Teil seiner königlichen Insignien fehlte. Die Schmetterlinge schlugen verzweifelt mit den Flügeln, um zusammenzubleiben.

Seine Majestät war noch genauso huldvoll, wie Mel und Ludo ihn in Erinnerung hatten.

«Ihr h-habt euch Zeit gelassen. Was h-hat euch so lange aufgehalten?»

«Ist das der Dank dafür, dass wir …»

Cassetti legte Ludo die Hand auf den Arm. «Allergütigste Majestät, zu meinem großen Bedauern trage ich allein die Schuld für ihre beklagenswert späte Rückkehr in Euer großartiges Reich. Meine Gefährten hier haben Mirrorscape im Lande Nirgendwo große Dienste erwiesen und werden, wie ich fest überzeugt bin, das Gleiche in Nephonia tun, dem ich die Ehre habe, als Sonderbotschafter zu dienen. Darf ich Euch meine Referenzen vorlegen.» Mit einer tiefen Verbeugung überreichte er eine Schriftrolle.

«Erhebt Euch, Botschafter, Ihr seid in unserem K-Königreich herzlich w-willkommen», sagte der König mit einem überheblichen Lächeln.

«Wir sind hier, um Eurer Majestät bei Euren derzeitigen Schwierigkeiten Hilfe und Beistand zu gewähren. Meine

Dienste und die meiner Gefährten stehen Euch zur Verfügung.»

«Geht ein paar Schritte mit uns, Botschafter.» König M-Morpho führte Cassetti außer Hörweite über das Deck.

«Seht ihr», sagte Goldie. «So macht man das. Man muss diesen Blaublütern nur genug Honig um den Bart schmieren. Sie lechzen danach. Er frisst Cassetti förmlich aus der Hand. Der weiß wirklich, wie man Leute um den Finger wickelt.» Sie machte eine kleine Pause. «Glaubt ihr, dass man ihm trauen kann?»

«Wie meinst du das?», fragte Mel. «Wir verdanken ihm unser Leben.»

«Ganz schöner Zufall, dass er einfach so auf Cogito aufgetaucht ist, findest du nicht?», sagte Goldie. «Und das im letzten Moment.»

«Worauf willst du hinaus?», fragte Ludo.

«Ich habe mich nur gewundert … Er wusste alles über diesen Spiegelsturm. Ein bisschen zu viel vielleicht?»

«Er ist Kumulaner», sagte Mel. «Dort kennen sich alle mit dem Wetter aus, sagt er.»

«Und ist euch sein zerrissener Rock aufgefallen?»

«Er ist in einem Dornenstrauch gelandet», sagte Ludo. «Sein Kopf war auch zerkratzt.»

«Wahrscheinlich hat er dort seine Ringe verloren», fügte Wren hinzu.

«Mir ist gerade etwas eingefallen», sagte Ludo mit blassem Gesicht. Er fischte die beiden Ringe und die Silberkette aus seinem Wams. «Glaubt ihr, sie gehören ihm?»

«Versuch doch mal, sie ihm zurückzugeben», schlug Goldie vor. «Dann wissen wir schnell Bescheid.»

Sie starrten Cassetti an, der König M-Morpho weiter um den Bart ging. Er war zweifellos ein raffinierter Kerl, der den unleidlichen König in Windeseile für sich eingenommen hatte. Hatten auch sie sich von seiner charmanten Art bezirzen lassen?

Am Ende seiner Audienz vollführte Cassetti eine weitere tiefe Verbeugung und küsste König M-Morphos ausgestreckte Hand, was ziemlich gekitzelt haben musste. Dann kam er über das Deck zu ihnen zurückgeschlendert. Die Freunde zwangen sich zu einem Lächeln.

«Kommt näher, meine Lieben. Er ist ein launischer alter Monarch, und ich bin mir nicht ganz sicher, ob wir ihm vertrauen können. Er glaubt, wir wären nur zu fünft, und dabei sollten wir es belassen. Einverstanden, Elster?»

«Keine Bange. Ich bleibe stumm wie ein Fisch.»

«Gut. Also, der König hat uns gebeten, noch einmal in die Tiefe zu steigen …»

Ludo stöhnte.

«… denn das Spiegelblut, das diesen Garten und die Untertanen des Königs ernährt und das ihr wieder freizusetzen versucht habt, fließt immer noch nicht. Als Gegenleistung für diesen Dienst hat sich der König bereit erklärt, uns nach Nephonia zu begleiten und uns zu helfen, den dortigen Spalt zu schließen.»

«Aber wir haben den Damm weggeräumt», sagte Mel. «Er kann sich nicht wiederaufgebaut haben.»

«Seine Majestät glaubt, dass die Wasserversorgung von etwas anderem unterbrochen wird.»

«Von was denn?», fragte Goldie.

«Das ist die große Frage, meine Liebe», sagte Cassetti. «Das ist die große Frage. Und jetzt entschuldigt mich bitte. Ich muss nach unten und nachsehen, ob der Wolkengenerator reibungslos läuft.»

Als sie sicher waren, dass Cassetti unter Deck verschwunden war, sagte Goldie: «Also haben eure Feinde die ganze Zeit auf den Spiegelsturm hingearbeitet.»

«So habe ich es im Palast des Geistes mit angehört», bestätigte Mel. «‹Drei Stürme sollen den letzten, den großen Sturm entfachen›, haben sie gesagt.»

«Also muss jeder Sturm etwas Besonderes dazu beitragen», sagte Wren. «Einen kleinen Anteil am Spiegelsturm vielleicht.»

«Warum hat der Regenbogen aus Irgendwo denn Vlams Theaterbezirk zerstört?», fragte sich Ludo.

«Vielleicht ist er eine Art Landeplatz», vermutete Goldie.

«Das könnte sein», sagte Wren. «Er liegt ziemlich nah am Stadtzentrum, wo der Spiegelsturm niedergegangen ist.»

«Und die mutierten Kokons kamen von hier», sagte Mel. «Sie müssen das Spiegelblut aufhalten, damit sich die Larven in Dämonen verwandeln, die dann über Nem herfallen sollen.»

«In Mirrorscape gibt es überall Dämonen», sagte Elster. «Warum haben sie sich ausgerechnet diesen Ort hier ausgesucht?»

«Ich wette, es gibt nirgends so viele wie hier», überlegte Mel.

«Bleibt immer noch Nephonia», meinte Ludo. «Wo ist da der Zusammenhang?»

«Es geht um die Bilder», erwiderte Mel. «Versteht ihr denn nicht?»

Die anderen machten ratlose Gesichter.

«Seht mal», erklärte Mel. «Cassetti hat gesagt, dass sich Nephonia und unsere Welt berühren. Und wir wissen, dass Spiegelzeichen Bilder aufschließen.»

«Du meinst, dass sie sich die Bilder – die natürlichen Wolkenbilder – zunutze machen», sagte Ludo, «und sie als Einfallstor nach Nem verwenden?»

«Genau. Das ist, abgesehen von einem Gemälde, die einzige Verbindung zwischen unserer Welt und Mirrorscape. Außerdem wissen wir, dass in der Spiegelwelt alles miteinander verbunden ist. Man kann von einem Teil in den nächsten gelangen.»

«Also haben diejenigen, die dahinterstecken, vor, über Nephonia in Nem einzufallen», sagte Wren. «Dort, wo die beiden Welten sich berühren.»

«Ja, das glaube ich», sagte Mel. «Und die Wirbelwinde sind eine Art Abkürzung zwischen Irgendwo, dem Garten und Nephonia.»

«Dann müssen wir uns beeilen und dafür sorgen, dass dieses Spiegelblut wieder in Fluss kommt», sagte Goldie. «Erst wenn der Garten wieder so wird wie vorher, wird sich der Spalt schließen.»

«Still. Cassetti kommt zurück.» Mel stieß Ludo an. «Los, frag ihn.»

«Cassetti», sagte Ludo, «ich habe Ihre Ringe und die Kette gefunden.»

Cassetti betrachtete die Schmuckstücke in Ludos offener Hand. «Das sind nicht meine.»

«Tut mir leid», sagte Ludo, als Cassetti zum Steuerrad zurückging. «Mein Fehler.»

«Sollen wir das glauben?», fragte Goldie.

«Ich bin mir nicht sicher», antwortete Mel. «Auf jeden Fall müssen wir ihn im Auge behalten.»

«Überlasst das nur mir», sagte Elster.

An den Rand des Gartens zurückzukehren, erwies sich angesichts der doppelt wirkenden Anziehungskraft als beschwerliche Angelegenheit, doch schließlich schafften sie es. Sie gingen von Bord und kletterten mit einem Funkenball, den sie von den Bäumen gepflückt hatten, in den Brunnen hinab.

«Es ist genau wie beim letzten Mal», sagte Ludo düster, und seine Stimme hallte von den Wänden wider.

«Der Damm liegt in dieser Richtung.» Mel führte sie durch den Tunnelwirrwarr.

Doch bis zum Damm kamen sie nicht. Noch ehe sie die Hälfte des Weges hinter sich gebracht hatten, fanden sie heraus, was mit dem Spiegelblut geschah. Und auch, wer dafür verantwortlich war.

«*Sie* sind es wieder», sagte Ludo.

«Und sie sind nicht allein», fügte Goldie hinzu.

Schleim, schleim

«Das sind wieder diese Metallroboter, die wir in Irgendwo gesehen haben», sagte Wren.

Ludo kniete sich neben sie. «Und sie sitzen auf Tunnelleckern.»

Sie blickten in einen großen, etwas tiefer liegenden Raum hinab, der von spitz zulaufenden Säulen getragen wurde und aus mehreren Tunneln zu einem einzigen geleckt worden war.

«Sieh mal», sagte Ludo. «Die Roboter lenken die Tunnellecker, indem sie ihnen mit den Enden ihrer Tentakel kleine Stromschläge versetzen. Und mit der Spucke der Tunnellecker graben sie Rinnen in den Höhlenboden.»

«Die Roboter schmelzen mit ihnen das Gestein. Und was sind *das* für Wesen?» Mel kauerte sich mit den anderen hinter einen großen Felsbrocken. «Sie trinken das Spiegelblut.»

«Puh! Sie sehen aus wie eine Mischung aus Nacktschnecken und Fledermäusen», sagte Goldie.

Die Masse der dunklen, abscheulichen Kreaturen, die auf dem Höhlenboden herumwimmelten, glich einem brodelnden Kessel mit heißem Teer. Sie hatten abstoßende, blinde Gesichter und klaffende Mäuler. Dicke rote Zungen schleckten das leuchtende Spiegelblut auf, das sich aus den Rinnen ergoss. Sobald sie satt waren, flatterten sie mit ihren ledrigen Schwingen zur Höhlendecke hinauf, wo sie sich kopfüber an die Decke hängten, während andere unten ihren Platz einnahmen.

«Sie sehen wirklich aus, als könnten sie gefährlich werden», sagte Wren.

Cassetti schüttelte bestürzt den Kopf. «Weißt du, was das für Wesen sind, Elster?»

«Nö. Aber ich wette, Cogito weiß es. Warum fragen wir nicht ihn?»

«Als ob wir Zeit hätten, zu ihm zurückzugehen. Selbst wenn wir es könnten», sagte Mel.

«Das wird nicht nötig sein, Kumpel. Ich habe ihn mitgebracht. Jedenfalls einen Teil von ihm.» Aus Elsters unsichtbarem Sack tauchten ein Tintenfass und ein zusammengerolltes Blatt Pergamentpapier auf; die Enden der Fäden, mit denen es am Pult befestigt gewesen war, hingen noch von ihm herab. «Das kleine Trampeltier hat gesagt, dass es überall in Mirrorscape funktioniert.»

«Ist vor deinen diebischen Fingern überhaupt etwas sicher?», fragte Goldie.

«Oberste Räuberregel: Verlasse einen Arbeitsplatz nie mit leeren Händen.»

«Duckt euch», sagte Mel, als der Strahl eines Suchscheinwerfers über ihr Versteck huschte. Alle erstarrten und hielten die Luft an. Der Strahl wanderte weiter. «Das war knapp.»

«Jetzt brauchen wir nur noch einen Stift», sagte Wren.

«Schon erledigt.» Mel zog seine Engelsfeder aus dem Wams. Er klappte den Deckel des Tintenfässchens auf, und augenblicklich entrollte sich das Pergamentpapier auf dem Höhlenboden, als wäre es lebendig. Mel tauchte seine Feder ein. «Ich frage mich, ob es auch mit Zeichnungen funktioniert.» Zügig und präzise skizzierte er eine der Fledermausschnecken. Darunter schrieb er: *Was ist das?*

Kurz darauf verblasste die Zeichnung, und Worte erschienen auf dem Blatt.

Das willst du nicht wissen.

O doch, schrieb Mel. *Deshalb frage ich.*

Glaub mir; das willst du wirklich nicht wissen.

«Das hat uns gerade noch gefehlt», stöhnte Mel. «Ein Lukubrator in Plauderstimmung.» *Glaub mir, ich will es wirklich wissen.*

Von mir aus. Es ist dein Todesurteil. Dieser Bewohner der Zwischenwelt ist ein Grubenvampir. Er ernährt sich hauptsächlich von geschmolzener Lava und hat eine Vorliebe für alles, was rot ist – vermutlich das Ergebnis seiner bevorzugten Nahrung. Der Grubenvampir hat die Intelligenz eines Knäckebrots, wird aber ausgesprochen wild, wenn man ihn reizt. Bei den ausgewachsenen Exemplaren zeigen sich in den aus Asbest bestehenden Eingeweiden Metallablagerungen, die auf den hohen Mineralienanteil in ihrer Nahrung zurückzuführen sind, welche in ihrem ofenartigen Verdauungssystem verbrannt wird.

Ist das alles?, schrieb Mel.

Das ist alles. Wenn du meine Meinung hören willst …

Vielen Dank, aber ich bin im Moment sehr beschäftigt. Mel rollte das Pergamentpapier zusammen.

«Na toll», sagte Ludo. «Stellt euch nur mal vor, was sie mit uns machen könnten. Gehen wir zurück zum großen

Plinker und sagen ihm, dass wir leider nichts für ihn tun können.»

«Wartet mal», sagte Mel. «Das, was er über ihre Metalleingeweide gesagt hat, bringt mich auf eine Idee.»

Ludo verdrehte die Augen. «Das hatte ich befürchtet.»

«Mach schon, Kumpel; spuck es aus», drängte Elster.

«Haben Sie einen Magneten, Cassetti? Einen schönen *roten* Magneten?»

«Wie viele brauchst du?» Cassetti zog seine oberste Schublade auf.

«Einer müsste reichen. Je stärker, desto besser. Und so viel Kordel, wie Sie haben.»

Mel befestigte ein Ende des großen Kordelknäuels an dem leuchtend roten Magneten und das andere an einem großen kugelrunden Felsbrocken.

«Verstehe», sagte Goldie. «Du willst einen von ihnen dazu bringen, den Magneten zu verschlucken.»

«Und die anderen werden mit ihren metallenen Eingeweiden an ihm kleben bleiben», überlegte Cassetti weiter. «Der König von Nephonia hat darauf hingewiesen, dass du dich als einfallsreich erweisen würdest, und ich kann ihm nur beipflichten.»

«Und dann wird der Felsen zusammen mit den Grubenvampiren von der Anziehungskraft davongezogen», sagte Wren grinsend.

«Der Junge ist ein Genie», meinte Elster.

Ludo machte ein skeptisches Gesicht. «Das ist ziemlich weit hergeholt, findest du nicht? Was ist, wenn …?»

Alle blickten ihn an.

Er zuckte mit den Achseln. «… Schon gut. Aber wie

willst du nahe genug herankommen, um ihnen den Magneten unterzuschieben?»

«Was siehst du mich an?», fragte Elster. «Oberste Räuberregel: Halte dich von Grubenvampiren fern.»

«Wir brauchen ein paar Wolken», sagte Cassetti. «Für kleinere Reparaturen habe ich immer das hier dabei.» Er fischte ein kleines Gerät aus einer seiner Schubladen, an dem unten ein blasenartiger Flüssigkeitsballon hing. Er schüttelte es. «Klingt, als wäre es fast voll.» Cassetti schaltete es an, und das Gerät begann zu schnurren. Bald darauf quollen schneeweiße Wolken aus einer Düse. Und wenig später trieb eine dichte Nebelbank auf die Grubenvampire zu.

«Haltet die Köpfe unten», sagte Mel, als er mit dem Magneten in der Wolke verschwand.

Wenig später kehrte er zurück. «Hat prima geklappt. Einer der Grubenvampire hat den Magneten sofort verschluckt. Und jetzt helft mir, diesen Brocken ins Rollen zu bringen.»

Die seitlichen Anziehungskräfte begannen alsbald auf den Felsen einzuwirken und setzten ihn langsam in Bewegung. Kurz danach hörten die Freunde das Keifen der in Streit geratenen Grubenvampire. Durch Wolkenlücken sahen sie, dass die Kreaturen in einem wilden Haufen aus der Grube aufgestiegen waren, wie Eisenspäne, die an einem Magneten klebten. Dann rollte der Felsbrocken davon und die an ihm befestigte Kordel spannte sich. Zuerst langsam, dann immer schneller wurde die magnetisierte Horde der Grubenvampire durch einen Tunnel davongezogen.

Ludo schlug Mel auf den Rücken. «Ich habe doch gleich gewusst, dass es funktioniert. War kinderleicht!», rief er.

«Ich dachte, ich hätte dir verboten, das zu sagen», zischte Elster. «Jetzt haben die Metallroboter dich gehört.»

Die Roboter begannen ihre Suchscheinwerfer durch die Höhle zu schwenken. Kurzzeitig geblendet, hörten die Freunde das Ticken der näher kommenden Roboter immer deutlicher. Ansonsten war nur das traurige Geläut des Glückskompasses zu vernehmen.

«Kommt, wir verduften», sagte Elster.

«Ich habe eine bessere Idee», erwiderte Cassetti. «Die Wolke ist gerade groß genug, um etwas aus ihr zu machen. Lauft schon voraus zum Brunnenschacht. Ich treffe euch dort.» Er verschwand in der Wolke.

«Was hat er vor?», fragte Goldie. «Ich weiß nicht, ob es gut ist, ihn aus den Augen zu lassen.»

«Vielleicht sollte ihm einer von uns folgen?», schlug Mel vor. «Um sicherzugehen, dass er nichts anstellt.»

«Du brauchst mich gar nicht so anzusehen», sagte Ludo. «Ich bin allergisch gegen Grubenvampire.»

Das Ticken kam immer näher, und der Strahl der Suchscheinwerfer wurde heller. Mel führte Wren, Ludo, Goldie und Elster im Schutz der Wolke auf dem gleichen Weg zurück, den sie gekommen waren. Er konnte hören, dass ihnen die Roboter folgten. Plötzlich schwenkten die Suchscheinwerfer in eine andere Richtung, und das Motorengeräusch der Roboter wurde schwächer.

Cassetti tauchte neben ihnen auf und verstaute die Paddel, mit denen er seine Modellierarbeit verrichtet hatte, wieder in seinen Schubladen. «Das dürfte sie an der Nase herumführen. Ich glaube, hinaus geht es hier entlang.»

«Die Wolken driften auseinander», sagte Elster. «Seht nur!»

«Wir haben es geschafft», sagte Ludo. «Das Spiegelblut fließt wieder, und der Tunnel füllt sich.»

«Aber was ist *das*?», fragte Wren und zeigte nach hinten.

«Das ist mein bescheidenes Werk», antwortete Cassetti. «Nichts Besonderes, aber gut genug, um diese Blechbüchsen an der Nase herumzuführen.»

Mel und die anderen sahen ihre eigenen, aus Wolken geformten Spiegelbilder, denen die Roboter nachsetzten.

«Schöner Trick», lobte Elster. «Aber jetzt Beeilung. Wenn sie die Gestalten einholen, werden sie merken, dass sie hereingelegt wurden, und den Originalen nachsetzen.»

«Sie werden gleich ein ganz anderes Problem haben», meinte Mel. «Wenn das Spiegelblut erst wieder fließt, wird es ihnen nicht viel nützen, aus Messing zu sein.»

Dirk Tot, Grün und Blau setzten die improvisierte Sänfte des Meisters vor dem Eingang zu den Gemächern des Weisen ab.

Ambrosius Blenk stand auf und wandte sich an die beiden schwarzgekleideten Fra, die dort Wache hielten. «Ich wünsche den Weisen zu sehen.»

«Der Weise darf nicht gestört werden», antwortete eine der Wachen.

«Aber ich bestehe darauf. Ich habe Dinge von höchster

Wichtigkeit mit ihm zu besprechen. Ist Ihnen klar, wer ich bin?»

Der Wachposten schüttelte den Kopf. «Ist mir egal, wer Sie sind. Niemand kann den Weisen sehen.»

«Nun gut. In diesem Fall wäre ich Ihnen dankbar, wenn Sie ihm eine Nachricht überbringen würden.»

«Wie lautet die Nachricht?»

«So!» Grün streckte die Wache mit einem rechten Haken zu Boden.

Blau ließ dem anderen Wachposten die gleiche Nachricht zuteilwerden und fügte mit dem Stiefel noch einen Nachsatz hinzu.

Dirk Tot drückte die Türflügel auf, und die anderen folgten ihm.

Im Garten leuchteten die Funken ein wenig heller, und die Schwerkraft hatte sich fast wieder normalisiert. Der Wirbelwind im Zentrum war verschwunden. König M-Morpho begrüßte sie mit einem Lächeln.

«Meinen G-Glückwunsch, Botschafter. Sie haben Ihre M-Mission erfüllt. Mein Königreich ist dabei zu h-heilen. Sie sind ein wahrer F-Freund unseres L-Landes.»

«Und was ist mit uns?», sagte Ludo. «Wir …»

Cassetti unterbrach ihn. «Wir sind froh, einem so gnädigen König einen bescheidenen Dienst erwiesen zu haben. Euer Königreich kann endlich blühen und gedeihen, und Majestät möge sich in Seiner ganzen Größe entfalten.»

«Schleim, schleim», flüsterte Goldie.

«Und jetzt, Majestät», fuhr Cassetti fort, «müssen wir unverzüglich nach Nephonia zurückkehren.»

«Wir w-wünschen Euch eine gute Reise. Unglücklicherweise überhäufen uns derzeit die königlichen Pf-Pflichten. Die A-Arbeit lastet schwer auf den Schultern eines M-Monarchen. Und wir müssen den W-Wiederaufbau überwachen.»

«Der verlogene Kerl!», zischte Wren.

«Ich wette, er hat nie vorgehabt, uns zu begleiten», sagte Mel wütend.

«Vergebt mir meine Vermessenheit, Majestät», sagte Cassetti noch ruhiger und mit einer besonders tiefen Verbeugung. «Gewöhnliche Bürger wie wir übersehen leicht, welche Bürde ein Monarch zu tragen hat. Ganz Nephonia wird bedauern, dass Ihr uns nicht begleiten konntet. Ich hätte Euch gern gezeigt, was wahre kumulanische Gastfreundschaft bedeutet, und Euer Gnaden die Reichtümer zuteilwerden lassen, über die mein Königreich verfügt.»

«R-Reichtümer, sagten Sie. Welche Art von Reichtümern?»

«Nektar, Honigtau, erlesenste Pollen. Majestät hätte die freie Auswahl. Ich bin sicher, die Ankunft eines so großen Monarchen würde unseren König bewegen, die Türen seiner Schatzkammer weit aufzumachen und Euch zu gestatten, sich eine Anerkennung auszuwählen, die eines Herrschers würdig ist, vor dessen Herrlichkeit selbst die Sonne verblasst.»

«O nein. Ich glaube, mir wird schlecht», murmelte Ludo genervt.

«W-wenn ich recht darüber nachdenke, könnte ein S-Staatsbesuch für Nephonia sich derzeit als äußerst v-vorteilhaft erweisen.»

«In der Tat. Wir würden viel von der immensen Erfahrung Eurer Majestät lernen.»

«S-staatliche Angelegenheiten müssen eben warten, bis wir uns von den S-Strapazen erholt haben.»

«So ist es, allergnädigste Majestät. Die Schärfe Eures Verstandes verblüfft uns alle.»

«A-außerdem wäre es g-gut, uns mit eigenen A-Augen zu vergewissern, dass den U-Urhebern dieses Frevels ein für a-alle Mal das Handwerk gelegt wurde.»

«Und diese Tapferkeit.» Cassetti machte eine besonders pompöse Verbeugung.

Wren tat, als wollte sie sich den Finger in den Hals stecken.

Cassetti richtete sich wieder auf. «Unsere Barkasse erwartet Euch, Majestät.»

Cassetti und König M-Morpho begaben sich zur Wolkenbarkasse, und die anderen folgten ihnen.

«Und?», sagte Wren. «Glaubt ihr immer noch, dass wir ihm trauen können?»

«Bisher hat er sich keinen Fehltritt erlaubt», flüsterte Elster. «Zumindest keinen, den ich gesehen habe. Und was er mit den Grubenvampiren gemacht hat, war ein schöner kleiner Streich. Wenn er nicht auf unserer Seite wäre, hätte er sich einfach davonmachen und uns mit ihnen alleinlassen können.»

«Du bist viel zu gutgläubig, Elster», sagte Goldie. «Du hast doch gesehen, wie er alle um den Finger wickelt. Womöglich hält er uns nur noch hin, bis wir nach Kumulus kommen.»

«Ich weiß noch nicht, was ich von ihm halten soll», sagte Mel. «Aber im Moment haben wir keine andere Wahl. Am besten behalten wir ihn im Auge. Zumindest bis wir wissen, ob er irgendetwas im Schilde führt.»

Sobald sie aufstiegen und den Garten hinter sich ließen, winkte Cassetti, der die Barkasse steuerte, Mel zu sich ans Ruder. «Wo ist Elster?»

«Er behält König M-Morpho im Auge», sagte Mel.

«Gute Idee. Bleib hier bei mir, mein Lieber, und lass uns nach dem Glückskompass steuern.»

Mel klappte ihn auf. «Wo geht es nach Nephonia?» Der Richtungszeiger schwenkte nach links, und Cassetti drehte das Steuerrad in die neue Richtung.

Nach einer Weile veränderte sich die Textur von Mirrorscape. Mel merkte, dass sie in eine Region gelangten, die dem Geist und der Hand eines anderen Künstlers entsprungen war. Er zog den Glückskompass zurate.

Cassetti blickte auf die drei Anzeigen. Sie verhießen nur Gutes, und der Rubin in der Mitte schien heller zu leuchten als je zuvor. «Wir sind fast zu Hause.»

Sie flogen weiter durch einen unermesslichen Ozean aus reinstem Blau. Cassetti atmete tief durch. Ein Lächeln überzog sein Gesicht, und aus seiner Perücke drangen Sonnenstrahlen.

«Ist das Nephonia?», fragte Wren, die mit Ludo und Goldie zum Steuerrad zurückkam.

«Das ist das Coelinische Meer, das unser Reich umgibt», erklärte Cassetti. «Wir müssten bald Nimbus und Zirrus sehen können. Von dort aus werden wir versuchen, Kumulus zu finden.»

«*Versuchen?* Wollen Sie damit sagen, dass Sie nicht wissen, wo es ist?», fragte Ludo, als er und die anderen neben die beiden traten.

«Die Dinge sind in Nephonia nicht so festgelegt wie in eurem Land, mein Lieber. Wolken sind von Natur aus unbeständig. Aber keine Angst, wir werden Kumulus finden.»

Kurz darauf geriet Flocke in einen starken ozeanischen Luftstrom, der sie in großen Spiralen immer höher hinauftrug.

«Es wird kälter», sagte Ludo und rieb sich die Hände.

«Einige Teile von Flocke treiben davon», sagte Wren.

«Keine Angst», beruhigte Cassetti sie. «Das liegt in der Natur von Wolken.»

Wenig später bemerkte Goldie: «Ich glaube, von einer Flocke kann jetzt keine Rede mehr sein. Das Schiff sieht eher aus wie eine Fliege.»

«Vielleicht fühlt sich Seine Hoheit dann wohler.» Ludo wies mit dem Kopf zu König M-Morpho hinüber, der abseits der anderen im ehemaligen Bug stand, welcher jetzt eher einem Kopf mit Glupschaugen ähnelte.

Später kamen sie an fernen Wolkenformationen vorüber, in denen Cassetti Nimbus und Zirrus erkannte. Noch einmal wurde der Glückskompass zurate gezogen, sie änderten den Kurs und flogen weiter.

«Ist das Kumulus?», fragte Mel und streckte die Hand aus. «Es ist riesig. Selbst die größte Wolke in ganz Nem wäre winzig klein dagegen.»

Cassettis Perücke verdunkelte sich, und er seufzte. «Als ich aufbrach, war sie größer, und zu Beginn meiner Suche sogar noch größer.»

«Ich verstehe immer noch nicht, warum Sie glauben, dass *wir* den Spalt schließen können», sagte Wren.

«Der König von Kumulus hat ausdrücklich erklärt, dass nur ihr dafür in Frage kommt. Er hat dich, Mel und Ludo genau beschrieben. Ich war auf dem Weg nach Nem, als … Ihr erinnert euch sicher noch an das Abenteuer an Bord der Leviathan.»

«Die riesige Galeone? Wie könnten wir das vergessen», sagte Ludo.

«Ich bin sicher, dass wir bald auf alle unsere Fragen eine Antwort bekommen», meinte Mel. Er trat an die Reling der Barkasse. «Elster», sagte er ganz leise. «Bist du noch da?»

«Und stumm wie ein Fisch.»

Die Wolkenbarkasse näherte sich Kumulus, das wie eine riesige Stadt aussah. Sie konnten Wälle, Türme und vom Wind zerzauste Wolkenfetzen erkennen, bei denen es sich anscheinend um Banner handelte, die auf den höchsten Spitzen wehten. Beim Näherkommen sahen sie ihren eigenen winzigen Schatten, nicht größer als eine Fliege auf einem Eisberg, über die bauschigen Mauern huschen.

Geschickt steuerte Cassetti das Schiff, bis es auf Kumulus aufsetzte. Das nebelhafte Gefährt wurde von der riesigen Wolke absorbiert, und sie stiegen einfach aus. Cassetti führte König M-Morpho in die Wolke und streichelte das königliche Ego dabei ununterbrochen mit den öligsten Schmeicheleien. Die anderen folgten ihnen.

«Die Gemächer des Weisen sind leer!» Ambrosius Blenk stand im Eingang der riesigen Zimmerflucht hoch oben im

Palast des Geistes. «Und alle seine Gemälde sind fort. Bis auf das letzte Stück.»

«Sieht aus, als wären auch seine Skulpturen und Keramiken verschwunden», sagte Grün.

«Anscheinend haben sie sämtliche Kunstgegenstände aus den Gemächern entfernt», stellte Dirk Tot fest.

Stattdessen markierten leere Bilderhaken und triste Rechtecke an den prächtigen, mit Seide ausgeschlagenen Wänden die Stellen, wo die Gemälde gehangen hatten; und auf den Marmorböden verrieten blasse Flecken, wo vorher Statuen gestanden hatten.

Als der Meister und seine Gehilfen weitergingen, kamen sie an strohgefüllten Umzugskisten vorüber, die viele der Schätze des Weisen enthielten. In Erwartung der nahenden Dunkelheit hatte man die überall herumstehenden Kandelaber mit frischen Kerzen versehen.

Als er an einem Fenster, das einen Blick auf die Stadt bot, vorüberkam, blieb Grün stehen. «Die Dunkelheit breitet sich aus, aber der Funkenfall hat aufgehört.»

Ambrosius Blenk lächelte. «Meine Lehrlinge tun ihre Arbeit. Kümmern wir uns nun um die unsrige.»

Schließlich kamen sie zu den Türen, die ins Allerheiligste des Weisen führten.

«Bitte wartet hier, ihr drei», sagte der Meister. «Ich muss meinem alten Freund allein gegenübertreten und ihm Gelegenheit geben, sich zu erklären.»

Dirk Tot machte ein besorgtes Gesicht. «Aber Herr …» Grün berührte ihn am Arm, und sie sahen sich an. «Sehr wohl. Wir sorgen dafür, dass Sie nicht gestört werden.»

«Danke. Bleibt in Hörweite. Ich rufe, wenn ich eure

Hilfe benötige.» Ambrosius Blenk drückte die großen Türflügel auf. Am anderen Ende des langen Raums, mit dem Rücken zur Tür, stand die weißgekleidete Gestalt des Weisen von Vlam. Er drehte sich zu seinem unangekündigten Besucher um.

Ungläubig blieb dem Meister der Mund offen stehen.

Kumulus

Kumulus sah zunächst ebenso grau und unspektakulär aus wie jede andere Stadt in einem beliebigen Land an einem nebligen Tag. Doch als sie sich vom Landeplatz entfernten, verzog sich der Dunst, und alles wurde klar erkennbar.

«Schmeer!», stieß Elster aus, der ganz vergaß, dass er eigentlich inkognito bleiben sollte.

Mel vertuschte den Ausruf des Räubers mit einem Husten. «Ich habe schon alle möglichen Wolkenbilder gesehen, aber so etwas noch nie.»

Im Innern der Wolke lag eine blühende Stadt. Zwischen den wolkigen Gebäuden eilten Scharen geschäftiger Schimären hin und her, die wie Cassetti allesamt Perücken trugen, wenn auch keine so kunstvoll war wie die des Botschafters.

«Seht euch nur die Farben an», sagte Ludo. «Hier sieht es aus wie im Innern einer Austernschale.»

«Ja, was für ein irres Farbenspiel. Hier ist die ganze verflixte Perlmuttfamilie beisammen», sagte Goldie. Die perlmuttartigen, wirbelnden Farben spiegelten sich in ihren großen Augen.

Im diffusen Licht, das ins Wolkeninnere drang, sahen sie Kumulus vor sich, eine Stadt in ständiger Bewegung.

«Seht mal», sagte Goldie. «Das Gebäude dort schrumpft, während das daneben wächst.»

«Und die Straßen tauchen aus den Wolken auf und verschwinden wieder», staunte Mel.

«Schaut euch nur die Brücken an!», sagte Wren und hielt entzückt die Luft an, als sich eine aus einer schluchtartig aufragenden Häuserwand schob, über die Straße spannte und wieder verschwand. Und das alles innerhalb weniger Sekunden.

Mel sah seine Freunde an und bemerkte, dass die schwüle Luft von Kumulus ihre Haare und Kleidung mit winzigen, Miniaturdiamanten gleichenden Tröpfchen überzog.

Cassetti blieb stehen. «Und nun, Majestät, müssen wir einen Fahrplan zurate ziehen, um zum königlichen Palast zu gelangen.» Er zog seine oberste Schublade auf und holte ein großes dünnes Buch heraus, das sich wie eine Ziehharmonika auseinanderziehen ließ. Er blickte sich um, bis er ein Gebäude mit einer Sonnenuhr an der Fassade entdeckte, und schaute dann in seinen Fahrplan. «Großartig. Gleich müsste eine Treppe kommen, die in unsere Richtung führt.» Er brachte sie an den Rand eines Platzes, der sich vor ihren Augen in eine Kreuzung verwandelte. Kurz darauf wuchs aus der Wolke zu ihren Füßen eine neblige Treppe, die sich in elegant geschwungenem Bogen in die Luft erhob und von nichts getragen zu werden schien.

Cassetti verbeugte sich vor König M-Morpho. «Große Herrscher wie Ihr benötigen solche banalen Hilfsmittel nicht, aber gewöhnliche Wesen wie unsereins müssen die

Treppe in den Palast nehmen.» Er wandte sich an die anderen. «Trödelt nicht herum, meine Lieben. Die Stufen werden hier nur kurz verweilen.» Mit diesen Worten stieg er die wolkigen Stufen hinauf, während König M-Morpho neben ihm herflatterte.

«Das obere Ende der Wolke hat sich noch gar nicht gebildet», sagte Wren, als sie ihnen folgte.

Mel drehte sich während des Aufstiegs um. «Es wird noch viel schlimmer. Hinter uns lösen sich die Stufen schon wieder auf.»

«Das gefällt mir überhaupt nicht», sagte Ludo. «Treppen sollten da bleiben, wo sie sind.» Er sah zur Seite und entdeckte nicht weit entfernt einen weiteren Treppenabschnitt, auf dem Scharen von Kumulanern hinaufstiegen.

Goldie blickte zu Boden und sah Elsters Fußstapfen auf der flauschigen Stufe neben sich. «Ist das nicht verrückt?», murmelte sie.

Als Antwort erhielt sie einen freundlichen Knuff in die Seite.

Cassetti führte sie weiter. Hin und wieder blieb er stehen, sah in seinen Fahrplan und wartete, bis eine neue Straße, Treppe oder Brücke auftauchte. Schließlich erreichten sie den Eingang des königlichen Palasts.

«Er ist riesig», sagte Wren, die zu den Türmen und Kuppeln hinaufstarrte. «Mindestens so groß wie alles, was wir in Vlam haben.»

«Und er verändert sich ständig», ergänzte Ludo. «Wer hier lebt, dem wird es nie langweilig.»

«Wie es wohl drinnen aussieht?», fragte sich Goldie, der vor Staunen der Mund offen stand.

Als sie den Palast betraten, sahen sie, dass sich das Deckengewölbe ständig neu anordnete, wie im Wind schwankende Äste. Auch das Licht im Innern war durch Fenster, die auftauchten und wieder verschwanden, im ständigen Wandel. Staunend machten sich die Freunde gegenseitig auf die zahlreichen Wunder aufmerksam.

Schließlich kamen sie zum Audienzsaal. Er wirkte beständiger als der Rest von Kumulus, und seine Wände und Decke wogten nur leicht. Der lange Raum wurde von einer Reihe Kerzenleuchter an der Decke erhellt, die sogar noch kunstvoller waren als jener in Cassettis Wolkenschiff. Am anderen Ende des Saals befand sich ein leicht erhöhtes Podest, das mit bauschigen Tüchern verhangen war. Palastwachen umstanden den Audienzsaal. Sie waren mit Hellebarden bewaffnet und trugen kriegerische Perücken in Gestalt grimmiger Tiere. Zähnefletschend beäugten die Perückenkreationen die Gruppe auf ihrem Weg zum Podest, vor dem sie schließlich stehen blieb.

Mel klappte den Glückskompass auf. Der Richtungszeiger wies auf das Podest, das Glücksbarometer näherte sich der Zwölf-Uhr-Position, und der Zeitzeiger tickte rückwärts, als stehe das Glück unmittelbar bevor. Selbst der Schmuckstein in der Mitte schien besonders hell zu leuchten. Mel zeigte ihn Ludo, Wren und Goldie, und sie sahen sich lächelnd an. Voller Erwartung hielt Mel den Glückskompass in der ausgestreckten Hand. Er war so aufgeregt, dass er kaum stillstehen konnte.

Eine Schimäre mit einer Perücke, die sogar Cassettis noch übertraf, trat zu ihnen, und die beiden Kumulaner tauschten überschwängliche Verbeugungen aus.

«Kanzler Parrucca, darf ich Ihnen König M-Morpho vorstellen», sagte Cassetti. Der Kanzler verbeugte sich vor dem Schmetterlingskönig und überhäufte ihn mit noch öligeren Komplimenten, bis der aufgeblasene König vor Stolz zu platzen drohte.

«Seine Majestät, der König von Nephonia, wird in Kürze bei uns sein», erklärte der Kanzler und ordnete seine Spitzenmanschetten. «Und dies müssen die Menschen sein, die zu Ihm zu bringen Seine Majestät verlangt hat.» Er nickte Mel und seinen Freunden zu, ohne sich jedoch zu verbeugen oder ihnen die Hand zu reichen.

In der Ferne ertönte eine Fanfare. Sie wurde von unsichtbaren, aber immer näher postierten Trompetern wiederholt, bis der gesamte Saal vibrierte.

Cassetti drehte sich mit einem breiten Lächeln um. «Der König kommt, meine Lieben. Beim letzten Trompetenstoß müsst ihr euch ganz tief verbeugen. So wie ihr es bei mir gesehen habt. Hebt den Kopf erst, wenn der König euch darum ersucht.»

Die wolkigen Tücher begannen zur Seite zu gleiten, und ein letzter Fanfarenstoß erscholl. Mel und die anderen verbeugten sich, so tief sie konnten. In der plötzlichen Stille läutete der Glückskompass fröhlicher als je zuvor.

Dann begann der König vom Podest aus zu sprechen. «Wie schön, dich wiederzusehen … *Gammel!*»

«Sie sind nicht der Weise!» Ambrosius Blenk stand die Verwirrung ins Gesicht geschrieben.

«Ich versichere Ihnen, ich bin es», sagte ein lächelnder Fra Odum. «Der vorherige Amtsinhaber ist – wie soll ich sagen – recht kurzfristig *zurückgetreten*. Er weilt sogar noch im Palast. Allerdings im Kerker.»

Der Meister brauchte nur einen Moment, um zu verstehen, was vorgefallen war. «*Sie* haben die Stürme über der Stadt hervorgerufen.»

«Sie schmeicheln mir, Blenk. Ich hatte die Unterstützung meiner lieben Freundin Ter Selen und vor allem die unseres Verbündeten in Mirrorscape.»

«Und was ist mit all den Kunstwerken, die Sie zerstört haben? Wer Kunst zerstört, zerstört die Seele der Welt.»

«Sie wagen es, mich über Seelen zu belehren, Sie eingebildeter Narr! Seelen sind mein Spezialgebiet.» Fra Odums maskenhaftes Lächeln geriet kurz ins Wanken. «Was sind schon ein paar farbverschmierte Fetzen Leinwand gegen das Königreich von Nem? Der Spiegelsturm ist ein notwendiges Mittel, um den Menschen zu zeigen, wer ihre wahren Freunde sind. Während wir hier reden, kämpfen Ter Selen und ihre Schwestern draußen gegen die Dämonen. Ihr Lehrjunge Melkin hat recht mit seiner Vermutung, die Leute würden uns für die Rettung vor den Dämonen so dankbar sein, dass sie uns anflehen würden, ihre neuen Herrscher zu werden.»

«Und wie viele Dämonen haben Sie aus Mirrorscape herübergebracht?»

«Oh, Tausende.» Fra Odum lächelte breit. «Gut und gern *Tausende*. Aber wir werden siegen. Uns stehen einige bemerkenswerte Technologien zur Verfügung.»

«Technologien?» Der Meister sah einen Moment lang verwirrt aus. «Doch nicht aus Mirrorscape? Haben Sie auch nur die geringste Vorstellung davon, welche Auswirkungen es haben kann, Technologien aus der Spiegelwelt in dieser anzuwenden?»

«Was gehen mich Ihre lächerlichen Auswirkungen an, wenn mir ganz Nem zu Füßen liegt?»

«Ihnen und den Tern.»

«Und unserem Freund in Mirrorscape. Ihn dürfen Sie nicht vergessen. Von nun an wird ein Dreierbund über Nem herrschen. Seit die Macht der Gilden geschwunden ist, fehlt dem Königreich eine feste Hand. Die Natur verabscheut unklare Verhältnisse. Und wir werden dieses Vakuum ausfüllen. Alles wurde sorgfältig geplant, und es ist wie am Schnürchen gelaufen.»

Der Glückskompass hörte auf zu läuten.

Mel wich das Blut aus dem Gesicht, und in seinem Innern zog sich alles zusammen. «Adolfus Spute?» Er hatte Mühe, die Wörter auszusprechen, denn sein Mund war plötzlich so trocken wie Löschpapier.

«Höchstpersönlich.»

«Aber Sie sind …»

«Mit meinen Gefährten in diesem widerwärtigen Gemälde gefangen, in dem du uns eingeschlossen hast? Nun, offensichtlich nicht.»

«Wie sind Sie …?»

«… entkommen? Ganz einfach. Wir sind da geblieben, wo wir waren, und jemand hat uns gefunden.»

«Uns?» Mel wurde noch flauer.

«Es hat natürlich ein Weilchen gedauert, bis uns jemand fand, und in der Zwischenzeit wurden wir ganz schön hungrig. Dieser sehnige Fips hat nicht lange vorgehalten, aber der fette Lord Brool … Nun, von ihm haben wir fast zwei Wochen lang gezehrt. Ein ziemlich eintöniger und fettiger Speiseplan, wie ich zugeben muss, aber Not kennt kein Gebot.»

Mel blickte auf den Glückskompass.

«Und du hast mir mein Lieblingsspielzeug zurückgebracht. Es landet immer in den Händen gutgläubiger Narren. Dieses kleine Spielzeug hat uns schon die größte Freude bereitet – die *allergrößte*. Ein Spaß für die ganze Familie, könnte man sagen. Du erinnerst dich doch noch an meine Familie, Gammel? Vor allem an meinen Neffen.»

«Hallo, Fegie», sagte eine weitere vertraute Stimme, als eine hohe Gestalt die Wolken zerteilte und das Podest betrat: Groot Smert.

Mels schlimmster Albtraum hatte sich erfüllt.

«Sicher erinnerst du dich auch noch an Stockfisch», fuhr Adolfus Spute fort.

Eine Pfeife gab einen langgezogenen, düsteren Pfiff von sich, und der Albtraum wurde plötzlich noch schlimmer.

«Ich glaube, einige von euch sind auch dem neuesten Mitglied unserer glücklichen Familie schon begegnet.»

Lug trat aus der Wolke.

Goldie erstarrte, aber Wren legte ihr beschwichtigend die Hand auf die Schulter.

Jetzt konnte Mel sie alle deutlich sehen. Den leichenhaft dürren Adolfus Spute mit seinem langen roten Gewand, der weißen Schminke im Gesicht und der merkwürdigen Tonsur, bei der das lange schwarze Haar unnatürlich weit aus der hohen Stirn geschoren war. Der frühere Großvogt der Fünften Gilde hatte immer noch seinen bunten

Amtsstab bei sich. Er hing schief auf dem Thron und ließ ein Bein über der Armlehne baumeln. An seinen behandschuhten Händen fehlten einige Ringe, die er sonst wie Schlagringe zu tragen pflegte.

Mel war sich sicher gewesen, die gefundenen Schmuckstücke schon einmal gesehen zu haben. Und in diesem Moment fiel ihm auch ein, wo. Sie gehörten nicht Cassetti. Sie gehörten Adolfus Spute! Mel sah nach rechts zu Stockfisch hinüber. Die Pfeife, die der stumme Zwerg um den Hals trug, hing an einer verknoteten Schnur statt wie sonst an einer Silberkette. Mels Blick wanderte zum zerrissenen Saum von Stockfischs scharlachroter Robe, dorthin, wo ein Stoffstreifen fehlte – der, mit dem man die Blase voller Milben zugebunden hatte.

Groot grinste hämisch. Seine Gildentonsur und die zusammengewachsenen Augenbrauen waren von Stoppeln übersät.

Die Zeichnung von Cogitos Datenspeichern. Endlich dämmerte Mel, wer sie angefertigt hatte. Er schloss die Augen. Der blinde Passagier konnte nur Groot gewesen sein. Jetzt war ihm alles klar. Warum hatte er das nicht früher gemerkt?

«Ihr hattet die ganze Zeit über einen Verräter unter euch: einen mechanischen Verräter, gebaut von unserem brillanten Freund Lug. Ich weiß, dass ihr seinen Messingrobotern begegnet seid. Er hat *so* geschickte Hände und ist einfach genial im Umgang mit den Kristallen der Spiegelwelt.»

Lug stand an einem Schaltpult, das einer prunkvollen Frisierkommode ähnelte. Darüber war in schiefem Winkel eine Art roter runder Spiegel angebracht, der aus Hunderten dicht an dicht sitzenden Rubinen bestand. In der an das Facettenauge eines Insekts erinnernden Oberfläche konnte Mel in roten Schattierungen sein eigenes zerteiltes Spiegelbild sehen. Er sah zum Glückskompass hinab, und sein Spiegelbild über ihm tat das Gleiche. Mit einem wissenden Lächeln betätigte Lug einen Drehknopf auf dem Schaltpult. Der Glücksrichtungszeiger absolvierte die gleiche Drehung. Lug drehte an einem anderen Knopf, und das Glücksbarometer tat es ihm nach. Ein dritter Knopf ließ die Zeiger der rückwärtslaufenden Uhr einmal um das Zifferblatt wandern. Auf zwölf Uhr blieben alle Zeiger stehen, und die fröhliche Melodie setzte ein.

«Ich hab dem Dingsda nie getraut», sagte Ludo.

«Ich hatte keine Ahnung, meine Lieben», sagte Cassetti. Seine Perücke hatte sich schwarz verfärbt. Regen lief ihm über das verzweifelte Gesicht und grub tiefe Furchen in die sorgfältig aufgetragene Puderschicht.

«Natürlich nicht», sagte Adolfus Spute. «Man soll Narren mit Narren fangen, ist mein Motto.»

Cassetti sah Parrucca an. «Haben Sie das gewusst, Kanzler?»

«Ab jetzt *König* Parrucca. Der alte König verrottet in meinem Kerker. Wachen!» Die Palastwachen traten vor und richteten ihre Hellebarden auf die Gruppe. Ihre Perücken stießen stumme Schreie aus.

«Was habt ihr mit Guv gemacht?», fragte Goldie mit zusammengebissenen Zähnen.

«Der alte Dummkopf, der dieses wandernde Karussell

betrieben hat?», fragte Adolfus Spute. «Er war ein lästiges Hindernis, das wir beseitigen mussten.»

«Ein lästiges Hindernis?», zischte Goldie wutentbrannt. «Er war mein Freund. Der Einzige, dem je etwas an mir lag.»

Adolfus Spute lächelte. «Genug mit diesem rührseligen Geschwafel. Das ist ein Anlass zum Feiern.»

«Ich gebe euch was zu ‹feiern›, wenn ich euch je in die Finger kriege. Euch alle.» Wutentbrannt starrte Goldie zum Podest hinauf.

«Ihr wart wirklich unterhaltsam», sagte Adolfus Spute. «Von Anfang an. Schon mit den gezinkten Karten meines Neffen. Wir haben versucht, euch die Reise hierher so unangenehm wie möglich zu machen. Ich hoffe, ihr wisst unsere Bemühungen zu schätzen.»

«Diese verflixten Karten», sagte Mel zu Ludo. «Du hättest wissen müssen, dass man Dingen, die Groot gehört haben, nicht über den Weg trauen darf.»

«Ich kann nichts dafür. Schließlich bist du dem Dingsda gefolgt.»

«Hört auf, ihr beiden», sagte Wren. «Was geschehen ist, ist geschehen.»

Stockfisch blies einen Triller.

«Ja, ganz recht, meine mörderische Milbe. Sie waren wirklich zu sechst. Wir haben den dicken Bärtigen in Irgendwo kurz gesehen. Ich frage mich, wo er jetzt ist.»

«Elster? Der ist schon lange weg», erwiderte Goldie. «Oberste Räuberregel: Jeder ist sich selbst der Nächste. Er hat das Weite gesucht, bevor wir Irgendwo verlassen haben.»

«Dann war wenigstens einer klüger als ihr.»

Wieder blies Stockfisch in seine Pfeife.

«Interessante Frage, meine armselige Ameise. Was sollen wir mit ihnen machen? Ich habe Ter Selen versprochen, die entflohene Braut ihrem Ehemann zurückzugeben, aber die anderen werden uns bei meiner triumphalen Rückkehr nach Nem begleiten. Wir werden uns später überlegen, wie wir sie beseitigen. In aller Öffentlichkeit, würde ich denken. Mit etwas besonders Grausigem, das unseren neuen Untertanen als Anschauungsunterricht dienen wird.»

«Wenn Sie dann bitte den Riss versiegeln wollen, durch den mein Königreich aufgesaugt wird», sagte Parrucca, «wären wir Ihnen außerordentlich verbunden.»

«Aber gewiss doch, Majestät», erwiderte Adolfus Spute. «Schließlich hatten die drei Stürme nur den Zweck, den Spiegelsturm hervorzubringen. Jetzt, wo er entfacht ist, kann er sich selbst erhalten. Wir werden den Riss vor unserer Abreise versiegeln.»

Hinter dem Meister entstand ein Tumult. Er drehte sich um und sah, wie Dirk Tot und die Rebellen von Fra Kropf und einem Dutzend schwarzgekleideter Fra mit erhobenen Armbrüsten ins Zimmer gedrängt wurden.

Blau tat, als würde er stolpern, und als die Blicke der Schützen ihm unwillkürlich folgten, ging Grün auf den Nächststehenden los. Dieser war nicht darauf gefasst, und beide rollten über den Boden.

«Lauft, Herr!», schrie Dirk Tot, als er einen anderen Verfolger mit seiner Faust niederstreckte, die so groß und hart war wie eine Kanonenkugel.

Ein anderer Fra schickte dem zur Tür eilenden Ambrosius Blenk einen Pfeil hinterher. Blitzschnell streckte Dirk Tot den Arm aus, und der Pfeil prallte von seiner Silberhand ab.

«Nicht schießen! Fangt sie lebendig!», rief Fra Odum, hinter einer schützenden Säule versteckt.

Weitere Hohe Fra strömten herein und fielen über die vier Männer her. Dirk Tot setzte sich tapfer zur Wehr, doch selbst er musste sich der Überzahl schließlich beugen.

«Guter Versuch, Blenk», sagte Fra Odum, als er zitternd hinter der Säule hervorkam. Er lächelte wieder. «Wir haben große Pläne mit Nem. Zunächst einmal werden die Pläsiere wieder eingeführt. Sie waren immer eine so erfreuliche Einkommensquelle und viel zu einträglich, um sie abzuschaffen. Der einzige Unterschied ist, dass in Zukunft der Dreierbund von ihr profitieren wird und nicht die Gilden. Doch nun wartet der Kerker auf euch. Fra Kropf wird euch begleiten. Sobald der Dreierbund an der Macht ist, werden wir entscheiden, was mit unseren Feinden geschieht. Und jetzt bringt sie fort.»

Die Rückkehr nach Vlam

«Wie fühlen Sie sich, Cassetti?», fragte Wren.

«Irgendwie hohl, meine Liebe», erwiderte Cassetti, der bedrückt in einer Ecke ihrer Zelle saß. Vier große Löcher klafften mitten in seiner Brust, wo vorher die Schubladen gesessen hatten. «Aber ich fürchte, König M-Morpho wird sich noch verletzen, wenn er sich nicht beruhigt.»

Der Schmetterlingskönig saß in einem feinen, über den Boden gespannten Netz gefangen, das am anderen Ende des Laderaums mit Gewichten beschwert war. Man hatte ihn zusammen mit den Freunden im Unterdeck eines schwerbewaffneten Luftschiffs gefangen gesetzt. Es war mit Lugs Gnomen bemannt und schwebte unter einer wespenförmigen Wolke. Die Motoren dröhnten mit tiefem Brummen. Direkt vor ihrer Zelle befanden sich die aufgehäuften Schätze, die man in Mirrorscape gestohlen hatte. Durch einen Spalt in den Grundfesten von Kumulus, der sich im ersten Sturm aufgetan hatte, fuhr das Luftschiff zurück nach Vlam.

«Warum haben Sie uns nicht gesagt, dass dieser Kerl, dieser Spute, der König von Nephonia ist?», fragte Goldie.

«Das müssen Sie doch gewusst haben. Er sieht nicht einmal aus wie Ihresgleichen.»

«Wenn ich es auch nur geahnt hätte, mein Liebe, hätte ich euch nie dorthin geführt. Nicht für alle Schätze der Inseln des Coelinischen Meeres. Aber die Befehle des Königs wurden mir immer von diesem verräterischen Parrucca überbracht. Adolfus Spute muss den echten König beseitigt haben, ehe er mich auf die Reise schickte, um euch zu ihm zu bringen.» Seine Perücke begann zu regnen, und feine Nieselperlen legten sich auf sein Gesicht. «Ich hätte wissen müssen, dass der Glückskompass zu schön ist, um wahr zu sein. Ich fürchte, meine Gutgläubigkeit hat euch alle in Gefahr gebracht. Und jetzt, wo sie mir meine Schubladen weggenommen haben, bin ich kaum noch zu etwas nütze.» Eine Träne mischte sich unter die Regentropfen auf Cassettis Gesicht.

«Noch sind wir nicht geschlagen», sagte Mel. «Was siehst du durch das Bullauge, Ludo?»

«Wir haben den Spalt passiert. Unter uns kann ich jetzt Vlam sehen», erwiderte Ludo, der den Hals reckte. «Und wir fliegen genau in …»

Ihre Zelle wurde abrupt in Dunkelheit getaucht, und das von Turbulenzen gepackte Luftschiff ruckelte hin und her.

«… das große schwarze Ding.»

«Das muss der Spiegelsturm sein», sagte Cassetti. «Sie steuern direkt hinein. So schlimm unsere Situation auch ist, so fürchte ich doch, dass sie bald noch schlimmer werden wird.»

Draußen wurden die Suchscheinwerfer des Luftschiffs

eingeschaltet, sodass es im Laderaum ein wenig heller wurde.

Raues Gelächter drang durch die Düsternis, als am anderen Ende zwei Gnomwächter vom Deck in den Laderaum hinabkletterten. Mit ihren stacheligen schwarzen Haaren, der hochroten Haut und den spitzen Gesichtszügen hätten sie gut und gerne Lugs Brüder sein können. Die Glutnester in den stinkenden Stumpenpfeifen, die sie rauchten, pulsierten wie Warnlichter. Ein wandernder Scheinwerferstrahl drang sekundenlang ins Innere. Hinter den Wächtern erspähte Mel durch den davonziehenden Schwall blauweißen Tabakqualms einen kurzen Moment lang die geisterhaften Umrisse von Elsters Gesicht. Ihm tränten die Augen, und er kämpfte offensichtlich gegen einen Hustenanfall.

Mel musste auf der Stelle handeln, oder der Räuber würde sich verraten. «Heda, ihr beiden, habt ihr so was schon mal gesehen?» Er zog seine leuchtende Engelsfeder aus dem Wams und wedelte damit vor seinem Gesicht herum. Sie hinterließ einen hellen Leuchtstreifen in der Luft, als er sie mit verschlungenen Gebärden hin und her schwenkte.

Mit staunend aufgerissenen Augen näherten sich die Wächter der Zelle.

«Was hast du da?», fragte der erste völlig gebannt.

«Ein Leuchtding», sagte der zweite Gnom und streckte die Hand aus. «Gib her.» Das leuchtende Muster der hin und her huschenden Feder spiegelte sich in seinen glitzernden schwarzen Augen.

«Kommt nur näher, dann zeige ich euch, was sie noch

alles kann. Noch näher. So ist es recht. Kommt nur her.»

Aus dem Augenwinkel sah Mel, wie zwei große goldene Wasserkrüge hinter den Wachen herschwebten. Er biss sich auf die Lippe, um nicht zu lächeln, als die beiden Gefäße auf die Gnomschädel niedersausten und die Wachen ohnmächtig zusammenbrachen.

Lang überfälliges Husten war zu hören, gefolgt von Elsters Stimme: «Gute Nacht und träumt schön von …»

«… Flöhen und Wanzen», vollendete Ludo den Satz.

Die Zellenschlüssel klirrten, als sie dem ersten Gnom vom Gürtel genommen wurden und sich in die Luft erhoben, um die Tür aufzuschließen. Wieder hustete Elster. «Himmel, was für ein grauenhafter Mief.»

«Ein unsichtbarer M-Mann?», fragte König M-Morpho verblüfft vom anderen Ende. Obwohl sich sein Kopf und der Rest seines Körpers hoffnungslos im Netz verfangen hatten, schaffte er es, erstaunt auszusehen. «Dann hat wenigstens einer von euch Stümpern ein bisschen w-weitergedacht.» Ungeduldig fügte er dann hinzu: «N-nun. Wir w-warten.»

«Ich hab das Wort mit b nicht gehört», sagte Ludo.

«Lass uns augenblicklich frei, du *B-Bauer*!»

«Schon gut, Ludo. Ich mach das.» Wren ließ den König frei, und er nahm wieder eine menschliche, wenn auch sehr bekümmert wirkende Gestalt an.

«Und jetzt?», fragte Ludo.

«Sehen wir nach, was sich unter der Beute alles findet», sagte Mel. «Vielleicht gibt es etwas, das wir als Waffe benutzen können.»

«Ich habe sie schon durchgesehen», sagte Elster. «Nichts als wertloser Plunder: Gold, Silber, Juwelen. Nicht mal eine Pfingstrose ist dabei. Einfach lächerlich.»

«Und was ist damit?», fragte Wren. «Das ist der Rubinspiegel, den wir im Audienzsaal über Lugs Maschine gesehen haben.»

Auf dem aus Rubinen bestehenden Schirm war aus der Fischaugenperspektive das Bild zu sehen, das sich dem Glückskompass bot, der nun oben an Deck um Adolfus Sputes Hals hing. Gleißend helle Scheinwerferstrahlen durchschnitten die Dunkelheit über Vlam und huschten hin und wieder über die Dächer hoher Gebäude, während das Luftschiff tiefer sank. Hier und da sah man die Lichtflecken erhellter Fenster. Noch weiter unten bewegte sich in den funkenerleuchteten Straßen ein kleiner Trupp bewaffneter Tern, die sich mit brennenden Fackeln in der Hand um eine merkwürdige Maschine zu schaffen machten. Um sie herum hatten weitere Schwestern einen Kreis gebildet und wehrten die schaurig glühenden Dämonen ab. Das Luftschiff flog weiter, und schließlich sahen die Freunde, wie es mit einer dicken Trosse an einer Turmspitze vertäut wurde. Der Blickwinkel änderte sich, und sie sahen Lug zur Luke eilen, die unter Deck führte.

«Schnell!» Mel versteckte seine Feder und drängte sich mit den anderen in die Zelle zurück, wobei er die Tür hinter sich zuzog, damit sie verschlossen wirkte. König M-Morpho flatterte auseinander und verbarg sich im Halbdunkel.

Die Luke ging auf, und Lug rief den Niedergang hinab: «Smut? Grub? Seid ihr da unten?»

Einer der Gnome rappelte sich auf und watschelte unbeholfen zum Fuß der Treppe. Mit einem schlaffen Gruß hob er die Hand.

«Ich dachte, ich hätte irgendwas gehört», sagte Lug und spähte ins Dämmerlicht. «Alles in Ordnung?»

Der Gnom ließ die Hand fallen und nickte eifrig.

«Gut. Behalte die Gefangenen im Auge und sorge dafür, dass sie keinen Ärger machen.»

Der Gnom schüttelte den Kopf.

«Was soll das heißen?»

Der Gnom nickte.

«Schon besser. Also pass gut auf. Spute hat viel vor mit ihnen.»

Wieder nickte der Gnom. Sein Kopf sank auf die Brust, und er hob die schlaffe Hand und reckte den Daumen.

Mit einem Grunzen schloss Lug die Klappe. Knirschend wurden die Riegel vorgeschoben.

Der Gnom sackte in sich zusammen.

«Verflixt groß, die Puppe», keuchte Elster. Seine Laterne kam aus dem Sack und leuchtete auf.

«Bist du sicher, dass wir nichts davon gebrauchen können?», fragte Ludo, als er die anderen aus der Zelle ließ. Er begann einige Beutestücke beiseitezuräumen, die im Licht der Lampe glitzerten.

«Ah!» Mel sprang erschrocken zurück. Aus den geplünderten Schätzen blickte ihm, mit einem hochnäsigen Lächeln im Gesicht, Groot entgegen. Mels Furcht legte sich; es war nur ein Selbstporträt.

«Der findet sich wohl ziemlich toll, was?», sagte Goldie.

«Er war früher Lehrjunge bei unserem Meister», erklärte Wren. «Er muss es gemalt haben, während er in Mirrorscape war.»

«Schade, dass er nicht nach euch dreien kommt», sagte Cassetti. «Wir könnten draußen gut einen Freund gebrauchen.»

«Sagen Sie das nochmal», sagte Mel.

Cassetti wiederholte es.

«Das ist es!», sagte Mel.

«Was ist was?», fragte Ludo verwirrt.

«Das kannst du nicht tun, Mel», meinte Wren.

«Was denn?», fragte Ludo. «Kann mir jemand erklären, was los ist?»

«Ich glaube, Mel will versuchen, in dieses alte Lachgesicht hineinzukommen», erklärte Goldie und wies mit dem Kopf auf das Porträt.

«Was?»

«Hältst du das wirklich für eine gute Idee, mein Lieber? Er ist schon äußerlich abstoßend genug. Womöglich ist er innen noch unangenehmer.» Cassettis Perücke verdunkelte sich zusehends.

«Du weißt doch nicht einmal, ob das geht», wandte Ludo ein. «Wir haben das bislang immer nur bei Orten gemacht.»

«Ich versuche es», sagte Mel, während er mit der Asche aus der stinkenden Stumpenpfeife des Gnoms das Spiegelzeichen auf das Porträt malte. «Nur lange genug, um die Luke zu öffnen. Entweder das, oder wir warten hier, bis sie Vlam zerstört haben.»

«Nein, Mel. Tu's nicht», flehte Wren.

«Dein Kumpel könnte recht haben», sagte Elster. «Vielleicht ist es unsere einzige Chance.»

«Aber was ist, wenn …»

Ludos Einwand wurde von Wrens Schrei unterbrochen: «Mel, nicht!»

Der Filigranpanzer

Dumpfe, pochende Trommelschläge waren zu hören. Zuerst dachte Mel, es sei sein eigenes Herz, doch das schlug viel, viel schneller. Die Trommelschläge wurden überlagert von einem beharrlichen, an den Nerven zerrenden Geräusch, das klang, als kratzten Fingernägel über eine endlos lange Schiefertafel. Doch wo immer er auch sein mochte, es war dunkel. Er konnte die Geräusche auf der Brücke hören und dann Lug, der mit barscher Stimme Befehle erteilte. Alles schien weit weg zu sein.

Dann ertönte in der Ferne ein Pfiff aus Stockfischs Pfeife.

Adolfus Sputes hallende Stimme schien nicht ganz so weit entfernt zu sein. «Wir werden von Dämonen angegriffen? Natürlich darfst du ihnen helfen, mein hässlicher Homunkulus. Ich weiß ja, wie sehr du Zerstörung liebst. Nun geh schon.» Und nach einer kurzen Pause: «Ja, mein Junge, jetzt kommen wir endlich nach Hause.»

«Ja, Onkel.» Groots Stimme war so laut und dröhnend, dass Mel zusammenzuckte. Er konnte spüren, wie sie, von den Schuhsohlen angefangen, seinen ganzen Körper erbeben ließ. «Ich kann es kaum abwarten, mit Fegie da weiterzumachen, wo ich aufgehört habe. Ich habe schon davon geträumt, auf welche Arten ich ihn quälen kann.»

Mel erschauderte. Er zog die Feder aus seinem Wams und hielt sie hoch. Er rechnete fast damit, eine ähnliche Szenerie zu sehen wie in Cogito, doch statt pulsierender Organe zeigte das Engelslicht das Innere eines kleinen Raums. In drei Wänden befanden sich Türen. Die vierte Wand, hinter ihm, bestand aus einem Nebelschirm, der die Bildfläche und den Weg zurück in den Laderaum markierte.

Er ging zur linken Tür, öffnete sie und schloss sie sofort wieder. *Nein!*

Ganz langsam machte er sie erneut auf. Drinnen sah er sich selbst träge am Ende eines Stricks baumeln. Er war eine lebensgroße Puppe, die in der Blenk'schen Hauskluft steckte, und ein Mopp aus gelber Wolle stellte seine Haare dar. Die Puppe war von langen Spießen durchbohrt. Ihr fehlten die Hände, und dort, wo man die Knopfaugen herausgerissen hatte, hingen lange Fäden herab. Auf einer Staffelei stand ein unbedarftes Porträt seiner selbst, das nur aus ein paar groben expressionistischen Pinselstrichen bestand; die verschmierte Palette lag noch daneben. Eine Ähnlichkeit war kaum zu erkennen, da man das Bild mit Flammen versengt hatte. In den Augenhöhlen steckten Glasscherben. Mel spürte, wie sein Magen rebellierte. Er unterdrückte die Übelkeit und machte die Tür wieder zu, wobei er sich mit zitternder Hand am Türpfosten abstützen musste. Er wollte nur noch raus und zurück zu seinen Freunden. Doch er wusste, wenn er Groot nicht dazu bringen konnte, die Luke zu öffnen, würde es keine Freunde mehr geben, zu denen er zurückkehren konnte.

Er ging zur rechten Tür und drehte mit bebenden Fingern den Knauf, voll banger Erwartung, was er dort vorfinden würde. Es war ein Raum voller Spiegel. Zehn-, hundert-, ja tausendfach blickte ihm aus gespiegelten Porträts Groots arrogantes, spöttisches Gesicht entgegen. Außerdem gab es ebenso viele schlecht ausgeführte Marmorskulpturen. Allesamt in verklärten Posen. Die Spiegelungen ließen den engen kleinen Raum wie einen Palast wirken.

Mel schloss die zweite Tür und öffnete die dritte. Dahinter befand sich ein Korridor mit völlig schiefen und krummen Winkeln. Türen in verschiedenen Formen und Größen gingen von ihm ab. Der Lärm von draußen wurde stärker. Mel schritt langsam hindurch, fest entschlossen, keine Türen mehr zu öffnen, außer jener am äußersten Ende. Flackernder Lichtschein sickerte durch den Türspalt auf den Boden.

Auf halbem Weg ließ ihn ein unterdrücktes Wimmern innehalten. Mel bückte sich und legte das Ohr an eine Tür, die ihm nur knapp bis zur Taille reichte. Das Geräusch kam von der anderen Seite. Es war das ängstliche Schluchzen eines kleinen Kindes. Mel kniete sich hin und öffnete die Tür.

In dem dunklen, schrankähnlichen Zimmer kauerte die winzige Gestalt eines Jungen. Er weinte bitterlich. Als Mel die Feder dichter heranhielt, zog sich der Junge in eine Ecke zurück, wobei er sich so klein wie möglich machte.

«Hab keine Angst. Ich tu dir nicht weh. Was machst du hier?», fragte Mel.

Der kleine Junge vergrub das Gesicht tiefer in die Arme und schluchzte noch lauter.

Mel rutschte auf Knien näher. Die Engelsfeder beschien unbeholfene Kinderzeichnungen, die an die Schrankwände geheftet waren. Alle zeigten die mit ungeschickten, groben Kreidestrichen hingeworfene kleine Gestalt, die vor schrecklichen Ungeheuern flüchtete. Die Ungeheuer glichen Groot. Mel streckte die Hand aus und berührte den Jungen vorsichtig am Arm. «Komm. Du kannst hier nicht bleiben. Kommt mit mir. Ich tue dir nichts.»

Behutsam nahm er den Arm des Jungen und zog ihn von seinem Gesicht fort. Er hielt die Feder näher heran, und mit plötzlichem Schrecken erkannte er das Kind.

Es war Groot.

Der Junge schrie und trat mit den Füßen nach Mel. «*Nein!* Niemand darf mich sehen!» Mel wich zurück und stürzte rückwärts in den Korridor. Krachend fiel die Tür ins Schloss.

In diesem Moment ertönte der ohrenbetäubende Donner einer abgefeuerten Schlangenkanone, und die Tür am anderen Ende des Korridors flog auf. Ängstlich und verwirrt von dem, was er gerade in dem Schrankzimmer gesehen hatte, rappelte Mel sich auf. Als er auf die Tür zuging, hörte er Adolfus Sputes Stimme. Diesmal schien sie ganz nah zu sein.

«Alles in Ordnung, mein Junge? Du siehst nicht besonders gut aus.»

«Es ist nichts, Onkel.» Groots Stimme war so laut, dass

die Wände und der Boden des Korridors erzitterten. «Ich habe Kopfschmerzen, sonst nichts.»

«Ich glaube, du hast die Gastfreundschaft dieses Trottels Parrucca zu gründlich in Anspruch genommen.»

Halte mir keine Vorträge, du stinkendes Skelett. Groots Stimme war nun ein lautes Flüstern. *Ich kann durchaus etwas vertragen. Außerdem habe ich den königlichen Weinkeller um ein paar Kisten erleichtert, während du zu beschäftigt warst, um das zu bemerken. Sie sind im Lagerraum.*

Mel wusste sofort, dass es sich um Groots Gedanken handelte. Er ging zur Tür, und ihm stockte der Atem. Unmittelbar vor ihm, als habe man es auf eine riesige runde Leinwand übertragen, schwebte das abstoßende Gesicht von Adolfus Spute. Mel blickte durch Groots Augen. Er sah die blassgrauen, blutunterlaufenen Augen des Mannes, das glatte schwarzgefärbte Haar, das ihm auf die Schultern herabfiel, die kahlgeschorene Stirn, die Augenbrauen, die von Rissen durchzogene weiße Schminke der Fünften Gilde und die schiefen gelben Zähne. Fast konnte er seinen stinkenden Atem riechen. Und all diese körperlichen Makel wurden wie in einem Zerrspiegel vergrößert und karikiert. Abermals wurde Mel übel.

Er schob seine Feder ins Wams und betrat den Raum. Alle, die er auf der Leinwand sehen konnte, wirkten auf grausame Art verzerrt. Aus Stockfischs scharlachroter Robe schienen Froschbeine zu ragen, und eine giftige schwarze Zunge schoss aus dem lippenlosen Schlitz seines Mundes. Sein Gesicht war voller eiternder Pusteln. Das Kinn in Lugs halbmondförmigem Gesicht stand so weit vor, dass es fast die Spitze seiner Hakennase berührte. Aus einem Schlitz hinten in seinem Overall ragte ein Eidechsenschwanz. Hinter Adolfus Spute sah Mel das Deck des Luftschiffs und die geschäftige Mannschaft.

Mel drehte sich um und hielt nach etwas Ausschau, mit dem er Groot unter Kontrolle halten konnte. Doch das Zimmer war leer.

Von draußen huschte ein Scheinwerferstrahl über Groots Gesicht. Kurz bevor er geblendet wurde, bemerkte Mel die verschwommenen Umrisse einer Gestalt, die regungslos mitten im Zimmer stand. «Bist du das, Elster?»

«Entschuldige», sagte Adolfus Spute. «Hast du was gesagt, mein Junge?»

Mel hielt sich den Mund zu. *Er kann mich hören.*

«Nein, ich habe nichts gesagt, Onkel.»

Als Mel den Kopf hob, sah er, wie Groot eine kleine Feldflasche an die Lippen setzte und einen langen Zug nahm. Das Fingernagelgeräusch ließ fast augenblicklich nach, doch dafür begann der Blick durch Groots Augen zu verwackeln und wurde teilweise von pulsierenden schwarzen Flecken verdeckt. *Wie viel hat er schon getrunken?* Groot stolperte. Er ließ den Kopf hängen und stützte die Hände auf die Oberschenkel.

«Bist du *sicher*, dass alles in Ordnung ist, mein Junge?»

«Mir geht's gut, Onkel. Ehrlich.» *Als ob dich das interessieren würde. Du willst deinen dürren Hintern doch nur auf einen Thron platzieren. Bilde dir bloß nicht ein, ich wüsste nicht, dass du vorhast, Fra Odum und Ter Selen beiseitezuschaffen, sobald sie ihren Teil getan haben.* «Ein Schluck, und ich bin wie neugeboren.» Wieder nahm Groot einen tiefen Zug.

Mels scharfe Augen wanderten durch den Raum,

und als der Scheinwerferstrahl ein weiteres Mal vorbeischwenkte, sah er die gespenstische Gestalt wieder. Es war nicht Elster. Es war, als stünde eine Rüstung aus filigranem Drahtgeflecht aufrecht mitten im Zimmer. Sie war derart durchsichtig, dass sie fast nicht zu sehen war. Hunderte Energiefasern bewegten sich wie Silberfäden im sanften Wind gemächlich hin und her und schienen die Rüstung mit den Wänden und der Decke zu verbinden. Mel sah, wie das Ding tat, als würde es eine kleine Feldflasche an die Lippen heben und mit zurückgelegtem Kopf trinken. Ein Blick nach draußen zeigte ihm, dass Groot das Gleiche tat. Mel rückte dichter heran, bis er direkt neben der Rüstung stand. Verblüfft starrte er sie an. Es war, als sei sie das Abbild von Groot und ahme jede seiner Bewegungen nach. Mel streckte die Hand aus, um sie zu berühren, und plötzlich – so schnell, dass er kaum merkte, wie es geschah – war er in ihrem Innern. Er spürte, wie sich die Energiefasern um ihn legten und einschnürten. Das hauchzarte Geflecht des Filigranpanzers begann zu glühen. Mel spürte alles, was Groot spürte, auch die Übelkeit. Er versuchte sich zu befreien, doch die Rüstung legte sich nur umso fester um ihn. Er entspannte sich, und der Panzer tat das Gleiche.

«Du zitterst ja, mein Junge», sagte Adolfus Spute.

Groot wandte den Kopf, um seinen Onkel anzusehen.

Mel versuchte sich aus dem Panzer zu befreien. «Lass mich los!»

Adolfus Spute schaute verblüfft. «Ich soll dich loslassen? Aber ich fasse dich doch gar nicht an.»

«Tut mir leid, Onkel. Ich weiß auch nicht, warum ich das gesagt habe.» *Warum habe ich das gesagt?*

Das brachte Mel auf eine Idee. «Geh mir vom Leib, du verlauster alter Trottel.»

«*Was* hast du gesagt?»

«Das hast du doch gehört.»

Adolfus Spute traute seinen Ohren nicht, und Groot nicht seinem Mund. Wieder setzte er die Flasche an.

«Die nehme ich», sagte Adolfus Spute und schnappte sich die Flasche. «Anscheinend bist du betrunken. Du kannst sie wiederhaben, wenn du wieder du selbst bist.»

«Aber Onkel ...» *Was geschieht mit mir?* Die Flasche wurde ihm aus der Hand gerissen. *Nimm sie ruhig, du alte Schmeerbacke. Ich habe noch mehr davon.*

Durch Groots Augen sah Mel Adolfus Spute über das Deck davongehen.

Das war seine Chance. Er wusste, was er zu tun hatte. Mel leckte sich die Lippen und redete sich ein, sie wären trocken. Er stellte sich vor, so durstig zu sein, dass er kaum schlucken konnte. *Ich brauche etwas zu trinken*, dachte er. *Ich muss unbedingt etwas trinken. Ich muss zu meinen Vorräten im Laderaum.*

Oben auf Deck leckte sich Groot die Lippen – seine sehr, sehr trockenen Lippen. *Ich muss unbedingt etwas trinken. Ich muss zu meinen Vorräten im Laderaum.* Er vergewisserte sich, dass sein Onkel abgelenkt war, schob die Riegel der Ladeluke zurück und stieg hinunter.

Wren hatte ihn durch den Rubinspiegel kommen sehen. «Versteckt euch, Groot kommt!» Sie sah die schattenhafte Gestalt den Niedergang hinuntersteigen, eine Lampe anzünden und die Schätze durchwühlen. War Mel dort drinnen? Sie schlich aus ihrem Versteck, um besser sehen zu können, und stieß dabei einen vergoldeten Teller um, der mit lautem Scheppern auf den metallenen Boden fiel.

Groot drehte sich hastig um und fiel hintenüber, wobei er noch mehr Beute verstreute. «Wer ist da?» Er sah zur Zelle hinüber und bemerkte, dass die Tür offen stand und Smut und Grub besinnungslos davorlagen. Seine Augen huschten angstvoll hin und her und suchten im Halbdunkel nach den Gefangenen.

«Ich bin's, Wren», schrie Mel mit Groots Stimme.

«Mel?»

«Die Luke ist offen. Verschwindet, solange ihr könnt!», sagte der ausgestreckt daliegende Groot. Er schüttelte den Kopf, um klarer denken zu können. «Fegie? Wo bist du?» Voller Angst blickte Groot sich um.

Wren seufzte verwirrt. «Was soll das? Warum redest du so?»

«Schnell! Bevor Groot kapiert, was los ist. Was kapiert? Wo steckst du, Fegie? Verschwindet, Wren! Sofort!»

Die anderen kamen aus ihren Verstecken.

«Er hat es wirklich geschafft», staunte Ludo. «Mel ist in Groot.»

«Halt den Mund, Ludo!», sagte Wren.

«Was!» Groot richtete den Oberkörper auf. «Fegie steckt in mir drin?» Ein fassungsloser Ausdruck lag auf seinem Gesicht. «Schnell, Wren, Ludo, lauft!» Groot hielt sich den Mund zu, als die fremden Worte herauskamen. «Bleibt, wo ihr seid! Rührt euch nicht von der Stelle! Hilfe, Onkel!»

«Ich glaube, wir sollten tun, was er sagt, meine Lieben.»

Cassetti ging zum Niedergang, und König M-Morpho flatterte hinter ihm her.

«Wenn Mel in diesem Sonnenschein steckt, sollten wir ihn dann nicht mitnehmen?», fragte Goldie.

«Nein, wir nehmen nur das hier mit», sagte Wren und schnappte sich Groots Selbstporträt.

«Das hier könnte auch nützlich sein.» Goldie nahm den Rubinspiegel.

Groot lag da und sah zu, wie die Freunde aus dem Laderaum kletterten, während sein betrunkener Kopf Schwerstarbeit leistete. Er starrte auf sein Selbstporträt, als es oben auf dem Niedergang verschwand. Dann dämmerte es ihm. «Fegie, du hast mein Bild benutzt, um in mich hineinzukommen. Du bist in meinem Kopf.»

Mel wehrte sich gegen die filigranen Energiefasern, die ihn festhielten.

Groot zuckte und wand sich. «Hör auf damit! Hör auf!» Dann hatte er die Kontrolle zurückerlangt.

Mel spürte, wie sich der Panzer fester zusammenzog und in Bewegung geriet. Er wurde zu einem hilflosen Insassen, während Groot schwankend auf die Beine kam, eine Flasche packte und den anderen den Niedergang hinauffolgte. An Deck griffen Dämonen das Luftschiff an, und es herrschte völliges Durcheinander. Scheinwerferstrahlen, Blitze und umherfliegende Körperteile von Dämonen – alles war in Bewegung. Groot duckte sich in die Luke zurück, als neben ihm ein Dämon in Stücke gerissen wurde.

Mitten in diesem Durcheinander führte Cassetti die Freunde zur Reling.

Ludo blickte hinab und versuchte die Höhe abzuschätzen. Es war ein weiter Weg bis auf den Platz unter ihnen. «Wie sollen wir da jemals runterkommen?»

«Das wollen wir gar nicht. Der Weg von diesem Schiff führt nach oben.» Cassetti schwang sich auf die Reling und setzte den beschuhten Fuß graziös auf eine Seilsprosse der Wanten. Diese führten in die Takelage hinauf und verschwanden oben in der Wolke, die das Schiff in der Luft hielt. «Folgt mir!»

Einer nach dem anderen kletterten die Freunde Cassetti hinterher in die Wolke hinauf. König M-Morpho flatterte neben ihnen her.

«Ich glaube nicht, dass uns jemand gesehen hat», sagte Ludo, als er sich im Innern der Wolke nach den verschwommenen Umrissen seiner Freunde umsah.

«Und was jetzt?», fragte Goldie.

«Diese Schurken mögen mir meine Schubladen abgenommen haben», sagte Cassetti. «Aber hier drinnen haben sie nicht gesucht.» Er fasste in seine Perücke und zog seine Paddel heraus. «Ich glaube, hier ist ein wenig Modellierarbeit gefragt. Elster, mein Lieber, könnten Sie überprüfen, ob es möglich wäre, uns vom Schiffsrumpf zu lösen?»

«Mit Vergnügen.»

Während Elster das Tauwerk durchtrennte, machte sich Cassetti an die Arbeit.

«Was soll das werden?», fragte Ludo.

«Normalerweise würde ich das meiner Phantasie überlassen, aber unsere Situation erfordert etwas Handfestes», antwortete Cassetti, während er arbeitete. «Etwas, das kein Gerede verursacht, wenn man es durch die Luft fliegen sieht.»

«Verstehe», sagte Wren. «Eine *wolken*förmige Wolke.»

Cassetti zwinkerte. «Ziemlich passend, findest du nicht?»

An Deck schossen Lug und Stockfisch mit Schlangenbordkanonen so rasch Dämonen ab, wie sich die Waffen nachladen ließen. Adolfus Spute führte die verbliebenen Gnome an, die auf den Gängen mit Äxten und Entersäbeln zugange waren.

Unter Deck versteckte sich Groot hinter einem Haufen Schätze. Er zog den Korken aus seiner Flasche und nahm einen tiefen Schluck. «Also, Fegie, es wird Zeit, mich um dich zu kümmern.» Er stand auf, fiel aber sofort wieder hin, als Elster einen Teil des Tauwerks durchtrennte und das Luftschiff in Schieflage geriet.

Mel kämpfte immer verzweifelter gegen den Filigranpanzer an, was seinen Wirt erzittern ließ. Hinter sich, in Groots Innerm, hörte er die Tür aufgehen, und drei von Groots Statuen marschierten in sein Blickfeld. Sie umstellten ihn und starrten ihn aus ihren leblosen Marmoraugen an.

Durch das Luftschiff ging ein heftiger Ruck, und kurz darauf erfolgte ein zweiter, als Elster die letzten Taue durchtrennte und die Wolke frei war. Im Rubinspiegel beobachteten sie, wie der Schiffsrumpf auf die funkenbedeckten Straßen von Vlam zustürzte, während die Körper von Dämonen und Gnomen vom steil nach unten gerichteten Deck stürzten. Dann setzte die mächtige Trosse, mit der das Schiff an der Turmspitze vertäut war, dem Sturzflug mit einem jähen Ruck ein Ende. Adolfus Spute,

Lug und Stockfisch hingen mit baumelnden Beinen an der Reling.

«Wo ist Groot?», fragte Wren. «Ist er runtergefallen? Wenn ihm was zustößt, passiert Mel das Gleiche.»

«Keine Sorge», sagte Goldie. «Ich habe gesehen, wie der Feigling wieder in den Laderaum gestiegen ist, als wir in die Takelage geklettert sind.»

«Groot weiß jetzt, dass Mel in ihm steckt», sagte Ludo. «Was, glaubt ihr, wird er tun?»

Als das Luftschiff abstürzte, kippte Groots Sichtfeld seitlich weg, und Mel fühlte, wie sie beide durch die Luft geschleudert und von etwas Hartem aufgehalten wurden. Er spürte, wie es im Filigranpanzer pochte, dort, wo Groot sich weh getan hatte.

«Groot? Kannst du mich hören?»

«Und ob ich dich hören kann, Fegie.» Die Augen der Statuen leuchteten grellgrün auf. «Und jetzt kann ich dich auch *sehen*.»

Mel unterdrückte die immer größer werdende Angst. Er wusste, dass er einen klaren Kopf behalten musste, wenn er jemals entkommen wollte.

Die Statuen kamen näher. Quietschend streckten sie die Arme aus und bogen die Finger zu Krallen. Als die erste herankam, sah Mel, dass sie einige der schwebenden Energiefasern durchtrennte, die den Filigranpanzer mit den Wänden und der Decke verbanden. Seine eiserne Umklammerung lockerte sich. Dann wurden weitere Stränge durchtrennt, und Mel konnte sich wieder bewegen. *Groot hat nichts gemerkt.* Neue Hoffnung durchströmte ihn. Die

Statuen kamen immer näher und zerschnitten dabei immer mehr Stränge. Mit einer gewaltigen Kraftanstrengung riss Mel den Panzer auf und war frei. Er duckte sich unter den ausgestreckten Armen der nächststehenden Statue weg, wirbelte herum und rannte zur Tür.

«Komm her, Fegie!»

Mel rannte durch den Korridor. Er wusste, dass sich die Nebelwand hinter der letzten Tür befand. Er war so gut wie frei. Am liebsten hätte er vor Freude über seine Flucht laut losgelacht. Er stürmte durch die Tür und machte noch im Laufen das umgekehrte Spiegelzeichen.

Doch er sollte es nie vollenden: Der Boden war verschwunden. Mel stürzte in einen Brunnen aus Finsternis. Hinter sich hörte er Groots grausames Gackern.

«Du bist jetzt in meiner Welt, Fegie. *Ich* mache hier die Regeln.»

Groots Welt

Mel landete mit dem Rücken auf etwas Weichem, Lebendigem. Er tastete nach seiner Feder. Sobald ihr Leuchten ihm zeigte, was ihn umgab, wünschte er, sie lieber nicht herausgeholt zu haben. In ihrem kleinen Lichtschein sah er, dass er sich auf einem riesigen wimmelnden Haufen voller Würmer, Käfer, Kakerlaken, Läusen und Tausendfüßlern befand. Er spürte sie im Nacken und an den Hand- und Fußgelenken, wo sie unter seine Kleidung zu kriechen versuchten. Winzige Beinchen piksten ihm in die Augenlider und krabbelten über seine Mundwinkel. Sie lärmten in seinen Gehörgängen. Als er niesen musste, flogen ihm einige von den Nasenflügeln.

Mel versuchte aufzustehen, versank jedoch hüfttief in der ekelhaften Masse. In blinder Panik schlug er mit Händen und Füßen um sich, sodass sich der Haufen in eine lebende Lawine verwandelte. Halb schwimmend, halb reitend schlitterte er den steilen Haufen hinunter. Unten angekommen, rannte er blindlings in die Dunkelheit und bürstete sich mit der Feder das widerliche Gekreuch vom Leib. Hinter sich hörte er Groots Gelächter. Es kam aus der Ferne, wurde aber immer lauter.

«Ich kann dich sehen, Fegie. Deine Feder verrät dich.»

Mel steckte auf der Stelle die Feder ins Wams, und die Welt um ihn herum verschwand in einer Finsternis, die so dick und undurchdringlich war wie Teer.

«Das wird dir auch nichts nützen. Ich habe dir doch gesagt: Das hier ist *meine* Welt.»

Ein Fingerschnippen war zu hören, und als wäre ein Schalter umgelegt worden, wurde zu Mels Schrecken die Welt wieder in Licht getaucht. Es schien aus allen Richtungen gleichzeitig zu kommen und ließ nun einen dampfenden Sumpf erkennen. Mel spürte, wie der eben noch feste Boden unter seinen Füßen nachgab und er knöcheltief im Morast versank. *Es ist hoffnungslos!* Als seine Augen sich an das Licht gewöhnt hatten, entdeckte er verrottete Baumstümpfe, die seltsam verkrümmt aus Tümpeln mit stehendem grünem Wasser ragten. Durch das Geflecht ihrer toten, sepiafarbenen Äste wand sich ein endloser Faden aus leuchtend bunten Schlangen. Fliegenschwärme umschwirrten fleischige Giftpilze, so weiß wie Leichenfinger. Über allem hing der ekelerregend süße Geruch der Fäulnis.

Hinter ihm entstiegen die drei Groot-Statuen dem ekligen Haufen, und die Ungeziefer tropften von ihnen ab, während sie näher kamen. Ihre Füße versanken schmatzend im Schlamm, dennoch kamen sie mühelos voran, die leuchtenden grünen Augen fest auf ihre Beute gerichtet.

Mel rannte. Er versuchte es zumindest. Der morastige Boden hielt ihn wie eine Fußfessel an den Knöcheln fest. Ein Blick über die Schulter zeigte ihm, dass die Statuen den Abstand schon zur Hälfte überwunden hatten. *Das ist nicht fair! Das ist, verflixt nochmal, nicht fair!* Wie konnte Groot so gut vorankommen, während *er* ständig stecken blieb? Die Antwort kam ihm augenblicklich. Groot dachte sich das alles aus!

Rechts von Mel platschte es mehrmals verdächtig. Aus den Augenwinkeln sah er ein langes, warziges Etwas in das stinkende Wasser gleiten. Krokodile! Er spürte, wie sich die Angst in ihm auszubreiten begann. Er hatte große Mühe, ruhig zu bleiben. Wenn Groot sich das alles ausdachte, konnte er sich vielleicht auch etwas ausdenken. Wieder spähte Mel nach rechts und sah mehrere Krokodilaugenpaare auf sich zukommen, während sich hinter ihnen v-förmige Wellenlinien auf der dicken Wasserbrühe ausbreiteten. Mel schloss die Augen und konzentrierte sich mit aller Kraft.

Als er sie wieder öffnete, sah er, dass das Bild, an das er gedacht hatte, wahr geworden war. Farnartige Kristallmuster bildeten sich auf dem gefrierenden Wasser, das die Reptilien mit eisigem Griff umschloss. Mel hob einen Fuß und trat auf den knisternden gefrorenen Boden. Stocksteife Schlangen stürzten herab, als sich der Frost auf den nackten Ästen entfaltete.

Rings um ihn herum war plötzlich langsames, ironisches Händeklatschen zu hören. Groots rattenähnliche Züge erschienen im Eis vor Mels Füßen. «Sehr gut, Fegie. Wirklich sehr gut. Wenn du es gern kalt magst, dann sollst du es kalt haben.»

Wieder hörte man Groots Finger schnipsen, und plötzlich setzte Wind ein. Spitze Eiskristalle stachen Mel ins Gesicht, während der raureifbedeckte Sumpf in einem dichten Schneetreiben verschwand. Er senkte den Kopf und rannte mühsam vorwärts, wobei er die Füße immer höher heben musste, weil sich der Schnee in Wehen vor ihm auftürmte. Zu seiner Linken hörte er das schaurige Heulen eines Wolfs. Ein anderer antwortete darauf, dann noch einer, und blasse Schatten, die im wirbelnden Schnee hin und wieder zu sehen waren, umkreisten ihn. Plötzlich ragte mit fürchterlichem Gebrüll die massige Gestalt eines Eisbären vor ihm auf und versperrte ihm den Weg. Er hatte Groots Gesicht. Er stellte sich auf die Hinterbeine und hob die bratpfannengroßen Pranken, aus denen schreckliche Krallen ragten.

Mel durchforstete sein Gehirn nach einem Einfall, doch er war vor Furcht wie gelähmt. *Kämpf nicht dagegen an*, sagte er sich. *Lass es einfach kommen.* Mel schloss die Augen und gestattete seiner Phantasie, sich von tief unten an die Oberfläche zu arbeiten. Als er die Augen wieder aufmachte, stand er in einer flachen Wüste. Die Wölfe und der Bär waren nun Sandskulpturen, die vor seinen Augen zerfielen. Er rannte durch sie hindurch in den heißen Sand hinaus. Nach einer Weile blieb er stehen und blickte sich in alle Richtungen um, doch er war ganz allein in der endlosen Weite. *Ich habe ihn abgehängt.* Langsam marschierte er weiter. Bald darauf zwang ihn die unbarmherzig brennende Sonne, sein Samtwams auszuziehen und es sich um den Bauch zu binden. Er fuhr sich mit der Zunge über die Lippen und spürte die verkrusteten Risse. Warum folgte Groot ihm nicht? Er sah sich um, doch es gab keine Spur von seinem Feind. Ströme von Schweiß brannten ihm in den Augen. Dann begriff er. Wenn dies hier eine imaginäre Welt war, musste er sich einfach nur zu den anderen zurückwünschen. Mel schloss die Augen und stellte sich Wren und Ludo im Laderaum des Luftschiffs vor. Als er sie wieder öffnete, war er …

Immer noch in der Wüste.

Mel versuchte es noch einmal, diesmal mit dem Raum voller Türen. Er schloss die Augen, leerte seinen Geist und ließ seiner Phantasie freien Lauf. Dann machte er ein Auge auf.

Er war immer noch in der Wüste. Es funktionierte nicht. Der schreckliche Gedanke, für alle Zeit in Groot gefangen zu sein, drängte sich ihm nun mit aller Macht ins Bewusstsein. Warum funktionierte seine Phantasie nicht? Vielleicht war die Kluft zwischen dem, was Groot sich vorstellte, und seinen eigenen Phantasien zu groß. Was aber wäre, wenn er das jetzige Bild nehmen und es verändern würde?

Mel schloss die Augen und dachte an eine Oase. Dann machte er die Augen wieder auf. *Das hat funktioniert.* Er schlug den Weg zu dem dichten Palmenhain ein, der nun direkt vor ihm lag.

Als er die Oase erreichte, umrundete er sie einmal, weil er sicher war, dass Groot oder eine seiner Phantasiegestalten ihm hier auflauern würden. Ein Ring aus schwankenden Palmen und Strandbinsen umgab einen malerischen Teich mit einladend blauem Wasser. Wohin Mel auch schaute, nirgendwo war eine Spur von Groot zu entdecken. Argwöhnisch musterte er das Gras und die Palmen und hielt Ausschau nach Raubtieren, doch es gab keine. Das Wasser war ruhig wie ein Mühlweiher und sah sehr, sehr kühl aus.

Als er es nicht länger aushielt, schlich er zum Ufer hinab.

Er kniete sich hin, nahm einen kleinen Stein und warf ihn ins Wasser. Er versank mit einem beruhigenden, freundlichen *Plopp*, und die kleinen Wellen zogen ihre Kreise bis ans Ufer. Mel tauchte die hohlen Hände ins kühle Nass und hielt sie sich vor die Nase, um herauszufinden, ob ihr Inhalt vielleicht vergiftet war. Das Wasser roch nach gar nichts. Mel ließ es zwischen den Fingern hindurchrinnen und probierte einen Tropfen. Er schmeckte nach Wasser. Mit einem letzten vorsichtigen Blick in alle Richtungen tauchte er die Hände wieder in den Teich und trank. Es fühlte sich gut an. Nach einem weiteren Schluck wurde Mel ruhiger. Er watete ins Wasser, setzte sich hinein und stieß einen Seufzer der Erleichterung aus, als ihn das kühle Nass umschloss.

Was nun? Er musste zurück zu dem Raum mit den Türen und die Nebelwand finden, oder er würde für alle Zeiten weiter in Groot herumrennen. Wenn er in Groots Welt war, konnte er sich vielleicht nur Dinge vorstellen, die sich auch Groot vorstellte. Aber welche?

Während Mel über sein Dilemma nachdachte, fuhr er abwesend mit der Hand durch den sandigen Schlick und ertastete den Stein, den er ins Wasser geworfen hatte. Er hob ihn auf, warf ihn noch einmal in die Mitte des Teichs und beobachtete, wie sich die Wellen ausbreiteten. Doch dieses Mal machten sie am Ufer nicht halt. Sie breiteten sich immer weiter aus, liefen über das Gras und um die Palmenstämme bis hin zum Horizont, als würden sie von einer unermesslichen unterirdischen Quelle gespeist. Furcht packte Mel, als der sandige Teichboden unter ihm nachgab und er zu sinken begann. Er schrie auf vor Angst, wobei ihm helle Blasen aus dem Mund quollen. Er trat mit den Beinen und kam spuckend wieder an die Oberfläche. Er sog die Luft ein und schüttelte sich das Wasser aus den Augen – Salzwasser. Die Wüste war verschwunden, und er trieb unter einem verhangenen Himmel in einem scheinbar endlosen Ozean, der sich gewaltig hob und senkte.

«Hast du gedacht, du hättest mich abgehängt, Fegie?», ertönte da Groots Stimme. «So leicht gebe ich nicht auf. Ich glaube, es ist Zeit, dass du meine Freunde kennenlernst.»

Strampelnd drehte Mel sich langsam um und sah, wie die schwarzen Dreiecksflossen von Groots «Freunden» das Wasser durchschnitten. In immer enger werdenden Kreisen schwammen die Haie um ihn herum.

Eine Welle überrollte ihn. Er schluckte Salzwasser und musste husten. Er spürte, wie er an Auftrieb verlor, während er verzweifelt weiterstrampelte. Dann explodierte das schäumende Meer vor ihm, und das riesige Maul eines Hais legte sich wie ein Schatten über ihn. Das Tier riss sein Maul auf und entblößte Reihen über Reihen sichelscharfer gezackter Zähne. Die Kiefer schlossen sich um Mel, und … der Hai war verschwunden!

«Mel!»

Mel strampelte herum und suchte nach dem Ursprung der Stimme.

«Hier drüben, Mel!»

Zwischen den Wellentälern entdeckte er eine kleine Insel und an ihrem Strand zwei Gestalten, die ihm zuwinkten. *Wren und Ludo!* Er nahm seine ganze Kraft zusammen und schwamm auf das Ufer zu, wo er sich aus der Brandung zog und an den Strand stolperte.

«Du bist nicht zurückgekommen, deshalb haben wir uns auf die Suche gemacht», sagte Ludo.

«Es ist schrecklich hier drinnen.» Wren sah sich auf der kargen Insel um und zog die Nase kraus. «Wir müssen zurück. Die anderen warten auf uns.»

«Was ist passiert?», fragte Mel. «Ich war gerade dabei, von einem Riesenhai gefressen zu werden.»

«Das Luftschiff ist abgestürzt», erklärte Ludo. «Groot muss das Bewusstsein verloren haben. Solange er ohnmächtig ist, kann er uns nichts tun.»

«Wir müssen uns beeilen», drängte Wren. «Bevor er wieder aufwacht. Zum Ausgang geht es hier hinauf.»

Mel zögerte. Groot hatte ihn schon einmal auf diese Weise genarrt, indem er Abbilder seiner Eltern schuf. «Woher weiß ich, dass ihr nicht Groots Phantasie entstammt?»

«Sehen wir etwa aus wie etwas, das Groot sich ausdenken würde?», fragte Wren finster, die Hände in die Hüften gestemmt.

«Ist das der Dank dafür, dass wir hergekommen sind und unseren Hals riskieren, um dich zu retten?», wollte Ludo wissen.

«Beweist es», forderte Mel. Er starrte Wren und Ludo an und suchte aufmerksam nach etwas, das sie als Illusion entlarvte. Er hatte große Angst. «Beweist mir, dass ihr kein Teil von Groot seid.»

«Können wir uns darüber nicht ein andermal streiten?», meinte Wren. «Groot wird jeden Moment aufwachen. Wir müssen hier raus, ehe es so weit ist.»

Seine Freunde packten ihn links und rechts an den Armen und zogen ihn vom Strand weg den Hügel hinauf. Als sie oben ankamen, sah er, dass das Innere der Insel wie eine flache Mulde geformt war. In ihrer Mitte befand sich ein verfallenes rundes Gebäude. Die aus dem Mauerwerk herausgefallenen Steine waren von der salzhaltigen Luft gebleicht, und an den Mauerresten türmte sich angewehter Sand. Im Innern befand sich anscheinend eine Art Amphitheater, in dem Sitzreihenstufen zu einer tiefer liegenden Arena hinabführten. In der Mitte der Bühne war ein großes, steiles Becken eingelassen, mit einem Loch im Boden, über dem ein rostiges Eisengitter lag. Darüber spannte sich das bogenförmige Schlüsselbein einer gewaltigen Kreatur, an dem ein riesiges, mit einem Seil befestigtes Ei hing, das ebenso breit war wie das Becken. Das Seil knarzte, als es sich langsam in der Meeresbrise drehte.

«Was ist das?», fragte Mel.

«Frag mich nicht», sagte Wren. «Das ist Groots Innenleben, nicht meins. Das Loch ist der Ausgang.»

«So sind wir hergekommen», erklärte Ludo. «Los!» Er ging zum Beckenrand, setzte sich und ließ die Beine herunterbaumeln. Dann stieß er sich ab und rutschte hinunter. Am Grund stand er auf und hob das Gitter an.

«Jetzt du», sagte Wren. «Beeil dich. Wir haben nicht viel Zeit.»

Mel blickte sich um. «Das könnte eine Falle sein. Es ist zu einfach.»

«Ich habe es gern einfach.» Wren folgte Ludo. «Komm!», rief sie ihm von unten zu.

«Die Wände sehen steil aus», sagte Mel. «Wie habt ihr es geschafft, da raufzukommen?»

«Kommst du jetzt oder nicht?», rief Ludo, als er durch das Loch verschwand.

«Komm jetzt, Mel!», drängte ihn Wren. Sie stand bis zur Hüfte im Loch und hielt das Gitter hoch.

Mel hörte ein leises Geräusch hinter sich. Er drehte sich um und sah, wie Sand über die Sitzreihen auf ihn zurieselte. Bald wurde das Rieseln zu einem Strom und der Strom zu einer Flut; immer mehr Sand ergoss sich in das Amphitheater. Er sammelte sich um Mels Beine und drängte ihn zum Becken. Dann wurde aus der Flut eine regelrechte Sandlawine, die Mel umriss und zu seinen wartenden Freunden hinunterfegte. Doch in dem Moment, als er sie erreichte, ließ Wren das Gitter fallen. Sie lächelte Mel durch die Eisenstangen zu, während ihr der Sand über den Kopf rieselte, und sagte: «Wieder richtig geraten, Fegie.» Es war Groots Stimme. «Die Haie waren zu einfach. Du hast dich nicht mal gewehrt. Das hier macht viel mehr Spaß. Mal sehen, wie du dich hier rausphantasierst.» Dann war der Wren-Groot verschwunden.

Mel versuchte verzweifelt aus dem Becken zu klettern, doch die Wände waren viel zu glatt, und er fand keinen Halt auf dem rieselnden Sand. Er glitt wieder auf den Grund hinab. Als er zum Rand hochblickte, sah er die drei Groot-Statuen auftauchen. Eine sprach ihn an: «Mach's gut, Fegie. Ich kann nicht sagen, dass es mir ein Vergnügen war, dich kennengelernt zu haben.»

Dann richteten die Statuen ihren scheinwerferartigen Blick auf das Seil, an dem das riesige Ei über dem Becken hing.

Mel nahm Brandgeruch wahr und hörte, wie einzelne

Seilstränge rissen. Er warf sich auf das Gitter und zerrte daran, doch es war fest verschlossen. Dann riss das Seil mit einem lauten Knall. Das riesige Ei stürzte herab, und Mel blieb keine Zeit, sich einen Ausweg herbeizuphantasieren.

Unerklärlicherweise blieb das Ei direkt über seinem Kopf in der Luft hängen, wo es sich langsam um die eigene Achse drehte.

«Wie hast du das gemacht, Fegie?», fragte Groot verwundert.

Mel war ebenso verblüfft wie sein Gegenspieler. «Ich habe gar nichts gemacht.»

Es knackte, und in dem schwebenden Ei entstand ein Riss, dem weitere folgten. Die Risse dehnten sich aus, bis sie die ganze Oberfläche wie ein irres Mosaikpflaster überzogen. Mel streckte die Hand aus und berührte das Ei, das plötzlich in tausend Stücke zersprang. Es enthielt Hunderte Kopien des verängstigten Groot-Kindes, das Mel vorher entdeckt hatte. Eierschalen und Knabenkörper regneten auf ihn herab und warfen ihn zu Boden. Sie strampelten und traten mit ihren kleinen Füßen nach ihm, während sie auf die Beine zu kommen versuchten. Mel sah, wie sie an den Seiten hinaufkrabbelten und sich dabei gegenseitig als lebende Leitern benutzten.

Die Statuen zogen sich vom Rand zurück, als die Jungen näher kamen. «Was machst du da, Fegie?», fragte Groot mit zitternder Stimme. «Bleibt mir vom Leib.»

«Ich mache gar nichts.» Doch dann begriff er. *Groot hasst sich selbst mehr als alle anderen. Er kämpft gegen sich selbst!* Mel wand sich unter den kleinen Wesen hervor und kletterte über sie. «Tut mir leid, aber ich muss hier raus.»

Über die Rücken der Jungen gelangte er zum Rand hinauf und sah zu, wie sie an ihm vorbeidrängten und zwei der Statuen überwältigten. Die dritte verwandelte sich in einen echten Groot und suchte, mit einer Horde kleiner Gestalten auf den Fersen, das Weite. Sie rannten zu einer Tür, die allein für sich im Sand stand. Mel folgte ihnen, weil er hoffte, durch sie zum Ausgang zu finden.

Dahinter befand sich der Korridor mit den vielen Türen. Mel sah Groots lange Beine aus der kleinen Kammer ragen, in die er vorhin hineingesehen hatte. Mehrere seiner Verfolger zerrten an ihnen herum. Groot trat nach ihnen und schaffte es, seine lange Gestalt in den winzigen Raum zu zwängen und die Tür hinter sich zuzuziehen. «Ich will nicht, dass mich jemand sieht. Niemand darf mein wahres Ich sehen!», erscholl es ängstlich von drinnen.

Mel drängte sich an der hüfthohen Menge vorbei, die gegen die winzige Tür hämmerte, und kam zu der Tür am Ende des Korridors. Er machte sie auf und stand vor der Nebelwand. Dieses Mal war der Boden intakt. Erleichterung und Freude überfluteten ihn, als er darauf zuging und das umgekehrte Spiegelzeichen machte.

Die Messingaffen

«Du bist wieder da! Hast du mich erschreckt.» Wren musste zweimal hinschauen, als Mel so plötzlich wiederauftauchte. «Was ist los? Du siehst aus, als hättest du ein Gespenst gesehen.»

«Habe ich auch – irgendwie jedenfalls. Bist du es wirklich?» Mel drückte ihren Arm, um sich zu vergewissern.

«Natürlich ist sie es. Was denkst du denn?» Ludo sah Wren an und verdrehte die Augen. Gleichzeitig machte er mit dem Zeigefinger an der Schläfe eine Drehbewegung.

«Wo sind wir?», fragte Mel. Ihm war ganz schwindelig, so erleichtert war er, wieder bei seinen Freunden zu sein.

«Wir sind zurück in Vlam, in der Wolke, die Adolfus Sputes Luftschiff getragen hat», erklärte Goldie. «Elster hat uns losgeschnitten.»

«Unter anderen Umständen wäre ich froh, wieder zu Hause zu sein», sagte Mel.

«Warst du tatsächlich im Innern von Groot?», fragte Ludo.

Mel schluckte und nickte. «Das ist wirklich ein hoffnungsloser Fall.» Ihm wurde speiübel. Er atmete tief durch, um sich zu beruhigen. «Wo ist Cassetti?»

«Ich bin hier, mein Lieber. Ich möchte dir in unser aller Namen danken. Ohne deine Geistesgegenwart wären wir …»

«Ja, ja, ja», sagte König M-Morpho. «W-wir sind sehr dankbar und alles. A-aber können wir jetzt b-bitte weitermachen! Wir sind es nicht gewohnt, dass man uns derart w-warten lässt.»

«Schon gut, machen Sie mal nicht die Schmetterlinge scheu», sagte Ludo.

Irgendwo unterhalb der Wolke krachte es.

«Das solltet ihr euch nicht entgehen lassen», sagte Goldie. «Die Fangleine ist gerissen, und das Luftschiff ist abgestürzt.»

Alle drängten sich um den Rubinspiegel, um das Wrack zu sehen. Im Halbdunkel schienen sich mehrere Gestalten unter großen Schmerzen zu bewegen.

«Das ist doch nicht zu fassen», sagte Wren. «Anscheinend sind Adolfus Spute, Stockfisch und Lug die einzigen Überlebenden.»

«Wartet mal», sagte Elster. «Groot hat es auch geschafft. So wie er aussieht, hat Mel ihn mit einem gewaltigen Brummschädel zurückgelassen. Und was haben sie jetzt vor?»

Goldie rieb über den Spiegel, als könne sie dadurch die Dunkelheit vertreiben. «Sie errichten irgendein … Ich weiß nicht, was es ist.»

Die Übeltäter standen um ein seltsames Gerät herum, das der Sturz arg in Mitleidenschaft gezogen hatte.

«Was ist das?», fragte Wren. «Eine Art abstrakte Skulptur?»

Alle starrten die riesige glatte Messingkugel an, die auf einer von Knöpfen, Hebeln und Rädern strotzenden Halbkugel angebracht war.

«Eher nicht», sagte Ludo. «Lug bedient irgendeine Schalttafel an der Seite. Das scheint mir eine Art Maschine zu sein.»

Hebel wurden umgelegt, und die Vorderseite der Kugel glitt nach oben wie das Visier eines Ritterhelms. Zum Vorschein kam der riesige Kopf eines Messingaffen mit vorstehendem Kiefer, dicken Augenlidern und boshaftem Gesichtsausdruck. Anstelle von Augen saßen eher so etwas wie glühende Kristalle in den Höhlen. Der Gnom legte noch ein paar Hebel um. Scheiben und Rädchen begannen, sich zu drehen, und der Kopf erwachte zum Leben. In den Augen glomm ein mattes Feuer auf.

«Ich wette, das ist irgendeine Waffe», sagte Mel. «Sie werden sie gegen die Dämonen einsetzen.»

«Wie soll das funktionieren?», fragte Ludo. «Wollen sie sie zu Tode erschrecken?»

«Bei mir funktioniert es», sagte Goldie. «Ich finde es gruselig.»

«Was ist das für ein vermaledeiter Lärm?», beklagte sich König M-Morpho.

«Glocken», erwiderte Wren. «Und zwar viele.»

«Sie scheinen im Palast des Weisen alle Glocken zu läuten», sagte Ludo.

«Ich wette, das ist irgendein Signal», sagte Goldie.

Der Rubinspiegel zeigte nun, wie Lug, Adolfus Spute, Stockfisch und Groot am Sockel des Messingaffen fieberhaft irgendwelche Räder drehten und Hebel zogen. Auf der Rückseite der oberen Kugel ging eine Tür auf, aus der eine Leiter herabfiel. Lug flitzte hinauf, zog die Tür hinter sich zu und schloss sich in der Maschine ein. Auf der Stirn des Affen öffnete sich ein Fenster wie ein drittes Auge, in dem das Gesicht des Gnoms erschien.

«Sieht aus wie unser schlimmster Albtraum», sagte Ludo.

Kurz darauf wurde das Glühen in den Augen des Affen stärker. Er riss das vorstehende Maul weit auf und schloss es ebenso unvermittelt wieder.

«Der Gorilla gähnt», meinte Elster.

«Das ist kein Gähnen», erwiderte Cassetti. «Ich glaube, er niest.»

Die Augen glühten immer stärker, und die Nase färbte sich rot. Wieder nieste der Affe, und dieses Mal stob eine Wolke aus elektrisch geladenem Sternenstaub aus seinem Mund und breitete sich aus.

«Was ist das für ein Zeug?», wunderte sich Ludo.

«Seht nur!», sagte Mel. «Ich habe mich schon gefragt, wie lange es dauert, bis die Dämonen auftauchen.»

Von zwei Seiten drängten glühende Dämonen auf den Platz, einige krochen auf allen vieren, andere flogen auf Kopfhöhe. Sie sahen aus wie phosphoreszierende Wellen in einem mitternächtlichen Meer. Je weiter sie auf den Platz vordrangen, desto deutlicher sah man, dass die einstigen Schmetterlingsdämonen sich fortentwickelt und verändert hatten. Struppige Haare, Stoßzähne und Schuppen hatten sich den riesigen Insektenkörperteilen hinzugesellt. Dicht hinter ihnen folgten mehrere Wolkenungeheuer, deren riesige dampfförmige Gestalten sich zu einer Art gefrorenem

Schaum verfestigt hatten. Diese Schreckensarmee rückte nun gegen den Messingaffen vor.

Unbewusst drängten sich die Freunde in der Wolke dichter zusammen.

Wren leckte sich über die trockenen Lippen. «Bitte lass sie nicht hochschauen und uns entdecken», murmelte sie leise vor sich hin.

Mel und Ludo wechselten einen besorgten Blick, und auf Cassettis gepudertem Gesicht zeichneten sich tiefe Sorgenfalten ab.

Dann nieste der Affe, und eine Wolke aus Affenpuste raste wie eine Lawine auf die Dämonen zu. Sie zerplatzten, sobald sie davon getroffen wurden, und die Wolkenungeheuer lösten sich auf wie Gischt im Wind. Es dauerte nicht lange, und der Platz schwamm in Dämonenfleisch und Wolkenschlamm. Die Überreste der Affenpuste gingen langsam in einen feinen Nebel über, der sich zischend und funkelnd auf die Überreste der Kreaturen legte.

«Habt ihr gesehen, dass der Schnodderstaub auch Adolfus Spute, Stockfisch und Groot getroffen hat?», fragte Mel.

«Ja, aber sie stehen noch», sagte Ludo.

«Vielleicht wirkt er nur bei Schimären», vermutete Mel. «Und Lug hat dafür gesorgt, dass er aus der Schusslinie war.»

«Dann müssen wir Sch-Schimären auf der Stelle f-fliehen», sagte König M-Morpho.

«Wir können doch nicht zulassen, dass unsere Freunde sich ihnen allein entgegenstellen», sagte Goldie, und ihre Stimme zitterte.

«Ihr müsst zugeben, dass es wunderbar funktioniert», sagte Elster. «Es räumt mit den Dämonen auf, lässt aber alles andere heil. Neue oberste Räuberregel: Halte dich von verschnupften Messingaffen fern.»

«Kommt her und seht euch das an.» Cassetti hatte mit seinen Paddeln auf jeder Seite der Wolke eine Reihe Bullaugen geschaffen.

«Noch mehr Dämonen!», stieß Ludo hervor.

«Sie haben ihre Lektion gelernt», sagte Wren. «Jetzt werden sie hinterhältig.»

Auf beiden Seiten der Wolke konnten die Freunde beobachten, wie Heerscharen von Dämonen über die Hausdächer krochen, sorgsam darauf bedacht, von unten nicht gesehen zu werden.

«Super», sagte Ludo voller Schadenfreude. «Sie wollen Adolfus Spute und seine Bande aus dem Hinterhalt überfallen. Das wird lustig.»

«Wir müssen sie warnen», sagte Mel.

«Ich hab dir ja gesagt, dass er verrückt geworden ist», meinte Ludo.

«Nein, Mel hat recht», erwiderte Wren. «Überleg doch mal.»

«Sein Wahnsinn hat durchaus Methode, meine Lieben», sagte Cassetti. «Es gibt Unmassen von Dämonen, und diese Schurken sind unsere einzige Hoffnung.»

«Auch wenn es mir den Magen umdreht, wir müssen diese Schmeerbacken warnen, oder Vlam ist erledigt», stimmte Goldie zu.

«Wenn ihr sie warnt, verraten wir uns selbst», widersprach Ludo. «Dann sind *wir* erledigt.»

«Wir sitzen so oder so kolossal in der Tinte», erwiderte Cassetti. «Wenn wir es tun, sind wir verloren, und wenn wir es nicht tun, ebenfalls.»

«Die Tinte macht mir noch am wenigsten Sorgen», sagte Ludo und warf einen ängstlichen Blick auf die heranrückenden Dämonen.

«Was ist wichtiger», sagte Mel, «wir oder Nem?»

«Blöde Frage», meinte Ludo.

«F-finden wir auch», sagte König M-Morpho. «Wir d-dürfen nicht in G-Gefahr gebracht werden.»

Die anderen starrten Ludo und König M-Morpho an.

«Vier gegen zwei. Sieht aus, als wärt ihr überstimmt», stellte Elster fest.

«Hier, Mel, nimm das.» Wren reichte ihrem Freund Groots Selbstporträt.

Cassetti ließ sich auf die Knie nieder und schuf mit den Paddeln eine Falltür im Boden der Wolke. «Das sollte genügen. Ich denke, es wäre klug, uns zu entfernen, sobald die Tat vollbracht ist.»

Mel holte tief Luft, zielte und schleuderte das Gemälde in die Tiefe. Es drehte sich um die eigene Achse, schraubte sich wie ein Ahornsamen durch die Luft, bis es mit lautem Scheppern auf den Messingaffen knallte.

Erschrocken hob Groot den Kopf und sah Mel aus der tiefhängenden Wolke herabschauen. «Fegie!»

Ein eindringlicher Pfiff gellte aus Stockfischs Pfeife.

«Gammel muss warten», sagte Adolfus Spute. «Im Moment haben wir dringendere Sorgen. Seht!»

«Hä?» Groot folgte dem Blick seines Onkels und sah die von glühenden Dämonen belagerte Dachlinie.

Lug ließ den Affenkopf herumschwenken. Kreischend sprangen die Dämonen vom Dach und glitten auf ledrigen schwarzen Schwingen auf sie zu. Die Strahlen der Kristalle in den Augen des Affen wanderten die Fassade hinauf und erfassten ihre Ziele. Kurz bevor der riesige Kopf seine höchste Position erreichte, nieste die Maschine. Eine Supernova aus glitzerndem Staub stob aus ihrem Maul, und die erste Welle der Dämonen zerbarst. Brennende Brocken prasselten wie ausgebrannte Raketenteile auf den Platz. Der Messingaffe nieste noch zweimal, ehe sich die übrig gebliebenen Dämonen zurückzogen.

Quietschend und rumpelnd drehte sich der Kopf, um als Nächstes die Freunde ins Visier zu nehmen.

«Alle Mann von Bord!», rief Cassetti.

«Bitte schön.» Elster hatte die Überreste des Tauwerks zu einem langen Seil verknotet und ließ es hinabfallen. «Alle ...»

Ehe er den Satz beenden konnte, stob König M-Morphos Körper auseinander und strömte durch die Falltür.

«... raus hier!»

«Typisch», sagte Ludo.

Die Freunde ließen sich am Seil hinab und landeten auf einem Dach neben König M-Morpho.

«Wann s-sorgt ihr endlich dafür, dass diese G-Glocken aufhören!», klagte er.

«Hören Sie mit dem Gejammer auf», sagte Goldie. «Eins nach dem andern.»

«Sind alle da?», fragte Mel.

«Cassetti ist noch oben», sagte Goldie.

In diesem Moment nieste der Affe zur Wolke hinauf,

die wie ein trockener Busch augenblicklich in Flammen aufging und dann explodierte. Die schwelenden Überreste des Seils landeten neben den Freunden.

«Cassetti!», schrie Wren.

«Das glaube ich einfach nicht», sagte Elster.

«Kommt», drängte Mel. «Wir können nicht hierbleiben. Wir müssen raus aus dem Spiegelsturm und den Meister suchen. Er wird wissen, was zu tun ist.»

«Aber w-was ist mit Cassetti?», stammelte Ludo.

«Mel hat recht», sagte Goldie. «Wir können ihm jetzt nicht helfen. Macht schon!»

Von ihrem Aussichtsplatz auf dem Dach sah Mel die funkenerleuchteten, sich bis zu den Stadtmauern erstreckenden Straßen von Vlam wie eine Karte aus Neonlicht unter sich liegen. Hier und da – viel häufiger, als ihm lieb war – zeigten ihm grüne Lichtflecken, wo sich marodierende Dämonenhorden befanden.

«Wir sollten von diesem Dach runter», drängte Goldie.

«Nein», sagte Mel. «Hier oben ist es sicherer. Kommt mit.» Er führte sie die Dachschräge hinauf und am First entlang. Als sie den Giebel erreichten, sah Mel zur anderen Seite hinüber. «Die Straße ist schmal genug. Wenn wir Anlauf nehmen, müssten wir es mit Leichtigkeit auf das andere Dach schaffen.»

«Gut. Wer springt zuerst?», fragte Wren.

«Ich bin der Kleinste», sagte Mel. «Wenn ich es kann, könnt ihr es auch.» Er holte tief Luft, rannte los und sprang. Die Landung war so hart, dass ihm sekundenlang die Luft wegblieb, aber diese Meisterleistung geschafft zu haben, war ein tolles Gefühl. «Und jetzt ihr!», rief er von der anderen Seite.

Wren wollte gerade losrennen, als sie abrupt anhielt. «Mel!», schrie sie. «Hinter dir!»

Mel wirbelte herum. Hinter einem Schornstein kam ein rußverschmierter Dämon hervor. Einen seiner Flügel hatte die Affenspucke verzehrt, sodass wie bei einem halbverfaulten Blatt nur noch das Skelett aus Adern vorhanden war, doch der Rest von ihm war noch intakt. Schreckliche Hauer bogen sich aus dem zangenartigen Maul nach oben, und seine Facettenaugen schillerten in irisierenden Farben. Auf sechs kräftigen, behaarten Beinen kam er auf Mel zu.

Diesem blieb nicht genug Platz, um wieder zu seinen Freunden hinüberzuspringen. Mit schlurfenden Schritten wich er zur Dachkante zurück und suchte dabei nach einem anderen Weg, um vom Dach herunterzukommen. Doch es gab keinen.

Der Dämon kroch näher. Mel sah, wie sich seine langen Hinterbeine zum Sprung anspannten. Er riss das Maul auf und stieß ein triumphierendes Heulen aus.

«*Duck dich,* Mel!», schrie Goldie.

Im gleichen Moment, als Mel sich mit einem Hechtsprung nach vorn warf, sauste ein kreiselndes Geschoss so dicht über seinen Kopf, dass es sein Haar streifte. Beim Aufsehen sah er gerade noch, wie der Dämon von der wirbelnden Diskusscheibe des Rubinspiegels enthauptet wurde. Der Spiegel zerbarst am Schornstein, und Dutzende Rubine hüpften wie fallen gelassene Murmeln klackernd davon. «Danke, Goldie! Die Luft ist rein. Ihr könnt jetzt kommen.»

Während die anderen über die Kluft sprangen, wurde das Kettengerumpel des Messingaffen und sein stoßweises Niesen immer lauter, ohne jedoch das unentwegte Geläut der Glocken ganz übertönen zu können. Doch es war noch etwas anderes zu hören. Ein Laut, der allen das Blut in den Adern gefrieren ließ: das Heulen des Morgs.

Wren wurde kreidebleich, und ihre Augen weiteten sich vor Schreck.

«Ist schon gut, Wren», sagte Mel. «Wir lassen nicht zu, dass dir etwas passiert.» Er drückte ihre Schulter.

«Das stimmt», fügte Ludo hinzu. «Wir halten zusammen.»

Das leuchtende Schachbrettmuster der Straßen unter ihnen war verschwunden, und eine dunkle Leere war an dessen Stelle getreten. Die grünen Lichter der marodierenden Dämonen und orangegelbe Feuer flackerten in der Finsternis. Ihr Schein beleuchtete die Unterseite von Rauchwolken, die überall umhertrieben.

Mel sog scharf die Luft ein. «Das sieht aus wie eines der Unterweltgemälde von Lukas Flink.»

«Ich glaube, ich weiß, wo wir sind», sagte Ludo. «Meine Eltern sind früher oft mit mir hierhergekommen. Das hier ist ein Theater. Das Komödienhaus.»

«Oder das, was davon übrig ist», meinte Elster.

«Allerdings», fügte Goldie hinzu. «Soweit ich sehen kann, ist hier verflixt wenig übrig, über das man noch lachen kann.»

«Sieht aus wie eine riesige kaputte Eierschale», stellte Ludo fest. «Sogar die Bühne kann man noch erkennen.»

«Es muss wunderschön gewesen sein», sagte Goldie.

«Die Vorhänge schwelen noch», sagte Wren. «Und die Ränge und Balkone sind alle eingestürzt. Sie sehen aus wie ein umgefallener Tellerstapel.»

«Hier geht es nicht weiter», verkündete Mel. «Wir müssen dort hinunter.» Er führte sie auf einer brüchigen, zufällig entstandenen Treppe aus eingestürzten Säulen und Mauerbruchstücken hinab. Unten kauerten sie sich im Schein von Mels Feder, ihrer einzigen Lichtquelle, dicht nebeneinander. Der sanfte Schein ließ ihre sorgenvollen Gesichter erkennen, die durch den gerade erlittenen Verlust von Cassetti noch eingefallener wirkten. Doch für Trauer war keine Zeit. Noch nicht. «Von hier aus können wir nicht mehr sehen, wo wir hinmüssen. Was glaubt ihr, in welche Richtung es geht?»

Goldie zuckte die Achseln. «Wer suchet, der findet.»

«Cogito!», sagte Mel. «Er weiß es bestimmt.»

«Darf ich?» Elster brachte Pergamentpapier und Tintenfass zum Vorschein.

Mit seiner Engelsfeder schrieb Mel: *Wie kommen wir hier raus und finden den Meister?*

Cogito antwortete: *Bitte nimm es mir nicht übel, aber das ist die völlig falsche Frage.*

«Verflixt nochmal!», rief Elster. «Eine philosophische Diskussion mit einem Stück Pergament ist das Letzte, was wir jetzt gebrauchen können.»

«Wartet mal», sagte Mel. «Vielleicht hat er recht.»

«Und was ist die richtige Frage?», wollte Goldie wissen.

«Frag Cogito», sagte Wren.

Das tat Mel.

Cogito schrieb: *Die richtige Frage lautet: Wie stelle ich den Spiegelsturm ab?*

Und?

Als Mels Frage verschwand, begann Cogitos Antwort in seiner sauberen und eleganten Handschrift auf das Blatt zu fließen. *Ich bin froh, dass du mich das fragst …*

Rauch und Spiegel

«Das ist leichter gesagt als getan», meinte Ludo, nachdem sie Cogitos Antwort gelesen hatten.

«Trotzdem müssen wir es versuchen», meinte Wren.

«Stimmt», sagte Mel. «Aber zuerst müssen wir zum Palast des Geistes.»

«Und wie kommen wir dorthin?», fragte Goldie.

Ludo zuckte die Achseln. «So wie Vlam jetzt aussieht, gar nicht.»

«Sind alle M-Menschen so d-dumm wie du?», fragte König M-Morpho.

«Moment mal!», sagte Elster entrüstet. «Wen nennen Sie hier einen Menschen?»

«Wie sollen wir denn bitte schön Ihrer Meinung nach zum Palast kommen», sagte Mel, «wenn Sie schon so schlau sind?» Dann fielen ihm die königlichen Benimmregeln wieder ein, und er fügte hinzu: «Majestät.»

«Die G-Glocken! Ihr müsst der v-vermaledeiten Bimmelei f-folgen!»

«Er hat recht», sagte Wren. «Lasst uns auf diesen Trümmerhaufen steigen und schauen, wo wir sind.» Sie begann über das zerbröckelnde Mauerwerk zu klettern, und die anderen folgten ihr. «Hoffentlich sieht uns niemand.»

«Was ist das?», fragte Ludo. Auf halbem Weg spürten sie ein Vibrieren unter den Füßen, das zu einem hörbaren Rumpeln anschwoll. Es wurde immer lauter. Kleine Geröllawinen rutschten den Hang hinab. Dann flog hinter ihnen, am anderen Ende der Bühne, in einer riesigen Staubwolke eine Wand in Stücke, und ein Messingaffe rollte durch die Öffnung. Das wie ein drittes Auge wirkende Fenster umrahmte das Gesicht eines schwarzgekleideten Fra. Sein Blick kreuzte sich mit Mels.

«Noch einer», hauchte Mel. «Wie viele gibt es denn noch?» Er wollte in Deckung gehen, doch das Geröll unter seinen Füßen gab nach, und er hatte das Gefühl, auf der Stelle zu laufen. Ängstlich blickte er sich nach dem Affen um.

«Das ist wie in einem bösen Traum.» Auch Wren stand völlig schutzlos auf dem kahlen Hügel. Sie und Ludo fielen jedes Mal hin, sobald sie aufzustehen versuchten.

Quietschend und rumpelnd fuhr der Kopf des Affen herum und streckte den Freunden seinen tödlichen Rachen entgegen. Er klappte gerade das Maul weit auf, als sich plötzlich die brennenden Vorhänge lösten und auf die Maschine stürzten. Das schwelende Gewebe blähte sich und fing das Niesen ab.

Ludo lachte vor Erleichterung laut los. «Er hat einfach nur ein Taschentuch gebraucht. Das war kinderleicht.»

«Ich hab dir doch gesagt, dass du das lassen sollst», sagte Elster. «Sieh nur, was du angestellt hast.»

Über ihnen rollte ein weiterer Messingaffe über die

Kuppe des Trümmerhaufens. Er war von oben bis unten eingestaubt und vollkommen grau. Die riesige Maschine blieb stehen und schickte Geröllawinen zu ihnen hinab.

Mel und seine Freunde erstarrten.

«Das sind die Tern!», rief Wren.

«Was sollen wir tun?», schrie Ludo. «Gleich hat der andere Affe das Tuch abgeschüttelt. Dann sitzen wir zwischen den beiden in der Falle!»

Der Kopf senkte sich. Er rollte den Hang hinunter auf die hilflosen Freunde zu, klappte das Maul weit auf und nieste.

«Goldie, Elster! Duckt euch!», rief Mel warnend, als eine riesige Wolke aus dem Affen schoss. Sie wirkte dicker als jene aus Lugs Maschine, und sie funkelte auch nicht.

«Zu spät!», rief Wren. Die Wolke hatte sie im Nu erreicht und hüllte sie ein.

Mel sah an sich hinab. Ihm war nichts passiert. «Alles klar mit euch?», schrie er.

«Ja!», rief Wren aus der Wolke irgendwo links von Mel. «Wir sind beide in Ordnung! Aber was ist mit Goldie und Elster?»

«Was soll mit uns sein?», sagte Elster von rechts.

«Wir sind immer noch hier», fügte Goldie hinzu.

«Und w-wir auch», sagte König M-Morpho. «D-danke der N-Nachfrage.»

«Diese Wolke stinkt», stellte Ludo hustend fest. «Sie riecht nach …»

«Rauch», ergänzte Mel.

Die beißende Wolke wurde immer dichter. Plötzlich erhob sich unmittelbar vor Mel der schattenhafte Umriss des riesigen Affenkopfs und kam direkt auf ihn zu. Aus der Nähe wirkte er kaum kompakter als die Wolke, die aus seinem Maul strömte. Mel wollte sich zur Seite werfen, um der Maschine auszuweichen, doch das Geröll unter seinen Füßen rutschte weg, und er fiel auf die Knie. Schützend riss er die Arme hoch, als der Kopf so dicht herankam, dass er ihn fast berührte, und dann … war er im Innern der Maschine.

Sie alle waren es.

Mel spürte etwas Festes unter den Füßen – die gleiche schwammige Festigkeit, die er von der Barkasse kannte. Er streckte die Hand aus und berührte ein Handgelenk. Ein Handgelenk, das in einer langen Spitzenmanschette steckte.

«Wenn du dich weiter so an mich klammerst, mein Lieber, wird es mir nie gelingen, diese Kreation zu steuern.»

Mel wedelte mit der Hand, um den Rauch zu vertreiben. «Cassetti!»

«Wir haben gedacht, Sie wären tot», sagte Wren strahlend.

«Um ein Haar wäre ich das auch gewesen», erwiderte Cassetti. «Ich bin, nur Sekunden, bevor die Wolke explodiert ist, abgesprungen. Meine Perücke hat zwar nicht ganz so viel Auftrieb wie eine voll aufgeblähte Wolke, aber zumindest bin ich bei der Landung nicht zu Bruch gegangen. Und da ich eine Tarnung brauchte und an Rohmaterial kein Mangel herrscht, habe ich mir diesen Rauchaffen angefertigt und, nun ja, da bin ich.»

«W-wir sind wirklich h-hocherfreut, Sie wiederzusehen», sagte König M-Morpho. «Eure K-Kultiviertheit hat uns gefehlt. Diese Schlingel z-zollen uns nicht den g-gebührenden Respekt.»

«Kann uns dieser Rauchaffe zum Palast des Geistes bringen?», fragte Wren.

«Und ob er das kann, meine Liebe.»

«Je sch-schneller wir dort h-hinkommen», sagte König M-Morpho, «desto schneller k-können wir die G-Glocken abstellen.»

«Ich eile, Majestät.»

Der Palast des Geistes wirkte schauerlich in der unnatürlichen Dunkelheit. Funken hatten sich wie glühender Schnee auf die zahllosen Dächer und Vorsprünge gelegt und versahen die Statuen und Wasserspeier mit leuchtenden Schals und Perücken. Sämtliche Fenster waren von Kerzenlicht erhellt.

«Es gibt überall Wachen», stellte Ludo fest.

«Und jede Menge Leute», fügte Goldie hinzu.

«Flüchtlinge», erklärte Mel. «Das gehört alles zu Fra Odums Plan. Sie bieten den Leuten Unterschlupf, während die Tern und die Messingaffen die Dämonen bekämpfen.»

«Und nach der Schlacht stehen sie dann als strahlende Helden da», sagte Wren. «Alle werden ihnen aus der Hand fressen.»

«Schlau», sagte Goldie. «Das muss man ihnen lassen.»

«Wo könnte in diesem Durcheinander euer Meister stecken?», fragte Cassetti. «Und was ist aus seiner Absicht geworden, diese Machenschaften zu vereiteln?»

«Ich weiß es nicht», gestand Mel mit einem sorgenvollen Seufzer. «Er wollte zum Weisen und das hier aufhalten. Irgendetwas muss schiefgegangen sein.»

«Sieht aus, als wären wir auf uns gestellt», sagte Goldie.

«Und wie kommen wir jetzt in den Palast des Sowieso hinein?», fragte Elster.

«Hier sind zu viele Menschen», stellte Goldie fest. «Lasst uns nach einem Hintereingang suchen.»

Sie verließen den Rauchaffen, der sich hinter ihnen auflöste. Ludo führte sie durch die engen gewundenen Gassen, bis sie die Rückseite des turmartigen Palasts erreichten. Auch dort patrouillierten schwarzgekleidete Fra als Wachen, doch es waren längst nicht so viele wie in der Nähe des Haupteingangs. Sie warteten, bis einer von ihnen allein zurückgelassen wurde; dann hinkte Wren, die Goldie stützte, auf ihn zu.

«Bitte helfen Sie uns, Fra!», flehte sie.

«Flüchtlinge müssen zum Haupteingang», erwiderte der Fra.

«Das schafft meine Schwester nicht.»

Auf ihr Stichwort hin sackte Goldie auf die Knie.

Der Fra sah sich hilfesuchend um.

«Bitte!»

Vorsichtig kam er auf sie zu und fiel der Länge nach auf die Nase, als er über den unsichtbar hingekauerten Elster stolperte.

«Der ist k. o.», sagte Elster und vergewisserte sich mit einem Fußtritt. «Schnell, bevor noch mehr von ihnen auftauchen.»

Im Palast ging es drunter und drüber. Überall liefen

Trupps von Hohen Fra herum und wachten über Flüchtlingsscharen, die die wenigen Habseligkeiten an sich drückten, die sie noch hatten ergreifen können, ehe sie aus ihren Häusern hatten fliehen müssen.

«Jede Menge Fra und Flüchtlinge», sagte Elster. «Genau wie wir. Ein paar mehr oder weniger werden da nicht auffallen. Wartet hier.» Kurz darauf kehrte er mit zwei schwarzen Roben zurück. «Fragt nicht», sagte er. «Cassetti, Goldie, zieht sie über und setzt euch die Kapuzen auf. Dann sehen wir zu, dass wir diese drei heimatlosen Vagabunden dorthin bringen, wo wir hinmüssen.»

«M-macht euch um uns keine Sorgen», sagte König M-Morpho. «U-unsereins ist es gewohnt, nicht a-aufzufallen.»

Sie kamen in die gewaltige Eingangshalle am Fuß der großen Treppe. Hier wimmelte es von Flüchtlingen und von Hohen Fra, die Essen verteilten und sich um die Verwundeten kümmerten. Mitten unter ihnen, in prächtigen weißen Gewändern, befand sich der neue Weise von Vlam. Ganz der echte Herrscher schlenderte er umher und segnete die Menschen, immer darauf bedacht, allen vor Augen zu führen, dass er ihr Wohltäter war. Fra Kropf ging an seiner Seite.

«Seht mal», hauchte Wren. «Der Mann in Weiß. Das ist Fra Odum.»

«Aber was ist mit dem echten Weisen?», wunderte sich Ludo. «Wo steckt er?»

«Bis zum Hals in der Klemme, schätze ich mal», meinte Elster.

Am Rand der Menge entstand ein Tumult, als ein Pulk

blutverschmierter Fra sich eilig einen Weg bahnte, um mit ihrem Anführer zu sprechen. Fra Odums Gesicht verdüsterte sich, und er gab einige knappe Befehle. Ein paar seiner bewaffneten Leibwächter stürmten aus der Halle und folgten den Fra auf dem gleichen Weg, den sie gekommen waren.

«Da ist irgendetwas los», sagte Mel.

«Warum schauen wir uns die Sache nicht an?», schlug Elster vor. Sie schoben sich am Rand des Getümmels entlang und nahmen den gleichen Ausgang wie die Fra. König M-Morpho flatterte auseinander und flog unbemerkt über die Köpfe der Menge. Als der Tumult hinter ihnen verebbte, hörten sie ein leises neues Geräusch.

«Das klingt nach einer Auseinandersetzung, meine Lieben», sagte Cassetti. «Da ist ein Kampf im Gange.»

«Die Dämonen müssen eingedrungen sein», meinte Ludo. «Halten wir uns da raus.»

«Nein», erwiderte Wren. «Lasst uns nachsehen.»

«Wren hat recht», sagte Mel. «Schlechte Neuigkeiten für die schwarzen Fra könnten gute Neuigkeiten für uns sein. Kommt mit.»

Sie kamen zu einer Tür. Mel öffnete sie und zuckte auf der Stelle zurück. «Da kommt jemand. Versteckt euch.»

«Wer ist es?», fragte Goldie.

«Zwei Fra und ein paar Flüchtlinge», sagte Mel. «Sie kommen hierher.»

König M-Morpho flatterte zur Decke hinauf. Die anderen zwängten sich in eine Mauernische, aus der sie sich aber bald wieder hervorwagten, als niemand durch die Tür kam.

«Falscher Alarm», sagte Elster. «Kommt und seht euch das an.»

Die Freunde gesellten sich zu ihm, und gemeinsam betraten sie den Raum.

«Das ist der Spiegelsaal», sagte Ludo. «Also waren wir diejenigen, die Mel gesehen hat.»

Erleichtert lachten alle auf.

Zu beiden Seiten des langen Raums reihten sich Dutzende reichverzierter Spiegel aneinander. Auch auf dem Boden und an der Decke befanden sich welche. Während sie zur gegenüberliegenden Seite gingen, sahen sie sich selbst in zahllosen Spiegelbildern, die sich in allen Richtungen in der Unendlichkeit verloren.

«Wenn wir so viele wären, könnten wir Fra Odum und seine Krähen mit links schlagen», meinte Wren.

«Sie müssen hier entlanggegangen sein», sagte Goldie und öffnete eine Tür am entgegengesetzten Ende des Saals. Das Kampfgetümmel wurde lauter.

«Der L-Lärm in eurer Welt ist u-unerträglich.» Der Schmetterlingskönig kam herunter und setzte sich wieder zu seiner menschlichen Gestalt zusammen.

«Seien Sie still», sagte Elster. «Haben wir ohne Ihr Gequengel nicht schon genug am Hals?»

«Der Lärm kommt vom Fuß dieser Treppe», sagte Mel. «Sie muss zum Kerker führen.»

Jetzt konnten sie die einzelnen Geräusche unterscheiden: lautes Brüllen, sprödes, helles Klirren von Stahl auf Stahl und Schmerzensschreie. Je tiefer die Freunde hinabstiegen, desto lauter wurde es. Sie kamen zu einem langen Gang mit Wänden aus grobbehauenen Steinen, der in starkem

Kontrast zur glänzenden Pracht des restlichen Hohen Hauses stand. Fackeln brannten in Halterungen an der Wand und erhellten den Gang und die nebeneinanderliegenden leeren Zellen, deren Türen allesamt offen standen. Als sie um eine Ecke bogen, sahen sie den Ursprung des Kampflärms vor sich.

«Da ist der Meister!», rief Wren. «Und Dirk Tot!»

«Und Grün und Blau», ergänzte Ludo. «Und seht mal. Da ist der Weise. Der *echte* Weise. Der Mann in Weiß.»

Sie sahen eine Angriffswelle Hoher Fra durch den Gang stürmen und wie eine schwarze Woge gegen eine provisorische Barrikade anbranden, die von Gemeinen Fra in braunen Kutten gehalten wurde. An ihrer Seite kämpften der Meister und der Weise von Vlam. Dirk Tot und die Rebellen Grün und Blau befanden sich ebenfalls bei ihnen.

«Wir müssen ihnen helfen», sagte Mel.

«Aber wie?», fragte Goldie. «Es gibt Dutzende Hohe Fra, und wir sind nur zu sechst.»

«Wenn wir ein paar Angreifer ablenken könnten», sagte Cassetti, «schaffen es die Verteidiger vielleicht.»

«Irgendwelche Aussichten auf eine Ihrer Rauchskulpturen?», fragte Elster ihn.

Cassetti schüttelte den Kopf. «Selbst wenn wir diese unkleidsamen schwarzen Roben verbrennen würden, gäben sie kaum genug Rauch ab, um daraus etwas zur Verstärkung zu kreieren.»

«Die Spiegel!», meinte Mel.

«Natürlich», sagte Wren.

«Welche Spiegel? Ach, *die* Spiegel», sagte Ludo, als bei

ihm der Groschen fiel. «Das Gleiche wollte ich auch gerade vorschlagen.»

«Der Junge ist ein Genie», sagte Elster.

Cassetti zog seine Tarnung aus. «Deine Robe auch, Goldie, meine Liebe. Lasst mich hier nur machen und holt ihr die Spiegel.» Er nahm eine brennende Fackel von der Wand und zündete den Kleiderhaufen vor seinen Füßen an.

«K-körperliche Arbeit ist nichts für M-Monarchen», erklärte König M-Morpho hochmütig. «Wir h-halten Wache. Dieser *L-Lärm*!» Er hob die Schmetterlingshände an die Schmetterlingsohren.

«Sag nichts, Ludo», sagte Wren. «Wenigstens ist er zur Abwechslung mal behilflich.»

Sicher und gewandt machte sich Cassetti daran, die täuschend echte Rauchskulptur eines Gemeinen Fra zu modellieren, während sich Mel, Ludo, Wren, Goldie und Elster mit den schweren Spiegeln abplagten. Eilig platzierten sie diese rund um den aus Rauch modellierten Fra und richteten sie so aus, dass man beim Blick vom Kampfgeschehen im Gang aus den Eindruck haben musste, dass eine endlose Truppe mit Verstärkung anrückte. Zum Abschluss kommandierte König M-Morpho einige seiner Schmetterlinge ab, die mitten in den Rauch flogen, um der Erscheinung Leben einzuhauchen und sie bedrohlich mit den Armen fuchteln zu lassen.

«Seine Hoheit macht sich zur Abwechslung mal nützlich», sagte Ludo. «Jetzt habe ich wirklich alles gesehen.»

Schon bald entdeckte einer der Angreifer am Rand

des Getümmels die vermeintliche Armee aus Gemeinen Fra, die im Begriff stand, sie von hinten anzugreifen. Alarmiert wandten sich viele seiner Mitstreiter der neuen Bedrohung zu. Dieses Ablenkungsmanöver genügte den Verteidigern. Mit Triumphgeschrei setzten sie über die Barrikade. Die Hohen Fra ergaben sich der scheinbaren Übermacht ihrer Gegner widerstandslos.

«Es hat funktioniert!», schrie Ludo. «War doch eine tolle Idee von mir!»

«Meister!», rief Mel.

Ambrosius Blenk kletterte mit Dirk Tot, Grün und Blau über die Barrikade. «Womper.» Dann sah er die Spiegel. «Ausgezeichnete Arbeit! Hätte ich selbst nicht besser gekonnt. Und wer sind diese …», er machte große Augen, «… Schimären?»

«Das sind Goldie und König M-Morpho», stellte Wren sie vor.

«Majestät», sagte der Meister mit einer respektvollen Verbeugung. Er musste lächeln, als er daran dachte, wie er das Schmetterlingsreich in seinem Gemälde erschaffen hatte. «Und Konfetti, wenn ich mich nicht irre. Schön, Sie wiederzusehen.»

Cassetti lächelte. «Irgendwann werden Sie sich meinen Namen schon merken.»

«Und das ist Elster», sagte Ludo.

«Angenehm», meinte Elster.

«Ein Unsichtbarer?», fragte der Meister überrascht. «Sie müssen aus Irgendwo stammen.»

«Was ist passiert?», fragte Wren.

«Fra Odum hat die Hohen Fra seinem Befehl unterstellt, und diese haben den Weisen, ihre Gegner und uns gefangen genommen», erklärte Dirk Tot.

«Wir würden immer noch in den Zellen schmoren, wenn der Bibliothekar nicht ein paar treue Gemeine Fra zusammengetrommelt und uns befreit hätte», erklärte Grün.

«Der *Bibliothekar*?», sagte Mel. «Du meinst doch nicht etwa …»

Skrietsch, skrietsch. «Hallo, Mel.»

«Fra Theum!», rief Mel überrascht. «Aber wie …?»

«Für Erklärungen ist jetzt keine Zeit», sagte Fra Theum von seinem Rollstuhl aus. «Wir haben immer noch zu tun.»

«Sie haben recht. Wir müssen den Spiegelsturm zerstören», erwiderte Mel. «Bevor die Tern und Adolfus Spute hier ankommen.»

«Adolfus Spute? Dann ist er also wieder da?», sagte der Meister. «Ich habe mich schon gefragt, wer ihnen hilft. Ich dachte, es wäre vielleicht Lug.»

«Sie kennen ihn?», fragte Wren.

«Wir sind uns schon begegnet», meinte der Meister. «Er versteht es, die Macht der Spiegelkristalle freizusetzen, und verwendet sie in seinen eigenen, niederträchtigen Maschinen. Aber der Fra hat recht. Für Erklärungen ist jetzt keine Zeit. Nicht, solange Fra Odum und seine Helfershelfer den Palast noch unter Kontrolle haben. Dirk Tot und ich werden mit dem Weisen und allen, die wir um uns scharen können, hinaufgehen.»

«Es sind zu viele», sagte Fra Theum. «Wir brauchen Hilfe. Ich werde gehen und die Novizen für unsere Sache gewinnen. Zusammen könnten wir den Sieg erringen.»

«Und wir müssen los und die Schlangenkanone umkehren», verkündete Mel. Er erklärte in groben Zügen, was Cogito ihnen geraten hatte.

«Ja, das könnte funktionieren. Am besten beeilt ihr euch. Nehmt Grün und Blau mit. Ach, und Majestät?», sagte der Meister und wandte sich an König M-Morpho. «Auf ein Wort, wenn Ihr so freundlich wärt.»

Als sie zur großen Halle kamen, teilten sie sich auf. Mel und seine Gruppe stürmten die Treppe hinauf, während der Meister mit Dirk Tot, dem echten Weisen und den Gemeinen Fra mitten in die Menge der Flüchtlinge marschierte.

«Nein!», schrie Fra Odum, sobald er sie entdeckte. «Dieser Mann ist ein Hochstapler! *Ich* bin der Weise von Vlam. Haltet sie auf, Männer!»

«Hört nicht auf ihn!», rief der echte Weise. «Er hat sich meines Amtes bemächtigt. Helft uns!»

In der Menge entstand große Verwirrung, als die Hohen Fra den Neuankömmlingen mit Schwertern und Armbrüsten entgegenstürmten.

Die Freunde auf der Treppe sahen es und zögerten.

«Wir müssen zurück und ihnen beistehen», sagte Wren und begann wieder hinabzusteigen. «Kommt mit.»

«Nein», widersprach Grün. «Geht weiter und kümmert euch um eure Aufgabe. Sie können auf sich selbst aufpassen.»

In diesem Moment hob Fra Odum den Kopf und entdeckte Mel und seine Freunde auf der Treppe. «Haltet sie auf!» Ein Trupp Hoher Fra sonderte sich ab und folgte ihnen.

«Lauft!», rief Grün. «Blau und ich halten sie hier auf.»

Ein Stück weiter oben blieb Ludo stehen und warf durch die Treppenwindungen einen kurzen Blick in die Halle zurück. «Sie folgen uns, aber Grün und Blau halten sie auf.»

«Und was ist in der Halle los?», fragte Cassetti.

«Da ist eine ordentliche Schlägerei im Gange», antwortete Elster. «Moment. Da ist der alte Knabe im Rollstuhl wieder. Er führt eine Horde junger Dachse in beigefarbenen Roben an.»

«Das sind die Novizen», meinte Ludo.

«Sie sind vielleicht noch jung, aber kämpfen können sie», stellte Goldie fest.

«Die Hohen Fra ergeben sich», sagte Wren. «Der Meister hat gewonnen!»

«Was ist mit Fra Odum?», fragte Mel. «Haben sie ihn auch erwischt?»

Goldie streckte den Arm aus. «Seht nur, da ist er. Er nutzt das Durcheinander, um sich aus dem Staub zu machen. Ein paar Novizen verfolgen ihn.»

«Wir haben keine Zeit, zu gaffen. Wir müssen zum Papierglockenturm», drängte Cassetti, und sie setzten ihren Weg fort.

Kurz darauf standen sie keuchend und mit schmerzenden Beinen vor der Tür zu den Ordensräumen der Tern. Sie war verschlossen.

«Elster?», schnaufte Goldie. «Das ist dein Spezialgebiet.»

Man hörte, wie Elster geheimnisvoll an der Tür hantierte. Kurz darauf schwang sie auf.

Wren zögerte beim Blick in die dunkel und verlassen

daliegende Vorhalle. Sie hatte ihre Gefangenschaft und die Grausamkeit der Tern noch nicht vergessen. Einen Moment lang drohte sie der Mut zu verlassen. Dann holte sie tief Luft und trat ein. «Zum Papierglockenturm geht es hier entlang.»

Sie führte die Freunde zu dem luftigen Saal mit den leuchtenden Bannern und von dort zur Eingangstür des Turms. Als sie eintraten, fiel der sanfte Schein der zahllosen Kerzen auf das wirre Durcheinander des Gerüsts und brachte die verlassene Schlangenkanone am anderen Ende des Saals zum Funkeln.

Mel ging hinüber und betrachtete die Anordnung der bunten Kristalle in den miteinander verschlungenen Messingschlangen, aus denen das Kanonenrohr bestand. «Cogito hat gesagt, wir sollen die Kristalle umdrehen.» Er begann sie in ihren Halterungen zu versetzen. «Ludo, bring den Ofen in Gang. Nimm alles, was brennt.»

«Ich halte draußen Wache», sagte Elster.

«Hilf mir bitte mal, Goldie», bat Wren. Zusammen machten sie sich daran, die Schüsseln mit flüssiger Farbe aus den Vertiefungen im Mosaikboden zu hieven und sie zum Glasbehälter hinüberzutragen.

Cassetti entdeckte eine an die Wand gelehnte leere Leinwand. Er sah sich um. «Wo ist König M-Morpho?»

«Als ich ihn zuletzt gesehen habe, hat er mit dem Meister geredet», sagte Wren.

«Wollte sich wohl die Hände nicht schmutzig machen», vermutete Ludo. «Warum überrascht mich das nicht?» Er bewegte den Ofenschwengel auf und ab, bis der Ofen zu bullern anfing.

Mel und Wren kümmerten sich um die Spiegel und Linsen. Cassetti setzte die Kugeln in Bewegung.

«Das sieht aus, wie Cogito es beschrieben hat», stellte Goldie fest und ließ den Blick zufrieden über die Maschine wandern. «Nur hat er uns nicht gesagt, wie man dieses verdrehte Messingding bedient.»

«Überlass das mir», sagte Ludo und stieg auf einen der Sitze, die links und rechts an der Maschine angebracht waren. «Wer mit einem SCHAF fertig wird, kann auch alles andere bedienen. Das dürfte *kinderleiiiiicht* …» Er zog an einem Hebel, und die Kanone begann sich wild im Kreis zu drehen. «Wo ist die Bremse?» Er zog an einem weiteren Hebel, und die Maschine bäumte sich auf wie ein wild gewordener Mustang. Die Kristalle fingen an zu glühen, und sprühende Funkengirlanden bewegten sich an den verschlungenen Schlangen auf und ab. Es war, als wären sie von weißem Feuer umhüllt, während sich die aufbäumende tödliche Maschine im Kreis drehte. Die bunte Flüssigkeit im Innern des Glasbehälters blubberte wild. Das elektrische Summen wurde immer lauter und steigerte sich zu einem Kreischen. *«Hilfe!»*

«Sie fliegt auseinander!», schrie Mel. «Geht alle in Deckung!»

Die Schlangenkanone

Mel stürmte auf die herumwirbelnde Maschine und seinen vor Angst erstarrten Freund zu. Doch noch ehe er halb dort war, ließ eine vernichtende Explosion bunte Lichtbögen wie Peitschen aus dem Maul der Schlange schnellen. Mel wurde nach hinten geworfen und schlitterte auf dem Rücken über den Boden. In der zarten Hülle des Papierglockenturms klafften etliche Löcher, und die Schnipsel zahlloser Blätter wurden in den Himmel über Vlam geschleudert.

«Hilf mir, Mel! Ich kann mich nicht länger halten!» Mit diesen Worten wurde Ludo von der kreisenden Maschine geschleudert. Diese spuckte unentwegt weiter ihr Regenbogenfeuer aus, während das wirre Gerüst über ihr ins Wanken geriet und zusammenbrach, sodass es nun Holzsplitter *und* Papierschnipsel regnete.

Mel kroch auf Ludo zu. «Ich hab dich.» Er packte den benommen daliegenden Freund am Kragen und zog ihn von der Schlangenkanone fort.

Das schrille Kreischen der immer schneller rotierenden Maschine erreichte die höchste Stufe und drohte ihnen das Trommelfell zu zerreißen. Aus dem herumwirbelnden

Maul floss nun ein gleichmäßiger Energiestrom, der sich wie eine leuchtende, verzweigte Baumkrone aus buntem Feuer ausbreitete. Auch Gestalten waren darin zu sehen. Schreckliche Gestalten. Tanzende Gestalten. Manche davon waren scheußlicher als die Dämonen. Halb fasziniert, halb entsetzt beobachtete Mel, wie aus dem Spektralbaum weißglühende Energiekugeln austrieben, als wären es Früchte. Mel versuchte wegzuschauen, um den brennenden Schmerz in seinen Augen zu lindern, doch er konnte nicht. Inmitten dieser schrecklichen Schönheit begannen die verschlungenen Schlangen zu schmelzen, sodass sich nun auch noch ein Schauer geschmolzenen Messings zu den umherfliegenden Teilen gesellte.

Mel riss sich von dem Spektakel los und sah sich nach seinen Freunden um. An die Überreste des Gerüsts geklammert, waren sie kaum zu sehen. Sie betrachteten das Geschehen ebenso gebannt wie er, und in ihren starren Gesichtern spiegelte sich das überwältigende Farbenspiel, das sich vor ihnen entlud.

Durch die klaffenden Löcher in den Wänden und im Dach konnte er Wolkenungeheuer und zahllose glühende Dämonen erkennen. Sie wurden von einer undurchdringlichen schwarzen Spirale angesogen. Der Wirbel zog sich zusammen und verdichtete sich, bis er ebenso massiv und fest wirkte wie ein mächtiger Baumstumpf. Zuckend fuhr er von hier nach da, während er seine Gefangenen aus Mirrorscape tief in seinem Innern festhielt und sie nach oben beförderte.

Mel spürte, wie Ludo fortgezerrt wurde, als der abziehende Wirbelsturm seinen Freund zu einem klaffenden

Loch in der Turmwand zog. Er packte ihn noch fester am Kragen. Dann wurden auch er und die anderen Freunde vom Sog erfasst. Als er mit seiner freien Hand verzweifelt nach der letzten Gerüststrebe griff, wurde sie ebenfalls durch den tödlichen Sog mitgerissen. Ludo rief etwas, das in dem Tumult unmöglich zu verstehen war. Mel schaffte es, sich mit einem Arm an die Winde zu klammern, und wandte den Kopf, um zur Schlangenkanone hinüberzusehen.

Ein Kristall explodierte, und ein sengender Lichtstrahl fiel zunächst auf Linsen und Spiegel und dann auf die leere Leinwand. Wie von einer unsichtbaren Hand gemalt, erschien darauf ein Bild. Das Gemälde, das zerstört worden war, um den Spiegelsturm zu schaffen, stellte sich nun selbst wieder her. Ein weiterer Kristall explodierte, und ein zweites Bild begann Gestalt anzunehmen, das mit dem ersten um Platz auf der Leinwand rang. Weitere Kristalle barsten, und andere wiederhergestellte Motive gesellten sich der Komposition hinzu. Der Kampf der wettstreitenden Bilder verschärfte sich. Während Mel gebannt den sich vervielfältigenden Formen zusah, bemerkte er, wie sich eine Farbschicht über die nächste legte und ein dickes, gefährliches Impasto entstand. Als in den tanzenden, gleißenden Flammen noch weitere Kristalle platzten, wurde die Farbe so schwer, dass sie nicht mehr auf der Leinwand haften blieb und sich von der Oberfläche löste. Ein furchterregendes Mischwesen, geboren aus der Phantasie vieler verschiedener Künstler, begann der Farbe zu entsteigen. Es wurde real und sickerte zwischen den Käfigstangen durch. Der Teil von Mels Verstand, der von dem, was sich vor ihm abspielte, nicht wie gelähmt war, erkannte die einzelnen Bestandteile der Kreatur. Ein großer Kopf wölbte sich vor, während in ihm furchterregende Gesichter um die Vorherrschaft stritten. Einen Moment lang schien ein Feuerwesen von Ambrosius Blenk die Oberhand zu gewinnen, nur um kurz darauf von einem Eidechsenscheusal Lukas Flinks verdrängt zu werden. Weitere grässliche Gesichter kämpften darum, sichtbar zu werden, und die daraus resultierende Mischung war sogar noch schrecklicher. Riesige geifernde Mäuler bleckten ihre kreuz und quer stehenden Zähne, zwischen denen blasse Käfer wie lebender Speichel herumkrabbelten. Schmale Augen mit schlitzförmigen Pupillen bildeten sich heraus. Sie schwenkten herum und fixierten Mel, der sich krampfhaft an der Winde festhielt und vor Anstrengung die Zähne zusammenbiss. Seine schwitzende Hand drohte den Halt zu verlieren, während der Sog unablässig weiter an ihm und Ludo zerrte.

Wieder explodierte ein Kristall im Regenbogenfeuer, und mit einem stummen Aufschrei löste sich der Kopf des Wesens von der Leinwand. Ihm folgte ein muskulöser Arm, der in einer grausamen, krallenbewehrten Klaue endete. Dann durchbrach ein weiterer Arm die Oberfläche des umkämpften Gemäldes, gefolgt von einem dritten und einem vierten, bis die zum Vorschein kommende Kreatur einem brüllenden und um sich schlagenden Tintenfisch mit hornigen, stacheligen Gliedmaßen glich.

Obwohl sein Körper noch immer an der Leinwand klebte, begann die Farbkreatur über den Boden zu kriechen. Ein Arm schlang sich um Ludos Bein, andere packten Wren, Goldie und Cassetti. Mel spürte, wie Ludo ihm entglitt, als das Wesen seine Opfer zu seinem Maul zog. Der Käferspeichel floss in Strömen und sammelte sich in quirligen, lebenden Pfützen auf dem Boden. Mel war, als würde ihm die Schulter aus dem Gelenk gerissen. Dann rutschte seine Hand endgültig von der Winde, und auch er glitt unerbittlich auf das riesige Maul der von so vielen Künstlern geschaffenen Kreatur zu. Sie riss den gierigen Schlund auf, und ihre Zähne schlossen sich über den Freunden.

Dann sackte das Wesen urplötzlich mit einem lauten Platschen in einer bunten Pfütze in sich zusammen.

Der Wirbelsturm war verschwunden, und die normale Schwerkraft wiederhergestellt. Tageslicht strömte durch die zerstörten Überreste des Papierglockenturms. Alles war still. Selbst die Glocken hatten aufgehört zu läuten. Nur in Mels Ohren dröhnte es noch. Die Luft war gesättigt vom Geruch nasser Farbe. Alle rieben sich die Augen. Da nahm Mel ein neues Geräusch wahr, ein Zischen. Als er langsam wieder sehen konnte, erkannte er die verschwommenen Umrisse seiner Freunde. Doch es waren eigentlich zu viele Gestalten. Dann wurde seine Sicht endlich wieder klar, und er sah Lug mit einem leeren Löscheimer vor dem dampfenden Ofen stehen, dessen Tür offen stand. Hinter ihm befanden sich Adolfus Spute, Stockfisch, Groot und Ter Selen. Und vor ihnen hockte, den Blick unverwandt auf Wren gerichtet, der Morg. Alle waren mit leuchtender Farbe bespritzt.

Niemand sagte ein Wort. Es war nichts anderes zu hören als das auf den Boden tropfende Wasser und das Knistern von abkühlendem Metall. Unaufhörlich schneiten zerschredderte Papierfetzen von der zerstörten Decke herab.

Lug stellte den Eimer hin und besah die Schlangenkanone. Er fuhr mit der Hand über die Oberfläche, die so sengend heiß war, dass er aufschrie. Als er wieder aufsah, hatte er Tränen in den Augen. «Sie haben sie umgebracht. Sie haben meine wunderschöne Schlange umgebracht. Die Kristalle sind geborsten und …», ein hässliches Knurren drang aus seiner Kehle, «… sie haben ihre Macht verloren.» Mit tödlich giftigem Blick wandte er sich Mel zu. «Das warst *du*!» Er zog seinen Dolch.

«Steck deinen Spieß weg, Lug», sagte Adolfus Spute. «Das wäre ein viel zu schneller und sauberer Tod für Gammel und seine Freunde. Wohl kaum eine passende Vergeltung für jemanden, der uns um ein Königreich gebracht hat.»

«Zum Teufel mit Ihrem Königreich», zischte Lug. «Wo sind die Reichtümer, die Sie mir versprochen haben? Die Kinder und ihre Schimärenfreunde gehören mir.»

«Nein, Onkel», quengelte Groot. «Fegie gehört *mir*. Du hast es versprochen.»

«Ruhe! Seid still, alle miteinander», rief Ter Selen. «Sie gehören *mir*.»

Mel konnte die magische Anziehungskraft ihrer bunten Augen förmlich spüren. Der Zorn verlieh ihr eine wilde, neue Art von Schönheit. Er zwang sich, den Blick abzuwenden, und sah erst zu seinen Freunden und dann unwillkürlich zur Tür hinüber.

«Sieh nur, mein Junge», sagte Adolfus Spute zu seinem Neffen. «Gammel fragt sich, wo sein durchsichtiger Freund geblieben ist. Sicher hofft er, dass er ihnen zu Hilfe eilen wird. Stockfisch?»

Der Zwerg stieß einen scharfen Pfiff aus.

Die beiden Tern Tunk und Mudge traten ein. In der Luft zwischen ihnen hing ein verschlungenes Seilgewirr, das sich heftig bewegte. «Lasst mich los, ihr Pestbeulen!», protestierte Elsters Stimme.

«Du hältst dich für schlauer, als du bist, Fegie», sagte Groot. «Dein Komplize ist vielleicht unsichtbar, aber nicht un*riech*bar. Nicht, wenn man einen Morg hat.»

«So», sagte Adolfus Spute und musterte seine Gefangenen. «Bei diesem Blatt scheint uns nur noch ein König zu fehlen. Also, wo ist diese zusammengestückelte Schmetterlingssammlung, die sich selbst König nennt? Stockfisch ist in einer ausgesprochen insektiziden Stimmung, nicht wahr, mein todbringender Zwerg?»

Stockfisch blies einen düsteren Ton.

Lug betrachtete die Überreste der Schlangenkanone. «Wenn er auch nur in ihre Nähe gekommen ist, hat es ihn geradewegs nach Mirrorscape zurückgeblasen.»

Wieder blies Stockfisch in seine Pfeife.

«Das ist mir völlig klar, mein tückischer Zeitwächter», sagte Adolfus Spute. «Natürlich müssen wir fliehen.» Er wandte sich an Ter Selen. «Ich schlage vor, dass wir uns mit unseren Gefangenen durch das Portal nach Mirrorscape zurückziehen. Dort können wir uns dann wieder zusammentun und über das herrliche Problem nachsinnen, welches Ende wir Gammel und dem Rest dieser Unruhestifter bereiten sollen.»

«Und wer das übernehmen darf», fügte Lug hinzu.

«Das Mädchen ist schon vergeben», erwiderte Ter Selen. «Aber es könnte für sie ganz lehrreich sein, einmal die Tüchtigkeit ihres Gemahls kennenzulernen. Wenn sie erst gesehen hat, wie gut er sein Handwerk beherrscht, wird sie mehr als bedacht darauf sein, ihm jede seiner Launen zu erfüllen.»

«Nein!», schrie Wren. «Lasst sie gehen! Ich tue alles, was ihr wollt. Aber tut ihnen nichts.»

Ein grausames Lächeln huschte über Ter Selens Gesicht. «Du hast nichts mehr in die Waagschale zu werfen.»

Der Morg zerrte an seiner Leine, um zu Wren zu gelangen. Diese drängte sich dichter an Mel und Ludo, die sich schützend vor sie stellten.

In diesem Moment stürmte Fra Odum in den Papierglockenturm, dicht gefolgt von Fra Kropf. Beide trugen blutige Schwerter. «Schnell! Es ist alles verloren! Die Feinde sind direkt hinter uns. Folgt mir.»

«Nun gut», sagte Adolfus Spute. «Die Zeit drängt. Geht Ihr voran.»

Fra Odum führte sie durch die Ordensräume der Tern in die Vorhalle zurück. Das einzige Licht fiel durch die offene Tür vom Korridor herein. Die Häscher drängten ihre Gefangenen vor ein großes Gemälde. Selbst im Dämmerlicht erkannten die Freunde, dass darauf die Leviathan, die gewaltige Galeone, zu sehen war.

Adolfus Spute fuhr mit der Stiefelspitze durch ein Häufchen Staub, das auf dem Boden unter dem Bild lag. «Sie sollten Ihre Gemächer häufiger säubern lassen, Ter Selen. Das Meisterwerk meines Neffen verdient es, in einer sauberen Galerie zu hängen.»

«Wen interessiert schon, wie sauber es ist?», knurrte Lug. «Es hat seinen Zweck erfüllt und mich hierhergebracht, um die Arbeit an meiner Schlangenkanone zu überwachen, und jetzt ist es unser Portal zurück nach Mirrorscape.»

Mel wandte sich an Groot. «Also *du* hast das Bild gemalt», sagte er. «Cassetti hat gleich gesagt, dass es nichts taugt, aber ich hätte sehen müssen, dass es ein schäbiger Groot ist.»

Groot schnaubte höhnisch. «Jedenfalls ist es gut genug, um uns nach Mirrorscape und wieder zurück zu bringen. Genau wie meine Ansicht von Alt-Vlam im Datenspeicher dieses stinkenden Gedärms, das sich Cogito nennt.»

«Mel hatte gleich das Gefühl, den schludrigen Stil schon mal gesehen zu haben», sagte Wren.

Draußen im Korridor hörte man eilige Schritte näher kommen.

«Beeilt euch», sagte Fra Odum.

«Jetzt», drängte Ter Selen. «Der Morg sehnt sich nach seiner Braut.»

Da fiel Mel etwas auf. Er starrte auf die Leinwand und kniff die Augen zusammen, um im Halbdunkel besser sehen zu können. Der Rahmen schien zu zucken. Als er noch genauer hinsah, war er sicher, dass sich der Rumpf der Leviathan bewegte. Dann schaute er auf den Boden vor dem Gemälde und begriff. Er fing Wrens und Ludos Blicke ab und wies mit den Augen auf das Bild. Die Freunde sahen erst auf das Gemälde und dann zu Mel. Wrens Augen weiteten sich. Mit einem unterdrückten Lächeln zwinkerte sie ihm unmerklich zu. Ludo brauchte etwas länger, um zu begreifen, was mit seinen Freunden los war. Er wollte schon den Mund aufmachen, um etwas zu sagen, klappte ihn aber schnell wieder zu. Mel sah, dass auch Goldie und Cassetti aufgepasst hatten. Er konnte nur hoffen, dass für Elster das Gleiche galt.

Mit dem Schwert wurden sie vor Groots Gemälde zusammengetrieben. Der frühere Oberlehrling hob die Hand, um das Spiegelzeichen in die Luft zu malen. «Ich kann es kaum erwarten, mich endlich an dir zu vergreifen, Fegie.»

«Halt! Keiner bewegt sich!»

Alle drehten sich um. Im Licht des Eingangs zeichneten sich die Gestalten dreier Novizen ab. Der älteste, er war höchstens sechzehn, hielt ein Schwert in den zitternden Händen. Seine noch jüngeren Gefährten trugen Armbrüste, die fast so groß waren wie sie selbst. Noch aufgeregter als ihr Anführer betraten sie den Vorraum. Als er das weiße Gewand des Weisen von Vlam erkannte, blieb der älteste Novize wie angewurzelt stehen. Sein pickliges Gesicht wirkte aufs äußerste verblüfft. «Euer Durchlaucht?»

Fra Odum trat vor. «Gut gemacht, meine Kinder. Im Haus des Geistes ist Verrat im Gange. Die Gemeinen Fra versuchen mich, ihr rechtmäßiges Oberhaupt, zu stürzen, um selbst die Herrschaft an sich zu reißen.»

Die drei Novizen sahen sich an. Unsicher wandte ihr Anführer ein: «Aber wir dachten …»

«Es spielt keine Rolle, was ihr dachtet», fauchte Fra Odum und fügte in ruhigerem Ton hinzu: «Unsere Feinde sind überall. Gerade haben wir diese Kriminellen gefasst und ihre dämonischen Komplizen …»

Die Novizen machten große Augen, als sie Goldie, Cassetti und das widerspenstige Seilgewirr entdeckten, das Ter Mudge und Ter Tunk festhielten.

«Hört nicht auf ihn!», schrie Mel. «*Er* ist der falsche Weise.»

«Der Junge spricht mit der Zunge eines Dämons», sagte Ter Selen. Ihre Hand glitt zum Halsband des Morg und ließ ihn von der Leine. Sprungbereit spannte das Geschöpf die Muskeln an.

«Nein, es stimmt», sagte Wren flehend. «*Sie* sind es, die aufgehalten werden müssen. Seht ihr das denn nicht?»

«Sie lügt», sagte Fra Kropf. «Legt eure Waffen fort und kniet nieder vor eurem Weisen.»

Die drei Novizen waren hin und her gerissen. Die schweren Armbrüste in den Händen der beiden jüngeren Knaben zitterten bedenklich. «Fra Theum hat gesagt, dass wir euch aufhalten sollen», sagte der älteste. Die Waffen richteten sich auf Fra Odum und Fra Kropf.

«Dieser aufdringliche alte Narr Theum ist Teil der ganzen Rebellion», erwiderte Fra Odum. «Ihr durchschaut seine falschen Worte doch sicher.»

«Ich … ich denke schon.» Die Armbrüste schwangen herum und richteten sich auf die Freunde.

«Seht ihr denn nicht, was hier vor sich geht?», rief Mel.

«Tötet ihn, bevor er noch mehr Lügen von sich gibt!», schrie Fra Odum. «Das ist ein Befehl!»

«Nein!» In dem Moment, als der nervöse Finger des kleinsten Novizen einen Pfeil in Mels Richtung abfeuerte, sprang Wren vor ihren Freund.

Im gleichen Augenblick warf sich der Morg dem heranschwirrenden Pfeil mit schier unmenschlicher Geschwindigkeit in den Weg. Der Pfeil bohrte sich mit einem dumpfen, schrecklichen Geräusch in seine narbenübersäte Brust, und er fiel Wren vor die Füße.

Mit einem bestürzten Aufschrei ließ der junge Novize seine leere Armbrust fallen und flüchtete durch die Tür. Die anderen beiden zögerten noch einen Moment, dann machten sie kehrt und folgten ihm.

Wren sah zum Morg hinab. Er erwiderte ihren Blick. Für einen kurzen Augenblick nahmen seine Bernsteinaugen einen sanften Ausdruck an und ließen den Jungen erkennen, der er einmal gewesen war. Das narbenübersäte Geschöpf öffnete den Mund, aber kein Wort drang heraus, nur ein dünner Blutfaden, der ihm langsam über die Wange lief. Wie von Zauberhand löschte er die in sein Gesicht geritzten Worte und brach den teuflischen Bann, der einen unschuldigen Jungen in den grausamen Morg verwandelt hatte. Wren fiel auf die Knie. Zögernd streckte sie die Hand aus und zog sie wieder zurück. Dann streckte sie die Hand noch einmal aus und berührte seine verfilzten roten Brauen. Als sie zärtlich darüberstrich, lächelte der Morg. Das Licht in seinen Augen erlosch, und er starb.

«Morg?», sagte Ter Selen. Ein Zittern lag in ihrer Stimme.

«Das elende Vieh ist tot», sagte Groot. «Und wir sind es auch bald, wenn wir nicht von hier verschwinden.»

Adolfus Spute trieb die Freunde erneut zusammen. «Haltet sie gut fest, damit sie mit uns in die Spiegelwelt gezogen werden.» Dann sagte er zu Groot: «Los, mein Junge. Es ist höchste Zeit, uns davonzumachen.»

Als Groot die letzten Bögen des Spiegelzeichens vor dem Gemälde in die Luft malte, schrie Mel: «Jetzt!»

Die Freunde rissen sich los und warfen sich zur Seite, während gleichzeitig die Macht des Spiegelzeichens einsetzte und Adolfus Spute, Stockfisch, Groot, die Tern Selen, Mudge und Tunk sowie Fra Odum und Fra Kropf in das Bild hineinzog.

«Schnell!», rief Cassetti. «Verschwinden wir von hier, ehe sie zurückkommen, um uns zu holen!»

Mel rappelte sich auf. «Sie kommen nicht zurück.»

Wren lächelte. «Sie können jetzt rauskommen, Majestät.»

Dann sahen sie zu, wie sich eine bunte Farbschuppe von der großen Leinwand löste. Ihr folgten eine zweite und eine dritte, bis schließlich die gesamte Leinwand in einem Ministurm auseinanderflatterte. Die letzten Schmetterlinge, die von der nackten Wand abhoben, waren jene, die das Spiegelzeichen dargestellt hatten. In der Gestalt König M-Morphos setzten sie sich wieder zusammen.

«Wer hätte das gedacht», sagte Ludo. «Ich glaube, wir müssen uns bei Ihnen bedanken, Majestät.»

Wieder hörten sie, wie sich draußen jemand im Laufschritt näherte, und dann stürmten auch schon Ambrosius Blenk, Dirk Tot und die beiden Rebellen Grün und Blau herein. «Welch ein Glück, dass ihr in Sicherheit seid.» Ambrosius Blenk sah sich im Halbdunkel suchend um. «Sind unsere Feinde fort, Majestät?»

König M-Morpho nickte. «Es war so, wie Sie v-vermutet haben. Sie hatten wirklich einen geheimen Zugang nach M-Mirrorscape.»

«Aber woher wussten Sie, dass es dieser hier war?», fragte Mel. «Es muss im Palast Tausende von Bildern geben.»

«Das stimmt», erwiderte der Meister. «Aber auch König M-Morpho besteht aus Tausenden. Er musste nur zu jedem Bild einen Schmetterling schicken, um dieses hier zu finden. Ich hatte im Kerker genug Zeit, um mir Gedanken zu machen. Die Zeichnung auf der Rückseite des Wandteppichs ging mir nicht aus dem Kopf, und schließlich fiel mir ein, woher ich den Stil kannte. Sie konnte nur von meinem früheren Oberlehrling stammen …»

«Groot», sagte Ludo.

«Richtig, also habe ich, sobald ihr uns befreit hattet, König M-Morpho gebeten, das schlechteste Gemälde im Haus ausfindig zu machen. Offensichtlich hat er es gefunden.»

«Aber die Tür war verschlossen, als wir herkamen», sagte Wren.

«Sch-Schlösser sind dazu da, um M-Menschen fernzuhalten», sagte König M-Morpho, «nicht Insekten. Für u-unsereins gibt es viele W-Wege hinein, selbst in die s-sichersten Gebäude.»

«Während ihr damit beschäftigt wart, den Spiegelsturm umzukehren, heuerte Seine Majestät eine Horde besonders gefräßiger Termiten an, um das Original zu beseitigen», erklärte Dirk Tot und wies mit dem Kopf auf das Häufchen Staub.

«Und er sorgte für Ersatz», sagte Cassetti und klatschte in die Hände. «Ausgezeichnet!»

«Und jetzt sind Adolfus Spute, Fra Odum, Ter Selen und der Rest von ihnen fort», schloss der Meister.

«Und das Bild auch», sagte Mel.

«Und es führt kein Weg zurück», sagte Ludo und fügte unsicher hinzu: «Oder?»

«Wollen wir es hoffen», antwortete der Meister. «Wollen wir es hoffen.»

«Brillant», sagte Elster. «Verflixt brillant, wirklich.»

«Wir sollten lieber gehen und den Weisen aufsuchen», meinte Grün. «Er möchte sich bei euch allen bedanken.»

Als der Meister sie die große Treppe hinabführte, fiel ein Sonnenstrahl auf die Gruppe. Mel blinzelte ins klare Licht, dann blickte er zu den Schimären und schließlich zu Wren und Ludo. «Sieht ganz so aus, als wäre der Sturm vorbei», sagte er.

Wren lächelte und nickte bedächtig. «Sieht so aus.»

«Ja», sagte Ludo. «Der Sturm ist vorbei.»

Epilog

An diesem Morgen lag der erste Frost des Jahres wie eine silbrig glitzernde Decke auf den Dächern von Vlam. Zügiger als sonst gingen die Bewohner ihren Geschäften nach, während sie sich, die Hälse mit Schals umwickelt und die Hände in den Taschen vergraben, durch die steilen Straßen schlängelten und wie Dampflokomotiven vor sich hin schnauften. Sie hatten viel zu tun mit der Beseitigung der Schäden, die der Spiegelsturm verursacht hatte.

Auch wenn einige Arbeiten erst begannen, waren andere schon beendet. Im Saal des Erwachens war das Gerüst abgebaut und Ambrosius Blenks großartiges Deckengemälde endlich enthüllt worden. Die große Einweihungsfeier sollte am nächsten Tag vonstattengehen. Doch an diesem Abend fand für den Meister und einige wenige ausgesuchte Freunde eine private Besichtigung statt.

«Ist die Tür abgeschlossen?»

«Ja, Herr», antwortete Dirk Tot. «Grün und Blau stehen draußen. Es wird uns niemand stören.»

Der Meister wandte sich an Mel, Ludo und Wren. «Eure Freunde können jetzt herauskommen.»

«Cassetti! Elster! Goldie! König M-Morpho!», rief Mel.

Die vier Schimären kamen aus einer dunklen Mauernische am Rand des Saals.

«Himmel! Habt ihr das alles gemacht?», staunte Goldie, während sie mit offenem Mund zur Decke starrte.

«Klar», sagte Ludo. «War doch kin…» Er brachte den Satz nicht zu Ende.

«Nicht *alles*», gab Wren zu. «Wir haben bei vielem geholfen, aber das Einzige, was wir ganz allein gemacht haben, ist die Nische dort oben, gleich neben der Ecke.»

«Und was für eine wunderbar gestaltete Nische.» Fra Theum benutzte das Omniskop des Meisters, um die Arbeit der Freunde vom Rollstuhl aus zu begutachten. «Diese Phantasie. Und diese Kunstfertigkeit.»

Die Nischenmaler erröteten.

«Vielleicht möchten eure Freunde sie auch genauer ansehen.» Fra Theum gab das Omniskop an Cassetti weiter.

«Das ist phänomenal, meine Lieben. Seid ihr sicher, dass kein kumulanisches Blut in euren Adern fließt?»

König M-Morpho hatte seine Augen zur hohen Decke hinaufgeschickt, wo sie von einem Teil des weitläufigen Gemäldes zum nächsten flatterten. «W-wir sind damit z-zufrieden», erklärten seine Lippen. «Es e-erinnert uns an unser K-Königreich.»

Skrietsch, skrietsch. Fra Theum rollte an Mels Seite. «Ich wusste schon immer, dass du ein bemerkenswerter Junge bist, Mel, aber wie bemerkenswert, das wird mir gerade erst klar.»

«Das sind Sie auch, Fra. Sie sind viel mehr als ein einfacher Bibliothekar, für den Sie alle halten.»

«Ab sofort *Haupt*bibliothekar, Mel», verbesserte ihn der Fra nicht ohne Stolz. «Als du diesen mysteriösen Papierglockenturm erwähnt hast und dann die vermisste Illustration zurückbrachtest, wurde ich stutzig. Und als später die bizarren Stürme einsetzten, begann ich eigene Nachforschungen anzustellen. Eine Bibliothek ist ein wunderbarer Ort, an dem man alles Mögliche herausfinden kann, musst du wissen. Ich kombinierte das, was ich aus den Büchern zusammentragen konnte, mit dem Argwohn, den viele meiner Mitbrüder unter den Gemeinen Fra hegten, weil die Tern just in dem Moment wieder von sich reden machten, als der Weise im Begriff stand, ihren Orden aufzulösen. Und ich kam zu dem Schluss, dass es nicht länger der Weise war, der über den Palast des Geistes herrschte. Meine Brüder brauchten nicht lange, um Fra Odums Verschwörung aufzudecken.»

«Also haben Sie den Weisen aus dem Kerker befreit?»

«Letztendlich ja. Aber bevor es so weit war, erregten die Fragen meiner Mitbrüder die Aufmerksamkeit der Hohen Fra. Sie verhafteten viele von uns und warfen sie ebenfalls in den Kerker.»

«Aber Sie nicht.»

«Ich verbarg mich zusammen mit einer Handvoll anderer in der Bibliothek. Sobald wir konnten, machten wir uns daran, den Weisen und unsere Mitbrüder zu befreien. Es war uns fast gelungen, als die Hohen Fra dazwischenkamen und … den Rest kennst du ja.»

Mel lächelte. «Ich bin froh, dass ich helfen konnte.» Während der Fra sich wieder der Decke widmete, gesellte sich Mel zu seinen Freunden.

«Glaubt ihr, dass nun alles vorbei ist?», fragte Goldie. «Keine weiteren Stürme mehr?»

«Für einige ist es vorbei, meine Liebe», sagte Cassetti. «In diesem Königreich ist wieder alles so, wie es sein soll – jedenfalls wird es bald so sein. Schlag einer Schlange den Kopf ab, dann stirbt auch bald der Körper. Aber nicht in meinem Königreich. Ich werde nicht rasten, bis dieser Thronräuber Parrucca entmachtet und Nephonia befreit ist. Ich muss zurück nach Hause und gleichgesinnte Kumulaner zusammenrufen. Und ihr?»

«Elster und ich werden Geschäftspartner.»

«Wirklich?», sagte Wren.

«Du meinst im Bankräubergeschäft?», fragte Ludo.

«Nein», erwiderte Elster. «Goldie hat mich überredet, die kriminelle Laufbahn aufzugeben.»

«Wir steigen wieder ins Fahrgeschäft ein», erzählte Goldie. «Wir denken da an eine schöne kleine Geisterbahn. Ihr wisst schon: Die Kunden fahren durch den Parcours, klappern mit den Zähnen vor Angst, und Elster schleicht sich an und schreit ihnen ‹Buh!› ins Ohr.»

«Tolle Idee, was?», sagte Elster. «Ich sorge dafür, dass ihnen vor Angst das Frühstück wieder hochkommt. Oberste Jahrmarktregel: Gib den Kunden immer mehr, als sie erwarten.»

«Und was ist mit euch dreien?», fragte Cassetti die Freunde.

«Mit uns?», fragte Mel. «Wir müssen unsere Lehre fortsetzen.»

«Wir haben einige aufregende Projekte vor uns», sagte Wren. «Das heißt in künstlerischer Hinsicht. Von der anderen Sorte Aufregung habe ich auf absehbare Zeit genug.»

«Da bist du nicht die Einzige», sagte Mel.

«Das kannst du laut sagen», meinte Ludo.

«Es ist Zeit, euch von euren Freunden zu verabschieden», sagte der Meister. «So wie Menschen nicht zu lange in Mirrorscape bleiben dürfen, verhält es sich mit Schimären in unserer Welt. Ich habe einige Bilder vorbereitet, die sie geradewegs in ihren Winkel der Spiegelwelt bringen werden. Sie lehnen dort drüben an der Wand.»

«Auf Wiedersehen, Majestät», sagte Ludo. «Ich nehme an, ich werde Sie nicht wiedersehen.»

«Oh, a-aber wir gehen davon aus, dass wir euch wiedersehen werden», sagte König M-Morpho, als eine Hummel vorbeisurrte. «Dank unserer V-Verbündeten sehen wir mehr von eurer Welt, als ihr a-ahnt.»

Als sich Mel, Ludo und Wren vom Geisteshügel zum Anwesen ihres Meisters hinabbegaben, wo ihre Betten bereits auf sie warteten, wickelten sie sich in der kalten Abendluft fest in ihre Umhänge ein. Es herrschte immer noch reger Betrieb in Vlam. Viele Geschäfte hatten noch geöffnet und warfen ihr einladendes gelbes Licht durch Türen und Fenster auf das Kopfsteinpflaster.

«Soll ich euch die Zukunft vorhersagen, Kinder?» Die Stimme gehörte einer alten Frau, die an einem Klapptisch saß. Der Tisch war mit einem dunkelroten Tuch bedeckt, das mit silbernen Monden und Sternen sowie dem Namen «Madame Manto» bestickt war. Obenauf lagen eine Kristallkugel und ein Stapel Karten, den sie zu mischen begann.

«Kommt», sagte Wren. «Das wird lustig.»

«Karten, Wahrsagespiegel oder magischer Schnee?», fragte die Wahrsagerin, als sie Wrens Münze einsteckte.

«Bloß keine Karten mehr», erwiderte Mel. «Alles, nur das nicht.»

«Was ist magischer Schnee?», fragte Ludo. «Davon habe ich noch nie gehört.»

«Er ist neu, Schätzchen», sagte Madame Manto. «Er kommt aus einer anderen Welt.» Sie holte unter dem Tisch ein großes Goldfischglas hervor, das mit winzigen Papierschnipseln gefüllt war.

«Die stammen vom Papierglockenturm», sagte Mel, der die Schnipsel sofort erkannte.

«Nein, Schätzchen. Das kommt von keinem Glockenturm. Es ist magischer Schnee, der vom Himmel gefallen ist und den die merkwürdigen Stürme hiergelassen haben. Greift hinein und zieht eine Schneeflocke heraus. Jeder eine.»

Die Freunde taten, wie ihnen geheißen. Auf jedem Schnipsel stand ein einziges Wort. Madame Manto nahm ihre Auswahl entgegen und legte sie nebeneinander auf den Tisch.

Trompeten fressen Spatzen stand da.

Die Freunde schwiegen einen Moment lang und lachten dann schallend los. «Ich habe euch doch gesagt, es wird lustig», sagte Wren. Arm in Arm gingen sie davon.

Madame Manto wirkte verletzt und verwirrt. «Das verstehe ich nicht, Kinder», murmelte sie vor sich hin. «Der magische Schnee lügt nie.» Sie kratzte sich immer noch das graue Haupt, als das Lachen der Freunde verklang. Sie drehte die Papierfetzen um. Auch auf der Rückseite standen Worte. «Wartet, Schätzchen. Wartet!», rief sie den Freunden hinterher. Aber diese bogen am Ende der schmalen Gasse gerade um eine Ecke und hörten sie nicht. Madame Manto blickte auf den neuen Satz hinab. Er lautete:

Fürchtet die Schatten.

Die wichtigsten Begriffe aus den Sieben Königreichen und der Spiegelwelt Mirrorscape

Arpen Die Hauptstadt der Provinz Feg

Bauernleinen Ein sehr einfach gewebter, farbloser Leinenstoff

Befragungsinstrumente Folterinstrumente

Bilderkrankheit Von Übelkeit und Müdigkeit begleitetes Unwohlsein, das entsteht, wenn sich Menschen zu lange in der Spiegelwelt oder Schimären zu lange in der realen Welt aufhalten.

Bilgenwasser Wasser, das sich im untersten Raum eines Schiffes, der sogenannten Bilge, sammelt. Es handelt sich um Kondenswasser und geringe Wassermengen, die zwischen den Schiffsplanken eindringen.

Bleichwasser Ein weißer Rohstoff zur Herstellung von Regenbögen

Bols Ein Dorf in der Provinz Feg

Borealis Das nördlichste der Sieben Königreiche

Brokat Ein kostbarer Stoff

Bunter Tod Eine tödliche Krankheit, in deren Verlauf sich die Haut des Kranken verfärbt.

Coelinisches Meer Umgibt das Wolkenreich Nephonia und ist nach der Farbe Coelinblau benannt, einer lichtblauen Malerfarbe.

Cogito Von lat. *cogito* = Ich denke. Eine riesige Denkmaschine in Mirrorscape, die ihre Gestalt beliebig ändern kann.

Der Garten Ein Garten im Herzen von König M-Morphos Reich

Der Weise von Vlam Das geistige Oberhaupt von Nem

Die Fundgrube der Inspiration Ein Ort in der Spiegelwelt

Die Gewölbte Welt Ein Ort in der Spiegelwelt

Die Großen Häuser Oberbegriff für die Paläste des Geistes, der Monarchen und der Gilden

Dienstbotengänge Geheime Gänge, die das Blenk'sche Herrenhaus durchziehen.

Dritte Gilde Gilde, die über den Gehörsinn herrscht.

Erste Gilde Gilde, die über den Tastsinn herrscht.

Fahrwohinduwillst Ein Karussell in Mirrorscape, das von der Schimäre Goldie betrieben wird und selten im Kreis, dafür aber öfter durch die Spiegelwelt fährt.

Farbinseln Eine Inselkette vor der Westküste von Nem, auf der Pigmente abgebaut werden.

Farn Der Fluss, der durch Vlam fließt.

Feg Eine entlegene Provinz im Königreich Nem

Fegie Beleidigender Ausdruck für einen Bewohner von Feg, ein Bauerntrottel

Foliant Ein großes Buch im sogenannten Folioformat (ca. 30 × 40 cm)

Fra Titel eines Priesters

Frest Ein Hafen in Nem

Fries Ein waagerechter, gemalter, geschnitzter oder gemeißelter Streifen an einem Haus, der als Gliederungselement und Schmuck einer Wand oder eines Gebälks dient.

Fünfte Gilde Gilde, die über den Gesichtssinn herrscht.

Geisteshügel Der Hügel unterhalb des Palasts des Geistes

Gemeine Fra Niedrigster Rang eines Priesters und zugleich ein eigenständiger Priesterorden

Ghul Ein gefährlicher Dämon, der Leichen frisst.

Gilden Fünf mächtige Zünfte, die alles kontrollieren, was mit den fünf Sinnen zu tun hat.

Gildenhügel Der Hügel unterhalb des Gildenpalasts

Glückskompass Ein uhrenartiges Instrument, das Glück vorhersagen kann.

Gnome Kluge, aber bösartige Geschöpfe der Spiegelwelt

Großvogt Verwalter und oberster Vertreter des Hochmeisters der Fünften Gilde

Grubenvampire Geschöpfe aus der Spiegelwelt

Habit Ordenstracht geistlicher Gemeinschaften und Orden

Harlekin Eine Spielkarte, ähnlich einem Joker

Haus der Gilden Der Palast der Fünf Gilden

Haus der Monarchen Der Palast von König Spen

Haus des Geistes Der Palast des Weisen von Vlam, des geistigen Oberhaupts des Landes

Hauskluft Die Tracht der Lehrlinge

Herrenhaus Das Anwesen von Ambrosius Blenk in Vlam

Hochmeister Das Oberhaupt der Fünften Gilde

Hohe Fra Mittlere Rangstufe eines Priesters; zugleich ein eigenständiger, von den Gemeinen Fra abgespaltener Orden

Hoher Rat Das höchste Gremium der Gilden

Hyperpfropf Eine riesige Kugel, die die Farbmaschinerie zur Herstellung von Regenbögen in Irgendwo blockiert.

Irgendwo Eine verschmutzte Stadt mitten in Nirgendwo

Issel Eine Provinz in Nem

Kig Eine der Farbinseln. Auf ihr befinden sich die Pigmentminen.

Kontor Büro

Kop Mels Heimatdorf in Feg

Korona Der Strahlenkranz der Sonne

Kumulus Von lat. *cumulus* = Haufen, eine scharf begrenzte, zusammengeballte oder aufgetürmte Haufenwolke, hier: der Name eines der Wolkenreiche von Nephonia

Leibfarbe Die Farbe, die ein Herr für die Dienstkleidung seiner Bediensteten festgelegt hat.

Leviathan Ein riesiges Schiff in der Spiegelwelt
Livree Einheitliche Dienstkleidung der Dienerschaft

Maßwerkfenster Mit Maßwerk bezeichnet man in der Architektur feine Steinmetzarbeiten, die als Dekoration an Fenstern, Balustraden und Wänden angebracht wurden.
Messingaffe Eine von Lug und seinen Gnomen erbaute Maschine, die Dämonen tötet.
Minen Die Pigmentbergwerke auf Kig
Mirrorscape Der Name der Spiegelwelt im Inneren von Bildern und Zeichnungen
Mitra (Pl. Mitren) Hohe Kopfbedeckung von geistlichen Würdenträgern
Monarchenhügel Der Hügel unterhalb des Königspalasts
Monolith Ein Gebäude, das aus einem einzigen Steinblock zu bestehen scheint.
Morg Auch Dämonensucher genannt. Eine durch Folter und Misshandlung entmenschlichte Kreatur, die Feinde der Tern aufspüren kann.

Nem Das westlichste der Sieben Königreiche. Die Heimat von Mel
Nemisch Die Sprache von Nem
Nephonia Name für die Königreiche der Wolken, die aus den Hauptreichen Kumulus, Zirrus, Nimbus und Stratus bestehen.
Niedergang Eine Treppe auf einem Schiff, die vom Deck ins Unterdeck führt.

Nimbus Von lat. *nimbus* = Regenwolke, hier: der Name eines der Wolkenreiche von Nephonia

Nirgendwo Ein ganz und gar weißes Land, das die Stadt Irgendwo umgibt.

Novize Priesterschüler in der Ausbildung

Omniskop Ein optisches Instrument mit besonderen Fähigkeiten

Ozean des Westens Name des Ozeans vor der Westküste Nems

Papierglockenturm Ein vorgetäuschter Turm, der zur Tarnung der Schlangenkanone dient.

Patriarchen Die dritte Rangstufe eines Priesters. Sie steht über den Hohen und den Gemeinen Fra.

Pläsier Das Recht auf Dinge, die über den lebensnotwendigen Bedarf hinausgehen. Es muss von den Gilden erworben werden.

Presspatrouille Soldaten- oder Matrosentrupps, die Männer früher mit Gewalt zum Dienst beim Militär oder in der Marine zwangen.

Pyrexia Das südlichste der Sieben Königreiche

Raben Farbe eines trickreichen Kartenspiels

Ratsche Eine für die Wartung der Denkmaschine Cogito zuständige Schimäre in Mirrorscape

Regenbogenrebellen Häftlinge, die von der Fünften Gilde einst zur Zwangsarbeit in den Pigmentminen von Kig verurteilt wurden und nach der Flucht gegen die Gilde kämpften.

Saal des Erwachens Ein Saal im Palast des Geistes

Salamander Farbe eines trickreichen Kartenspiels

Salär Entlohnung der Lehrlinge

SCHAFE Abkürzung für «Schadensbeseitigungsfahrzeuge für Extremblockaden». Spezialfahrzeuge, mit denen Mel und Ludo den Hyperpfropf beseitigen sollen.

Schimären Bezeichnung für die Bewohner von Mirrorscape

Schlangenkanone Eine gewaltige Maschine, mit der der Weg in die Spiegelwelt geöffnet werden soll.

Seestern Farbe eines trickreichen Kartenspiels

Sieben Königreiche Umfasst Nem und die angrenzenden Königreiche

Spiegelblut Eine lebenswichtige Substanz, die Nahrungsgrundlage von König M-Morphos Garten

Spiegelkristalle In Mirrorscape vorkommende mächtige Kristalle

Spiegelwelt Die Welt im Innern von Bildern und Zeichnungen (Mirrorscape)

Spiegelzeichen Das geheime Symbol zum Auf- und Zuschließen von Bildern

Spiegelzeit Der merkwürdige Ablauf der Zeit innerhalb der Spiegelwelt

Stachelschwein Farbe eines trickreichen Kartenspiels

Stratus Von lat. *stratum* = Decke; Bezeichnung für eine tiefhängende Wolkenschicht oder Schichtwolke. Hier: Name eines der Wolkenreiche von Nephonia

Takelage Bezeichnung für alle Vorrichtungen, die die Segel eines Schiffes tragen (Masten, Tauwerk, Spieren usw.).

Ter, Tern Weibl. Form der Fra. Ein geheimer Frauenorden im Palast des Geistes, der böse Absichten hegt.

Tunnellecker Geschöpfe aus der Spiegelwelt

Vesper Abendgottesdienst

Vierte Gilde Gilde, die über den Geschmackssinn herrscht.

Vlam Die Hauptstadt von Nem in der Provinz Volm

Volm Eine Provinz im Königreich Nem

Wahrschau Warnruf in der Seefahrt: «Aufpassen», «Vorsicht»

Winkertürme Türme mit Apparaten zur optischen Nachrichtenübermittlung

Wolkenbarkasse Ein vom nephonischen Sonderbotschafter Cassetti aus Wolken geformtes Flugschiff

Wolkengestalter Der eigentliche Beruf Cassettis, der darin als einer der größten Künstler seines Landes gilt.

Zirrus Von lat. *cirrus* = Wolke; Bezeichnung für Federwolken in höheren Luftschichten, hier: der Name eines der Wolkenreiche von Nephonia

Zunderbüchse Ein altes Werkzeug zum Feuermachen. Eine kleine Blechbüchse mit einem eisernen Rad, das beim Drehen gegen einen Feuerstein schlägt und so einen Funken erzeugt.

Zweite Gilde Gilde, die über den Geruchssinn herrscht.

Einige Begriffe aus der Malerei

Arbeitsskizzen Vorarbeiten, Studien für ein späteres Gemälde

Atelier Arbeitsplatz eines Malers

Azurit Durchscheinendes, blaues Mineral

Bildfläche Die Oberfläche eines Bildes

Coelinblau Abgeleitet vom lateinischen Wort *coelum* (Himmel), eine lichtblaue Malerfarbe

Expressionistisch Der Expressionismus (von lateinisch *expressio* = Ausdruck) war eine künstlerische Stilrichtung, in der die Künstler vor allem ihre persönliche innere Verfassung zum Ausdruck bringen wollten.

Federkiel Der schaftartige Teil einer Feder. Gänsefederkiele wurden früher als Schreibgerät benutzt.

Filigran Bedeutet wörtlich so viel wie «gekörnter Draht» und bezeichnet Goldschmiedearbeiten aus Metallfäden. Bei dieser Drahtbiegetechnik werden feine, dünne Drähte zu einem zarten Gespinst geflochten.

Firnis Versiegelungsschicht eines Gemäldes

Fluchtpunkt Ein unsichtbarer Punkt in einem Gemälde, in dem sich alle, in der Realität eigentlich parallel verlaufenden Geraden im Bild schneiden.

Galerie Raum, der eine Gemäldesammlung enthält; aber auch ein Säulengang oder ein umlaufender Gang um einen Innenhof oder das Obergeschoss eines Herrenhauses oder Schlosses

Gesellenstück Ein zum Abschluss der Lehrzeit gefertigtes Werkstück, durch das man zum Wanderburschen aufsteigt.

Gesso Vor dem Malen mit Tempera oder Ölfarben wurde ein Bild früher mit einer Grundierung versehen. Dadurch sollte der Bildträger geglättet und präpariert werden, damit das Öl und die Malmittel nicht aufgesogen wurden. Als Grundierung verwendete man dafür Gesso (aus Gips und Leimwasser) oder Kreide.

Goldfarbe Auch Auripigment genannt. Durch Verwitterung entstehendes, durchscheinend gelbes, giftiges Mineral

Hyperreal Ein hyperrealer, eng an der Realität orientierter Malstil, der Dinge darstellt, die in Wirklichkeit nicht existieren.

Impasto Italienischer Begriff für «Teig», bezeichnet eine Maltechnik, bei der die Farben sehr dick aufgetragen werden.

Irisieren In Regenbogenfarben schillern

Komposition Bezeichnung für den Aufbau und die Gliederung eines Kunstwerks

Kontur (Umriss, Linie, Silhouette) Bezeichnet den Umriss bzw. die Umrisslinie eines Körpers

Kreide Kreide für Pastellmalerei (auch: Malkreide)

Künstlerwerkstatt Arbeitsstätte der Lehrjungen

Lapislazuli Blauer Halbedelstein, aus dem das Pigment Ultramarin gewonnen wurde.

Leim Flüssiger Kleister, der zum Vorbereiten der Leinwand gebraucht wurde.

Leinöl Ein Pflanzenöl, das aus Leinsamen, den reifen Samen von Flachs, gewonnen wird. In der Malerei wird Leinöl neben anderen trocknenden Ölen als Bindemittel verwendet und ist bis heute das wichtigste Bindemittel für Ölfarben.

Leinwand Festes Gewebe aus Leinen oder Baumwolle, das man auf einen Holzrahmen spannt, um es zu bemalen.

Lichtecht Bezeichnung für die Eigenschaft solcher Farbstoffe und Pigmente, die auch dann nicht ausbleichen, wenn sie starkem Lichteinfall ausgesetzt sind.

Malachit Ein grünes, sehr kostbares Farbpigment

Malgrund Bezeichnung für den meist weißen Untergrund einer Leinwand vor ihrer Bemalung. Er bestand häufig aus Terpentin, Bleiweiß, Kalk, Arsenik und Quecksilber.

Malmesser Ein Messer mit schmaler Klinge, das zum Auftragen von Farben benutzt wird.

Monochrom Vom griechischen Wort *chroma* = Farbe und *monos* = allein, einzig. Bedeutet in der Malerei und Fotografie: *einfarbig*e Gemälde oder Arbeiten, einfarbiges Licht.

Mörser Schalenförmiges Gefäß mit gerundetem Boden, in dem mit einem Stößel beispielsweise Pigmente zerstoßen werden.

Ölfarbe Farben, die entstehen, indem man Pigmente mit Öl vermischt.

Palette Eine Holzplatte mit einem Loch für den Daumen, die der Maler auf die Hand nimmt, um darauf die Farben zu mischen.

Palettenmesser Ein biegsames Messer, das zum Mischen von Farben verwendet wird.

Perspektive Die künstlerische Technik, einem Bild Tiefe zu verleihen und einen räumlichen Eindruck entstehen zu lassen. Dabei wird z. B. berücksichtigt, dass, je weiter die Strecken in der Natur vom Betrachter entfernt liegen, sie bei der Wiedergabe im Bild auch umso kleiner dargestellt werden.

Phiole Dünnwandige bauchige Glasflasche mit langem, engem Hals

Pigment Ein in der Natur vorkommender oder künstlich hergestellter Farbstoff

Pinselführung Bezeichnung für eine individuelle Eigenart, z. B. den Stil der Handschrift einer Person oder die Pinselführung eines Künstlers, d. h. die ihm eigene Malweise

Porträt Bildnis einer Einzelperson
Primärfarben Die Grundfarben Gelb, Rot und Blau
Profil Eine Seitenansicht

Rastern Eine Technik zum Übertragen von Bildern durch Zerlegen. Die so geschaffenen verkleinerten oder vergrößerten Modelle haben die gleichen Proportionen wie die Vorlage.

Sekundärfarben Die beim Mischen von zwei Primärfarben entstehenden Farben Grün, Orange und Violett
Sepia Der aus der Tinte von Tintenfischen gewonnene braune bis graubraune Farbstoff
Skizze Mit groben Strichen hingeworfene, sich auf das Wesentliche beschränkende Zeichnung, ein Entwurf
Spektrum Bezeichnet die sichtbaren Farben eines Regenbogens: Rot, Orange, Gelb, Grün, Blau und Violett.
Staffelei In Höhe und Neigung verstellbares Holzgestell, auf dem der Maler sein Bild befestigen kann.
Stößel Kleiner, stabähnlicher, unten verdickter und abgerundeter Gegenstand zum Zerstoßen und Zerreiben von körnigen Substanzen

Terpentin Ein Lösungsmittel für Ölfarben
Tertiärfarben Die beim Mischen von Sekundärfarben mit Primärfarben entstehenden neuen Farben
Textur Die Beschaffenheit, Struktur eines Bildes
Transparent Lichtdurchlässig, durchsichtig

Unbunte Farben Auch achromatische Farben genannt: Schwarz, Weiß und Grau

Unterzeichnung Originalzeichnung, die später übermalt wurde; auf großen Flächen auch «Untermalung» genannt

Vergolden Einen Gegenstand, z. B. einen Bilderrahmen, mit einer Goldschicht überziehen

Zinnober Der Name leitet sich vom griechischen Wort *kinnabari(s)* für «Drachenblut» ab. Ein quecksilberhaltiges Mineral aus dem Harz des Drachenblutbaumes, das als rotes Pigment in der Malerei verwendet wurde.

Danksagung

Ich bin der Glückspilz, dessen Name auf dem Buchumschlag steht, doch hinter den Kulissen gibt es noch viele andere, die mir geholfen haben, den zweiten Band der Mirrorscape-Trilogie zu veröffentlichen. Für ihre unschätzbaren Beiträge bedanke ich mich bei Ivan Mulcahy, meinem literarischen Agenten, bei Rachel Boden für ihre ausgezeichnete Textarbeit und bei Wendy Birch für die durchdachte Gestaltung. Ebenfalls Dank schulde ich Douglas Pocock, Katja Reister, Chie Nakano, Rebecca Steltner, Dan Downham, Lucy Paine und der restlichen Lizenzabteilung von Egmont Books sowie Mike Richards, Jessica Dean und Tania Vian-Smith. Mein größtes Dankeschön geht an meine Verlegerin Cally Poplak, die hart dafür gearbeitet hat, Vlam und die Welt von Mirrorscape zum Leben zu erwecken. Ohne ihre Mühe wäre dieses Buch doppelt so lang, aber nur halb so gut.

Mike Wilks, im November 2007

Mike Wilks, 1947 in London geboren, ist Künstler, Illustrator und Autor. Bereits mit 13 Jahren erhielt er ein Stipendium für die Kunstschule. Er studierte Graphikdesign und leitete einige Jahre sehr erfolgreich eine Agentur, bevor er sich ganz dem Schreiben und Illustrieren widmete. Seine Bücher, meist originelle Sachbücher, eroberten die internationalen Bestsellerlisten, während der Künstler selbst und sein Schaffen Thema einer preisgekrönten Dokumentation des britischen Fernsehens wurden. Seine Originalwerke, die oft eine surreale Traumwelt darstellen, hängen u. a. im Museum of Modern Art in New York, in London und in vielen Privatsammlungen. «Mirrorscape. Gefahr aus der Spiegelwelt» ist der zweite Teil von Mike Wilks' «Mirrorscape»-Trilogie.

FSC
www.fsc.org
MIX
Papier aus verantwortungsvollen Quellen
FSC® C083411

Das für dieses Buch verwendete FSC®-zertifizierte Papier *Lux Cream* liefert Stora Enso, Finnland.